ZUI

Zestful Unique Ideal

最世文化
Shanghai ZUI co.,Ltd

BARTIMAEUS

THE RING OF SOLOMON

巨灵三部曲·前传

所罗门之戒

乔纳森·史特劳〔英〕 著

徐懿如 译

献给亚瑟 满怀着爱

目录

CONTENTS

有关魔法的注释

✶

ANNOTATION

魔法师

五千多年前，自美索不达米亚泥砌的城市中有历史记载以来，大国的统治者一般都利用魔法师来巩固统治。埃及法老，苏美尔、亚述和巴比伦的众国王都倚靠魔法来保卫城池、强化军队、打垮敌人。现代的政府虽然用谨慎的宣传掩藏事实，但实际上仍然沿用同样的政策。

魔法师自己并没有魔法力，他们的力量源自控制魔灵，由它们来做事。他们经过多年的孤独钻研掌握技艺，召唤那些令人生畏的存在且让自己存活下来。因此，成功的魔法师都是聪明且身体强健的。但因为他们的技艺所带有的危险性，他们一般都是无情、隐秘且自私的。

魔法师在进行大多数召唤的时候，都站在一个小心绘制的保护圈内，圈内有一个五芒星。他们说出特定的复杂咒语，魔灵就从遥远的维度里被拉过来。接下来，魔法师背诵特定的束缚语。如果这一步也正确完成了，魔灵就变成了魔法师的奴隶。但如果其中出了错，保护圈的保护力就破解了，这个不幸的魔法师就完全在魔灵的掌控之中了。

一旦一名奴隶被束缚住了，它就必须服从主人的指示直到完成任务。完成之后（可能会花费数小时、数日甚至数年），欣喜的魔灵会被正式遣散。一般来说，无论时间长短，魔灵对被束缚感到愤怒，会寻找任何机会对它们的主人造成伤害。因此多数明智的魔法师尽可能缩短保有奴隶的时间，以防运气用尽。

魔灵

所有的魔灵都是由灵髓构成的，灵髓是一种不断变化的流动物质。在它们的维度里，即我们所知的异世界，它们没有固定的形状，但在地球上则必须采用某种明确的伪装。不过，高阶的魔灵可以随意转换形体，以暂时缓解它们因地球上难忍的致密程度导致的灵髓疼痛。魔灵主要有五大类。

它们是：

1. 妖精：最低等的类型。妖精们粗俗又莽撞，法力很微弱。多数完全不能变形。不过，它们易于被控制，对魔法师也没有什么大的危害。基于以上原因它们经常被召唤，用来做些擦地板、倒垃圾、送信或站岗之类的小任务。

2. 魔精：比妖精力量大，不过没有巨灵那么危险。魔精因其隐匿性和狡猾而受到魔法师的喜欢。它们对转变形体有一定的能力，是很好的间谍。

3. 巨灵：魔灵当中最大的阶层，也最难总结。没有两个巨灵是相像的。它们缺少最高层的魔灵那样天生的力量，但在智力及胆量上经常超过大魔灵。它们善于形体变化，也可以任意使用大量的进攻咒语。对大多数有能力的魔术师来说，巨灵是很受他们喜爱的奴隶。

4. 火灵：强壮如牛，仪表堂堂，如国王般傲慢。火灵生性率直且脾气暴躁。它们没有其他魔灵那么狡诈，智力偶尔超越其他魔灵。历史上的君主们用它们来做战场上的先锋，也用它们来做黄金的守卫。

5. 魔王：在五种类型中属于最危险也是最不寻常的类型。魔王对自己的魔力极为自负，有时会以谨慎或柔和的伪装出现，也会突然转变为巨大又可怕的形态。只有最伟大的魔法师才敢召唤它们。

所有的魔法师都害怕魔灵奴隶，创出各种惩罚来确保它们顺服。因此，大多数魔灵无可避免地屈服了。它们因为恐惧遭受的后果，尽可能高效地为主人服务，而且——有违天性地——表面上保持热情和礼貌。

大多数魔灵如此。但也有例外。

读音注释：

"巨灵"Djinni（单数形式）的发音是"金恩伊"，"巨灵们"Djinn（复数形式）的发音是"金恩"。

"巴谛魔"Bartimaeus的发音是"巴特－伊姆－阿伊－乌斯"。

人物介绍

✳

BRIEF INTRODUCTION

耶路撒冷

所罗门
以色列王

海勒姆
所罗门的大臣

哈巴
魔法师，所罗门王手下

以西结
魔法师，所罗门王手下

及其他众多魔法师、仆人及嫔妃

马
力
卜

巴尔绮思
示巴女王

阿丝米拉
卫队长

魔
灵

巴谛魔
巨灵

法奎尔
巨灵

贝泽尔 霍斯劳 美尼斯
尼姆西克 提沃克 休牛
巨灵们，残酷的哈巴手下

格则里
魔精，残酷的哈巴手下

及其他众多魔王、火灵、巨灵、魔精和妖精

地 图

✳

THE MAP

本故事发生在公元前950年，耶路撒冷及其周边。

以色列、示巴及其周边地图（公元前950年）

Tigris R. 底格里斯河

Euphrates R. 幼发拉底河

Assyria 亚述

Mesopotamia 美索不达米亚

Babylon 巴比伦

Uruk 乌鲁克

Eridu 埃里都

Ur 乌尔

Sumer 苏美尔

Arabia 阿拉伯

Arabian Desert 阿拉伯沙漠

Marib 马力卜

Sheba 示巴

Himyar 希米耶尔

Hadhramaut 哈德拉毛

Damascus 大马士革

Jerusalem 耶路撒冷

Israel 以色列

Edom 伊多姆

Eilat 埃拉特

Gulf of Aqaba 亚喀巴湾

Red Sea 红海

Great Sea 大海

Memphis 孟斐斯

Egypt 埃及

Thebes 底比斯

Nile R. 尼罗河

Nubia 努比亚

Kush 库施

Punt 彭特

Map of Israel, Sheba, and Surrounding Lands, 950 BC

Tigris R.

Euphrates R.

Assyria

Mesopotamia

Great Sea

Damascus

Jerusalem

Babylon

Uruk

Israel — Edom

Eridu   Ur   Sumer

Memphis

Eilat

Gulf of Aqaba

Arabia

Egypt

Arabian Desert

Thebes

N

W   E

S

Nile R.

Nubia

Kush

Red Sea

Punt

Marib

Sheba   Hadhramaut

Himyar

卷一
PART

01

BARTIMAEUS
THE RING OF SOLOMON

BARTIMAEUS

巴谛魔

✳

所罗门之戒

CHAPTER 01

落日挂在橄榄树枝上。天空就像是刚献出初吻的羞涩少年，脸上泛着桃红色的光芒。微风轻拂进敞开的窗子，送来傍晚的芳香。一位年轻女子独自站在大理石地板中央沉思，风吹动了她的头发，裙子顺着她苗条黝黑的四肢轮廓轻轻飘动。

她抬起一只手，纤细的手指摆弄着颈项边的发卷，"干吗那么害羞啊，我的老爷？"她低声说，"靠近点儿让我看看你。"

五芒星里一位老人放低手中的蜡筒[i]（罗马数字的为译注，详见319），用独眼瞪着我："伟大的耶和华啊，巴谛魔！你不会以为这招对我有用吧？"

我的眼睫毛诱人地颤动着："如果你靠过来一点点，那我也会起舞。来吧，放松一下。我给你跳七纱舞。"

魔法师不耐烦地说："不用了，谢谢，你也可以停了。"

"停什么？"

"就是……摇晃。你时不时——喂！你又来了！"

"哦，来吧，水手，活泛一点。干吗那么敷衍？"

我的主人骂了句脏话："你可能有长爪子的脚，可能有带鳞片的尾巴。就算是刚出生的小孩恐怕都知道不能按你这邪恶狡诈的魔灵要求踏出保护圈。现在住嘴，该死的家伙，不要再可怜巴巴地引诱我了，不然我就用连伟大的埃及都没有过的瘟疫咒把你打一边去。"老头太兴奋了，有点上气不接下气，脑袋顶上的一圈白发都乱了。他从耳朵后面拿出一支尖笔，坚定地在蜡筒上做了个标记，"这个污点是给你的，巴谛魔。"他说，"又一个。如果这条线上画满了，就再也没有优待了，你懂的。没有烤妖精，没有休息时间，什么都没了。现在，我有个工作要交给你。"

五芒星里的少女抱起胳膊，皱起娇俏的鼻子："我刚刚完成一项工作。"

"噢，现在又有一件了。"

"等我休息之后再做。"

"你今晚就要做。"

"为什么非要我做？派图菲克或瑞兹姆去。"

一道猩红色的闪电从老人指尖喷出，越过两人之间的空间，把我的五芒星点着了，我疯了一般地又叫又跳。

爆裂的声音停止了，脚上的痛苦也减轻了，我这才难看地停下来。

"你说得对，巴谛魔。"老人轻笑，"你跳舞跳得确实不错。现在你还打算要顶嘴吗？还要的话，蜡筒上就要再刻上一点了。"

"别，别——不用了。"让我大为放心的是他把尖笔慢慢放回他那老耳朵后面去了。我快活地鼓着掌："又一件工作是吗？太高兴了！我很惶恐您从那么多可敬的巨灵中挑选出了我。是什么让您今晚又关注我了呢，伟大的主人？是因为我杀黎巴嫩山上的巨人轻松，还是我煽动迦南人反叛斗争的热情呢？或者只是因为我平时的名声？"

老人挠了挠鼻子："都不是，其实就是因为你昨天夜里的表现，站岗的妖精看见你变成山魈的样子大摇大摆穿过羊门 ii 下面的灌木丛，一边唱着所罗门王的下流歌，一边大声自吹自擂。"

少女不高兴地耸耸肩："那可不一定是我。"

"'巴谛魔是最棒的'这句话清楚又无聊地重复了很多次，还有其他意思么。"

"噢，好吧。我晚饭吃太多虫子了，又没什么坏处。"

"没坏处？守卫报告给了主管，主管又报告给了我。我报告给了大魔法师海勒姆，而且我相信自那之后已经传到国王本人耳朵里了。"他的脸变得拘谨刻板，"他不高兴了。"

我鼓起腮帮子："他能亲自对我说吗？"

魔法师瞪起独眼，简直就像母鸡正要下蛋 [1]，"大胆，"他叫道，"那可是伟大的所罗门，全以色列的国王，从亚喀巴湾到广阔的幼发拉底河之间所有土地的主人，他会屈尊跟你这样的臭奴隶说话？这种想法！我这辈子从来没听过这么无礼的话！"

"哦，得了，得了。看你那样子，你肯定听过。"

"再记两点，巴谛魔，因为你的放肆和腮帮子。"尖笔使劲在蜡筒上刻写，"喂，你胡说够了，仔细听我说。所罗门想要在藏品里添加新奇珍。他已经命令魔法师遍寻已知世界寻找美丽又有力量的物品。此时此刻，耶路撒冷所有城墙塔楼里，我的对手都变出了比你还丑的魔鬼，把它们像燃烧的彗星一样派去东西南北所有的古老城市掠夺。他们都希望用获得的宝物让国王吃惊。但他们都会失望的，巴谛魔，他们做不到，因为我们会带给他最好的宝贝。你明白我的意思吗？"

漂亮的少女撇撇嘴，我尖锐的长牙湿湿地闪着光："又去盗墓？所罗门应该自己做这种下三烂的事。但是不会的，他通常连抬抬手指动动戒指都懒得。到底

---

[1] 我们的主人召唤词出了一点小差错，瑞兹姆就把他的另外一只眼睛弄到不知什么地方去了。我们又设法烤焦过他的屁股一两次，而他脖子上的伤疤是被我的一次弹射幸运地擦伤了。不过这个魔法师这么长的职业生涯里指挥超过一打可怕的巨灵，居然还精力充沛、活跃敏捷。他是个难对付的老手。

能懒成什么样呀？"

老人扭曲地一笑，他那失去一只眼的黑暗眼窝里似乎吸进了一点光："你的意见倒很有趣。太有趣了，我得现在就出发去报告给国王。谁知道呢？也许他会选择抬起手指用戒指来对付你。"

短暂的停顿，这期间房间里的影子明显变深了，一阵寒意爬上我姣好的脊背。"不用了！"我吼道，"我去给他找稀世珍宝。那你想要我去哪儿呢？"

我的主人指指窗户外耶路撒冷城下喜庆洋溢的通明灯火以外，"飞到巴比伦东边。"他说，"那座讨厌的城市东南一百英里，在幼发拉底河现在的河道以南三十英里。有一堆土丘和古代的墓穴，从风刮倒的断墙开始。当地的农民怕鬼，都不靠近废墟，游牧民也绕着最远的坟墓外走。那块地方唯一住着的人就是宗教狂徒和疯子，不过那里也不是一直都这么荒凉的，曾经也有名字。"

"埃里都，"我轻声说，"我知道 [2]。"

"像你这样既见识过繁荣又了解没落的家伙，记得的一定都是怪事……"老人打了个寒战，"我不喜欢老想着这事。不过如果你能记得位置，那就太好了！搜索遗迹，找出神庙。如果卷轴上说的是真的，神庙里有很多宗教用的密室，谁知道藏着什么伟大的古董！幸运的话，有些宝贝还留在那里没有被动过。"

"这点毫无疑问，"我说，"因此会有守卫。"

"啊，对，古人把宝贝保护得很好！"老人的声音陡然升高，双手气馁地明显颤动起来，"谁知道还有什么潜伏在那里？还有什么在遗迹里盘旋？还有什么可怕的形体、什么可恶的鬼怪——你能别再那么动尾巴了吗？真不卫生。"

我挺直身体，"好吧。"我说，"我有数了。我去埃里都看看能找到什么。不过等我回来，要立刻遣散我。没得争论，没得犹豫。我已经在地面上待太久了，灵髓像蛀牙一样疼。"

---

[2] 有七座神庙的埃里都，牙白之城，闪耀在绿野之上。是人类最早的城市之一。当年，城里的金字塔高耸，可高达猎鹰的飞行高度，而城中香料市场的气味随风可飘到乌鲁克和海上……而后河流改道，土地干涸。人们变得瘦弱而残忍。神庙倒塌，这里的人们和他们的历史也被彻底遗忘。只除了像我这样的魔灵，还有，那是自然——无论何时对金子的欲望都能压过恐惧的——魔法师。

我的主人咧开无牙的嘴一笑，用下巴指指我，晃了晃皱巴巴的手指："那要看你带回什么来了，对不对，巴谛魔？如果让我高兴，我可能会让你走。要失败的话就走着瞧吧！现在——准备一下。我要把你和任务绑定起来。"

他在念咒语的时候窗外响起了号角声，表示汲沦门关闭了。远处传来守卫羊门、监狱门、马门和水门等环城大门哨兵的应答，直到王宫屋顶上的号角响起，表示耶路撒冷全城安全，闭门过夜。一两年前我曾经希望这种干扰会让我的主人在念咒语的时候打磕绊，这样我就能扑过去把他吃掉。我现在可不这么想了。他岁数很大，经验老到。要想杀他的话我还需要更好的方法。

魔法师说完了最后的咒语。漂亮少女的身体变得柔软透明，我很快就像是一缕青烟凝成的雕塑般飘浮起来，然后无声地消失了。

CHAPTER 02

　　不论看过多少次死人走路，它们真正动起来的时候你还是会忘记它们其实是有多糟糕。当然，它们一开始破墙而出的时候看上去还好——因为它们那各种孔洞、上下敲击的牙齿，而且有时候（如果复活咒真的完全起作用）还有灵魂出窍的尖叫，所以在冲击力上还能得点儿分。但等它们开始笨拙地沿着神庙追踪你，骨盆颤动，股骨高声敲击，臂骨伸出的样子感觉很凶险，看着却更像是要坐到钢琴前猛敲一曲酒馆音乐。而且它们走得越快，牙齿就响得越厉害，项链也来回乱晃，卡在眼窝里，然后它们就开始被寿衣弄得磕磕绊绊，摔倒在地，通常哪个脚快的巨灵刚好要通过都会被挡住。而且因为这条路上都是骷髅，从来也说不出一句真正的俏皮话，所以也没办法给这种生死一线的情况增添一点儿乐趣。

　　"哦，快来呀。"我悬浮在墙头说，"这里肯定有什么人值得一谈吧。"我用空着的手把一团血浆发射过房间，用消失咒在一条死人乱走的路上打开一个缺口。才走了一步，路就又被埋住了。我跳过石头堆，从拱顶弹下来，灵敏地落在大厅对面一座恩基 [iii] 的神像上。

我左边一具木乃伊僵尸拖沓着从壁龛里走出来。它穿着奴隶的袍子，戴着生锈的手铐，脖子套着枷锁。它嘎吱跳着过来抓我。我猛地一拉链子，它的头就掉了，它身体倒下来的时候我抓住它手掌中间的链子，精准地塞进它旁边一个满身灰尘的战友肚子里，干净利索地折断了它的脊椎骨。

我从神像上跳下来，落到神庙大厅的正中央。现在死人从四面八方集中过来，它们身上的袍子如蜘蛛网般脆弱，青铜手环在手腕上转动。曾经的男男女女——奴隶、平民、廷臣和下级祭祀，埃里都社会各个阶层的成员——紧紧拥在我周围，张大嘴，提起粗糙的黄色手指撕扯我的灵髓。

我彬彬有礼，向它们适当致意。左边一次爆炸咒，右边一次震动咒。古人的碎片欢快地散落在古代苏美尔国王的浮雕上面。

这给了我一个喘息的时间，我环视四周。

我在天花板里凿洞的二十八秒里，没有时间彻底评估周围，不过从装饰和总体布置上来看，有两件事情是清楚的：第一，这是水神恩基的神庙（从神像就能看出来，而且他在墙壁浮雕上的形象总有鱼和蛇龙随从跟着）被荒废了至少有一千五百年了 [1]。第二，在祭祀封上门，让这座城市被沙漠吞噬之后的那么多个世纪里，没人在我之前进来过。从地上厚厚的土层、未破损的入门石、僵尸守卫的热情——还有很重要的一点——大厅尽头祭坛上放置的小雕像中能看出来。

那是一条水中巨蛇，恩基的化身，用扭曲的黄金精工细制而成，在我放出的用以照亮房间的火光下发出淡淡的光芒，红宝石眼睛像将熄的余火一样邪恶地闪耀着。仅作为一件艺术品来说，可能已是无价之宝，但这还仅是一半的价值。这

---

[1] 据我鉴赏家的眼光，这种风格看起来是苏美尔晚期的（约公元前2500年），略有些古巴比伦堕落的痕迹，但坦率地说，太多尸体部件四处飞散，现在不是正经评论的时候。

东西有魔法，在更高的界层 [2] 里有很强的脉动光环。

太好了，就是那个了。我要带着巨蛇上路。

"劳驾，劳驾……"我有礼貌地把死人引到边上，或者在多数情况下用炼狱咒把它们打过大厅。但却出现得更多。从每面墙壁狭缝一样的壁龛中慢慢走出来，似乎没完没了。不过我现在用的是一个年轻男子的身体，动作灵活且确定。我凭借咒语、踢打和猛冲艰难地向祭坛走去。

然后看见一个陷阱在等着我。

第四界层有一张网挂在黄金巨蛇四周，发出鲜绿色的光。网线非常细，即使用我巨灵的眼睛看也很模糊 [3]。虽然看起来没什么力道，不过我可不希望碰到它们。以一般规律来说，苏美尔人祭坛上的陷阱还是需要避一下的。

我在祭坛下方停住，好好思考一下。是有几种方法可以解除网线，对我来说没什么难度，就是需要点时间和空间。

就在这时一阵锐利的疼痛让我分心。我低头一看，发现一具特别难看的尸体（它生前明显得过多种皮肤病，而且看起来木乃伊化无疑已经让它好看不少了）偷偷爬过来，牙齿深深咬入了我前臂的灵髓里。

太冒失了！它该当特别对待。我友好地把一只手挤进它的胸腔，点了一个小爆炸咒。这个动作我已经几十年没有练习过了，但还和以往那么好玩。它的脑袋被爆了下来，就像软木塞从瓶子里冲出来，优美地碰到了天花板，弹到旁边的墙上两次，然后（我的小娱乐至此消失）扑通落到了祭坛旁边的地上，就这么恰好

---

[2] 界层：七个界层一直都是有条理地存在着，就像是描图纸一样有层次但看不见。第一界层包含日常世界里所有有形之物。其他六个界层显示出周围隐藏的魔法——密咒、潜伏的魔灵以及被遗忘已久的古代魔法。众所周知，根据所能观察到的界层个数可以可靠地判断出一个种族的智力和特质。比如，顶级巨灵（如我）：七层；魔精和高级妖精：四层；猫：两层；跳蚤、绦虫、人类、蛴虫等等：一层。

[3] 像这种连环召唤对凡人的眼睛来说一般是看不见的，不过，随着时间推移，细微的尘埃会堆积在网线上，第一界层中也会出现隐约的幻影。这倒是给了洞察力强的人类小偷一个机会。比如，古埃及盗墓贼暴力的赛德吉，用一群受过训练的蝙蝠把小蜡烛悬在地面他认为可以的网眼上，好让他能追踪积尘的线留下的微弱影子，然后丝毫未损地越过了险境。至少他在被处决之前不久是这么告诉我的。他长了一张诚实的脸，不过……受过训练的蝙蝠……我就不知道了。

吧嗒一声落在了发光的网上。

这表明在工作中间自娱自乐是多么地愚蠢。

各个界层之间回响起深深的震荡。对我的听力来说相当微弱，不过在遥远的异世界里可就难以被忽视了。

一时间我就静静地站着：一个瘦弱的年轻人，皮肤黝黑，缠着浅色的遮腰布，恼怒地盯着破碎的网线翻滚的细丝。然后，我用阿拉米语、希伯来语和其他几种语言骂了几句，同时向前跃起，从祭坛上一把扯起巨蛇之后匆匆后退。

热情的僵尸们在我身后大声喧哗，我看都没看就释放出一个熔解咒，于是他们就纷纷解体了。

祭坛上面断裂的网线不再抽动了，而是极快地熔化掉了，在石板上形成了一摊或者说是一个入口。这一摊漫延到了尸体翻转的脑袋下面。脑袋就慢慢地溶了进去，从这个世界里消失了。之后有个停顿，这摊东西闪耀着异世界包罗万象的光芒，遥远、朦胧，仿佛隔着玻璃看。

这摊东西的表面传来一波震颤，有什么东西来了。

考虑到离我一开始打穿的天花板洞的距离，我赶紧转身，散沙一直在往密室里掉落。我打的通道可能会因为沙子的重量而垮塌，这会耽误我回去的时间——我现在可没时间。连环召唤绝对用不了多久。

我不情愿地转回来面对那个入口，那摊东西的表面弯转扭曲。两只巨大的胳膊冒了出来，发着绿色微光，青筋暴出。两只爪子似的手抓住两旁的石雕。肌肉隆起的身体也进入了这个世界里，那东西简直是一场噩梦。头外表上看起来是人类 [4]，顶着一头黑色长卷发。然后是精心雕琢的躯干，一样是绿色的玩意儿。接下来的下半身似乎是随机选择而成的。肌肉纠结的腿是野兽的——可能是狮子或者其他高级食肉动物——但结果却长了凶险的鹰爪。这个家伙的臀部还好裹了条裙子，而从裙子的裂缝里伸出一条又长又邪恶的蝎子尾巴。

这个天降之物从入口出来到站直之间意味深长地停顿了一下。在我们身后，就连最后几个乱转的死人不知怎么也不出声了。

---

[4] 看吧？多诡异的样子？呕。

这个家伙的脸是个苏美尔老爷的脸：橄榄色的皮肤，很帅，黑色的发卷闪亮，嘴唇饱满，四方形的胡须涂了油，但双眼却是活生生的两个洞，而现在那两只眼睛在看着我。

"这是……巴谛魔，对吗？这不是你引发的吧？"

"你好，那巴什，恐怕是我。"

它把两条大胳膊整个伸开，肌肉咔咔作响："哦哦，你现在打算往哪儿逃？你知道祭司们会怎么说入侵者和小偷吗。他们会拿你的肠子当袜带。还是……我来吧。"

"祭司们现在已经不在乎这个宝贝了，那巴什。"

"是吗？"空洞的眼睛环视神庙，"看起来好像有点儿脏啊。不是才没多久吗？"

"比你想的要长。"

"但命令还在，巴谛魔。什么办法也没有。只要石头擦着石头，我们的城市就存在……你知道这个情况。"蝎子尾巴颤抖着竖起，发出干巴巴又热切的嘎嘎声，闪亮的黑色尖刺猛地向前越过肩头，"你拿着的是什么？不会是神圣的巨蛇吧？"

"这个等会儿再看，等我和你谈完。"

"啊，很好，很好。你以前总是精力充沛，巴谛魔，总是自吹自擂。我根本不知道有人这么经常被人奴役。你的顶嘴让人类多不高兴呀。"苏美尔老爷微笑着，露出两排整齐锋利的牙齿。他后腿稍微动了动，爪子凿进石头里。我看着他紧张的筋肉，准备突然行动。我没有把目光从他腿上移开。"你现在又惹哪个雇主恼火呢？"那巴什继续说，"巴比伦人吧，我猜。我上次看见他们就在这上面。他们总是垂涎埃里都的黄金。"

黑眼睛的年轻人一只手挠挠卷发。我无望地笑笑："就像我说的，比你想的时间长。"

"长或短，对我都没关系。"那巴什轻声说，"我有我的职责。神圣的巨蛇就放在神庙的中央，它的力量会被普通人滥用。"

到现在为止我都从来没听说过这条巨蛇。对我来说这东西就是个古老城市用来引发战争的典型又俗气的东西，用金子包起来的装饰过度的玩意儿。不过要是能知道你偷的到底是个什么东西也不错。

"那力量呢？"我问，"这是干什么用的？"

那巴什轻笑，声音中弥漫着惆怅和忧伤："没什么重要的。这里头包含着一种元素力，如果拧它的尾巴，就能从嘴里释放出水来。祭司们曾经在干旱的时候把它拿出去用来鼓舞人民。如果我没记错的话，这里还有两三种机关设计，用来吓唬乱动嵌在它爪子上的祖母绿的盗贼。你看每个下面都有铰链……"

我这会儿犯了个错误，差点儿被那巴什温和的语气给哄了。我忍不住轻轻低头瞥了一眼手中的巨蛇，看看能不能找到小铰链。

这正是他想要的，那是当然。

就在我动眼睛的时候，兽腿屈了起来，一瞬间那巴什就动得没影了。

我飞到边上，就在此时我刚刚站着的那块石板就被尾巴尖给砸成了两半。我的速度是够躲过这次攻击的，但还不足以躲过他伸出的胳膊对我的冲击，一只绿色的大拳头在我在空中掠过的时候打到了我的一条腿。这一下攻击，再加上我还拿着件宝贝工艺品，让我在此种环境下无法将惯常的优雅动作施行到底 [5]。我只好吃痛地打了半个滚，越过附近零散分布的僵尸，再跳着站起身。

与此同时那巴什已经小心地站好。他转向我，压低身体，人类的手臂在地上抓挠，然后又扑上来。我呢？我向正对着头顶的天花板发出一个震动咒。我又一次跳开，蝎子尾巴又一次直接砸向石板，又一次——不过这次那巴什没有过来攻击我，因为天花板砸到了他身上。

十五个世纪积累起来的沙漠之沙堆在地下神庙顶上，所以随着石头的掉落，还有一个附赠奖品：一阵大型的银棕色瀑布狂涌而下，把那巴什压在了几吨固体之下。

---

[5] "回避侧手翻" ™© 等等，乌鲁克的巴谛魔，约公元前 2800 年。经常被模仿，从未被超越。在拉美西斯三世的新王国墓穴壁画里被显著记载——你可以在《王室给拉神的供奉》背景中看见我，在法老身后正要翻出去。

通常我会再逗留一会儿，在快速散落的沙堆旁边大肆嘲弄一番，但现在的情况，我知道这样阻止不了他太久，是时候该离开了。

翅膀从我肩头冒出，我又向上发出一次爆炸，炸开宽一点的路，然后毫不停顿地越过天花板和正在落沙的废墟，向等待我的夜空飞去。

BARTIMAEUS

巴谛魔

✳

所罗门之戒

CHAPTER 03

等我回到耶路撒冷的时候，身后已经出现曙光。魔法师们的塔尖边缘已经包上了粉红色，所罗门白墙宫殿的穹顶光芒四射，像是另一个新升的太阳。

远处的山脚下，汲沦门那里的老人的塔楼则几乎都在阴影中。我飞到上面的窗外挂着铜铃的地方，按照命令，敲响一只铃铛。我的主人禁止奴隶突然间来找他。

回音消散，我宽阔的翅膀在冰冷新鲜的空气中搅动。我盘旋、等待、看着天际线逐渐清晰。山谷朦胧而寂静，一缕在道路中间的薄雾断开、淡去。城门下方出现了第一批工人，他们沿路向田野走去，走得很慢，在粗粝的石头上磕磕绊绊。在高一些的界层里我能看见一两个所罗门的间谍混在他们中间——魔精骑着牛，鲜亮色的螨虫和妖精飘浮在空中。

时间一分一分过去，终于，像一支矛把血管向外挑的迷人感觉预示着魔法师的召唤。我闭上眼睛，顺从召唤——一会儿之后就感觉到魔法师的房间里发酸的温暖压到了我的灵髓上。

虽然是清晨，不过老人还是穿着袍子，这让我大松了一口气。一神庙的僵尸是一回事，一个浑身皱巴巴又没穿衣服的主人就是另一回事了。他已经在魔法圈里站好，所有的封印和咒文也已经就位了。点燃的羊油蜡烛、迷迭香和乳香的熏香壶散发出的臭气甜腻得让我讨厌，我站在自己的五芒星中央镇定地向他问好，纤细的手 [1] 中握着巨蛇。

我现身的瞬间就知道他有多想要了，不是给所罗门的，而是他自己要。他睁大眼睛，眼睛闪烁着贪婪的微光，像是蒙上了一层油膜。

有那么一会儿他什么也不说，只是看。我稍微动了巨蛇一下，让烛光诱人地流淌在它身上，又倾斜过来给他展示红宝石的眼睛和爪尖的祖母绿。

等他说话的时候，声音里带着粗野和浓重的欲望："你去埃里都了？"

"命令如此，于是我就去了。我找到了一座神庙。这就在神庙里面。"

他的独眼闪着光："递给我。"

我犹豫了一会儿："你会按我的请求遣散我吗？我忠心为你效力，而且做得还很好。"

老人的脸上冻结成一副狂暴怒容："你敢跟我谈条件？把那工艺品递给我，恶魔，不然我就以我的秘密之名发誓，马上把你尖叫着投进凄凉之焰 [2] 里！"他瞪着我，独眼暴出，下巴突出，咧开的嘴唇上出现湿湿的白线。

"很好。"我说，"小心别掉了。"

我把巨蛇从一个圈扔到另一个圈，而魔法师则伸出了爪子一样的双手。不知道是因为他独眼的缘故导致他难以判断距离呢，还是因为过于渴望而发抖，他手

---

[1] 为了保持连贯性，我又选择了女孩的形象，也是因为我知道这能让我的主人恼火。以我的经验来说如果你选对了形态，多数魔法师会很狼狈。提醒你，以前巴比伦伊师塔的高阶祭司们除外。伊师塔是爱与战争的女神，所以她的魔法师们不会为漂亮姑娘和獠牙怪兽所扰。这就遗憾地排除掉了我大多数的节目。

[2] 凄凉之焰：快速又痛苦的消灭咒。以后的一段时期里，经过也门的扎布斯提拔的改进，变成了有名的枯萎之火。这是对拒绝执行主人命令的魔灵最大的制裁，受此威胁能很大程度上确保我们（勉强地）听话。

指笨拙地乱接巨蛇，巨蛇在他双手间跳来跳去，最后落在了魔法圈的边缘。老人大叫一声抓住它，紧扣在褶皱的胸前。

这是他第一个毫无防护的动作，也差点成了他最后一个动作。如果他的手指尖再越过魔法圈一点儿，他就会失去保护，而我就能掌控他了。但是（就差一点儿）没有越过，美丽少女有那么一瞬间似乎长高了一点儿，牙齿比之前好像也稍微长了点，尖了点，她只好又回到魔法圈中央，一副失望的表情。

老人丝毫没有注意到。他的独眼只看见宝贝。他像一只狡猾的老猫玩一只老鼠一般，把宝贝在手里把玩许久，惊叹它的工艺，高兴得流出了口水。过了一会儿我难受得快要受不了了，于是清清喉咙。

魔法师抬头看了一眼："嗯？"

"你已经得到你想要的了，所罗门也会因此给你丰厚的奖赏。让我走吧。"

他轻笑一声："啊，巴谛魔，但你明显有做这种工作的天赋！我也不知道要不要让这样一个熟练的盗贼走……你就在那儿安安静静站着。我要探索一下这个最有趣的装置。我看见脚趾上有用宝石装饰的铰链……不知道这些有什么用处。"

"这有什么要紧？"我说，"你是要给所罗门的，对吧？让他去研究嘛。"

我主人的愤怒之情溢于言表。我冲自己笑笑，然后看着窗外的天空，清晨的巡逻队几乎看不到了，他们在很高的地方盘旋，在空中留下浅粉色的拖尾蒸汽和硫黄。看着不错，但只不过是为了炫耀罢了，只要所罗门有戒指，谁敢真的攻击耶路撒冷？

我让魔法师继续检查了巨蛇一会儿，然后，一边仍然看着窗外，一边说："另外，如果他手下的魔法师私藏一件威力这么强大的物件，他会很生气的。我真心希望你放我走。"

他斜眼看着我："你知道这是什么吗？"

"不知道。"

"但你知道这东西有力量。"

"就连一只妖精也能看出来。哦，不过我忘了——你只是个人类。你看不见它在第七界层放出的光环……不过就算如此，谁又说得清呢？说不定埃里都制造过很多这样的巨蛇塑像。可能这个也不是。"

老人舔舔嘴唇，他谨慎地和好奇心作斗争，但失败了："不是什么？"

"这不关我的事，也不关你的事。我只是按照命令，安静地站在这里。"

我的主人咒骂了一句："我撤回那条命令！说！"

"不要！"我叫道，举起双手，"我知道你是什么样的魔法师，而且我什么也不想要！一边是所罗门有可怕的戒指，另一边而你有……有……"少女好像突然觉得冷，哆嗦了一下，"不要，我被拘在这里，对我不会有任何的好处。"

蓝色的火焰从魔法师伸出的手掌中跳到魔法圈中间："不许再多耽误一秒，巴谛魔。告诉我这是什么东西，不然我就用灵髓拳打你。"

"你打女人？"

"快说！"

"哦，很好，不过这对你也没什么用处。这个外形是埃里都国王征服平原城市用的巨蛇。宝贝里含有强大的魔灵，被迫按主人的要求做。"

"它的主人早就……"

"不论谁拥有它都可以，我想。这个魔灵是通过按压秘密机关来执行命令的。"

魔法师安静地考虑了一会儿我的话。最后他说："我从来没听说过这种故事。你说谎。"

"嘿，那当然了，我可是个恶魔，对不对？什么都别管了，给所罗门。"

"不。"老人说出了一个突然的决定，"拿回去。"

"什么？"但已经太迟了，他已经把巨蛇扔了回来，少女迟疑地抓住。

"你拿我当傻子吗，巴谛魔？"我的主人叫道，一只皱巴巴的脚在大理石上跺着，"你很明显是在计划用什么伎俩来陷害我！你煽动我研究这玩意儿，希望它能来害我的命！噢，我才不会去按这些宝石呢，你来按。"

少女用棕色的大眼睛对着魔法师眨呀眨："你看啊，真没必要——"

"照我说的做！"

我老大不情愿地举起巨蛇，打量它爪子上的宝石。一共有三个爪，都镶嵌着祖母绿。我选了第一个，战战兢兢地按下去。一阵呼呼声，巨蛇立刻就发出一阵短暂的电击烧焦了我的灵髓，让少女浓密的长发像马桶刷一样竖起。

老魔法师轻蔑地大笑："你就打算这么对付我的，是吧？"他哈哈大笑，"就当给你个教训。好，下一个！"

我按下第二颗宝石。这次连动了一系列隐藏的齿轮和杠杆，巨蛇的几片金鳞轻弹起来，放出几缕徘徊不去的烟尘。和第一个陷阱一样，经过这么长的时间，机器变钝了，我的脸只是被稍微弄黑了点儿。

我的主人笑得前仰后合，"一个比一个好，"他高兴地叫着，"看你那副德行！现在按第三个。"

第三颗祖母绿明显是设计出来释放毒气的，但这么多年之后只剩下一点微弱的绿云和一股臭味。

"你已经玩够了。"我叹了口气，拿着巨蛇举出去，"现在遣散我吧，或者再派我出去，或者随便你想怎么样。但是放过我，我已经受不了了。"

但魔法师的独眼一闪，"还没完呢，巴谛魔！"他冷酷地说，"你忘了尾巴。"

"我没看见——"

"你瞎了吗？这里也有铰链！按一下，如果你愿意。"

我犹豫着："求你了，我已经受够了。"

"不行，巴谛魔。也许这就是你说的'秘密机关'。也许你现在就要见到古代传说中的'强大魔灵'了。"老人残酷地咧嘴一笑，他交叠起瘦弱的胳膊，"更可能的是你会再次发现想要反抗我会是什么样子的！继续——不许拖拉！按尾巴！"

"但是——"

"我命令你按！"

"好吧。"这正是我一直以来等的时机。任何召唤咒的措辞里都包含严格的条款，防止你直接伤害把你带来的魔法师：从阿舒尔到阿比尼西亚 [iv]，这是所有魔法中最先也是最基础的法则。凭借花言巧语或是天生的狡猾把你的主人哄到一个陷阱中就不一样了，当然，如果他们弄坏了魔法圈或是搞混了咒语也一样有用。但直接的攻击是没用的。你根本碰不到主人，除非他们亲自说出来命令你这么做。所以这里我才那么高兴。

我举起黄金巨蛇，扭动尾巴。和我估计的一样，那巴什所言非虚 [3]，被困在其中的水元素力 [4] 及里面的轮转机器都没有坏。一股清亮的水流从巨蛇张开的嘴中喷涌而出，在欢快的晨光中闪着光。虽然只是极微小的机会，我也举着巨蛇直接对着魔法师，水流穿过我们中间的空间，冲到老头胸前，把他推倒，带着他出了魔法圈，走了半个房间。他出去的距离已经够让人满意的了，不过离开魔法圈才是最关键的一点。在他浑身湿透、沉重地落地之前，身后，束缚我的枷锁已然断裂了，我可以自由移动了。

美丽少女把巨蛇扔在地上。她踏出原本限制她的五芒星。房间另一头，魔法师还在喘息，他无助地躺着，像条鱼一样轻轻拍打。

少女越过羊油蜡烛，就在她越过的同时，每一支蜡烛都熄灭了。她的脚蹭过盛花草的碗，迷迭香撒到她的皮肤上，皮肤起泡冒出蒸汽。但她毫不在意，深色的大眼睛直盯盯地看着魔法师，他现在挣扎着略微抬起头，看着我慢慢接近。

他浑身湿透，喘着气，最后孤注一掷，抬起一只颤抖的手指了指，嘴唇动了动，结结巴巴地说出一个词。从他的指尖一把灵髓矛喷射而出。少女做了个姿势，闪电般的矛就在空中爆炸了，散乱地打到墙上、地上和天花板上。其中一团飘出了最近的窗户外，呈弧线落入山谷，把下方远处的一个农民吓了一跳。

少女穿过房间，她站在魔法师上方，伸出双手，手指上的指甲，再加上是手指本身，都比之前要长很多。

老人抬头看着我：“巴谛魔——”

---

[3] 我们有时在和人类交谈的时候才是伪君子，高级的魔灵之间对话一般都说真话。可悲的是低级魔灵就不怎么文明，魔精多变、喜怒无常，而且倾向于无边无际的幻想，而妖精就喜欢扯弥天大谎。

[4] 元素力：大多数的魔灵在灵髓中包含四种元素中的两种或以上（最好的巨灵，不提名字，是在火与空气中完美平衡的存在）。那些由空气、大地、火或水中的一种单独构成的魔灵就是元素力——完全是另外一种类型。他们缺乏像我们中的不少人那么吸引人的手段或是魅力，但为了补偿这种短处，他们力量惊人。

"我是叫这个名字。"我说，"现在，你要起来吗，还是我凑过来呢？"

他的回答语无伦次。美丽少女耸耸肩。然后露出美丽的牙齿攻击他，接下来他弄出的声响很快就归于平静了。

三只站岗的小妖精，可能被他所属界层中的骚乱给吸引，我正要结束的时候他们来了。他们一起团在窗台上，睁大眼睛，疑惑地看着一个苗条的年轻女子刚要站直。她现在单独待在房间里，转身过来面对他们，双眼在阴影中发着光。

妖精们发出了警报，但一切都已经太晚了。上方的空气已被急拍的翅膀和利爪撕裂，但美丽少女还是微笑着挥手再见——对妖精们，对耶路撒冷，对我最后一次被禁锢在地球上所受的奴役——然后一言不发地走了。

这就是那老魔法师的结局。我们在一起了一段时间，但我从来没能知道他的名字。不过我想起他的时候还是带着欣喜的感情。愚蠢、贪婪、无能，然后死了。这种主人就活该如此。

卷二
PART

02

BARTIMAEUS
THE RING OF SOLOMON

SOLOMON

所罗门

✳

所罗门之戒

CHAPTER 04

以色列伟大的国王、高阶魔术师和人民保护者所罗门，坐在王座上向前倾身，优雅的眉头皱了一皱，"死了？"他说，然后——在一阵让四百三十七人的心跳都漏跳一拍的可怕停顿之后和预料之中的震惊中，他更大声地说——"死了？"

两个以金鬃狮子的形象出现的火灵坐在他的王座前，抬起金色的眼睛看着他。三个有翅膀的巨灵悬在他座椅的后方上空，举着给国王当点心的水果、葡萄酒和蜜饯，他们哆嗦得很厉害，杯盘都在手中咯咯作响。高处的房檐上，鸽子和燕子从栖息处掉下来，散落在日光庭院的柱子外。这天早晨聚在大厅里的四百三十七个人类——魔法师、大臣、嫔妃和陈情者——低着头，挪着脚，直盯着地面。

即便是和战争或是女人有关的事情，伟大的国王也很少抬高嗓门。这样的场景可不是好兆头。

台阶之下所罗门的大臣深深鞠了一躬说："死了，是的，主人。不过，有个好消息，他为您找到了一件非常好的古董。"

他仍然鞠着躬，只不过一只手伸向身边最近的底座示意。底座上放着一座由黄金缠绕而成的巨蛇塑像。

所罗门王仔细看了看。大厅里鸦雀无声，狮子火灵金色的眼睛眨巴眨巴地看着底下的人们，丝绒般的前爪稍微交叠，尾巴偶尔轻拍身后的石头。王座之上的巨灵仍然悬空等待，除了慢吞吞地拍打鹰翼之外就一动不动。外面花园里的蝴蝶也动作缓慢，就像是鲜艳的树丛中太阳的光斑。

最终，国王发话了，他靠回雪松制成的王座上："这是个挺漂亮的东西。可怜的以西结最后一个行动也给我干得不错。"他抬起一只手示意巨灵倒酒，因为是右手，大厅内外都松了口气。魔法师放松了；妃嫔中间又开始吵起来；由十几个地方聚到这里来的陈情者一个个抬起头来敬畏地盯着国王。

所罗门绝对不丑。他年轻时候生过痘疹，但现在步入中年，皮肤却如儿童一般光滑细腻。他已经登基十五年了，却没什么明显变化，仍然是深色的眼睛和皮肤、细长脸、黑发蓬松地垂在肩头。他的鼻子长且挺直，嘴唇丰满，双眼画着埃及式样的墨绿色的眼线。他身上穿着华丽真丝长袍——是印度的魔法祭祀们送的礼物——戴着很多金玉制成的珍宝首饰、蓝宝石耳环、努比亚的象牙项链、远辛梅里亚的琥珀珠。手腕上挂着几个银镯，一只脚踝上还套着一个细金环。就连他脚上的小山羊皮凉鞋——提尔国王的嫁妆之一——也缀满了黄金和半宝石。不过他修长的双手上却没有珠宝和装饰——只有左手的小拇指，戴着一枚戒指。

国王坐等巨灵给他的金色高脚杯倒上酒，也等着它们用金色的叉子添上安纳托利亚山丘迎峰坡上采来的浆果和黎巴嫩山顶的冰。人们在他等待的时候盯着他，沉浸在他力量的光辉中，他的光芒就像太阳。

冰已经混合好了，酒也准备好了。巨灵无声地扇动翅膀退回到王座上面去了。所罗门掂量着高脚杯，但没喝。他把注意力又转回到大厅上。

"我的魔法师们。"他对着人群中站在最前面的一圈男女说，"你们都做得很好。一晚上时间你们就从世界各地找回了很多迷人的工艺品。"他用高脚杯晃了一圈，指着在他身前的一排十七个底座。每个底座上都放了一件小宝贝，"这些无疑都很出众，都能给先于我们的古代文明增添光辉。我会很有兴趣地研究它们。海勒姆，你可以让人把它们挪走了。"

这位大臣是从遥远的库施来的小个子深肤色魔法师，他立刻殷勤答应。下了个命令，十七个奴隶——人类，或以人类的形式出现——跑过来把黄金巨蛇和其他珍宝拿走了。

等都收拾好之后，大臣挺起胸膛，拿着拐杖上的红宝石圆头，把拐杖在地上猛顿了三下，"注意！"他叫道，"所罗门朝会现在开始！有几项重大议题要呈给国王定夺。同以往一样，我们都会从他的智慧中获益匪浅。首先——"

不过所罗门抬起那只不常用的手，就是他的左手，大臣立刻住嘴，半句话憋得他脸发白。

"不用道歉了，海勒姆。"国王温和地说，"第一件事已经摆在我们眼前了。我的魔法师以西结今天早上被杀了。那个杀他的魔灵——知道它的身份吗？"

大臣清清喉咙："主人，知道。从以西结残余的蜡筒里，我们推断出了凶手。它最常用的名号是乌鲁克的巴谛魔。"

所罗门皱眉："这名字以前有人跟我报告过吗？"

"有的，主人，就在昨天。有人听到它唱一首异常傲慢的歌，是说——"

"谢谢你，我想起来了。"国王轻抚英俊的下巴，"巴谛魔……乌鲁克——这个城市消失两千年了。那它就是个最古老的恶魔了。我猜测，是魔王吗？"

大臣深鞠躬："不是，主人，我想不是。"

"那就是火灵了。"

大臣腰弯得更低了，下巴都快碰到大理石地面了："主人，它其实只是个力量中等的巨灵。如果苏美尔人的刻写版说得对的话，他是第四级的。"

"第四级？"他细长的手指在王座的扶手上轻敲，小拇指上金光一闪，"一个第四级巨灵杀了我的一个魔法师？不得不说，以西结哭号的阴影给耶路撒冷带来了耻辱——更重要的是，给我带来了耻辱。我们不能放过这样的暴行。必须严惩以正视听。海勒姆——让十七子和其他人上前。"

为了追随所罗门王的荣光，他的顶级魔术师们都是从以色列国境之外遥远的国度被吸引而来的。从远方的努比亚、彭特到亚述和巴比伦，有力量的男男女女来到以色列。每人用简短的命令就可以凭空召唤噩梦、呼风唤雨，把吓得直哆嗦的敌人置于死地。他们都是古代魔法的大师，在本土都是举足轻重的人物。但他们都选择到耶路撒冷来，服侍这位戴戒指的人。

大臣用拐杖转了一圈，召了一圈人上前，每一位魔法师轮流在王座前鞠了一躬。

所罗门打量了他们一阵，然后说："哈巴。"

一个仪表堂堂的男人从容不迫地从圈子里走上前，脚步如猫一般轻："主人。"

"听说你很严肃。"

"主人，是的。"

"你对待奴隶比较严厉。"

"主人，我以我的严厉为傲，而且我的做法效果也很好，因为恶魔既凶残又无限狡诈，他们天生爱报复又恶毒。"

所罗门轻抚下巴："没错……哈巴，我相信你已经使用了几个近来已经惹了不少麻烦的倔脾气魔灵。"

"主人，正是如此。它们都为过去的鲁莽而后悔。"

"你同意把这个顽劣的巴谛魔加到你的花名册上吗？"

哈巴是个埃及人，外表惹眼，他身材高大、肩膀宽阔、四肢强壮。他的头颅像所有底比斯的魔法祭司一样剃光了毛发而且打蜡到光滑发亮。他长着鹰钩鼻，眉毛粗重，嘴唇窄而无血色，像弓弦一样紧紧绷着。他的眼睛像柔软的黑色月亮挂在他荒芜的脸上，永远闪亮，好像随时都要哭出来。他点点头："主人，一切都按照您的要求和意志。"

"不错。"所罗门呷了一口葡萄酒，"让这个巴谛魔就范，学会尊重。等以西结的塔楼清理好了，海勒姆会把相关的蜡筒和刻写版给你。"

哈巴鞠了一躬，回到人群中的位置，影子像一件斗篷披在身后。

"这件事就定了。"所罗门说，"我们可以回到其他事务上来了，海勒姆？"

大臣打个响指。一只小白老鼠凭空翻筋斗出来，落在他手上。老鼠带着一卷纸莎草卷轴，卷轴已经展开举好，供海勒姆检阅。他大致研读了一下卷轴上的清单，"我们有三十二件官司，主人。"他说，"已经由您的魔法师呈给您了。原告等待您的判决。这些待处理的案件中包含一件谋杀案、三件暴力攻击、一件婚姻问题和一件邻里之间有关一只走失山羊的争端。"

国王面无表情："很好，其他的呢？"

"和往常一样，很多陈情人从远方来到这里请求您的帮助。我今天已经选择了二十个人做正式请求。"

"我听他们说。就这些了吗？"

"还有，主人。我们的巨灵巡逻队从南方沙漠传来消息。他们报告说土匪继续进攻。偏远的农舍被烧，居民被杀，而且商路上也出现了抢劫——商队被袭击，旅行者被洗劫。"

所罗门在椅子里动了动："是谁控制南方巡逻队？"

一个魔术师发言，是一个努比亚女人，穿着紧绷的黄色袍子："是我，主人。"

"多召唤些恶魔，易贝希！追踪这些'强盗'！查明真相，他们是单纯的亡命之徒还是受雇于外国国王？明天向我报告。"

女人面部扭曲："是的，主人……只是——"

国王皱眉："只是什么？"

"主人，求您原谅，我已经控制了九只强大任性的巨灵。这已经耗尽了我所有的力气。再召唤更多奴隶会很困难。"

"我明白了。"王国不耐烦地翻了个白眼，"那么雷本和尼索奇在这项小任务上来协助你。现在——"

一个胡子蓬乱的魔法师举起一只手："大王，请原谅！我现在也有些力不从心。"

站在他身边的男人点点头："我也是！"

现在大臣海勒姆也大胆张口："主人，沙漠太广大了，而且我们的资源和您的仆人都是有限的。现在这个时机不知您是否可以考虑帮帮我们？到时，或许，您可以——"他停下来。

所罗门画着眼线的眼睛像猫一样，慢慢眨了眨："继续。"

海勒姆吞了口口水。他已经说得太多了，"到时——或许您可以考虑一下使用……"他的声音非常微弱——"戒指？"

国王沉下脸。抓着王座扶手的左手指关节发白，"你质疑我的命令，海勒姆。"所罗门轻声说。

"伟大的主人，求求你！我无意冒犯！"

"你敢指挥我的力量要怎么使用。"

"不敢！我说话未加思索！"

"这难道不是你真实的愿望吗？"他左手动了，小拇指上金光一闪，黑曜石也反射出光芒。王座下方的狮子火灵咧开嘴唇，喉咙里发出尖厉的声音。

"不，主人，求求你！"大臣在地板上缩成一团，他的老鼠在他袍子里躲了起来。大厅里所有聚集起来围观的人都嘟囔着退后了。

国王伸出手，把手指上的戒指转了一下。砰的一声，空中震荡了一次。一团黑暗降落在大厅里，而在黑暗的中间，一个高高的东西静静站在王座旁边。四百三十七人都仰面倒地，好像被打了一样。

王座的阴影中所罗门的脸恐怖又扭曲。他的声音像在大地洞中一样伴有回音："我告诉你们所有人：小心你们的欲望。"

他又转了一下戒指，那东西立刻就不见了，大厅突然又充满了阳光，还有鸟在花园里歌唱。

魔法师、廷臣、嫔妃和陈情者慢慢地、摇摇晃晃地一起爬起来。

所罗门的面容又冷静下来，"把你的恶魔派去沙漠，"他说，"按我的要求抓强盗。"他呷了口葡萄酒，看着花园的方向，花园里和往常一样，能听到微弱的音乐，仿佛有从来都看不见的乐师弹奏。"还有一件事，海勒姆，"他最后又说，"你还没告诉我示巴的事。信使回来了吗？有女王的答复吗？"

大臣已经站了起来，正擦着鼻子中流出的血。他咽了口口水，今天真是倒霉啊："主人，有的。"

"然后呢？"

他清清嗓子："也一样，不可思议，女王拒绝了您的求婚，也拒绝加入您华美的后宫。"大臣顿了顿，让在场的妃嫔们发出意料之中的惊呼和骚动。"她的解释虽然意义不大，不过如下：她作为她的国家实际上的统治者的意义要高于作为本国公主的意义。"关键时刻又一阵惊喘，还有几声哼——"她无法离开国家去过悠闲的生活，即便是在耶路撒冷接受您荣光的照耀也不行。她为自己的无力遵从而深感懊悔，并向您和您的人民奉献出她和示巴永恒的友谊，直到，我引用原话，"——他又查了一下卷轴——"'马力卜的塔楼倒塌和永恒的太阳熄灭'……根本上来说，主人，就是又一次说不。"

大臣说完，都不敢看国王，费了好大的劲才把卷轴卷好再塞回袍子里。人群都呆呆地站着，看着王座上安静的人物。

然后所罗门大笑。他喝了一大口酒。"这么说那就是示巴传来的信对吗？"他说，"那好吧。我们得考虑考虑耶路撒冷怎么回答。"

BALKIS

巴尔绮思

✳

所罗门之戒

CHAPTER 05

　　黑夜降临，马力卜城静悄悄的。示巴女王单独坐在房间里，读着经文。她伸手去拿酒杯的时候，听见窗口有扑棱的声音。一只鸟站在那里，是只鹰，正在把羽毛上的冰碴儿抖落，一边在用它冰冷的黑眼睛热切地注视着她。女王观察了一会儿，然后，因为她明白空中是魔灵的幻象，于是说：“如果你能安静地过来，安静地走进来，那就欢迎。”

　　这只鹰安静地从窗台上起飞，变成了一个细瘦的年轻男子，金发又英俊，眼睛和刚刚那只鸟一样漆黑冰冷，他赤裸的胸膛上布满了冰碴。

　　年轻人说：“我为这片土地的女王带来了口信。”

　　女王微笑：“我就是。你远道而来，又是在高空。你是我这里的客人，我会尽可能招待你。你需要茶点或是休息吗，或是还有什么其他要求？尽管提，我一定满足。"

年轻人说："您真仁慈，巴尔绮思女王，不过我什么也不需要。我必须说出信息，并且听到您的回答。首先，我是第七级的魔王，是大卫之子、以色列的国王、现世最强的魔法师所罗门的奴隶。"

"又来了？"女王微笑着说，"我已经从这位国王那里收到同一个问题三次了，而三次我的回答都是一样的。上一次不过是一周之前。我希望他现在已经接受了我的决定，不再问第四次了。"

"说到这一点。"年轻人说，"您很快就会听到。所罗门向您致以他的问候，希望您健康幸福。他感谢您对他上次求婚的考虑，他现在正式撤回这一请求。相反他要求您承认他作为您的独立国家的最高君主，并同意向他支付岁贡，也就是四十麻袋从全示巴森林中采集的气味芬芳的乳香。如果您同意这一点，太阳将继续在您的领地上空微笑，您和您的后裔将永远繁荣。而拒绝——坦率地说前景将不那么乐观。"

巴尔绮思的微笑消失了。她从椅子上站起来："这简直就是无理的要求！所罗门无权得到示巴的财富，就和无权拥有我一样！"

"您可能听说过，"年轻人说，"所罗门拥有一枚魔法戒指，一眨眼的工夫他就可以用戒指召集一支魔灵的军队。基于此，诸王之中腓尼基、黎巴嫩、阿拉姆、提尔和伊多姆的国王已经向他宣誓贡献出忠诚和友谊。他们付出黄金、木材、皮草和盐的高额岁贡，而且认为能躲过他的愤怒是一种幸运。"

"示巴是一个古老的独立国家。"巴尔绮思冷冷地说，"而且女王也不会向任何外国异教徒卑躬屈膝。你可以回去向你的主人复命了。"

年轻人没有动，而是用一种轻松的语气说："其实，女王啊，我们所提议的示巴岁贡真的有那么吓人吗？只不过是您每年收获的数百麻袋中的四十麻袋而已，不会让您破产的！"他微笑的嘴里白牙闪着光，"再说了，比起您的城市被烧、人民被杀和在被摧残的土地上流离失所相比，那肯定是好得太多了。"

巴尔绮思轻轻惊呼一声，朝这个傲慢的家伙踏出一步，但当她看到那双空洞的黑眼睛中的闪光后又退了回来，"恶魔，你的行为大大超出了本分。"她吞了口口水说，"我命令你马上离开这间房间，不然我就叫女祭司用银网来抓你。"

"银网对我来说什么用都没有。"魔灵说，它向女王走去。

巴尔绮思退后。她在椅子旁的柜子里存放了一颗水晶球，如果打碎，就会响起警报，把她的卫士引来。但现在她每走一步都离柜子和门更远。她的一只手不断摸索腰带上镶珠宝的匕首。

恶魔说："哦，我不会那么做的。我是个魔王呢，低吟几句就可以召唤风暴，在海里升起一座新岛，对不对？不过，我虽有如此力量，却只是所罗门的奴隶中最差最低级的，他的光荣和骄傲冠绝人类。"

它停下来了，巴尔绮思还没碰到墙壁，不过她感觉到墙砖就在她身后不远了。她站直，一只手放在匕首柄上，按她曾经接受的教育那样，保持面无表情。

"很久之前我侍奉过埃及的头几任国王。"恶魔说，"我帮忙建造他们的墓穴，那些墓穴现在仍是世界上的奇迹。但这几位国王的伟大，和所罗门现在所享有的权力相比，就如尘埃般渺小。"

它转身，随意地几步走到了火炉边，这样它肩膀上残留的冰碴儿迅速融化，从它长长的黝黑胳膊上流淌下来。它凝视着火焰，"您听说过违逆他的意志会发生什么吗？女王陛下？"它低声说，"我从远处看见过。他手指上戴着的戒指，转动一次，戒指的魔灵出现了。然后怎么样？军队越过天空，城墙倒塌，大地裂开，他的敌人都被火焰吞噬。他招来了无数的魔灵，快得难以想象，他们穿过的时候，正午如午夜般黑暗，大地随着他们振翅而颤抖。您希望见到这种恐怖吗？反抗他，那就会降临到您头上了。"

不过巴尔绮思振作起来，她大步走向柜子，站在那里，满腔怒火，一只手放在存放水晶球的抽屉上，"我已经给过你答复了。"她严厉地说，"回你主人那里去。告诉他我第四次拒绝他，而且我不希望见到其他的信使了。还有，如果他仍然如此贪婪，我要让他后悔听过我的名字。"

"哦，那我非常怀疑。"年轻人说，"你几乎没有魔法护身，而且马力卜并非魔法和军队众多的大城。再说一句我就启程飞回家去。我的主人并非不讲道理。他知道这个决定对您来说很难。您有两周时间可以改变主意，明白了吗？"

恶魔指着窗户，黄色的月亮正悬在城里细长的泥砖塔楼后。"今天是满月。等到月亮缩小到没有的时候，四十个麻袋要在庭院里码好！如果您做不到，所罗门的军队就将展翅而来。两周！同时我要谢谢您的招待和温暖的炉火。现在这是我自己的一点小火苗。估计这个可以让您好好想想。"它举起一只手，一个圆球形的橙色火焰从它手指上冒出，像一条细长的闪电飞射出去。最近的塔楼顶就爆发成一片火海。烧着的砖翻滚变黑，尖叫声响彻海湾。

巴尔绮思惊声尖叫起来。年轻人轻蔑地微微一笑，向窗户走去。身影一晃，一阵风袭来——一只鹰从柱子间飞了出去，在腾起的烟雾周围转了一圈，然后消失在星星之间。

黎明到来了，缕缕稀薄的灰烟还在从毁掉的塔楼上升起，不过火已经灭了。女祭司们花了几个小时才决定应该召唤哪个恶魔出来灭火，而到那时候火已经被从运河里人力运来的水给浇灭了。巴尔绮思女王监督了整个过程，看着死者和伤者得到妥善处理。现在城里木然而安静，而她就坐在房间的窗边，看着青绿色的日光慢慢溜过田野。

巴尔绮思二十九岁，登上示巴的王位不到七年。她和她的母亲，就是前任女王一样，在圣所里会见所有来求见的人，广受人民欢迎。她在处理政务问题上灵活而高效，这让顾问们很满意。在宗教问题上她严肃而虔诚，让太阳神的女祭司们很满意。哈德拉毛的山民下山进入城市的时候，他们的袍子上沉甸甸地挂着剑和银质的巨灵防护符，骆驼腿上还挂着袋装的乳香。她在宫殿的前庭接见了他们，送给他们咀嚼用的阿拉伯茶叶，还很在行地和他们谈天气、从树上采摘松脂的难处，于是他们也满意地回到村里，大赞示巴女王的亲切。

她的美貌也没有受损。她母亲有严重的发胖倾向，晚年的时候甚至要求四个年轻奴隶扶她从长塌的软垫上站起来。而她和母亲不同，她苗条、健康而且不喜欢任何人的扶持。她在顾问和女祭司当中也没有心腹，全都独自一人作出决定。

按照示巴的传统，巴尔绮思所有的私人奴隶全都是女性。她们被分为两类——贴身女仆，负责照管她的头发、珠宝和个人卫生等，还有一小队世袭的卫士阶层，她们的职责就是保护女王的安全。前几任统治者和其中几个奴隶之间发展出了友谊，但巴尔绮思并不赞同这种做法，一直让自己保持疏离。

晨光终于照到了运河上，水面波光粼粼。巴尔绮思站起来，伸个懒腰，喝了一大口葡萄酒来放松僵硬的四肢。被攻击的时候她心里就知道要作出决策，不过她花了整个晚上来分析自己的决定。现在她分析完了，马上就开始将想法付诸实践。她穿过房间到了椅子旁边的小柜子边，拿起警示球，用指尖把这个易碎的水晶球捏碎。

她等着，盯着火焰。三十秒之内她就听见旁边的大厅里传来跑步声，门猛地就开了。巴尔绮思没有转身，她说："收起剑，姑娘，危险已经过去了。"

她听着，听见了金属滑入皮鞘的声音。

巴尔绮思问："你是我的哪一位卫士？"

"阿丝米拉，小姐。"

"阿丝米拉……"女王盯着跳动的火焰，"很好，你总是最快，而且身手也最好，我想起来了……你愿意为我付出一切吗，阿丝米拉？"

"小姐，我愿意。"

"你会为我献出生命吗？"

"我很乐意。"

"忠诚。"巴尔绮思说，"你很像你母亲。很快就有一天，整个示巴都会欠你的债。"然后她转过身，赏给姑娘一个极其灿烂的微笑，"阿丝米拉，亲爱的，打铃叫仆人来，让她们给咱们送酒和糕点来。我想和你说说话。"

过了没多久，卫队长阿丝米拉离开了女王的房间回到了她自己的小屋，严肃的脸激动得发红，几乎喘不过气来。她在板床边上坐了一会儿，一开始目光放空，然后就盯着泥砖墙上一道从天花板一直延伸到地面的熟悉裂缝。一会儿之后她心跳平缓下来一点儿，呼吸也平静了，但在她内心即将爆发的骄傲却丝毫没有减弱。她双眼中充满了欢乐的泪水。

她最终站了起来，伸手到嵌入墙壁中的高架子上取下一个木箱，箱子上很清晰地装饰着正午太阳的标记。她把箱子重重地放到床上，跪在旁边打开盖，拿出存放在里面的五把银匕首。匕首在火烛的照耀下闪闪发光，她一把又一把拿起匕首，检视边缘，测试重量，然后整齐地一把挨着一把放在床上。

她轻松保持平衡，低低地蹲坐下来，伸手到床下拉出旅行用的斗篷、皮鞋以及——再需要费点儿劲够到最里面的角落里——一个抽绳大皮包，放置很久已经布满了灰尘。

阿丝米拉把包里的东西倒在地上：两块胡乱叠起的宽大布料，上面有奇怪的褪色和焦痕；几支蜡烛；两副火石和引线；一盏油灯；三把蜡封的壶；还有八块分量不大的玉雕。她凝视了这些东西一会儿，好像在犹豫，然后耸耸肩，把东西又放回包里，还把银匕首也都塞了进去，拉紧抽绳，站起来。

时间过得很快，女祭司要聚在前庭一起召唤，而她还得去神庙以获得太阳神的保佑。

不过她已经准备好了。她安排完毕，而且也没有需要告别的人。她把剑解下来，放在床上。然后她穿上鞋，拿起斗篷扛起包，头也不回地离开了房间。

CHAPTER 06

　　凤凰在高空翱翔，它是一种如鹰般高贵的鸟，莫说它金色的羽毛上带着淡红，展开的翅膀尖上还有彩虹色的斑点，它头上还有黄铜色的羽冠，金钩似的爪，漆黑的眼睛能看清前后无限远。

　　它一脸恼怒的表情，而且带着用一张线织的大网里装着的二百五十公斤洋蓟。

　　如今，这么重的重量并不是这项工作唯一让我生气的地方。早起也让我全身羽毛发疼。才过午夜我就从以色列出发前往非洲北部沿海，那里长着最好的野生洋蓟，于是（这里我引用这项工作的专用术语）我可以"在黎明晶莹剔透的露水中采摘最多汁的样品"。我问你，这能让瞎子变得好点儿么。

　　挖这种讨厌的东西就已经够累的了——我还要让这些脏兮兮的东西绑在我爪

子下面几个星期——带着这些东西逆风飞行一千五百英里连顿野餐也没有。不过这些我还能对付过去。真正让我的利爪痒痒的是我接近耶路撒冷后那些魔灵同事欢乐的表情和鬼脸。

它们咧开大嘴笑，在空中轻快地超过我，带着像要开战似的规模壮观的矛和剑。它们是去沙漠和荒地打击强盗的——一项货真价实的体面任务。而我？我带着一兜子洋蓟缓慢而沉重地向北，假装微笑，嘴里不清不楚地嘟囔着脏话[1]。

我被惩罚了，你知道，这明显是不公平的。

一般来说，你用一点老实的小伎俩杀了个魔法师并逃回异世界之后，你基本上就可以平静地待上一阵子。几年过去了，没准儿十年二十年，最终，另一个学了一点古苏美尔语的贪婪投机客成功画出了五芒星且没有太多错误，这样就又锁定了你的名字，把你召唤回去，再重新奴役你。但至少等那时候，规则清晰，双方都默认。魔法师强迫你帮他获得财富和权力[2]，而你尽最大努力想方设法暗中给他使坏。

有些时候你成功了，但更多的情况是，你做不到。这完全取决于双方的判断和技巧。不过这是个人行为，如果你难得获得了一场胜利，你推翻了暴虐的主人，而你最不想要的就是马上被拖回来，而且因为你的胜利而被别人惩罚。

但现在这种事情就实实在在发生在所罗门统治下的耶路撒冷。我吃掉那老魔法师，打着饱嗝微笑着离开他的塔楼还不到二十四个小时，就被召到沿着城墙的另外一座塔上。我甚至还没来得及张嘴抗议，就稀里糊涂地挨了痉挛咒、旋转咒、挤压咒、弹跳咒和拉抻咒，最终因为我惹的麻烦又吃了好一顿点刻咒[3]。你或许想最终我可以有点时间尖酸刻薄地说几句了，但没有。我发现自己立刻就被

---

[1] 这些话我可不希望在这里重复。不像某些我叫不太出名字的次等巨灵，它们会为了粗俗和不合时宜而高兴，我可是坚持守规矩的。一直如此，声名远播。我所不知道的好品位你都可以在矮人的臀部剃下，如果你能使劲按住他不让他尖叫的话。

[2] 建造墓穴、寻找珍宝、打仗、采洋蓟……表面上不一样，可能——但最终所有的魔法师总归都要求财富和权力，不管他们自己标榜什么。

[3] 痉挛咒、旋转咒、点刻咒，等等，这些惩罚性的咒语经常被用来使健康、年轻的巨灵守规矩。痛苦、单调，但通常不致命。

打发出去做头一件丢脸的任务了，那些任务都是专门设计出来打击我自由的灵魂的。

那些工作说来让人郁闷。首先我被派到黎巴嫩山顶峰去采洁净的冰，这样国王的冰冻果子露就可以冰镇得很好。然后我被命令去粮仓为年度盘库清点大麦粒。之后我被叫到所罗门的花园为花草树木拔去枯叶，不能有任何褐色或枯萎的东西碍到王室的眼。接下来讨厌的两天是在王宫的下水道里，弄得我一身泥。再然后是为了给王室做早饭而费力地远征去寻找新鲜的大鹏蛋 [4]。之前那些都还没够，现在，我又被迫来搞洋蓟大集，让我成了巨灵同伴眼中的笑柄。

自然了，哪一项也没打击到我的灵魂，也没有让我变得半点儿急躁。而你知道我把这些都怪到谁头上吗？所罗门。

他不是召唤我的人，当然了。他太重要了，根本不屑做这个。事实上，他重要到我在这个城市被奴役的三年里，几乎都看不到他。我曾经在王宫上空盘旋过，探查过方圆几英里如迷宫般的厅堂和休闲花园，也只在远处见过他一两次，那时他被一群叽叽喳喳的嫔妃所簇拥。他不常外出，除了我不能参加的每日朝会之外，他大多数时间都把自己关在北边的花园那边的私人套房里 [5]。在他懒洋洋地躲在里面骄纵自己的时候，把日常召唤都委托给十七位顶尖魔法师执行，这些人就居住在沿城墙穿起来的塔楼里。

我前任主人就是这十七人之一，新主人也是——而这儿，简单地说，也是所罗门权力的证明。所有的魔法师都是天生刻薄的竞争对手。其中一人死掉，其他人的本能是高兴。而且他们更喜欢把讨厌的巨灵召唤出来，尽情地和他们握爪，而非给他们什么惩罚。但这种情况不会发生在所罗门统治下的耶路撒冷。国王认

---

[4] 美食注释：一个大鹏蛋，炒的，如果和几缸牛奶以及 1～3 桶黄油拌起来，大约能够七百位嫔妃吃。我还得搅拌食材，弄得我胳膊肘酸痛。

[5] 如果你相信的话，其实并非一直都是这样的。长时间服役的巨灵报告说所罗门统治的早些年里，他喜欢定期举办宴会、假面舞会和各种想到的娱乐（虽然经常以咆哮和欺诈为特征）。每晚，妖精灯串照亮柏树，魔灵球变换上千种颜色滚动着擦洗王宫。所罗门、他的后宫和廷臣在草地上嬉戏，同时他用戒指给他们创造奇迹。时间似乎改变了他。

为他的仆人之死是一种冒犯，而且要求惩戒。于是就这样——违反所有自然正义的法则——我就又被奴役了。

我因自己的不幸使劲耷拉着一张脸，在干燥的热风中向前飘飞。下方很远的地方，我暴躁的影子掠过橄榄树丛和麦田，在无花果树陡峭的梯田上上上下下。所罗门的小王国渐渐都到了我身下，直到我能远远地看见首都的屋顶，像闪闪的鱼鳞散布在山丘上。

几年前耶路撒冷还是个邋遢的小镇，很不显眼，自然不能和尼姆鲁德、巴比伦或底比斯的都城相比。而现在，财富和辉煌均可和这些古代城市相媲美——而原因也不难猜。

都因为那戒指。

戒指，这是最关键的。这是耶路撒冷繁荣的原因。这是我的主人急于投到所罗门魔下的原因。这是那么多魔术师趋之若鹜、飞蛾扑火般争相聚集到他周围的原因。

全都是因为他手指上戴的戒指，所罗门才能自己过着好逸恶劳的日子，而以色列却无比兴旺。因为这戒指不祥的名声，像埃及、巴比伦这样一度伟大的帝国现在都躲得远远的，担忧地盯着边境。

都因为那戒指。

就我个人来说，其实我从来没有近距离看过这个恐怖的东西——不过话又说回来了，我也没必要去看。就算从远处，我也明白它的威力。所有的魔法物品都放出光环。有一次，所罗门曾经远远经过我身边，我大略检查了一下高级界层。那种光线的流动让我痛叫出声。在他身上有东西极为猛烈地发着光，几乎把他都遮住了。就像是盯着太阳看一样。

我听说，这东西本身并没有什么看头——就是嵌着一颗黑曜石的黄金圈。但据说这里包含着一位有无上力量的魔灵，戒指被转动的时候他就会出现，而且只要碰一碰这个戒指，同时就能召唤出一批魔王、火灵和巨灵来服从佩戴者的意志。也就是说，这是一个能通往异世界的移动大门，能吸引几乎无限量数目的魔灵 [6]。

所罗门随时有权使用这种恐怖的力量，而且自身不会有危险。对他来说并不清楚魔法师通常的那种严苛的手段。他不用点蜡烛也不用粉笔画，没有力量用尽、被烤或是被吞掉的危险，甚至没有被竞争对手或是不满的奴隶杀害的机会。

据说戒指上有一处刮伤的小瑕疵，那是大魔王阿祖勒用毯子带所罗门从拉吉到贝特祖尔的时候，利用了主人措辞中的一处歧义想要毁掉戒指。阿祖勒已经被沙漠风侵蚀瘦了的石化外形，现在就孤单单地站在拉吉路上。

在他统治的早期，另外两个魔王斐洛克里特和欧达利斯也曾经想要杀掉国王。他们的结局也一样悲惨：斐洛克里特变成了一个铜壶里的回声，而欧达利斯惊恐的脸被刻进了王宫浴室的地砖上。

有关国王的故事流传的还有很多，怪不得所罗门现在可以活得那么轻松。他手指上这么一小块黄金带来的绝对权力和恐惧让所有魔法师和他们的魔灵乖乖听话，谢谢你。使用戒指的威胁整天都悬在我们头上。

中午到了，我的旅程也结束了。我高高飞越汲沦门，飞过品种繁多的市场和街市，终于落到了王国和花园的上空。就最后的这点时间我感觉负担特别沉重，所罗门此刻没在砂石小路上闲逛是他的幸运。要是让我看见他，我很想冲下去把那一大堆熟洋蓟直接卸到他精心梳理过的头上，再把他的妃嫔们攥进喷泉里去。话虽如此，凤凰还是继续镇定地向指定降落地点飞去，也就是王宫后面一个杂乱的院子，那里屠宰场的酸味升腾，通往厨房的门永远都开着。

我迅速下降，把担子扔到地上再落地，变成了我以前用过的一个英俊年轻人

---

[6] 据说这戒指还可以保护所罗门免受魔法攻击，给他超凡的个人魅力（这可能能解释为什么他后宫有那么多人），还让他懂鸟兽的语言。总之，不坏，虽然最后一项其实没你预期的一半有用，因为说到底动物的语言会让人头晕目眩：（a）没完没了就是找食儿吃；（b）在晚上往往就是找个温暖的树丛睡觉；（c）偶然对某些特定的器官的满意。★像高高、幽默和诗意的灵魂这类元素显然是缺乏的。你得到中级巨灵中间才能找到。
★很多人会说人类的语言归结起来也一样。

的形象 [7]。

一群妖精蹦蹦跳跳地奔过来，准备把我的大网兜扛到厨房去。一个圆滚滚的巨灵在旁边监工，一只手里拿着一个长卷轴。

"你来晚了！"他惊呼，"所有筵席用的东西都应该在中午前送达！"

我斜眼看了看天："现在就是中午，巴斯克。看看太阳。"

"中午已经过去两分钟了。"巨灵说，"您老先生，迟到了。不过这次就算了。你的名字？"

"巴谛魔，从阿特拉斯山采洋蓟回来。"

"等会儿，等会……我们的奴隶太多了……"巨灵从耳后拿过一支尖笔，埋头于一堆卷轴之中，"א——阿尔法……ב……贝塔……בּ贝塔的卷轴哪儿去了？这些个现代语言……真没逻辑……啊，这里……"他查看了一下，"好了，对。再说一遍名字？"

我用一只凉鞋跺着地："巴谛魔。"

巴斯克查询卷轴："吉拉特的巴谛魔？"

"不是。"

"泰尔巴塔西的巴谛魔？"

"不是。"

卷轴继续展开，停顿了很久之后："卡里尔贝特德尔米耶的巴谛魔？"

"不是。是不是在马杜克的名字哪儿？乌鲁克的巴谛魔，也叫神灵沙卡，吉尔伽美什和阿肯那顿的著名心腹，还有——一度是——娜芙蒂蒂 [vi] 最信任的巨灵。"

监工抬眼："哦，我们在说巨灵吗？这是魔精的名单。"

"魔精的名单？"我怒吼一声，"你拿那个干什么？"

"噢，查查你——哦，嘘，别那么大声。对，对，我现在找到你了。你是哈巴手下的麻烦精，对不对？相信我，你的光辉过去对他来说无足轻重！"

---

[7] 两千年前，我用这个伪装给吉尔伽美什持矛：高大、俊美、年轻，皮肤光滑，杏仁眼，穿着长裹裙，胸前戴着紫水晶项链，头发上戴着小环。而他怀旧优雅的形象和这里肮脏杂乱的厨房院子形成了强烈对比。这种环境下我经常用这个伪装。不知怎么能让我感觉好受些。

巴斯克转而去给妖精们分配任务了，而我忍住想要把他、卷轴和其他一切都吞掉的冲动，厌恶地摇摇头。还好，整场尴尬的交流没有其他人看见。我转过身——

"你好，巴谛魔。"

——发现自己和矮粗、大腹便便的努比亚奴隶面对面站着。他秃头红眼，穿着一条豹皮裙，腰间挂着一把大弯刀，牛一般粗的脖子上戴着七根象牙项圈，一脸熟悉的讥笑表情。

我浑身一缩："你好，法奎尔。"

"你在这儿啊，你明白吧，"巨灵法奎尔说，"我还能认出你，你古代的丰功伟业还没有被忘干净。别放弃希望。也许有一天洋蓟之歌就会在壁炉边传唱，你的传奇将继续流传。"

我瞪他："你要干吗？"

努比亚人压低黝黑的肩膀："我们可爱的主人要求全体都到王宫后面的山丘上集合。你迟到了。"

"日子会越来越好过的。"我酸溜溜地说，"好吧，我们走。"

英俊青年和矮胖努比亚人一起走过庭院，我们碰到的较低级的魔灵，都在高界层中观察了我们的真实本质，匆匆跳到一边去了。后门那里，有着苍蝇眼睛和蝙蝠耳朵的普通火灵警惕地留意我们的名字和人数，在长卷轴上检查我们的身份。我们被领进去，不一会儿走到了山坡边缘一块粗糙的空地上，城市在下面闪着光。

不远处，另外六只魔灵有秩序地站在那里等待。

我最近的任务都是单独做的，这还是头一回我见到讨厌的巨灵同伴聚在一起，我仔细地端详他们。

"一群从来不干好事的家伙，也从来没有聚在一起过。"法奎尔评论道，"那是在你来之前。我们不仅是丑陋，而且每一个都曾经杀过或是残害过前任主人——不过，至于霍斯劳，大概是用最严厉的语言侮辱了她吧。我们就是又让人讨厌又危险的一群。"

某些魔灵，比如法奎尔，我认识他多年也讨厌了多年，其他人就都不认识了。他们都用了水平差不多的人类伪装，身体差不多还算协调。多数都肌肉发达、四肢如雕塑一般，不过没人比我更像雕塑；有一两个选择了罗圈腿和圆圆的大肚子。所有的魔灵都穿着男性奴隶典型的那种简单、织工粗糙的裙子。

不过，随着慢慢靠近，我注意到，就算在这里，每一个叛逆的巨灵都增添了一些恶魔似的小细节，隐约破坏了他们的人类形象。有些头发里冒出了角，有些有尾巴、大大的尖角耳朵或是蹄子。不服从是有风险的，不过却有风格 [8]。我决定和他们一样，让我的眉毛上方长出了两个小小的公羊角。我注意到法奎尔也给他的努比亚外貌上安了一副优雅整齐的獠牙。这样美化过之后，我们就在队列中就位。

我们等着，一阵热风刮过山顶。遥远的西边，云层正在海上聚集。

我从一只脚换到另一只脚，打着哈欠。"哎。"我说，"他还来不来了？我烦了，累了，想去吃一只妖精了。其实后院就有几只，要是安静点儿就不会错过。要是我们有个包——"

我隔壁用胳膊肘捅捅我，"嘘。"他发出咝咝声。

"哦得了吧，有那么糟吗？我们去吧。"

"嘘……"他厉声说，"他来了。"

我浑身一僵。在我身边其他七个巨灵立刻就反应过来了，我们都呆呆地盯着头顶上。

一个黑影来到山坡上，影子长长地拖在身后。

---

[8] 所罗门的法律规定在宫墙外必须一直保持普通人类的形态。动物不行，传说中的善类也不行，古怪畸形的也一样，真是可惜啊。这是为了不让一般人可怕的形象吓到——比如贝泽尔散步的时候四肢前后颠倒的样子。或者，坦诚地说，鄙人漫不经心地用腐坏的尸体作为伪装出去买无花果，那会导致大水果市场的惊恐，四散逃窜过程中十五人死亡，商业区也有一半被毁。不过我却买到了相当便宜的无花果，所以还不算太糟。

BARTIMAEUS

巴谛魔

✳

所罗门之戒

CHAPTER 07

　　他名 [1] 叫哈巴，不管他以前是个什么样子，他毫无疑问是个可怕的魔法师。本来，他好像是个埃及人，是在尼罗河边黑土地里辛勤工作的农民家一个聪明的孩子。然后（这种方法几百年来都有效）拉神的祭司偶然间遇到了他，把他带到了卡纳克神庙 vii 花岗岩墙壁下的大本营，在这里，这个聪明的年轻人在烟尘和黑暗中长大，学习相关的魔法，积累力量。上千年来，这里的祭司都和法老一起统治埃及，有时候和法老竞争，有时候支持他们。国家繁荣的时候，哈巴毫无疑问会留在那里，通过阴谋和下毒越来越接近埃及统治的巅峰。但现在底比斯的王位已经衰老而脆弱，而耶路撒冷则更加光明。哈巴野心难耐，学会了所有从老

---

[1] 我是说，他的假名——通过这个名字可以知道他在这个世界上的来龙去脉——没什么意义，其实，就是一个保护和隐藏他真实本性的面具。和所有的魔法师一样，他出生时的名字——知晓他的力量和最宝贵财富的关键——从童年开始就已经被抹去、被遗忘了。

师那儿能学到的之后，就向东来到了所罗门的宫廷谋求职位。

　　他可能已经到这里很多年了，但身上卡纳克神庙的臭气还在。就算是现在，他登上坡顶，站在正午太阳的光辉下打量我们，身上依旧有地下室的某种味道。

　　至此之前，我只在他塔楼里的召唤室见到过他一次，而且那个地方很暗，我也全身疼痛，所以也没有好好评估他。不过现在我看见他的皮肤是常年在没有窗户的圣所地下室所形成的浅灰色，同时眼睛很大很圆，像在黑暗中环游的洞穴鱼类 [2]。双眼下方都有一道细但深的鞭痕，几乎垂直地穿越整个脸颊到了下巴。这两道痕迹是天然的还是被某些绝望的奴隶弄出来的，倒是个值得思考的问题。

　　简而言之，哈巴长得不怎么样。尸体恐怕都要跑过街去躲开他。

　　他和所有最强大的魔法师一样，衣服都很简单。他赤裸着胸膛，简单裹着裙子，也没有装饰。腰带上的一个骨质钩子上挂着一条有把手的多股长皮鞭。他脖子上挂着一个金环，坠着一块黑色抛光的石头。这两件东西都发出力量的脉动。那块石头，我猜是一个能让魔法师从远处监视的占卜玻璃。鞭子呢？唉，我当然知道那是什么。一想起这个，我站在阳光下的山坡上也发抖。

　　魔法师上下打量的时候，一排巨灵静静地站着。魔法师大而湿润的眼睛轮流对我们每人眨一眨。然后他皱起眉，把一只手放在眼睛上遮光，瞪起眼睛看着我们的角、尾巴和其他额外添加物。另外一只手慢慢滑向皮鞭，手指放在把手上片刻……然后又放下了。魔法师往后稍微退了一小步，用柔和但干巴巴的声音对我们说话。

　　"我是哈巴。"他说，"你们是我的奴隶和工具。我对违抗命令毫不容忍。这是你们需要知道的第一件事情。下面是第二件事：你们站在耶路撒冷的山坡上，这里是我们的主人所罗门所拥有的圣地。这里不能有轻浮和失礼的举动，否则将遭受最严厉的惩罚。"他慢慢沿直线来回走动，身后拖着细长的影子。

----

　　[2] 那双眼泛着无味的水汽，好像他就要为愧疚、痛苦，或是为同情他手下的牺牲品而哭。但其实呢？才不。这类感情对哈巴来的内心来说是陌生的，他从没流过眼泪。

"三十年来，恶魔在我的皮鞭下逃窜。而反抗我的已经被碾碎。有些死了，有些还活着——换了一种形式。没有人能回到异世界去。把警告听好了！"

他顿了顿。话语在宫墙之间回荡直到消失。

"我注意到，"哈巴继续说，"你们无视所罗门的禁令，都在人类外形上加了些恶魔的附属品。你们可能是想要吓我。要是这样，你们就错了。你们可能认为这种可怜的姿态就是某种'叛逆'。要是这样，那只能印证我所知的——你们胆小、害怕得不敢再做更大的动作。今天你们就留着角吧，如果能让你们舒服一点，但是注意，从明天起，谁还留着，我就要用灵髓鞭来处置了。"

他把鞭子拿在手里，在空中挥舞。我们其中几个人畏缩了，八双忧郁的眼睛眼睁睁看着鞭子来回闪动 [3]。

哈巴满意地点点头，把鞭子放回腰带上。

"现在，那些给前任主人找麻烦的傲慢巨灵呢？"他说，"都不见了！你们驯服且顺从，本应如此。很好，来说你们的下一项任务。你们要一起给所罗门王建设一项新的工程。他希望在这里建一座大神庙，一座让巴比伦王忌妒的奇迹建筑。我有这个荣幸在开始阶段接受这项任务——山坡的这一边要被清理干净，弄平整，还要在下面的山谷里开一座采石场。你们要按照我给你们的计划，磨石头，再把石头都拖到这里来，然后——噢，巴谛魔，什么事？"

我举起一只优雅的手："为什么要拖石头呢？带着飞过来不是更快吗？我们一次都能运上一两块，就算是霍斯劳也可以。"

站在队列另外一边的蝙蝠耳朵巨灵恼怒地尖叫："喂！"

魔法师摇摇头："不行，你们还在市界以内。按照所罗门禁止非自然伪装的法令，你们不能用魔法走捷径，必须按人类的节奏工作。这是一座神圣的建筑，必须小心修建。"

我抗议地叫了一声："不用魔法？那要花上很多年！"

那双发光的眼睛盯着我："你在质疑我的命令吗？"

---

[3] 灵髓鞭：在法老胡夫和金字塔时期，是拉神的祭司们最爱用的武器，让巨灵听话，很管用。底比斯工匠现在还在制造此物，但最好的是在古墓里发现的。哈巴那条就是最早的——你从把手那里能看出来，是用人类奴隶的皮绑定的，上面还有淡淡的刺青做装饰。

我犹豫了，然后转开眼睛："没有。"

魔法师转身说了一个词。伴随着一声模糊的回答和微弱的臭鸡蛋味，一小团紫色的云从哈巴身旁冒出来，悬在那里，轻轻颤抖。云里懒洋洋地倚着一个螺旋尾巴的绿皮家伙，他把胳膊枕在头后，圆圆的红脸颊，眨着眼睛，粗鲁的表情熟悉得不能再熟悉了。

他冲我们咧嘴一笑："你们好，伙计们。"

"这是魔精格则里。"我们的主人说，"他是我的耳目。当我不在工地的时候，他会把偷懒和抗命的情况告诉我。"

魔精笑得更欢了。"他们不会有什么麻烦的，哈巴。他们中的大多数都和羊羔一样温顺。"他把脚趾肥肥的脚伸到云下踢了一下，推动那朵云在空中稍微移动了一点儿，"其实吧，他们知道什么对他们好，您能看到的。"

"希望如此。"哈巴做了一个不耐烦的姿势，"时间过得很快！你们得去工作了。把灌木丛清理干净，山坡弄平整！你知道召唤时候的条款，要一直遵守。我要纪律，我要效率，我要默默奉献。不许顶嘴、吵架和开小差。你们自己分成四个劳动小组。我马上把神庙的规划给你们。就这样。"

然后他转身走开，那副傲慢的样子毫无二致。魔精踢踏着懒散的腿，带着云跟在他后面，一边走一边扭头做了一连串鬼脸。

虽然遭遇种种挑衅，我们还是谁也没有作声。我听见身边的法奎尔发出一声类似闷在嗓子里的吼声，像是要说出来，但其余的奴隶同时都管住了嘴巴，害怕受罚。

不过你们知道我的。我是巴谛魔：我管不住舌头 [4]。我大声咳嗽，举起一只手。

格则里先转身，魔法师哈巴慢慢转过来："嗯？"

"还是乌鲁克的巴谛魔，主人。我要投诉。"

魔法师眨眨湿润的大眼睛："投诉？"

---

[4] 除了字面意思之外，有那么一两次，某些亚述祭司被我的无礼搞得恼羞成怒，用荆棘扎穿了我的舌头，把我绑在尼尼微 viii 中央广场的一根杆子上。不过呢，他们没考虑到我的灵髓有伸缩性。我可以把舌头伸得足够长，到附近的小酒馆慢慢喝点儿麦酒，还在几个达官贵人趾高气扬走过的时候灵活地绊倒了他们。

"对。您的耳朵没聋，这让人宽心，其他身体上的毛病也会好的。我想，是有关我的工作搭档。他们不达标。"

"不……达标？"

"对，请您试着理解。不是所有人，抱歉，我无意反对……"我转向左边的巨灵，他长着一张幼稚的脸，上面有一只短粗的齐眉角，"抱歉，你叫什么名字？"

"美尼斯。"

"年轻的美尼斯。我肯定他是个很好的伙伴。而据我所知，那个胖胖的长着蹄子的可能也是个好工人，他的灵髓肯定足够。但有些就……如果我们要集中起来做经年累月的大工程的话……嗯，不论长短，我们都融洽不了。我们会打架、大吵、小吵……就拿法奎尔来说吧，他就没法一起工作！每次都结局悲惨。"

法奎尔懒散地轻声一笑，露出发亮的牙齿："对——对了……我得说，主人，巴谛魔就是个妄想狂。他说的话你一个字也不能信。"

"没错，"长蹄子的奴隶也插嘴，"他叫我胖子。"

蝙蝠耳朵的巨灵哼了一声："你是胖。"

"闭嘴，霍斯劳。"

"你闭嘴，贝泽尔。"

"看吧？"我做了个遗憾的姿势，"争吵。你还没反应过来我们就已经扑到对方的喉咙上去了。最好就是把我们全都遣散，除了著名的法奎尔，他尽管个性有缺点，却非常善于雕刻。他会是忠实的好仆人，而且能一个顶八个。"

这时魔法师张嘴要说话，但不知怎么被大腹便便的努比亚人的大笑给抢了先，他慢慢走向前。

"正相反，"他怂恿道，"巴谛魔才是你应该留下的那一个。正如你所见，他和火灵一般那么有力气。他在建筑方面的功绩也很出名，其中一些到现在还在被人传说。"

我满脸怒容："一点儿都没名，我不行。"

　　"他就是那么谦虚。"法奎尔微笑着说，"他唯一的缺点就是不能和其他巨灵一起工作，他被召唤的时候，其他巨灵通常都被遣散了。不过——对他的能力来说，就算在这个闭塞的地方你也听过幼发拉底河的大洪水吧？那么，始作俑者就站在这儿。"

　　"哦，好像是你把那事儿夸大其词的吧，法奎尔。那场事故根本就是被传过头了。根本没有造成什么实质性的伤害——"

　　蝙蝠耳朵的霍斯劳气愤地叫了一声："没有伤害？一场遍及乌尔和舒鲁帕克的大洪水，只剩下白色的平板屋顶在水面上。就像是整个世界都被淹了一样！都是因为你，巴谛魔，为了打赌而在河上建了座水坝！"

　　"喂，打赌我赢了，不是吗？看事情要全面。"

　　"至少他能建东西，霍斯劳。"

　　"什么呀？我在巴比伦建造的工程可是全城称颂！"

　　"比如那座你一直没盖完的塔？"

　　"哦算了吧，尼姆西克——那是因为外国工人的问题。"

　　我的工作完成了。争吵进行得不错，所有的纪律、专心都消失了，魔法师气得面色发紫。魔精格则里脸上的扬扬得意也不见了，像条鳟鱼那样呆呆的。

　　哈巴怒吼一声："你们！都住嘴。"

　　但已经太迟了。我们这一排已经混战成一团，开始动手动脚了，尾巴旋转，角在太阳下闪着光，一两个之前把爪子藏起来的也偷偷露了出来强化自己的力量。

　　现在，我知道有些主人会在这种节骨眼上放弃，撒手不管，把奴隶全都遣散——只需暂时性的——就能获得一片安宁。不过这个埃及人浑身都是拿严厉做的。他慢慢退后一步，面容扭曲，从腰带上解下灵髓鞭，握紧把手，喊出一个符咒，他在头顶上猛击了一次、两次、三次。

　　皮鞭每挥舞一次，辫梢上就出现一个黄色气体形成的锯齿状长矛。长矛刺出，把我们所有人都穿在矛尖上，钉在空中。

　　我们在灼热的太阳下转动，高过宫墙，悬挂在刺眼的黄色钩子上。我们下方的魔法师用胳膊画着圈，高高低低、时快时慢，而格则里高兴得上蹿下跳。我们一圈一圈飞着，耷拉着身子，无能为力，有时候碰到对方，有时候撞到地。灵髓鞭如雨般落在我们身后，闪着微光，像是沙漠空中油腻腻的泡泡。

回旋终止了，灵髓肉扦也被收了回去。最终魔法师把胳膊放了下来。八个破烂的东西重重落在地上，我们的形体边缘像熔化的黄油一般一块块脱落。我们是脑袋着地的。

激起的尘土慢慢散去。我们一个挨一个坐着，像碎掉的牙齿或是倾斜的塑像一样插在地里。其中几个轻微冒着气体。我们的脑袋半埋在土里，腿像蔫掉的植物一样耷拉着。不远处，高温形成的烟雾变化、破裂、重组，魔法师穿过破裂的缝隙大踏步走来，长长的黑影在身后浮动。黄色气体从皮鞭上丝丝缕缕地散发出来，发出微弱的噼啪声，慢慢散去了。这是整个山坡上唯一的声音。

我吐出一颗小石头。"我觉得他原谅我们了，法奎尔。"我哑着嗓子说，"看，他在笑。"

"记清楚，巴谛魔——我们现在头下脚上。"

"哦，好吧。"

哈巴过来停住，低头盯着我们。"这，"他轻声说，"这就是我对违抗我一次的奴隶的惩罚。"

一片沉默。连我也没什么可说的。

"我来给你们看看我怎么对待违抗过我两次的奴隶吧。"

他伸出一只手说了个词。比太阳还要明亮的一点光芒，突然浮现在他掌中，悄然无声地扩张成了一个光球，被他的手托着，但没有碰到手——光球现在变暗了，像是被血染过的水。

光球里面是一幅移动的画面，一个生物，行动缓慢，眼睛瞎了，而且处于极大的痛苦之中，他迷失在一个黑暗的地方。

我们仍然颠倒耷拉着，静静地看着这个迷途又残废的东西，看了很长时间。

"你们认出来了吗？"魔法师说，"这是个像你们一样的魔灵，或者曾经是这样。它太清楚外面世界的自由了。它或许，像你们一样，喜欢浪费我的时间，无视我交付的任务。我不去回忆，因为我已经把它关在我的塔楼地下室里很多年了，可能它自己都忘记是怎么回事了。偶尔我会给它一点儿微弱的刺激，只是想提醒它，它还活着，其他时候我就让它自己痛苦去吧。"那双眼睛眨着眼环视我们，那声音还和以前一样平板。"如果你们中的谁想变成这样，那就可以再惹怒我一次。如果不想的话，那就去按所罗门的要求开挖、雕刻——还有祈祷，如果这种反应能成为你们的本性，那说不定有一天我会允许你们再次离开这个世界。"

光球里的画面逐渐缩小，光球也吱吱地消失了。魔法师转身冲着王宫走去了。他乌黑的影子长长地拖在身后，在石头上跳跃、舞蹈。

我们谁也没再说什么。一个接一个倒下来，瘫倒在土里。

ASMIRA

阿丝米拉

✳

所罗门之戒

CHAPTER 08

示巴的北方，阿拉伯沙漠延绵上千里，广阔无边，到处都是没有水的沙砾和干燥的石头山丘，往西一直延伸到茫茫的红海。在遥远的西北方，那里的半岛和埃及接壤，红海在亚喀巴湾逐渐消失，那里有一个贸易港埃拉特，自古就是个道路、货物和人们云集的地方。示巴的香料到埃拉特，可以在老市场卖上大价钱，乳香商人在沙漠和大海之间迂回往返，穿过许许多多小王国，支付通行费，还要抗击山地部落及他们的巨灵的袭击。如果一切正常，假如他们的骆驼不生病，他们也逃过了大多数的抢劫，商人大约可以在六七周后到达埃拉特，那时候他们已经非常疲劳了。

卫队长阿丝米拉用了一晚上就到了，她是被一股呼啸的沙旋风给带到的。

防护咒之外，黑暗的呼啸声中，沙暴冲刷着空气。阿丝米拉什么都没看见，她蹲坐着，双臂抱膝，双眼紧闭，想要无视从旋风中持续不断叫她名字的声音。这是魔灵带她行进附带而来的挑衅，但除此之外，女祭司们的指责也紧紧跟随着她。阿丝米拉没有掉下来，没有被压扁，也没有被撕碎，毫发无损，在黎明破晓时分被轻轻地放了下来。

她一点一点吃力地舒展自己，让眼睛睁开。她坐在一个山坡顶上，在三堆完好的环形沙丘中央。这里零星散布着灌木丛还有珍珠茅，岩石在初升的太阳照耀下闪着光。一个裸体的小孩站在山坡上，用黑色的大眼睛看着她。

"那就是埃拉特。"巨灵说，"你中午之前能到了。"

阿丝米拉看了看，远处能看见一串黄色的光晕悬浮着，消失在更远的黑暗中，光晕旁边有一条平坦的白色线条，如刀锋那么薄，分割开天与地。

"那里，"孩子又指着补充道，"是海，亚喀巴湾。你现在在所罗门王国的最南端。从埃拉特你可以租骆驼到耶路撒冷，一路上还有几百英里。我不能再保证你的安全了。所罗门在埃拉特建了很多船坞，这样他就可以控制沿海的贸易线路。他有魔法师在这儿，还有很多魔灵，他们会提防像我这样的闯入者。我进不了城。"

阿丝米拉站起来，四肢僵硬得直喘气。"那我谢谢你的帮助。"她说，"等你回到马力卜，请向女祭司们和敬爱的女王表达我的感谢。说我感激她们的协助，我会尽全力完成任务，还有——"

"别谢我，"这孩子说，"我只是被迫做事。说实话，要不是阴郁之火的威胁，我会一下子把你吞掉，你看起来挺肥美多汁的。至于女王和她的奴才们，照我的意见，你对她们的感激也一样错了，因为她们送你可怜地死去，而她们却在柔软豪华的宫廷里继续享乐。不过，我还是会把你的问候带到。"

"臭恶魔！"阿丝米拉吼道，"就算我死了，也是为了我的女王而死！我的国家正在遭受攻击，而太阳神会亲自保佑我的冒险行动。你对忠诚和爱国一无所知！从这儿离开吧！"

她紧握挂在脖子上的什么东西，说出了一个愤怒的音节，一个闪着黄色光的碟形打到了巨灵，让它叫着向后翻了个跟头。

"这招漂亮，"小孩站起来，说，"不过你的力量太小了，动机更单薄。神和国家——除了说说还能怎样？"

它闭上眼睛，消失了。一阵微风吹向南方，把完好的环形沙丘吹散，也让阿丝米拉打了个哆嗦。

她跪着，把皮包放在边上，从里面掏出皮水袋、一块用葡萄叶包裹的点心、一把银匕首还有旅行斗篷，她把斗篷披在肩上保暖。然后她的第一个动作就是从皮水袋里大大喝了口水，因为她实在是很渴。接下来她匆忙咬了几小口点心，一边盯着山丘下，计划进城的路线。然后她面朝东，那里太阳神的面庞才刚刚从地平线上升起。远方，太阳神也公平地照耀着示巴。他的光芒让阿丝米拉失明，温暖降落在她脸上。她的动作缓慢下来，脑中放空，紧迫的任务也放松了对她的压迫。她站在山坡顶上，一个娇小、苗条的年轻女子，黑色的长发泛着金光。

阿丝米拉还非常小的时候，母亲曾经带她到王宫顶上走了一圈，让她眺望四周。

"马力卜城是建在山丘上的。"她母亲说，"这座山丘是示巴的中心，就像是身体的心脏。很久以前，太阳神就规定了我们这座城的规模和形状，我们不能超出界外建设。于是我们就向上建设！看见每边高耸的塔楼了吗？我们的人民就住在里面，一家一层，需要的话就用新的泥砖再建一层。现在，孩子，看看山下，你看见我们周围都是绿色，而外面都是黄色的沙漠吗？那是我们的花园，养育我们的生命。每年山里的积雪融水奔流进干涸的河床，灌溉我们的土地。从前的女王们挖成水道，用水浇灌田野。维护这些水道是她们最重要的职责，因为没有水道我们就会死。现在看东面——看见那一系列蓝白相间的山了吗？那是哈德拉毛，那里生长着我们的森林。那些树木是我们另外一项最珍贵的资源。我们收获松香，再晾干……然后会变成什么呢？"

阿丝米拉兴奋地又蹦又跳，因为她知道答案："乳香，母亲！山民们吵着要的东西！"

她的母亲把一只钢铁般的手放在女儿的头上："别跳太快，姑娘。王宫卫士可不能像旋转苦行僧 ix 那么跳，就算你才五岁。不过你说得对。这种香是我们的黄金，让我们的人们变得富裕。我们和远在沙漠和大海外面的王国做交易。他们付的价钱很高，但如果可以，他们会来偷。只有军队过不来的阿拉伯大沙漠才能保卫我们，阻止他们的贪婪。"

阿丝米拉不再转圈了。她皱起眉，"如果敌人来了，"她说，"女王会杀了他们，是不是，母亲？她会保卫我们的安全。"

"对，孩子。我们的女王保卫示巴的安全，而我们轮流保卫她的安全——卫士和我。这是我们天生的任务。等你长大了，亲爱的阿丝米拉，你也必须要用你的生命保护我们的天命女王——和我一样，还有之前我们的外祖母。你会发誓吗？"

阿丝米拉从来没有那么安静那么严肃过："母亲，我会。"

"好姑娘。那我们下去和姐妹们会合吧。"

那个时候上任示巴女王还没有胖得出不了宫，她不论去哪里都会有一名卫士陪同。而阿丝米拉的母亲作为卫队长，总是走在女王的身后，如影随形，弯刀轻松地挂在腰间。阿丝米拉（她特别羡慕母亲闪亮的长发）觉得她比女王要美丽庄严得多，不过她还是小心没有对任何人说。这种想法可能就是叛逆之罪，水草甸旁的秃山丘上有块地方是留给叛徒的，他们的遗骨会被小鸟捡走。她于是满意地想象有一天她会成为首席卫士，走在女王身后。她走到王官后面的花园里，在一片茂密的芦苇丛中练习凶猛的剑术，把想象中各种等级的恶魔彻底打跑。

从很小开始她就和母亲一起在大厅训练，这里处于上了年纪，现在已经退役的守卫妈妈警觉的监视之下。卫队里的女性每天都在这里学习身手。早饭之前她们攀登绳索，围着草甸跑步，在围墙下的运河里游泳。现在，她们的肌肉已经练成，每天花六个小时重复训练，在日光房里用剑或弯曲的东西对打，用刀和快拳搏击，隔着一个房间的距离把银碟和匕首投入稻草做的目标中。阿丝米拉坐在守卫妈妈用镇静的草药和布条包扎伤口和瘀青的长凳上旁观。她和其他的小姑娘经常拿着为她们设计的木质小武器和母亲们一起温和地练习对打，就这样开始了她们的训练。

阿丝米拉的母亲是众女子中身手最好的，所以她是首席护卫。她跑得最快，攻击最有力量，尤其是投掷闪亮小匕首比其他任何人都要精准。她可以站着投，移动着投，甚至半转身的时候投，把刀刃彻底没入距离一个大厅那么远的任意目标内。

阿丝米拉对此很是着迷。她经常蹦蹦跳跳地跑过来，伸出一只手："我也要试试。"

"你还不够大。"母亲微笑着说，"木头的分量比较合适，这样才不会伤到自己。不对，不是这样。"——因为阿丝米拉已经从母亲手中夺过了匕首——"你需要用拇指和食指轻轻握着这一点……像这样。现在，你必须冷静，闭上眼睛，深深、慢慢吸气——"

"不用这样！瞄准了再射！哦。"

她母亲大笑。"不算糟的尝试，阿丝米拉。如果目标右移六步，再靠近二十步，你就能打中靶心了。照现在这样子，我庆幸自己的脚没有再长大点。"她弯下腰，捡起小刀，"再试一次。"

很过年过去了，太阳神日复一日在天空走过。现在阿丝米拉十七岁了，脚步轻快眼神严肃，是四个最新提拔的王宫卫队长之一。上次镇压山地部落叛乱中她表现出众，曾经单独擒住了反叛的族长和他的魔法师们。她七次担任首席卫士，在神庙的仪式中站在女王身后。但示巴女王自己却从来没和她说过一次话，也从来没有首肯她的存在——直到塔楼被烧的那一夜。

窗外，烟雾仍然飘在空中，从死亡大厅传来丧鼓的声音。阿丝米拉坐在女王的房间里，尴尬地端着一杯酒，盯着地板。

"阿丝米拉，亲爱的。"女王说，"你知道是谁施下这么残暴的行为的吗？"

阿丝米拉抬起眼睛。女王坐得离她很近，她们的膝盖几乎都碰上了。这可是前所未闻的亲近。她的心在胸腔里怦怦直跳。她又把目光垂下。"小姐，他们说，"她结结巴巴地说，"他们说是所罗门王。"

"他们说为什么了吗？"

"没有，小姐。"

"阿丝米拉，你说话的时候可以看着我。我是你的女王没错，但我们都是太阳神的女儿。"

等阿丝米拉再抬起眼睛的时候，女王在微笑。那目光让她有点脑袋发晕，她又抿了口酒。

"首席卫士经常说起你的优点。"女王继续说，"快速、强壮又聪明，她说。无惧危险，足智多谋，行为果断……而且还很漂亮——这一点我也看出来了。告诉我，你知道所罗门的什么事，阿丝米拉？你听说过什么故事？"

阿丝米拉的脸发烫，喉咙发紧。可能是因为烟尘吧。她刚才在塔楼下组织水源的传递。"我听过的就是寻常的传说，小姐。他有一座金和玉建造的宫殿，用他的魔法戒指一夜之间就建成了。他控制着两万个魔灵，每一个都和昨晚的那个一样厉害。他有七百个妃嫔——所以说，他明显是个极为邪恶的人。他——"

女王举起一只手，"我也听过这个。"她的笑容淡去了，"阿丝米拉，所罗门垂涎示巴的财富。他手下的一个魔鬼昨天袭击了我们，等到新月的时候——也就是还有十三天——戒指中的大群魔鬼会来把我们都毁灭。"

阿丝米拉的双眼因为恐惧而瞪大，她什么也没说。

"除非，"女王继续说，"我付赎金。当然不用说了，我不想这么做。这是对示巴和我个人荣誉的侮辱。但还有什么其他选择呢？戒指的力量太强大了，我们承受不起。只有所罗门被杀，危险才会过去。但那几乎是不可能的，因为他从来不离开耶路撒冷，这座城的军队和魔法师都防卫森严，根本没希望能进去。但是……"女王重重叹了口气，凝视窗外，"但是我希望，我希望能不能有个人单独去一趟，这个人有超高的智慧和身手，但看起来无害，而且还不够，这个人能不能找到一种接近国王的方法……等她单独和国王在一起的时候，她可以——啊，但这确实是个艰难的任务。"

"小姐……"阿丝米拉的声音带着渴望的颤抖，在她说话的时候同时也带着恐惧，"小姐，如果有什么办法我能帮忙——"

示巴女王亲切地一笑："亲爱的，不用再说了。我已经知道你的忠心。我知道他对我的爱。对，亲爱的阿丝米拉，感谢你的提议。我绝对相信你能做到。"

初升的太阳低低挂在东方的沙漠上空。阿丝米拉转身，又把脸扭向了西边，她发现埃拉特的港口变成了一座白得发亮的清晰的建筑群，海是蔚蓝的一长条，上面有白色的小东西。

她眯起眼睛，船只属于邪恶的所罗门。从现在开始她必须小心了。

她从皮包边上拿过银匕首，塞进皮带里，推到斗篷下不让人看见。她这样做着，目光却在上空飘移：她看见了已经变瘦的月亮的轮廓，仍然微弱而鬼魅般地挂在蓝天上。这一景象给她又加上了一轮紧迫感。还剩十二天！而所罗门还有很远。她拿起包，迅速小跑着下了山丘。

BARTIMAEUS

巴谛魔

✳

所罗门之戒

CHAPTER 09

"看你把碎屑倒在哪里了，"法奎尔厉声说，"上次全都撒在我脖子上了。"

"对不起。"

"还有，你是不是可以顺便穿条长裙子。我害怕向上看。"

我停下手中开凿的工作："这是现在的潮流，我能禁得住吗？"

"你挡住太阳了。也至少挪开一点。"

我们怒视对方。我不情愿地向左移开了一寸。法奎尔愤恨地向右挪了一寸。我们继续雕刻。

"我不会太介意的。"法奎尔酸溜溜地说，"如果我们做得好。一两个爆炸咒对石头来说绝对效果惊人。"

"跟所罗门说去。"我说，"是他的错，他不让我们——嗷！"我的锤子没砸到凿子上，而是砸到的我的大拇指上。我又蹦又跳，骂人的声音在岩石立面之间回荡，吓到了附近的一只秃鹫。

每天早上，天还没亮，我们两个就已经在建筑工地下面的采石场开始辛苦劳作了，为神庙开凿出第一批砖。法奎尔所在的落脚处不知怎么比我低，所以他的视野最差。而我则处于彻底暴露在升起的太阳之下的艰苦位置，所以我又热又急躁。而现在我的拇指还疼。

我看了看周围：岩石、高温的烟尘，无论在哪个界层都没有会动的东西。"我受够了。"我说，"哈巴算什么，更别说他那个讨厌的小魔精了。我要休息一下。"英俊的年轻人这么说着就把凿子扔到一边，沿木梯子滑到采石场底层。

法奎尔还是努比亚人的样子，肥硕、大肚子、浑身是土、怒目而视。他犹豫了一下，然后也把工具扔下了。我们一起蹲坐在一块半方形石头的阴影下，全世界懒散的奴隶都是这个样子。

"我们又得了个最糟糕的工作。"我说，"我们两个为什么不能和其他人一起挖地基呢？"

努比亚人挠挠肚子，从我们脚下的碎石中挑出一块，剔他优美的尖牙："可能是因为我们的主人最不喜欢咱俩。是你的话一点都不惊讶，瞧你那张嘴昨天说的。"

我满意地一笑："真的。"

"说到魔法师，"法奎尔说，"这个哈巴，你怎么看他？"

"坏。你呢？"

"最坏之一。"

"我得说前十坏，可能能到前五。"

"他不只是狠毒，"法奎尔补充说，"还太专制。狠毒我能敬佩，从很多方面来说狠毒是一种积极的品质。但是他用灵髓鞭用得有点儿太勤了。你工作太慢了，你工作太快了，他感觉不爽的时候你碰巧在他附近——随便什么机会，就招呼上来了。"

我点点头："太对了。昨天晚上就因为单纯的巧合他又抽了我。"

"怎么了？"

"我发出一声喜剧的音效的时候他刚好弯腰系鞋带。"我叹了口气，伤感地摇摇头，"真的，那声音像霹雳一样在谷壁回响。所罗门宫廷里的几个大官当时在场，赶紧变了路线，到了他的上风处。话虽如此，这家伙没有幽默感——这才是问题的根源。"

"还好看见你和以前一样那么有教养，巴谛魔。"法奎尔平淡地说。

"我争取，我争取。"

"但除了娱乐之外，我们得小心哈巴。你记得他给我们看的那个球吗？我们都有可能进去。"

"我知道。"

努比亚人剔完牙，把石片扔到一边。我们一起盯着采石场的白色脉动。

现在，对冷淡的看客来说以上那段对话似乎无足轻重，但其实相当不同寻常，反映出法奎尔和我只能闲聊，而对以下问题无计可施：（a）卑鄙的虐待；（b）设计好的冷嘲热讽；或是（c）谋杀未遂。数个世纪以来，这可是非常罕见的事情。其实本来有多种绝对的文明，曾经让人类脱离泥沼，他们掌握了写作技巧和天文学，但却慢慢腐化堕落成了我们休息时间里的文明对话的谈资了。

我们首先在美索不达米亚相遇，就在城邦国家之间无休无止的战争中。有时候我们在同一阵线战斗，有时候一场战役中我们针锋相对。这本身不是什么大事——对任何魔灵的行动来说这都是常态，而且形式完全不受我们的掌控，因为是主人强迫我们行动——但不知怎么法奎尔和我似乎总是惹怒对方。

到底为什么很难说。我们在很多方面都有共同点。

首先，我们都是出身古老、知名度很高的巨灵，虽然（通常）法奎尔坚持说他的出身比我还要古老一点 [1]。

---

[1] 用他的话来说，法奎尔第一次被召唤是在杰里科，公元前 3015 年，大约比我第一次在乌尔出现早五年。这让他在我们搭档的关系中自称是"资深"巨灵。不过，因为法奎尔也赌咒发誓说他"用树枝在尼罗河河泥中乱画"而发明了象形文字，而且还声称他因为把两打妖精钉在亚洲雪松的树枝上而设计出了算盘，所以我对他所有的故事都持有某种怀疑态度。

其次，我们都是很有热情的个体，威力大、足智多谋、善于打架，而且是我们的人类主人们可怕的对手。面对我们两个，有许许多多魔法师没办法正确画完五芒星，或在召唤中说错字，在和我们的契约条款中留下漏洞，要么就是弄乱了把我们带来地球的危险步骤。但是，因为我们争强好胜的缺点，有能力的魔法师认识到我们的品质，为了达到他们的目的，希望利用我们，越发频繁地召唤我们。最终结果就是，法奎尔和我是千年以来最勤劳的两个魔灵，至少我们是这么认为的。

如果这些还不够的话，我们还有好多共同的兴趣，特别是建筑、政治和当地美食 [2]。所以无论从哪个方面考虑，你都应该觉得法奎尔和我相处得不错。

但是，不知什么原因，我们总把对方的鼻子气歪了 [3]。而且一直这样。

不过，面对相同的敌人时，我们一般都随时准备放下分歧，我们现在的主人显然就符合要求。任何一个能同时召唤八个巨灵的魔法师显然是个可怕的对手，而且灵髓鞭让事情难上加难。但是我感觉他可能还不止这些。

"哈巴有一点儿古怪，"我突然说，"你注意到——"

法奎尔猛地捅了我一下，他稍稍仰起头。我们的两个工友，休牛和提沃克出现在采石场小路的尽头。他们两个疲惫地走着，铲子都扛在肩头。

"法奎尔！巴谛魔！"休牛怀疑地说，"你们在做什么？"

提沃克的眼睛发出下流的光："他们喘口气。"

"愿意的话一起来吧。"我说。

休牛把铲子靠在边上，用一只脏手抹了抹脸。"你们两个笨蛋！"他低声说，"不记得我们主人的名字和本性了吗？他叫'残酷的哈巴'可不是因为在剥削魔灵的时候温柔大方！他命令我们白天工作时不得休息。白天辛勤工作，晚上才能休息！这个概念你们不懂吗？"

"你们会害我们都被关进灵髓笼里。"提沃克吼道。

法奎尔轻蔑地打了个手势："那个埃及人不过是个人类，被囚禁于沉默的血

---

[2] 在我看来巴比伦的人类是最可口的，因为他们的饮食中有丰富的羊奶。而马奎尔偏爱健康的印度人。

[3] 或是口鼻，或是象鼻，或是触手、花丝、触角、触须，取决于我们用什么伪装。

肉之中，而我们是高贵的魔灵——我用'高贵'这个词是泛指，当然也包括巴谛魔。我们中的任何一个为什么要给哈巴卖苦力？我们应该齐心协力毁掉他！"

"说大话。"提沃克吼道，"不过我发现现在哪儿都看不见魔法师。"

休牛点点头："没错。等他出现的时候，你们俩都会以双倍的速度雕刻，记住我的话。那时候，我们要不要报告说你们的第一批砖还没弄好呢？等你们准备拖到工地去的时候告诉我们。"

他们转身扭扭捏捏地走出了采石场。法奎尔和我瞪着他们的背影。

"我们的工友还有太多有待进步的地方。"我嘟囔着说，"没骨气 [4]。"

法奎尔捡起工具，缓慢地站起来。"哎，到日前为止，我们和他们一样坏。"他说，"我们也一直让哈巴压迫我们。问题是，我不明白要怎么反击。他很强，他有报复心，他有讨厌的鞭子——而且他还有……"

他的声音淡了下去。我们看看对方。然后法奎尔向我们四周发出一小波脉动，作出了一个绿色发光的静音罩。远处山坡上，我们的巨灵同伴挥锹发出的微弱噪音立刻就被屏蔽了，我们现在单独在这里，声音与世隔绝。

即使这样，我还是靠近他说："你注意到他的影子了吗？"

"比正常的稍微黑一点儿？"法奎尔低声说，"更细长一点儿？哈巴移动的时候反应稍微慢一点儿？"

"这是其中一部分。"

他做了个鬼脸："哪个界层都没有什么，也就是说有非常高级且在合适位置的掩盖咒。但肯定有什么——什么东西在保护哈巴。如果我们要抓住他，我们首先得知道那是什么。"

"我们留心吧。"我说，"迟早，会现形的。"

法奎尔点点头。他挥动凿子，静音罩像一阵翡翠雨一样四散开来。我们不再说话，回去工作了。

---

[4] 公平地说，我们中有几个人还好。尼姆西克曾经在迦南混得很好，而且在当地部落政治中游刃有余；年轻的巨灵美尼斯，很有兴趣听我的智慧话语；就算是霍斯劳也烤了一只卑鄙的妖精。但剩下的几个简直就是灵髓的废料，贝泽尔自吹自擂，提沃克讥讽挖苦，休牛谦逊得不是地儿，以我谦卑的意见来看，他们三个极其让人讨厌。

之后的几天神庙工地的工作安静地进行。山头被弄平整，矮树灌木都被清干净了，建筑的地基也挖好了。法奎尔和我在下面的采石场凿出了不少高质量的石灰岩石块。几何形的、对称的，完成得非常干净利落，就连国王本人都能在石头上吃早餐了。即使这样，也还没有达到哈巴讨厌的小监工格则里的要求，他出现在我们头顶上一块露出的岩层上，一边轻蔑地检查我们的工作。

"这东西太差了，孩子们。"他说着摇摇肥胖的绿色脑袋，"面上有太多糙点需要打磨。老板接受不了这样的东西，哦，天哪，不行。"

"靠近点儿，给我指出到底是哪儿。"我和气地说，"我的眼神没那么好。"

魔精从岩层上跳下来，在周围闲逛："你们巨灵都一个样。自我膨胀却毫无用处，我告诉你。如果我是你的主人，我就每天都按规矩用瘟疫咒戳你——哎！"格则里这种字字珠玑的智慧在接下来的几分钟里就求不得了，因为我勤劳地用他脑袋的一边打磨石块的边缘。等我完工之后，砖块就像婴儿的屁股一样光滑，而格则里的脸则变得像砧板一样平。

"你说得对。"我说，"现在看上去好多了。你也是，实事求是。"

魔精满腔怒火地跳来跳去："你怎么敢！我要去告你，我要去！哈巴已经留意你了！他就等一个借口把你投进凄凉之焰里去！等我去告诉他——"

"现在，我来帮你出去。"我本着慈爱的精神，抓起他，把他的胳膊和腿系成了一个复杂的结，奋力把他踢过采石场的围墙，落到建筑工地的某处。远处传来一声尖叫。

法奎尔带着彬彬有礼的娱乐态度观赏这一切："有点儿鲁莽，巴谛魔。"

"反正我每天都挨抽。"我吼道，"多一次也没什么区别。"

但其实魔法师现在似乎忙得没空做这种体罚。他大多数时间都在工地边上的一座帐篷里，检查工程计划，打发从王宫来送信的妖精们。那些信没完没了地带来对神庙布局的新指示——这里是黄铜柱子，那里是雪松地板——哈巴立刻就得把这些指示纳入计划当中。他经常出来再次确认他对工程的改变已经落实了，所以只要我拉石块到工地去的时候，就借机研究他。

这可不怎么令人欣慰。

我发现的第一件事是，就是哈巴的影子总是在紧随他，拖在他身后的土地上。不论太阳的位置如何它都待在那里，从来不在他身前，也从来不在他身侧，总是安静地在他身后。第二件事更为古怪。魔法师很少在太阳到达顶点的时候出现[5]，但当他出现的时候，很明显其他影子都缩短到几乎没有了，而他的影子仍然细长，和早晚的时候一样。

那影子虽然差不多与主人的身形相吻合，但总是更狭长一点儿，而我特别不喜欢影子那细长又尖的胳膊和手指。通常影子和魔法师的行动保持一致，但并非绝对。有一次，我正在帮忙把一块石料推到神庙那里，哈巴在旁边观察我们。而我用余光似乎看见，魔法师的胳膊交叉，影子的胳膊却像是螳螂的样子，饥饿地折起，等待着。我赶紧转头，却只发现影子的胳膊正常交叉着，正是本应如此的样子。

据法奎尔的观察，影子在七个界层里看起来都一样，这本身就不吉利。我不是妖精或魔精，而是一个能支配每个界层的强壮巨灵，通常我能看穿大多数的魔法伪装。幻术、隐藏术、诱骗咒还是掩盖咒，随便你怎么说——通过在七个界层里的浏览，这些咒术在我眼前全都分裂成了明显分层的发光的丝丝缕缕，这样我就能看清下面的真相了。魔灵的伪装也是一样：给我看一个长相甜美的唱诗小男孩或是一个微笑的母亲，我会给你看长着长牙的可怕死灵[6]是什么样子[7]。让我看走眼的非常少。

但这个影子却不是。我完全看不穿它的伪装。

法奎尔也不比我运气好，有一晚上他在篝火旁向我透露说："很高级。"他低声说，"能在第七界层里耍过我们的不会是巨灵，对吗？我觉得是哈巴从埃及带来的。有没有什么想法，巴谛魔？近些年你比我在那儿花的时间多。"

我耸耸肩："卡纳克的地下墓穴太深了，我从来没走过太远。我们得小心行

---

[5] 他喜欢待在帐篷里，让变成斯基泰奴隶男孩样子的魔精们在他头顶打扇子，喂他蜜饯和冰镇水果。我觉得这还算说得通。

[6] 死灵：巨灵下面一个名声不好的分支，苍白，在夜间活动，偏好饮用生物的血。和女淫魔类似，但没有曲线。

[7] 也不总是，只是有时候，比如：你的母亲就绝对没问题。可能吧。

事。"

　　只不过第二天对我来说再怎么谨慎都到头了。神庙的门廊在排成直线上有问题，于是我爬上一架梯子，从上方来看。我藏身在两块石头之间的一条窄缝里，摆弄腕尺和铅垂线，这时我看见魔法师从下方夯实的地面上走过。一个送信的妖精从王宫的方向过来，爪子里抓着信，正好拦住他，魔法师停下脚步，接过刻印着信息的蜡板，迅速阅读。就在他看信的时候，他的影子还是按照习惯长长地拖在他身后的地上，虽然太阳已经几乎达到最高了。魔法师点点头，把蜡板折起来放进口袋里继续走路。而那只妖精本性就漫无目的，于是就往相反方向去了，一边还挖着鼻孔。所以它就穿过了影子，就在一瞬间影子有一个模糊的动作，还发出了一声尖利的声音，然后妖精就走掉了。影子继续跟随者魔法师离开了，就在它要从我视线中消失的时候，它那拖曳的脑袋转过来看着我，此刻它一点都不像人类。

　　我稍微摇摇脑袋，完成测量工作，然后从梯子上下来。想来想去，恐怕最好还是避开魔法师哈巴。我要低调，高效完成工作，最重要的就是不要引人注意。这是远离麻烦的最好办法。

　　我这么撑了整整四天。然后灾难降临了。

ASMIRA

阿丝米拉

✳

所罗门之戒

CHAPTER 10

埃拉特港让阿丝米拉很是惊讶,她过去对于城市的经验仅限于马力卜和越过田野三十英里远的姐妹城锡尔瓦赫。城市经常很拥挤,尤其是节日的时候,但什么时候都有一定的秩序。女祭司们穿着金色的外套,市民穿着白色和蓝色的简单束腰外衣。如果有山地部落的人出现,他们的红色和棕色的长袍从护卫岗哨那里就很容易辨认出来。一名护卫瞄一眼就能探查人群,评估其中的危险性。

在埃拉特,就没那么容易了。

这里街道宽阔,建筑都不高于两层。对阿丝米拉来说,她习惯了示巴塔楼阴凉的影子,而这座城市就显得古怪没有格局、炎热,白灰矮墙杂乱无章地延伸,让无休止通过的人潮困惑地迷失其中。穿着华丽的埃及人昂首阔步,胸前的护身符闪闪发光,背后跟着的奴隶扛着大包小箱,还瞪着摇摇晃晃的笼子里的妖精。

彭特男人精瘦、眼睛明亮、身材矮小，背后摇摇晃晃地背着装松香的麻袋，赶上库施商贩向谨慎的旅行者兜售银质巨灵防护符和魔灵咒语的地方，路就堵住了。黑眼睛的巴比伦人和用大车运送奇怪图案皮毛的白皮肤男人吵着架。阿丝米拉还发现了一队示巴人，一路通过折磨人的乳香之路北上而来。

屋顶上，伪装成猫或鸟外形的东西安静地观察着各种活动的展开。

阿丝米拉站在大门口，对这个魔法师国王统治下魔法肆行的地方厌恶地皱起眉头。她从城墙中的小摊上买了加香料的小扁豆，然后就挤入了人流中。浑浊的空气包裹住了她，她被人群吞没了。

即便如此，没走几步她就知道自己被跟踪了。

偶然间回头一瞥，她发现一个穿着灰白长袍的瘦男人从刚刚靠着的城墙上起身，沿路跟着她。过了一会儿，她随便改了两次方向，看见那个男人还在一个人闲逛，看着自己的脚，都快被自己每一步所踢踏出来的尘土给遮住了。

已经有所罗门的间谍了？似乎不可能呀，她什么引起注意的事情都没有做。阿丝米拉不慌不忙地在白天的日光炙烤下穿过街道，低头躲在一个面包贩子的凉棚下，正对着依旧很热的阴影下方的面包篮，闻着成堆面包的香味。她用余光看见一个灰白色的人影从边上鱼市的顾客中快速闪过。

一个长着皱纹的老人驼背站在面包篮子中间，没有牙的嘴嚼着阿拉伯茶叶。阿丝米拉从他那里买了一片薄薄的小麦面包，然后说："先生，我要去耶路撒冷有急事，最快的话要怎么走？"

老人皱起眉头，因为她说的阿拉伯语听着很奇怪，很难听懂："跟着驼队走。"

"骆驼从哪里出发？"

"从喷泉旁边的集市广场。"

"我明白了，那广场在哪儿？"

他考虑了很久，下巴慢慢转着圈移动，最后终于说："在喷泉旁边。"

阿丝米拉皱起眉头，烦恼地噘起下唇。她回头看了一眼鱼市。"我从南方来。"她说，"对这座城不熟，驼队真的是最快的方法吗？我以为没准——"

"你一个人旅行吗？"老人问。

"是的。"

"啊。"他张开黏黏糊糊的嘴，发出一声轻笑。

阿丝米拉盯着他："什么？"

老人骨瘦如柴的肩膀耸了耸："你太年轻，而且——如果你的披肩没有藏着什么让人不愉快的吓人玩意儿——长得也太好看。再加上你还是一个人。据我的经验，你能安全离开埃拉特且单独到达耶路撒冷的机会微乎其微。不过，趁你年轻又有钱，可以随意消磨，这就是我的哲学。再买一个面包吧？"

"不了，谢谢。我想再问问耶路撒冷。"

老人审视地盯着她。"这里的奴隶不错。"他沉思着说，"我有时候希望也能做点儿那种生意……"他舔舔手指，伸出一只多毛的胳膊，调整一下旁边篮子里发面饼的摆放，"去耶路撒冷？如果你是魔法师，可以用毯子飞过去……这比骆驼快。"

"我不是魔法师。"阿丝米拉说。她把皮包从一肩换到另一肩。

老人哼了一声："那算是幸运，因为如果你坐毯子飞到耶路撒冷，他就能通过戒指看见你。然后你就会被魔鬼抓住带走，遭受各种恐怖。我不能劝你再来个卷饼吗？"

阿丝米拉清清喉咙："我想没准儿马车可以。"

"马车是给女王们准备的。"面包贩子说，嘴咧开的口子里什么都没有，"还有魔法师们。"

"我什么都不是。"阿丝米拉说。

她拿着面包走开了。片刻之后穿着灰白袍子的瘦男人推开鱼市上的顾客悄悄溜了出去。

自打黎明时分上涨的潮水把新来的船只带入埃拉特的港口开始，乞丐就一直在市场外面缝补丁。一般来说商人的腰带上都系着重重的钱包，乞丐就尝试着用两种方法让那钱包减轻。他哀号恳请，可怜兮兮地劝说，再骄傲地展示他那条干瘟的残肢，总是能唤起大量的厌恶，从人群中挣到几个谢克尔 ˣ。与此同时，他手下的妖精在看热闹的人群里晃荡，尽可能掏多些人的口袋。太阳炽热，而生意不错，乞丐正想着收摊到一家葡萄酒店去，这时候穿灰白长袍的瘦男人接近他。来人匆忙站住，盯着自己的脚。

"我找到个目标。"他说。

乞丐怒目而视。"先扔些钱过来，然后再说。我们得装装样子，是不是？"等来人按要求做了之后，"来，说吧。"他说，"他什么样？"

"不是'他'，是'她'。"瘦男人酸酸地说，"今天早晨从南边来的一个姑娘，一个人走，要去耶路撒冷。她现在正在和骆驼贩子讨价还价。"

"你觉得，能值多少？"乞丐说，他从坐着的角落眯着眼睛看，愤怒地挥舞着拐棍，"别挡光，你该死的！我是瘸子，不是瞎子。"

"我听说，也不是那么瘸。"瘦男人说着往边上走了几小步，"她的衣服不错，拿的那个大袋子保证有看头。不过她自己就值个好价钱，你知道我的意思。"

"而她是一个人？"乞丐盯着前面的街道，挠挠下巴上的胡楂，"商队明天才出发，也就是说，不管她愿不愿意，今晚都得待在城里。没那么急，对吧？去找因特夫。要是他喝醉了，给他敲醒说清楚。我到广场上去盯着，看看后来怎么样了。"乞丐来回晃悠了两次，倚着拐棍，突然很灵敏地站起来。"噢，滚吧。"他粗野地说，"回头到广场找我。如果她走了，你在哪儿都能听见我的招呼。"

他挥挥拐棍，一瘸一拐地沿路走了。他走出视线很久了，还能听见他的高声乞讨。

"我可以卖给你一匹骆驼，姑娘。"商人说，"不过价钱可不一般。让你父亲或哥哥来吧，我可以陪他们喝喝茶，嚼嚼阿拉伯茶叶，做这种应该在男人之间进行的交易。然后我会有礼貌地责备他们让你单独出来。这里的街道对姑娘们可不好，他们应该知道。"

现在是傍晚，桃红色和橙色的光通过帐篷布的折射慵懒地铺到地毯和坐垫上，也铺在坐在中间的商人身上。在他身边堆着成堆的黏土板，有的已经老旧坚硬了，有的还很软，上面零散地分布着商人的标记。他身前小心翼翼地放着尖笔，一块板子，一个杯子还有一壶葡萄酒。一个巨灵防护符从帐篷顶悬挂在他头顶上，在空中轻轻旋转。

阿丝米拉回头看看帐篷关上的门帘。广场上的生意已经淡了。一两个影子快速移动过去。她对哪个都不熟，那些影子都不是闲人，没有低着头盯着自己的脚……不过，夜晚就要到了，不应该再在外面单独停留了。她听见远处一个乞丐的哀求声。

她说："你跟我做交易。"

商人板着的脸没有变。他低头看看板子，手伸向尖笔："我很忙，姑娘，叫你父亲来。"

阿丝米拉鼓起勇气，压下怒火。这一下午她这是第三次碰到这样的对话了，时间都过去了。在马力卜被攻击之前只剩十二天了，而骑骆驼到耶路撒冷就要花上十天。"先生，"她说，"我有足够的钱，你开口说价钱就是了。"

商人扁了扁嘴，片刻之后他放下尖笔："你有多少钱。"

"你要多少？"

"姑娘，接下来几天我要等往返埃及的黄金贸易商。他们会找去耶路撒冷的交通工具，而且会把我这里所能提供的骆驼全都买下来。我从他们那儿能得到几小袋金粉，或许还有努比亚金矿里的天然金矿石。这样我的胡子都能乐歪了，我可以关一个月的门，就在叹息街上寻欢作乐。接下来五秒钟看你能出什么价钱让我省出一头上好的黑眼骆驼给你。"

女孩把手伸进骑装的斗篷里，等她把手拿出来的时候，一颗杏那么大的一块石头在她掌心闪闪发光。

"这是哈德拉毛来的蓝钻。"她说，"已被造型并打磨成了五十面。据说示巴女王的头饰上有一颗类似的。给我一头骆驼，这个就归你了。"

商人坐得直直的，粉色和橙色的光铺射在他脸上。他看看封闭的帐篷门帘，外面市场的声音被阻隔而听不太清楚。他用舌尖舔了舔嘴唇，说："一个男人可能会想知道你还有没有其他这类东西……"

阿丝米拉动了动，于是骑装斗篷前面敞了开来，她把手指放在松松挂在腰带上的匕首上。

"……但对我来说，"商人继续坚定地说，"这样的价钱已经太多了！我们马上就可以交易！"

阿丝米拉点点头："我很高兴，把骆驼给我。"

"她现在沿香料街走了。"瘦男人报告说，"她离开了广场上的牲口。他们要为明天出发装备骆驼。一点都不省钱。上面有罩棚和所有的东西都要。她的钱都装在包里。"他一边说，一边玩弄一块长布条，在双手中扭来拧去。

"香料街太热闹了。"乞丐说。

"墨水街呢？"

"好多了，我们四个应该够了。"

阿丝米拉告诉面包贩子的没错，她不是魔法师。但这并不意味着她对魔法一无所知。

她九岁的时候，在院子里练习，一位资深护卫妈妈找到了她："阿丝米拉，跟我来。"

她们到了训练大厅里上面的一间安静的房间里，阿丝米拉从来没来过这里。房间里有桌子和老松木制成的柜子，柜子门半开，里面有成堆的纸莎草卷轴、黏土板和上面有记号的陶片。地板中央有两个画好的圆圈，每个圈里都有一个五芒星。

阿丝米拉皱眉，把一缕落到脸上的头发拨回去："这些都是什么？"

这位资深护卫妈妈四十八岁了，曾经是女王的首席护卫。她曾经在哈德拉毛镇压了三次部落反叛。她有皱纹的脖子上有一道细长的白色剑疤，额前也有一道，护卫们都很敬畏她。就连女王在和她说话的时候都带着些谦逊。她低头看看这个怒目而视的女孩，温和地说："她们说你训练得不错。"

阿丝米拉看着摊在桌子上的纸莎草卷轴。那上面满是华丽繁复的手写字体——除了中间有一个不吉利的图形，一半是烟雾，一半是骷髅，寥寥几笔，笔法纯熟。她耸耸肩。

护卫妈妈说："我见过你用飞刀。我在你这么大的时候没你扔得好，你母亲也不行。"

女孩没有看她，连表情也没有变，但她瘦弱的小肩膀变得僵硬。她仿佛没有听见刚才的话似的说："这些魔法的东西究竟都是什么？"

"你觉得是什么呢？"

"从空中召唤恶魔的。我以为这是禁忌，只有女祭司才许做，守卫妈妈们都这么说。"她双眼放出光芒，"难道你们都在说谎？"

三年来，资深守卫妈妈以旷课、抗命和放肆为理由打了女孩无数次。而现在她只是说："阿丝米拉，听着。我有两件东西可以给你。一件是知识，另一件是这个……"她伸出一只手，手指尖挂着一条银项链，项链底下的坠子像太阳的形状。女孩看见这个，惊喘一声。

"不用我说你也知道这是你母亲的。"资深护卫妈妈说，"不行，现在还不能给你，听我说。"她等到女孩抬起脸，这张脸上满是紧绷和敌意。然后她说："我们没有跟你说谎。在示巴，除了神庙里的女祭司，其他人都是禁止的。一般情况下只有她们可以召唤恶魔。这一点完全没错！恶魔是邪恶、会骗人的东西，对所有人都是危险的。想想山地部落是多么反复无常！如果每个族长在和相邻的部落吵架的时候都召唤出一只巨灵，那每年都会打上几十次仗，一半的人会死！但如果在女祭司手中，巨灵可以用来做好事——就事论事，你以为马力卜的水库是怎么建的，还有城墙？每年它们都帮忙修复塔楼，疏通水道。"

阿丝米拉说："这些我知道。它们给女王工作，就和男人必须在田里劳作一样。"

资深护卫妈妈轻笑："是这样。巨灵其实挺像人——只有严格对待它们，不能给它们留任何不好好工作的空间，这样的话它们还值得一用。不过还有一件事。魔法对卫士也有用处，而且是好的用处。我们的职责，我们存在的全部目的，就是保护我们的君主。多数时候我们都仰仗自己的身体技能，但有时候仅靠这样是不够的。如果有恶魔袭击女王——"

"银刀能对付它。"女孩简短地说。

"有时候可以，但不总是。卫士也需要其他防御方式。有些特定的话，阿丝米拉，特定的魔法防护和符咒，可以暂时击退不那么强的恶魔的力量。"资深护卫妈妈举起项链，让太阳坠子轻轻摇晃，反射光芒，"魔灵讨厌银，正如你所说，以及用言语说出咒语以加持力量的魔法。如果你愿意，我可以教给你这些。但要这么做，我们就得召唤恶魔来做练习。"她指指这个杂乱的房间，"所以我们有特许可以在这里学习这类技术。"

"我不怕恶魔。"女孩说。

"阿丝米拉，召唤魔灵有危险，而且我们不是魔法师。我们学习基本的符咒，以便于测试我们的魔法。但如果太仓促或是粗心大意，就会付出可怕的代价。层次比较低的卫士没有必要了解这些技巧，而我也不会强迫你学。如果愿意，你可以现在就离开这个房间，再也不回来。"

女孩凝视着旋转的小小太阳，它闪烁的光芒就像火焰映在她眼中："我母亲会这些技巧吗？"

"她会。"

阿丝米拉伸出一只手："那教我吧，我学。"

阿丝米拉走回打算过夜的客栈时，抬头盯着变暗的建筑之间闪耀的浩瀚群星。她正看着，一条光带划过天穹，短暂地闪烁了一下就不见了。是流星吗？还是所罗门手下的一个魔鬼在向另外的土地散播恐怖？

她咬紧牙关，指甲陷进手掌中。还要十天她才能到达耶路撒冷——这还是在没有沙暴耽误行程的情况下。十天！还有十二天那戒指就会转动，毁灭就会降临示巴！她闭上眼睛，深呼吸一次，按照她所学习的遇到情绪不稳时的办法。她所接受的训练起作用了，她感觉自己冷静下来了。

等她睁开眼睛，发现有个男人站在她前面的路上。

他双手拿着一片长布条。

阿丝米拉停下来，看着她。

"放松，"男人说，"不要挣扎。"他笑的时候，牙齿非常白。

阿丝米拉听见身后的路上传来脚步声，回头一瞥，看见另外三个男人正在加速靠近，其中一个是瘸子，胳膊底下夹着拐棍。她看见绳索和麻袋已经准备好了，腰带上也都整齐地挂着刀，眼睛和嘴里都闪着湿润的光。瘸子的肩头还蹲着一只小黑妖精，蜷着肮脏的黄色爪子。

她的手向皮带移动。

"放松。"带着布条的男人又说，"不然我会伤到你。"

他踏上一步，然后叹了口气，向后倒下。匕首闪烁的刀锋突然出现在他一只眼睛的中间。

还没等他倒地，阿丝米拉就转身，低头躲过一只抓过来的手，从她身后最近一个人的腰带上拔出刀。第三个人跌跌撞撞地袭击过来，想用一圈线套住她的脖子，她滑到边上，利索地杀掉两人，然后面对第四个人。

瘸子停在几码远的地方，脸上惊讶却一片茫然。他立刻发出一声低长的吼叫，打了个响指。妖精拍打着翅膀大叫着落在阿丝米拉身前。阿丝米拉等它靠近，然后摸着银项链，说了一句强力的咒语。妖精爆成了一团火焰，盘旋飞走，撞到墙上爆炸，一片狂暴的火星飞落。

火星还没灭，瘸子已经沿街逃走了，传来木棍落在石头上的疯狂敲击声。

阿丝米拉把已经脏了的刀子扔在地上，转身向自己的包走去，她蹲下身松开绳子，拿出第二把银匕首在手指尖轻弹，回头看着路上。

乞丐已经逃走得很远了，低着头，破衣服乱飞，又蹦又跳，借着拐棍迈着大步。再走几步，他就会到一个拐角处不见踪影了。

阿丝米拉小心地瞄准。

第二天黎明之后不久，墨水街和香料街拐角处的人们从房子里冒出来，发现了一件可怕的事：四具尸体整齐地靠墙坐着，七条腿一条挨一条伸在路上。每个人都是这一区有名的奴隶贩子和无赖，每个人都是一击毙命。

几乎在同时，一个有三十名骑手的骆驼队从埃拉特中心广场出发去往耶路撒冷，阿丝米拉就在其中。

BARTIMAEUS

巴谛魔

所罗门之戒

CHAPTER 11

这次事件我要怪贝泽尔。是他轮班守卫,但他在柏树下值班的地点有点儿太舒服了,正午的温度加上松脂的香味,而且这个胖胖的妖精样的家伙居然还用了坐垫。贝泽尔静静地打盹儿,没有注意到所罗门的到来。没注意到其实是有难度的。一半因为国王本来就高大,另一半是因为他由七位魔法师、九位廷臣、十一个奴隶、四十三个武士还有七百个老婆中的一多半陪同着。这些人的袍子发出的摩挲声就像是被暴雨袭击的森林,而且在前面还有奴隶大喊着开道,奴隶们挥舞着芭蕉叶,武士们的剑咔嗒作响,姬妾们用几十种语言不停地争吵,所罗门和他的陪同人员是很难不注意到的。所以就算没有贝泽尔,其余的神庙建筑工人也来得及停下来。

只除了我。

事情是这样的，我在队列的末尾，正和其他人一起把半吨重的石料搬出采石场，扔到空中，伸出一只手指弯曲夹住，时髦地在手上绕一绕，然后踢给正在神庙等着的提沃克。提沃克然后把石块传给尼姆西克、法奎尔、霍斯劳或是其他以各种奇怪的伪装在未完成的墙头盘旋的巨灵 [1]。之后，把石块快速扔到该去的位置上，草草施一个矫正的咒语，所罗门的神庙这一堆就差不多堆好了。用了大约三十五秒钟，就从采石场到了墙头。真好。这工作效率任何雇主都会乐于见到。

只除了所罗门。不行。他不要工作这样完成 [2]。

你要注意工地的情况已经和当初几天有了显著的变化。那时候，哈巴和格则里就在眼前，我们都保持人类的样子刻苦工作。但之后事情就变了，可能是因为我们的顺从消除了魔法师的戒心，而且神庙工程进展良好，他就不是经常来看工地了。很快格则里也离开了。一开始，因为害怕鞭子，我们还尽可能守规矩，到第二天，还没有旁人在的时候，就开始动摇了。我们之间迅速投了个票，六比二 [3]，同意用速效的手段来工作。

我们迅速建立岗哨，然后把时间都花在虚度光阴、赌博、烤妖精和哲学辩论上。偶尔，我们需要锻炼的时候，就用魔法弄几块石头到既定位置，弄得看起来好像我们还在干活。这对我们的日常工作绝对是个改进。

不幸的是，这是所罗门一次心血来潮的活动——他从来没来看过我们——他决定顺便来看看。而且多亏了贝泽尔，我没有接到警报。

所有人还好，非常感谢。因为王室队列过来时发出的叮当声、说话声和装模

[1] 他们大多数都有翅膀。法奎尔的翅膀是皮质的，霍斯劳的翅膀是羽毛的，尼姆西克的翅膀上有飞鱼闪闪发光的银鳞。休牛永远都不一样：他用一双巨型青蛙的腿在门廊旁边跳上跳下，也就是说他多数的砖块位置都不正。

[2] 天知道他为什么对神庙的工作那么挑剔。他统治的早些年，手下的魔灵们给他偷工减料建了大半个耶路撒冷，一两天之内就匆匆建起了新住宅区，用布局上的花样来掩盖粗糙的工艺。诚然，他们建宫殿的时候花的时间长了点儿，但那个城墙如果真的用力推，是会晃动的，可这座神庙所罗门却要不用任何魔法技巧地完成，在我看来要巨灵什么用也没有。

[3] 提沃克和霍斯劳投了反对票：提沃克是因为在对他的召唤的第51c条款中有几个特定的从句中间存在复杂的争议；霍斯劳就因为他胆小。

作样的停顿，我的工友都安全回到了人类形态，温顺地站着，用凿子刻东西，装作一本正经的样子，实则沾沾自喜。

而我呢？

我，还是穿着裙子的小河马 [4]，精力充沛地唱着所罗门私生活的歌儿，一边爬出采石场到工地边上，一边把一块巨石在空中扔来扔去。

我沉浸在自己的小曲儿里，没注意到有任何不对劲。我和平时一样，甩甩树瘤似的胳膊，扔着石头。

石头和往常一样，在空中以一道最漂亮的弧线飞到了神庙本来提沃克站的地方。

这时候他当然没在那儿站着，他鞠躬作揖了很久，然后慢慢移到所罗门所视察的门廊去了。和所罗门一起来的魔法师、廷臣、武士、奴隶和姬妾，全都挤作一团，沾着王室的光。

他们听到我唱歌，都扬起脖子，看见半吨重的石头以最优美的弧线朝他们飞来。在被压扁之前，他们可能还有时间唱一首最简短的哀歌。

穿裙子的河马一巴掌盖住了自己的眼睛。

不过所罗门碰了碰手指上他力量源泉和秘密所在的戒指。所有界层都震动了，从地里跳出四个冒着碧绿火焰的有翅膀的魔王，他们一人一角，接住并抬着石块，石块离伟大国王的头顶只有几英寸了 [5]。

所罗门又碰了碰戒指，地里冒出十九个火灵，刚好扶住了十九个晕过去的妃嫔 [6]。

然后所罗门第三次触摸戒指，从地里跃出一队强壮的妖精，抓住了正悄悄溜进采石场凹处的穿裙子的河马，用荆棘镣铐捆住了它的手脚，从地上拖到伟大的国王站的地方，国王正踏着穿凉鞋的脚，看起来相当暴躁。

尽管我以勇敢和坚毅著称——盛名遍及书珥沙漠到黎巴嫩山——河马在地上

---

[4] 穿裙子的小河马：是对所罗门的大王妃之一，摩押来的那个女人的恶搞形态。幼稚？对。不过在印刷术被发明之前的日子我们能用来讽刺的机会很有限。

[5] 有点太炫耀了。那种大小的石头只需一个中等巨灵就行了。

[6] 还是，抓住一个妃嫔需要一个火灵？不用，不过说不定摩押来的那个需要。

颠簸的时候还是忍气吞声，因为当所罗门变得暴躁的时候，人们还是知道的。他充满智慧，这没错，但他叫人做事的最终结果就是留下了毫不留情暴躁嗜杀的名声。还有他那被诅咒的戒指 [7]。

魔王们把大石块轻轻放在国王面前的地上。妖精们把我甩过去，让我极不舒服地重重撞在石头上。我眨眨眼睛，尽可能坐直，把各种小石头从嘴里吐出去，尝试着作出一个胜利的微笑。人群中传来一阵低沉的厌恶之声，几个妃嫔又晕过去了。

所罗门举起一只手，所有的声音都戛然而止。

这是我第一次离他这么近，当然，我必须要说他并没有让人失望。他是人们想象中西亚专制君主的典型：黑眼黑皮肤，长而有光泽的头发，浑身上下戴满了叮叮当当优雅的珠宝首饰，绝非市场上的廉价珠宝。他身上似乎有点埃及似的风格——眼睛像法老一样画着重重的眼线，也和法老一样，周身香油和香精的云雾缭绕。这种气味也是贝泽尔应该事先注意到的事情之一。

他手指上什么东西耀眼得让我几乎变瞎。

伟大的国王站在我上方，手指摆弄着胳膊上的手镯。他深吸一口气，脸似乎变得痛苦。"贱种里的至贱。"他轻声说，"你是我的哪个仆人？"

"哦，主人万岁，我是巴谛魔。"

一个有希望的停顿，他华丽的面容没有变。

"我们以前从无此等荣幸，"我继续说，"不过我相信友好的对话会对双方有利。请让我来介绍一下自己。我是个拥有高贵智慧的严肃魔灵，曾经和吉尔伽美什说得上话，而且——"

所罗门抬起一根优雅的手指，因为那是戴戒指的手指，我把所有的话都收住，赶紧给吞下去。最好还是安静，嗯？等待最坏的消息。

"我想，你是哈巴手下的麻烦精之一。"国王想了想说，"哈巴现在在哪儿？"

这是个好问题，我们自己也想了好几天了。但此时此刻廷臣中掀起一阵骚

---

[7] 我想我还是应该庆幸他只碰了戒指而没有转动它。如果可怕的戒灵被唤醒，那事情就是真的要糟透了。

动，我的主人亲自现身了，他红着脸，光头闪着光，明显是跑得很辛苦。

"伟大的所罗门，"他喘着气说，"您来视察——我不知道——"他湿润的眼睛发现我时瞪大了，狼嚎一声，"臭奴隶！你怎么敢用这种样子公然反抗我！大王，请退后！让我来教训这家伙——"他一把抓起皮带上的灵髓鞭。

但是所罗门又一次抬起手："住手，魔法师！我的法令被违背的时候你在哪儿？我待会儿再听你说。"

哈巴退后，目瞪口呆，喘息着。我注意到，他的影子现在非常小非常无害，就是一个小黑团，趴在他脚边。

国王又转过来对着我，哦，他的声音变柔和了。和蔼但华丽，像豹子皮，但就和豹子皮一样，可不能捋错了方向。"你为什么要嘲笑我的法令，巴谛魔？"

小河马清清嗓子："呃，那个，我觉得嘲笑说得有点儿太严重了，伟大的主人啊，'忘记'可能好一些，也没那么要命。"

所罗门另外一个不知姓名的魔法师，肥胖，脸像压碎了的无花果一样，用痉挛咒戳我："作死的魔灵！国王在问你问题！"

"是，是，我正要答。"我靠着石头扭动身体，"这是个好问题。问得漂亮、简明、深入……"我犹豫了一下，"是什么来着？"

所罗门似乎有本事从来不提高嗓门，从来不加快语速。当然，这是很好的政治技巧。这让他在人们之中环绕着一圈具有控制力的光环。他现在跟我说话就像是跟一个困倦的婴儿说话："等建造完成，巴谛魔，这座神庙将是最神圣的地方，我的宗教和帝国的中心。因此，一开始就给了你们极为明确的指示，我希望——用我的原话说——'最为细心地建造，不许用魔法捷径，不能有不敬的行为和野蛮的外形'。"

穿裙子的河马皱起眉："老天，谁能做到？"

"你用各种方式无视我的各条禁令，为什么？"

嗯，我脑中想到很多条理由。其中有一些还挺像回事儿，有一些很机智，还有一些拿语言来搞笑但同时又明显不是真话。但凭所罗门的智慧什么都瞒不过他。我决定说实话，但用了一种阴郁的语气。

"伟大的主人啊。我厌倦了，想赶紧把工作完成。"

国王点点头，这个动作让空气中充满了茉莉油和玫瑰水的味道："那你唱的那个低俗的歌儿呢？"

"呃——哪首低俗的歌？我唱了好多。"

"说我的那首。"

"哦，那首呀。"河马吞咽一口，"您可千万别在意这种东西，主人啊，下流歌曲都是忠心的下属歌唱伟大领袖的，这是尊敬的象征。您应该听过我们为汉谟拉比 ^{xi} 创作的那首歌。他曾经和我们一起合唱。"

让我松了口气的是所罗门似乎买账了。他挺直腰，严厉地看着周围："还有其他奴隶违反我的命令吗？"

我知道这句话肯定会来的。我没有直接看着我的同伴，但不知怎么我能感觉到他们在人群后面发抖——法奎尔、美尼斯、霍斯劳和其他人——他们都用沉默和真心的祈求来炮轰我。我叹了口气，沉重地开口："没有了。"

"你确定？他们都没用魔法？他们都没改变外形？"

"没有……没有，只有我。"

他点点头："那他们就不用接受惩罚了。"他的右手向左移向那要命的戒指的方向。

我本来一直敷衍，但现在很明显是时候暂时放下尊严了。河马一脸悲苦的表情，皱巴巴的膝盖向前跪倒。"且慢，伟大的所罗门！"我叫道，"我忠心为您服务，到今天之前也都干得不错。想想那块石头，您看我是多么精确地给它造型，弄成严丝合缝的方形。再看看神庙——那可是我全心全意一步一步量出来的！考虑考虑吧，大王啊！三个腕尺，人家告诉我，只有三个腕尺，再连个耗子屁股都没有了！[8]"我扭着前腿，从一边扭到另一边。"我今天的错误只不过是精力和热情过剩的病症。"我哀号着，"我可以把这些都用到对陛下您有利的方面。只求您饶我一命……"

---

[8] 耗子屁股：术语，相当于一个腕尺的 1/15。那段时期巨灵们使用的测量单位还有"骆驼大腿""麻风病人的臂展"以及"腓力士人面包的长度"。

噢，我把剩下的都省略吧，多半是大哭，偶尔做做手势，发出嘶哑的叫声。表演得还不坏：不少嫔妃（还有七个武士）到最后都哽咽了，而所罗门看起来比以往更骄傲自满了。这和我计划得一样好。事实是，只看他一眼，我就看出所罗门把自己装作是个大人物的样子——东边的亚述诸王和巴比伦诸王，强大的君主若是没有战败方到家门口磕头求饶是连床都不起的。所以我的哭诉求饶符合他模仿而来的自负。我以为到最后会有转机。

大王咳嗽了一声。河马停止大哭，满怀希望地看着他。"你这过头的可笑表演让我高兴。"所罗门说，"今天晚上就省了搞笑艺人和杂耍的了。结果我就饶了你的贱命"——说到这里他被我爆发出的感激给中断了——"把你'过剩的精力和热情'用到正道上。"

所罗门在这个预兆不详的时刻停顿下来，从侍从的银托盘里挑了几种蜜饯、葡萄酒和水果。离他最近的几个妃嫔明争暗斗，都抢着喂他的荣幸。河马担心地咬紧了牙关，晃走几只在它穗状的耳边环绕的苍蝇，等待着。

一个石榴、五颗葡萄、一个冰镇枣子和开心果果子露进了国王的嘴之后，他才又开始滔滔不绝："我最小气最卑鄙的巨灵啊——别那么来回来去看，我说的就是你——既然你觉得在这里的工作那么无聊，那我们就给你刺激一点儿的工作。"

我磕头到地："主人，我听从您的吩咐。"

"那好，耶路撒冷往南，有我的商路穿过帕兰沙漠和西奈沙漠，有从埃及、红海到阿拉伯内陆，甚至——虽然比我希望的可能要少见些——神秘的示巴来的商人往来。这些商人，"他继续说，"带着没药、乳香、珍贵的木材和香料以及其他给以色列人们带来繁荣的财富。但最近几周我注意到很多商队都遭遇了灾祸，他们根本没有通过沙漠。"

我聪明地哼了一声："可能是水没了吧。沙漠里就这样，干旱。"

"没错，不错的分析。不过到达希伯伦的幸存者报告的可不一样，他们说怪物在荒地里从天而降。"

"什么，是用能砸死人的方式从天而降吗？"

"是跳出来把他们杀掉的方式。那些怪物巨大、丑陋又可怕。"

"哦，就这样吗？"河马考虑了一下，"我的建议是派这四位出去调查。"我指的是戒指里的魔王，他们还在第七界层里逗留，为了离得最近的几个肥美多汁的妃嫔而悄悄争论。

所罗门像猫一样微笑了一下："我手下最自负的魔灵，是你要去调查。袭击很明显是有强大魔法师参与其中的强盗干的。到目前为止我的搜查队都没能追踪到肇事者。你必须搜寻沙漠，把沙漠排查干净，找出这种暴行的幕后到底是谁。"

我犹豫了："就靠我一个人吗？"

国王撤回本意，他想到了一个新主意："不是，你不是一个人，哈巴！站出来！"

我的主人照做了，一边巴结一边乞怜："大王，求你！我可以解释我为什么不在——"

"不需要解释了。我严格指示你要盯着你的仆人，这点你没做到。这个巨灵的罪行我怪罪于你。既然你和你的团队暂时都不用建设神庙了，你明天就起程去沙漠吧，不把强盗找着带来就别回来。你明白了吗，哈巴？嗯，人呢？回答！"

埃及人盯着地，脸颊上的肌肉不停跳动。其他的魔法师压抑着轻笑。

哈巴抬眼，他生硬地鞠躬："主人，我一如既往服从您的要求和意志。"

所罗门做了个含糊的姿势。接见结束了。妃嫔们争先恐后过来送水、蜜饯和香氛瓶，奴隶扇动芭蕉叶，大臣们卷起画着神庙区域规划的纸莎草卷轴。所罗门转身，一群人跟着他离开，只留下哈巴、河马和其他七个丢脸的巨灵沉默且孤独地站在山丘上。

KHABA

哈巴

✳

所罗门之戒

CHAPTER 12

　　哈巴火速回到自己的塔楼，从一条秘密通道下到地下的工作间去，那里有一道黑色花岗岩的门嵌在墙上。等他靠近之后，说出一句命令。住在地上的魔灵悄无声息地把门旋开了一半。哈巴脚不停歇地大步穿过去，又说了一个词，门在他身后快速关上了。

　　黑暗抱紧了他，不可估量且压倒一切。魔法师站了片刻，把寂静、孤独和黑暗残酷的压力作为一种对意志的锻炼。慢慢地，笼子里传出轻微的噪音：什么东西拖沓走路和微弱的呜咽声被封闭在黑暗中，其他东西焦急地躁动期待光明又害怕它的猛烈。哈巴在这些悲戚的声音中沉溺了一会儿，然后自己也躁动起来。他新下了一道命令，沿着地下室的天花板，被困在彩陶球里的妖精放出魔法火焰。诡异的蓝绿色光芒充满了地下室，像大海一般，潮起潮落，幽暗且深不可测。

地下室很宽阔，有穹顶，房顶是靠每隔一段距离由一根削切粗糙的柱子支撑，这些柱子横亘在蓝绿色的烟尘中，像是巨型芦苇水下的茎秆。他身后的花岗岩门是一面巨大的灰墙上很多大块中的一块。

柱子中间竖立着各种各样的器具，大理石基座、台子、椅子、躺椅以及各种精细用途的仪器。这是哈巴领域的核心，错综复杂地反映出他的意识和爱好。

他穿过做解剖实验用的众多厚木板；穿过储存用的地窖，被变质的泡碱刺激到了鼻子；穿过可以观察木乃伊化过程的沙槽。他穿行于一列列的瓶子、大桶和木管之间以及各种草药粉末的罐子，放昆虫的托盘，放置青蛙、猫的尸体和其他大些东西的模糊发暗的柜子之间。他绕过遗骨瓮，那里贴着标签的一百只野兽的骨头和骸髅及人的骨头整齐地排列在一起。

哈巴无视大厅壁龛里灵髓笼中传出的叫声和祈求声。他在一个大五芒星前停下来，这个五芒星以光滑的黑色缟玛瑙制成，镶嵌在地板上一个凸起的圆圈上。他走进五芒星中央，把挂在皮带上的鞭子拿下来，把鞭子在空荡荡的空中挥出咔啦的一声响。

笼子里传来的声音静了下来。

柱子后面的阴影里，蓝绿色光照不到的地方，一个东西以加深阴影和发出牙齿撞击声的方式让人知道它的存在。

"努尔加尔。"哈巴问，"是你吗？"

"是我。"

"国王侮辱我。他蔑视我，而且其他魔法师还笑。"

"跟我有什么关系？这个寒冷黑暗的地下室和这里的居住者只有凄凉为伴。解开枷锁放了我。"

"我不会放了你。我要让我的同僚雷本出点儿事。他笑得最大声。"

"你想要他怎么样？"

"沼泽热。"

"遵命。"

"让病症持续四天，每晚都加重。让他痛苦地躺着，四肢发热，身体发冷，眼睛看不见，却能在晚上见到恐怖的幻觉，让他尖叫翻滚，哭求救助却永远求不来。"

"你想要他死吗？"

哈巴犹豫了。魔法师雷本很是软弱，不会报复，不过如果他死了，所罗门想必会插手。他摇摇头："不要，就四天，然后让他恢复。"

"主人，听你吩咐。"

哈巴抖响鞭子，那东西伴随着牙齿撞击声呼啦扫过他，从屋顶的一条窄缝钻出去了，酸腐的空气连续敲打五芒星的边缘，让笼子里的东西在黑暗中号叫起来。

魔法师默默地站着，用鞭子慢慢敲打自己的手掌，最后，他说了一个名字"阿美特"。

一个柔和的声音传入他耳中："主人。"

"我在国王那里失宠了。"

"我知道，主人，我看见了，很抱歉。"

"我要怎么重新赢回来呢？"

"那可不是容易的事。似乎第一步应该把沙漠强盗拘捕起来。"

哈巴怒吼一声："我需要在这里！我必须要在宫里！其他人会抓住机会和所罗门说话，进一步排挤我。你看见他们在山上的嘴脸了。看着我丢脸，海勒姆几乎忍不住笑出声来！"他深吸一口气，更加平静地说，"另外，我还有其他事要关注。我必须继续观察女王。"

"别为那件事苦恼，"柔和的声音说，"不管在沙漠里的什么地方，格则里都能向你汇报。而且，最近几天，您已经花太多时间在……次要事务上了——看它让您得到了什么。"

魔法师磨着牙："我怎么会知道那个爱打扮的傻瓜会选今天去视察该死的神庙？他应该给我点儿警告！"

"他有戒指。他对你还有其他人都没有义务。"

"啊！你觉得我不知道吗？"哈巴紧紧抓住鞭子，弯曲的指甲深深陷进古代的人皮里，他向前低头，让什么东西捶打他的后颈，"我多希望……我希望……"

"我知道你希望什么，亲爱的主人。但即使在这里，说出来也不安全。你被戒灵监视着——你已经见识过他的恐怖了！我们必须耐心，对我们的能力有信心。我们会摆脱困境的。"

魔法师深吸了一口气，抬起肩膀："你说得对，亲爱的阿美特，你真贴心。只不过站在这里很难看着那些自负、懒惰的——"

"来检查一下笼子吧。"声音安抚地说，"这会让你放松。不过，主人，在这之前，我请问你一句话。巴谛魔怎么办？"

哈巴尖叫一声："那只卑鄙的巨灵——要不是他我们也不会被贬出耶路撒冷！一只河马，阿美特！圣殿山上的一只河马！"他顿了顿，想了一下，"你不是说过吗，"他慢慢补充道，"从脸和外形上都有一定的相似，和——"

"对我们来说是幸运，"柔和的声音说，"我觉得所罗门没注意到。"

哈巴冷酷地点点头："好吧，我已经为他的罪过狠狠鞭打过他了，不过鞭打不够！鞭子对他来说太善良了。"

"我很赞同，主人。这是最后一根稻草了。一周之前他虐待过格则里，他时不时在巨灵中引发争吵。他现在该受更合适的惩罚。"

"剥皮咒，阿美特？还是地狱之匣？"

"太仁慈了……太短暂了……"那声音变得急切起来。"主人。"它恳请道，"让我来处理他，我饿，我渴，我已经很久很久没吃过东西了。我可以让你摆脱这个眼中钉，同时也可以满足我的渴望。"魔法师的脑后传来一阵湿答答的声音。

哈巴哼了一声："不行，我要你饿着，这能让你警醒。"

"主人，求你了……"

"而且，我需要所有的巨灵活着并且可用，我们得在沙漠搜索不法之徒。别发牢骚了，阿美特。这事我会考虑的。等我们回到耶路撒冷，有的是时间处理巴谛魔。"

那个声音尖刻、愤恨地说："按你的意思办……"

哈巴因为被强加于身的侮辱而作出坚硬、紧绷、团在一起的姿势。现在他猛地一动，声音变得硬朗而坚决："一会儿我们得准备动身。首先，不管怎么样，还有其他的事要做。也许到最后会有好消息……"

他打了个响指，说了一系列复杂的音符。远处传来一阵钟声。妖精球在地下室的天花板上哆嗦，某些大笼子上的遮盖布开开合合。

魔法师瞥了一眼黑暗中："格则里？"

随着一阵臭鸡蛋的浓烈臭气，一朵淡紫色的小云朵出现在五芒星旁边的空中。魔精格则里坐在云朵之上，他今天的外表是一只绿色的大妖精，长着尖尖的长耳朵和梨形的鼻子。他做了一串复杂又有点儿搞笑的敬礼，但哈巴无视他。

"你的报告，奴隶？"

魔精作出一副无比无聊的姿态："我按您的'要求'去了示巴。我在街道上逛荡，听人们说话但不被人看见。要知道我没放过任何耳语，没有没听到的小声评论！"

"这我确定——不然我就把你放进凄凉之焰里烧。"

"我也这么想。"魔精抓抓鼻子，"结果我听到了好多无聊的废话。你们人类过的日子！占据你们苍白小心眼的事情！你发现你们的生命有多短暂了吗，在广阔的宇宙中的位置有多渺小了吗？但你们还在担心嫁妆、蛀牙和骆驼的价钱！"

魔法师阴沉地笑笑："少跟我扯哲学，格则里，这些我都不关心，我关心的就是：巴尔绮思女王在做什么？"

格则里耸耸骨瘦如柴的双肩："一句话，什么也没做。我是说，除了日常生活之外什么也没做。就我所能理解的来说，她就做每日惯常的事情——在神庙里冥想，会见商人，听人们的陈诉，都是女王平常的那种无聊事。我观察了台前幕后，偷听了所有一切。赶上什么没有？没有。完全没有任何反应的迹象。"

"她就剩五天了。"哈巴嘟囔着，"五天……你确定没有招募军队？没有增加防御？"

"什么军队？什么防御？"魔精的尾巴嘲弄地旋转着，"示巴连个正规军都没有——就是一堆和女王一起闲逛的瘦巴巴的丫头。女祭司最多也就在王宫周围铺设到第二界层的防护。连只妖精都能溜达着进去。"

魔法师摸了摸下巴："好，她明显打算交岁贡。最后，她们都会服从。"

"是，噢，就是这样。"魔精说着懒洋洋地躺到云朵里，"要不遣散我吧？我受够所有的远距离召唤了。哦，弄得我头有多疼你是不会相信的。而且在这种奇怪至极的地方弄得我全身肿胀。这里，看看这个……坐着都不舒服了。"

"你要回示巴去，奴隶。"哈巴一边吼一边把眼睛移开，"继续监视所有发生的事情！发现任何不寻常的事一定要让我知道。同时，我很快就会再召唤你，管你肿不肿。"

魔精不悦道："必须吗？老实说我宁可去工地。"

"我们在那里的工作现在已经完成了。"哈巴僵硬地说，"所罗门已经……命令我们去别处。"

"哦哦，他生你气了，是吧？有点儿失宠了吧？不幸啊！"

哈巴的嘴抿得都没了。"记住我的话，"他说，"总有一天要算账的。"

"哦，当然会啦。"魔精说，"跟你说吧，要不现在就算？今晚赶紧到国王的房间去趁他睡觉把戒指偷出来吧？"

"格则里……"

"干吗不去呢？你又快，又聪明。他还没来得及转戒指你就能杀了他……嗯？有什么障碍吗？"它懒洋洋地轻笑，"放弃吧，哈巴。你和其他人一样都吓得要死。"

魔法师愤怒地发出咝咝声，他说了咒语又拍了拍双手。格则里短促地尖叫一声，魔精和它的云朵向内塌陷消失了。

哈巴僵硬又暴怒地站在地下室蓝绿的阴影中，眼神放空。那些轻视他的人迟早会为他们的愚蠢而感到最深切的懊悔……

　　黑暗中一声低语传来。什么东西在捶打他的脖子。哈巴深吸一口气，把这些想法从脑中排除。他走出魔法圈，向灵髓笼走去，在出发前往沙漠之前，时间足够，可以稍微放松一下。

ASMIRA

阿丝米拉

❋

所罗门之戒

CHAPTER 13

　　春日节那天的宗教仪式是平日里的两倍长，小姑娘厌烦了。她等到护卫妈妈们跪在太阳神面前，衰老的大屁股朝天之后，就小心地四下张望。其他姑娘也在忙着祈祷，眼睛闭得紧紧的，鼻子压在石头上。随着她们仪式性的吟唱声在空中渐渐加强，小姑娘站起来，踮着脚尖越过众人，从窗户爬了出去。她跑过训练大厅的屋顶平台，掠过王宫花园的围墙，像猫一样落在街道的阴影中。她弄平裙子，揉揉刚才被砖刮到的小腿，然后啪嗒啪嗒下山去了。她知道回来之后会挨打，但她不在乎，她想看队列行进。

　　人们从塔顶往下扔橙花，示巴人民被雪片一样飞下的橙花给覆盖了。大家都在沿街等待——市民以及像是山地部落的人——都耐心地等着他们的女王。小姑娘不希望站在人群的前列，以防被冲撞到马车的大轮子底下去，于是她爬到最近一个岗哨的木头台阶上，那里有两个皮带上佩剑的苗条女性站着观察下面的人群。

"你在这里做什么？"其中一个皱着眉头说，"你应该在训练。回大厅去，快点。"

不过另一个揉揉女孩的胡乱修理的黑发："现在回去太晚了。听——她们要来了！坐下保持安静，阿丝米拉，她们可能不会注意到你。"

小姑娘咧嘴一笑，叉着腿坐在她们脚下的石头上。她用双拳撑着下巴，探出头去，看见女王的车辇隆隆地穿过城门，由一队男奴隶吃力地拉着。车辇上的王座像太阳一样金黄，王座之上坐着的是女王本人——她本就宽广而华丽，穿着闪亮的白色长袍让她显得人更加宽阔。她就像一座彩色塑像，坚固而不可动摇，她的圆脸搽了白粉，直直盯着前方，面无表情。在她两侧行进的卫士们剑都出鞘，在后面的女祭司排列成一队。而车辇上，就在王座后面，首席卫士微笑站立，黑色的头发闪烁着阳光。

队伍进了城。人们欢呼着，塔顶再次像瀑布一样落下花朵。小姑娘在高高的岗哨上，咧嘴笑得颤颤悠悠，她挥舞着双手。

在狭窄的街道另一头，最近一座塔楼的阴影下，突然爆出一阵黄烟。三只有翅膀的恶魔，猩红的眼睛，挥舞着尖锐的骨头尾巴，出现在半空中。女孩身边的两个卫士立刻就冲进了人群中，车辇旁边的卫士也走到了前方，举起长剑，也从袖子里拔出了匕首。

尖叫声响起，人群散开，恶魔从空中疾飞而来。其中一只同时被七把银匕首刺中，叫了一声就消失了。另外一只借皮质翅膀翻转到旁边，向前方的卫士们发射出一个个火圈。

小姑娘没有看这些，她的双眼都盯在停住的车辇上，女王安静地坐着，直直看着前方。首席卫士并没有离开她的位置，她拔出剑，冷静地站在王座旁。

而现在真正的袭击才开始。三个山地男人偷偷走出四散的人群，向毫无防卫的车辇跑去。他们从袍子里抽出细长的刀。

首席卫士等待着，最快的那个刺客扑向女王时，脚还没落地已经被她刺穿。

刺客下落的力道把她的剑拽了下去，而她松开剑，手中弹出一把匕首，转而面对其他人。

其他人已经到了车辇旁，他们跳上了王座的另一侧。

首席卫士轻弹了一下手腕——其中一人被打倒，他掉了下去。就在同一瞬间她向女王飞扑过去，用身体挡住了最后一记刀砍。她倒在女王膝盖上，长长的黑发从头上松松落下。

其他对付魔鬼的卫士发现身后的危险，此时三个刺客已经身中十几刀而死了。卫士们奔回车辇旁，把尸体清干净。

命令下达了，奴隶在鞭子的节奏下拉动绳索，车辇继续行进。鲜花倾泻在空荡荡的街道上。女王直直盯着前方，面色苍白，无动于衷，她袍子的膝盖已经被染红了。

首席卫士的尸体躺在城门的阴影里，一行女祭司陆续走过她身边。等她们走过之后又等了几分钟，吓坏了的侍从回来清理街道，但没人注意到小姑娘坐在高高的岗哨上，看着她母亲的尸体被抬到山丘上。

阿丝米拉睁开眼睛。一切还和她睡着之前一样。罩棚流苏的影子还在骆驼背上摇来摇去。她前方是一队骆驼，一直延伸到看不见。横杆发出的嘎吱声和动物脚掌轻轻踏在石头上的声音——她嘴里火烧火燎，头也疼，衣服湿湿地黏在身上。

她用皮水袋里的水润润嘴唇，忍住极度想喝水的冲动。在沙漠里已经九天，距上次有新鲜的水也已经三天了，而路还要继续。周围全是不毛之地，发白的山丘消失在远处的视野中。太阳在铁色的天空中就是一个白色的窟窿。它让空气扭曲变形，舞动还闪着微光，从不停止。

阿丝米拉在无边无垠的沙漠里打盹儿的时候，发现自己总是被回旋往复、像风刮的沙子一样扎人的混乱梦境所困扰。她看见示巴女王在房间里微笑，给她倒更多的葡萄酒。她看见女祭司们在王宫的前庭，和巨灵一起翘首以待，她告别的时候，所有的目光都在她身上。她看见太阳神神庙和它东边的围墙，那面墙上展示着死去的捍卫者的雕像，而她母亲的塑像在清晨的光线照射下闪烁得格外美丽。她看见了旁边墙壁上的空位，那是她渴望已久的位置。

而有的时候……有的时候她看见了母亲，她经常这样见到母亲，这十一年来母亲都没有变。

那天傍晚骆驼队停驻在一处砂岩山脊的庇护之下。在矮灌木丛生的地方，火升起来了。懂得一些魔法知识的商队主人，派出几只妖精探查岩石，如果有什么东西靠近就报警。

之后他靠近盯着火的阿丝米拉。"别动，我看看。"他说。

阿丝米拉浑身僵硬、疲倦，在单调难耐的旅程中情绪低落。但无论如何，她还是挤出一个微笑："为什么要不动呢？"

主人是个活泼的大块头，眼睛闪闪发亮，胸膛宽阔。阿丝米拉发觉他不知怎么有点令人不安。他轻笑道："每晚我都检查一下，确保所有人都还是人类，不是鬼怪或幽灵！人们说曾经有个骆驼主人带着三十个商人的商队骑进了佩特拉，他过城门的时候，每个骑手的斗篷都空空地落到了地上，他回头一看，身后好几里路上都有散落的白骨。所有的人都被吃掉了，一个接一个！"

守卫妈妈们也给阿丝米拉讲过这个故事，只不过是马力卜的商人。"民间传说。"她说，"没什么的。"

主人拿出巨灵防护符，使劲摇那上面的铃铛："就算这样，警惕是必不可少的。沙漠是危险的地方，不是所有东西都是看上去那样子的。"

阿丝米拉凝视着月亮。现在是一弯窄月牙了，在山脊上明亮地闪耀着。这景象让她的胃尖锐地纠结起来。"我们今天走得不少，"她说，"明天能到耶路撒冷吗？"

骆驼主人稍微动了动大肚子，然后摇摇头："如果顺利的话，后天。不过明天晚上我就可以放松了，到那时我们就离城很近了。在好王所罗门善良且警觉的眼皮底下没有沙漠怪物敢袭击我们。"

在火光中阿丝米拉看见马力卜的塔楼在燃烧。她纠结的胃慢慢松开。

"好？"她尖锐地说，"善良？我听说的所罗门可不是这样的。"

"是吗？"骆驼主人抬起眉毛，"你听说的是什么？"

"他是个残酷的军阀，威胁弱小的国家！"

"噢，有关他的传说有很多。"骆驼主人坦诚说道，"我不敢说他所有的事都值得赞扬。不过在这群人里你会发现有很多人和你的观点不同。他们到耶路撒冷来求他的慈悲，或请他为难题作决断。不对？你不相信我？问问他们吧。"

"我可能会的。"

随着夜晚降临，火焰也越升越高，阿丝米拉和火堆旁她身边的人聊起天来。他是个要去提尔的香料商人，年轻，蓄着胡子，安静而彬彬有礼。"你一直都很沉默，小姐。"他说，"一路上我都没怎么听过你说话。我可以请教你的名字吗？"

阿丝米拉很久之前就决定不提自己的真实姓名和国籍，一路上花了很长时间想代用名："我叫赛蕾妮。"

"你从哪里来？"

"我是神圣的希米耶尔的太阳神庙女祭司。我要去耶路撒冷。"

商人把靴子伸到更靠火的地方："希米耶尔？那在哪儿？"

"阿拉伯南部。"希米耶尔其实是示巴西边一个沿海的小王国，以山羊、蜂蜜而著称，但总体而言默默无闻，所以阿丝米拉才选那里。她从来没去过，估计大多数人都没去过。

"去耶路撒冷做什么呢，那么大老远的？"

"我希望去见所罗门王。我们的王国需要他的帮助。"阿丝米拉的睫毛忽闪了一下，优雅地叹了口气，"我希望有可能获得他的关注。"

"哦，所罗门每天都有朝会，他们说，他会在那里听所有来的人说话。"商人从皮酒囊里大大喝了一口，"提尔附近的几个农民，一年前遭了虫灾，去见所罗门。他派出了手下的恶魔，把虫子全杀掉了。问题解决了。这就是魔法戒指能为你做的事。要酒吗？"

"不用了，谢谢。你说每天都有朝会？你觉得我能进去吗？"

"哦，可以。像你这样的漂亮姑娘，肯定有很多机会。"他遥望了一下黑暗中，"我猜，像你这样从阿拉伯来的人，以前应该没在这里停留过吧。"

阿丝米拉正想着到了耶路撒冷之后要做什么。她要去王国，立刻请求参加第二天的朝会。他们会把她领到国王面前，等她站在国王面前时，他们会等她卑躬屈膝提出请求，她就向前踏上一步，丢掉斗篷，然后……

期望像火一样在她胸中燃烧，她的手掌有点刺痛。"没有，"她心不在焉地说，"我从没来过以色列。"

"不是，我是说这里。"他指指上面的砂岩山脊，"这个地方。"

"从没来过。"

"啊！"他微笑着说，"你见上面的山尖，看见有一根砂岩柱高起来的地方了吗？这是当地一个著名的地标。知道这是什么吗？"

阿丝米拉站起身，抬头看去。这根柱子很是特殊，底部肥大扭曲，上面还有几个短枝突出来。她一边看着，太阳的最后几缕余晖像鲜红色的水从侧翼流下，简直像是给它塑形……

"那个，人们说，是火灵 xii 阿祖勒，"商人说，"所罗门统治初期的一个奴隶。他想要毁掉魔法戒指，至少故事是这么说的，结果就是这样，变成了石头再也不能动！"他扭过脸冲着火啐了一口，"我得说，好家伙。瞧他那大小。肯定得有二十五英尺 xiii 高。"

阿丝米拉盯着柱子低处，感觉到一阵突然的麻木深入骨髓。她哆嗦了一下，最近夜晚似乎变凉了。那岩石突出那么高，都快碰到星星了。而那是什么？她在接近顶部的阴影中是不是看见了一张巨大又野蛮的脸的痕迹呢？

不是。是风沙的杰作，这起伏的表面早就不可能再有表情了。

她裹紧斗篷，靠得离火更近一些，也不理会身边的商人问的其他问题了。她的胃化成了水，牙齿在口中松动。心中的狂喜消失了，好像被一只巨手给摁灭了。就在此刻她真正明白了她要做的事意味着什么。这个变形的恶魔的大小，它的坚固和巨大，让她明白了所有的炉边故事都没讲明的事：戴着戒指的人力量无与伦比。

第十天早上，骆驼队到达了一处砂岩山丘紧靠路边的地方。悬崖上层沐浴在阳光下，骆驼队走在山谷中，光线灰暗，空气凉爽。

阿丝米拉睡得很差。把她的一夜搅得支离破碎的恐惧浪潮已经消散，只剩下麻木、迟钝和恼怒。她母亲不会对这么一块大石头有这么大反应，现在寄予她厚望的女王也不会。她蜷缩着坐在骆驼上，沮丧的想法让她心情低落。

峡谷把道路挤得更窄，右手边的斜坡已经塌方成了一堆乱石。阿丝米拉无精打采地环视荒凉的四周，突然看到了个棕色的小东西栖息在巨石中。是一只沙漠狐，长着黑色大大的簇状耳朵，眼睛闪闪发光，它坐在岩石上，看着驼队经过。

她的骆驼慢慢越过粗糙的地面，有那么一会儿工夫阿丝米拉和狐狸高度相同。她就在狐狸的右边几步之遥。如果她愿意，几乎可以从座位上探出手去摸到狐狸。狐狸一点也不害怕，黑色的圆眼睛和她对视。

然后骆驼慢慢走过去了，狐狸落在了后面。

阿丝米拉坐得直挺挺的，感觉身下的骆驼在慢慢摇晃，听着山谷里传来骆驼脚步不停歇的啪嗒、啪嗒、啪嗒的声音。然后，她惊喘一声，从鞍套上拿起鞭子，扭动缰绳，迫使骆驼向前跑去。她刚刚迟钝的样子已然消失，双眼明亮，一只手找到了斗篷下面的匕首柄。

骆驼主人在山谷前面领先四头骆驼的位置上，阿丝米拉艰难地赶上他。

"加速！我们得加速！"

主人瞪大眼睛："怎么了？出什么事了？"

"你的妖精——放出去！巨灵也是，如果有的话——这里有什么东西。"

他犹豫了片刻，然后转身喊出命令。正喊着，一个蓝黑色的火球从左侧打到了他的骆驼。蓝黑色的火球爆炸，主人连骆驼一起都被刮倒在路上，猛摔在岩石上。阿丝米拉尖叫着，举起双手阻挡灼热空气的袭击。她的骆驼害怕地站起来，她向后倒，差点从鞍子上栽下来，然后她侧过身，紧抓住缰绳。她伸出一只手抓住罩棚上的一根横杆，吊在上面，半悬在空中。骆驼猛跌下去又跳起来。阿丝米拉从悬挂的地方拼命探出头，瞥见了空中旋转的黑影。火花如雨般落到路上。

又一声爆炸响起，然后是尖叫和惊恐的喊声。袭击声和回音不断在山谷中回响，似乎从四面八方而来。烟尘挡住了阿丝米拉的视线，她的骆驼想要转身，但另外一次在身边的爆炸迫使它一瘸一拐地退回到悬崖上。阿丝米拉一手猛拽缰绳，一手扭紧横杆，把自己向上拉，险险地逃出，差点被石头压碎。她抓紧鞍子，从皮带中拔出银匕首。

在烟尘之中，黑色的形体重重落在路上，人们和动物都痛苦而恐惧地尖叫。阿丝米拉紧贴发狂的骆驼，盯着四周。她终于费力地控制住骆驼，从黑色旋涡中退出来，紧靠在高悬的石壁形成的掩休。她蹲下，外面四溅的火星飞过，还有听起来像是垂死的喊叫声，而她又从包里拿出两把匕首。她从袍子里拉过银项链，让项链垂在胸前。

一个影子在烟雾中移动，是某个非人类在逐渐靠近。阿丝米拉迅速瞄准，射出一把匕首。一声闷叫短暂响起，那个影子消失了。

她又握住另一件武器准备好。随着时间推移，烟雾渐渐消散了。

第二个影子跳到路上。它靠近的时候停了下来，脑袋一转。阿丝米拉挺起身，举起刀，耳中传来血流的声音。

云团分开了，一个长着爬行动物脑袋的东西冲了出来，只有三只爪子的手上挥着一柄血淋淋的弯刀。

阿丝米拉抓着项链，说了一句强力咒语。黄色的光碟射出打到了那个家伙，它往后退，但没有撤走。它抬眼看着她，咧开嘴笑，慢慢摇摇头。然后它曲腿跳向她，粉红色的嘴巴高兴地张开。

CHAPTER 14

和平而宁静。据说这是沙漠的特点之一。可以让你有机会逃离生活中的日常压力。而当这种"日常压力"是由七只暴怒的巨灵和一个狂怒的魔法师主人组成的时候，几十万平方英里的沙、石、风和荒凉正是你所需要的。

自上次在耶路撒冷和所罗门不愉快的遭遇之后已经过去三天了——时间够长的了，你可能理性地觉得，已经过去了，脾气该消了，坏情绪也该慢慢放松，开始冷静内省了。

但他们呢？没戏。

哈巴大怒，那是自然——可以想象。国王当着哈巴同僚的面贬低羞辱他，他在官里轻松的位置也被取代了，而现在，却要去开放的商路上抓强盗。虽然他并不是真的去过贫民生活——他用飞毯旅行，上面有垫子、葡萄，还有套着锁链的魔精给他打太阳伞；晚上睡在黑色丝织帐篷里，里面还有躺椅和香薰浴——但你也能明白他内心的感受，而且他怪罪于我 [1]。

　　不过令人好奇且困惑的是，除了最开始在工地那些天的鞭打之外，哈巴后来并没有因为我的不法行为而正经惩罚我。这也太不正常了，我发现自己变得战战兢兢，以前最不希望，现在倒是一直希望他冲我发火算了，结果就是总要想着什么时候会发生。我执着地观察他和他的影子，但什么讨厌的事也没发生。

　　与此同时，我的巨灵同伴也生我的气，怒的是在神庙有规律的例行生活被在干旱贫瘠之地搜寻危险的巨灵而且还要打架的生活给取代了。我想要辩解说杀歹徒比建建筑远更适合我们的凶猛天性，但被轮流喊闭嘴、被骂而且直接被无视。休牛、提沃克和贝泽尔完全拒绝和我说话，其他几个无疑更加急躁。只有讨厌采石场的法奎尔表现出一点儿同情的倾向。他说了几句刻薄的评论，但其余时候就不理我了。

　　头两天平安无事。每天早上哈巴从帐篷里出来，大声痛骂我们一顿，漫无边际地威胁，然后把我们打发到四面八方去。从黎明到黄昏，我们在天上纵横交错一天之后，每天晚上，我们都空手回来面对他的责难。沙漠太广大，敌人又难以捉摸。那些个强盗，不管他们是谁，都躲起来了。

　　第三天下午，我又变成了凤凰，高高飞在南方商路上空。希伯伦城，还有阿拉德都从下方经过。东边不远处我看见大盐海 xiv 镜面一样的反光，古代城市的遗迹白茫茫留在沙滩上。前方伊多姆山峰耸立，通向未知的广阔荒地，山脚下深紫色一片，是缺水的西奈沙漠。

　　香料之路是毫无生命的山脊之间一条棕色的蜿蜒脉络。如果我一直沿着路飞，最终能到达红海，还有从埃及、示巴甚至远方的努比亚和彭特来的商队的贸易集散地。不过我的工作到此为止。

　　我盘旋的时候，黑色的眼睛在迎着太阳的时候眨了眨，发现下方有一个明显

---

[1] 你从他闪现出的有点儿邪恶的表情，还有我经过时他那种彻底的冷漠就能看出来。这种线索很细微，没错，但我很敏感而且发现了。他偶尔挥动拳头并用埃及死神来咒我，这个样子也能支撑我的理论。

的亮光。亮光来自刚下主干道的小路上，这条路蜿蜒通向山里的村庄。亮光确定无疑，绝对值得调查。

我降下去，享受风吹过羽毛的感觉和在空中的简单自由。总之，事情还没那么糟。我还活着，我在空中，远离讨厌的建筑工地。没错，我是有些"怪物"要追踪并杀掉，不过如果你是一个爱冒险的聪明巨灵，从卡叠什和米吉多战役[xv]中存活下来，而且（更重要的是）曾经在耶路撒冷和某些最让人讨厌的东西拘禁在一起，甚至还挤在一个五芒星里，那么打打小架正是你所需要的。

不过，这里的小架由于我来得太晚了，已经打完了。

就算在空中，我也能看到小路上的劫后残迹。地面焦黑起泡，还沾着什么黑色的东西，布料和木头的碎片散落在周围广阔的区域。我闻到残留的讨厌味道：使用过的魔法，残破的血肉。

我看到的亮光是躺在岩石上的一把断剑刃上发出的。这把剑并非孤立的一件，剑主人的部分肢体也在附近。

我着陆的时候变成了一个英俊的苏美尔小伙子，长着警惕的黑眼睛。我站着环视四周。几辆大车的残骸清晰可见，木头裂开发黑，轮子粉碎。两边的石头山崖上散布着可怜的软塌塌的东西。不用仔细看，我知道那是什么。

其中一个受害人躺在道路中央，身边有一块盾的碎片。他的胳膊腿随意伸开，几乎像是睡着了。我特意用了"几乎"这个词，因为他没有脑袋。他和他的同伴一样，被抢劫的同时也被杀害——大车里的东西没有了。是强盗干的无疑，而且就在不久前。我猜想我晚到了最多不超过一天。他们可能还在附近。

我顶风沿着痕迹走了一小段，一边听着岩石中传来的风声，一边研究着地面。一般来说，地面都很坚实，难以留下足迹，不过有个地方，有什么东西——可能是皮水袋——漏了，土地被打湿，我发现一个三角形，有三只爪子的脚留下很深的印记。我弯腰研究了一会儿，然后起身沿原路返回。

然后呆住了。

我身下的痕迹沿小道向右转，随着一道缓坡下去。大约二三十码远，就在袭击发生地之外，谷壁之后，踪迹就从视线中消失了。左手边的山崖突出而陡峭，上面被中午的太阳照得非常明亮。而那上面所有的细节——每块石头、每条裂缝、扭曲的岩层中单调的粉色纹理——都让我一览无余。

那好像是哈巴的影子。

他秃头的轮廓在阳光照耀的山崖侧面投下剪影。我看见了光滑的头顶，他长长的鹰钩鼻，突出的皮包骨下巴，也能看见他粗壮的肩膀和上肢，但下半截就消失在滚落的石头和谷地里了。就好像魔法师自己站在视线之外的道路拐角处，面对着朝向我的山坡。

我盯着这个诡异的景象。岩石上的头部挺得直直的。

我慢慢退后一步，头部立刻就沿着山崖的弧度向前移动，起起伏伏，那轮廓就像是黑色的水一样。而且一边动，一边还在生长，现在能看见细长的胳膊了，细长的手指影子向我伸过来。

我后退的步子不知怎么就快了起来，在不平坦的路上磕磕绊绊地走着。

影子还在生长拉伸——变成一个长着爪的手的黑色长拱，它的脸变长了，下巴和鼻子突出成奇怪的比例，大嘴张大、大、大……

我打起精神，赶紧站直，从手指尖发出火焰。

上空中传来拍打的声音。

影子吃了一惊，探寻的手指犹豫着缩了回去。它以难以置信的速度缩回山崖上，收缩、变小，回到原来的位置上，然后继续收缩，消失了。

有人在我身后咳嗽了一声。我转过身，指尖闪出爆炸咒，却看见一个高大丰满的努比亚人懒散地倚在一块岩石上，细心地用让我觉得异常搞笑的带尖爪的手指把胳膊上飞行时结的冰刷下来。他的翅膀是美索不达米亚巨灵的传统式样——是羽毛的，但像甲虫一样分成四翼。

"吓了一跳，巴谛魔？"法奎尔说。

我沉默地盯着他，然后又转过身，继续沿着路看。山崖安静且一动不动——光和影的界层都很安静。没有影子出现熟悉的形状，也没有影子在移动。

手指尖冒出的蓝色火苗吱吱地熄灭了，我不确定地挠挠头。

"看样子你发现了好玩的东西。"法奎尔说。

我还是什么都没说。努比亚人走过我身边，用老练的眼睛扫了几下。探查路上的损毁遗迹。"这点血迹和沙子不像是你弄出来的。"他评价道，"不漂亮，确实，不过和卡叠什也不太一样，对吧 [2]？我们都见过更糟的。"

我还在震惊之中，四下环视。除了几小片布料在岩石之中哀婉地扇动之外，周围就没有什么动静了。

"似乎没有幸存者……"法奎尔走到路中间残缺不全的尸体旁，用凉鞋轻轻推了一下，他轻笑一声，"我说，巴谛魔，你对这些可怜的家伙做了什么？"

我这才缓过神来："我发现的时候他就是那样！你什么意思？"

"又用不着我来评判你的小习惯，巴谛魔。"法奎尔说。他走过来，拍拍我的肩膀，"冷静，我只是开玩笑，我知道你不会吞死人的脑袋。"

我简单点点头："谢谢你，太对了。"

"你喜欢多汁的屁股，我记得。"

"不错，有营养多了。"

"随便吧。"法奎尔继续说，"伤口明显很旧了。躺在这里接近二十四个小时了，如果现在让我评判死人的话。[3]"

"魔法也已经冷了。"我边说边检测散布的碎片。

"爆炸咒，多数都是——很高的能量，不过也分散着几个抽搐咒。没有很复杂的，但非常野蛮。"

"乌图库，你觉得呢？"

"我也这么觉得。我找到一个脚印：笨重，不过还没有火灵那么大。"

"嗯，我们终于找到线索了，巴谛魔！我建议现在就回去报告主人，不过我们要面对的情况是——他不太可能想从你那里听到任何事。"

我又环视了一下四周，"说到哈巴。"我平静地说，"我刚刚有个古怪的经

---

[2] 卡叠什战役：公元前1274年，主要交战双方是拉美西斯大帝领导下的埃及和国王穆瓦塔里领导下的赫梯。法奎尔和我分属法老不同的部门战斗，我们曾经帮助执行最后的钳形运动把地方的乌图库 xvi 赶出战场。那天还有很多大行动，不过我没有都参与。两百年后，那块战场仍是一片漆黑荒芜，尸骨遍野。

[3] 他以前评判过。

历。你降落的时候，除了我之外就没有碰巧看见别的什么吗？"

法奎尔摇摇亮闪闪的脑袋："你刚刚看起来和以前一样与世隔绝。顶多就是有点儿神经过敏。怎么了？"

"只有我觉得哈巴的影子在追我——"我停下来，骂了一句，"不是觉得，是知道——它就在山谷里蠕动着追我。就在刚才！只不过你出现了，它就跑掉了。"

法奎尔皱眉："真的？这可坏了。"

"跟我说说。"

"好吧，严格地说，我可能救了你，让你免去一次可怕的命运。拜托别告诉任何人，巴谛魔。我还要保持名声。"他沉思地揉揉下巴，"奇怪，不过，那个哈巴要到这里来对付你。"他继续深思，"为什么不能回帐篷去？为什么要保密？这还真是有点让人好奇的问题。"

"很高兴你能这么想。"我吼道，"就我个人来说，这事儿比好奇要紧急一些。"

努比亚人咧嘴一笑："噢，你还能指望什么？很老实地说，我很惊讶你能活这么久。自打河马惨案之后，哈巴恨死你了。还有，当然了，是你的个性发展的结果。这两个原因从一开始就能害死你。"

我睥睨着他："我的个性？什么意思？"

"你怎么能问出这种问题？我去过通灵塔附近几次，巴谛魔，但从来不知道还有像你这样的魔灵。鬼灵 [4] 够坏，死精 [5] 也差不多——他们可能都有恶劣的习性，但是老天，他们至少不敢那么公然随便说话，或者像你那么放肆。面对现实吧，只是看到你就足够把任何理智的魔灵逼疯了。"

不知道是因为我刚刚受过惊吓，还是因为他脸上那自以为是的表情，我的火气爆发了。手指尖喷出蓝色的火焰，我暴怒地向他走去。

---

[4] 鬼灵：一种低级巨灵，常常在墓地出现，吞噬未埋葬的残尸。

[5] 死精：一种讨厌的妖精亚种，有大扁脚，爬行。在荒僻地方跟踪旅行者，低声说话、喊叫，把他们吓死。

法奎尔愤恨地哼了一声。咔啦作响的绿色闪电碎片在他肥胖的手中闪现："你连想都不想。真是没救了。"

"是这样吗，我的朋友？噢，让我来告诉你——"

我停下来，手中的火焰突然熄灭。与此同时法奎尔的手也落下去了。我们静静地站在路上，面对对方，仔细聆听。我们都发觉了同样的情况：各个界层里极其细微的震动，时而微弱，时而突然重击。很熟悉而且不远。

这是巨灵被召唤的声音。

我们同时跃入空中，忘记了争吵。我们又同时变身，两只鹰（一只肥胖、臭烘烘的，另外一只完美无缺、优雅而美丽）从山崖间飞起。我们在荒地高空盘旋，荒地在太阳的照耀下发出棕色和白色的微光。

我查看了一下高级界层，那里的颜色柔和一些，没那么让人分心，然后发出一声胜利的叫声。南方远处的发光体在地面移动。那光——明显是几个魔灵——接近香料之路经过的几个光秃秃的山丘。

两只鹰二话不说，都倾斜翅膀。我们肩并肩冲向南方的道路。

BARTIMAEUS

巴谛魔

✳

所罗门之戒

CHAPTER 15

不久之后，两个长胡子的旅行者沿着所罗门王的大路吃力跋涉。其中一个年轻英俊，另一个矮胖脏乱，两人身上都因行走了多里地而沾上了沙子。他们都穿着染色的羊毛袍子，肩上扛着沉重的大包。两人都用橡树枝支撑着脚步。

走啊，走啊，一瘸，一拐——法奎尔和我尽最大努力做出人类虚弱的光环。为了掩盖真实的力量，我们在五个界层里改变外形，还用了魅惑咒在另外两个界层里遮盖住本性。

两人的肩膀因为疲倦而耷拉下来，他们在尘土间拖沓着脚步向南走，观察着两边靠过来的黑暗山丘。我们刚刚在上空判断，这里因为有山崖和悬挂出来的石壁，如果你愿意，这是个可以埋伏的地方。

法奎尔和我决定我们自己做个埋伏。上面某处藏着我们从远处瞥见的巨灵，但现在我们看不见他们。一切都很平静，只有两只秃鹫在空中来回慢慢飞。我快速瞄了一眼，据我所知，是真的。我压低目光，专心走路，一步拖着一步。

山丘之中，岩壁后退了一点，道路进入了宽阔一些的峡谷，周围被碎石坡和参差不齐的玄武岩所环绕。

两个孤独且非常脆弱的旅行者头一回停了下来。法奎尔假装动了动他的包裹。我扯扯胡子，眯起眼睛环视四周。

寂静。

我们更加牢固地抓紧东西，又继续沿路走下去。

身后远处的岩壁中，传来石头发出的微小咔嗒声。我们俩都没回头。

身后又传来卵石滑动的低沉声音，是在碎石坡的半腰处。法奎尔挠挠蒜头鼻，我边走边胡乱吹着口哨。

路上传来沉重的碰撞声，还有爪子在岩石上发出的咔嚓声。我们还是继续走，拖着脚步。

现在传来的是刮擦的刺耳声音，还有硫黄的臭气，突然一阵黑暗充满了山谷之间。然后是恶魔发出的咯咯笑声——

好吧，现在可能是时候了。

法奎尔和我快速转身，胡子伸出，拐棍举起，准备攻击——但什么都没看见。

我们低头。

脚边站着我们见过的最小、最垃圾的魔精，它心虚地呆住了，保持着一只脚抬起的样子。它糟糕地伪装成了皮毛宽松的鼩鼱，一只毛爪子里拿着一件像是烧烤叉一样的武器。

我放低拐棍，盯着它。它用棕色的大眼睛瞪回来。

这只鼩鼱在七个界层里都一个样，不过正经地说它在第七界层里确实还有一副獠牙。我惊奇地摇摇头。这东西会是在沙漠道路上犯下抢劫大案的恐怖怪物？

"交出财物，准备受死！"鼩鼱尖叫着挥舞叉子，"快点，拜托。另外一条路上有个骆驼队，我要赶紧把你们的尸体处理掉，然后和同伴会合。"

法奎尔和我瞥了对方一眼。我举起一只手："拜托，我能不能问一个问题。你在为谁工作？是谁召唤的你？"

鬸鼸鼓起胸膛："我的主人受雇于伊多姆国王。快交出东西来，我可不想东西都染上血。"

"但伊多姆是以色列的朋友呀。"法奎尔继续问，"为什么他们的国王要反抗伟大的所罗门？"

"可能是那个所罗门向国王要求巨额的岁贡，于是国王的财富没了，人民也饱受苛捐杂税折磨吧？"鬸鼸耸耸肩，"所罗门要不是戴着那戒指，他就会发现伊多姆起兵反抗他了。但现在，我们也就只能简单当个强盗。哦，说太多国际关系问题了，碰上我们你们就死定了……"

我随意地笑笑。"首先，说个小事，检查一下界层。"这么说着，我微妙地做了改变。在第一界层里我还是风尘仆仆的拄拐旅行者。但是，在高级界层里，人的样子不见了，我变成了别的样子。法奎尔也和我做的差不多。鬸鼸的皮毛立刻就变灰了，全身的刺都根根竖起。它哆嗦得厉害，叉子也开始嗡嗡作响。

鬸鼸悄悄后退："咱们谈谈吧……"

我嘴咧得更大了："哦，我可不这么想。"我做了个手势，拐棍不见了。伸出的手里响起爆炸咒。鬸鼸跳到边上，它脚步的地上爆发出深红色的火焰。鬸鼸跃起，用叉子猛刺，叉子尖冒出微弱的绿光，越过地面，不幸击中法奎尔的脚趾。他跳着脚咒骂，抛出一个防御盾。鬸鼸尖叫一声落到地上，飞奔逃走。我接二连三地发出一串抽搐咒打它的身后，引得它满山谷乱窜。

鬸鼸跳到一块巨石后面，爪子持着烤叉时不时伸出来，绿色炸弹纷纷落下，噬噬作响地打到防御盾的边缘。法奎尔放出一个呼啸的痉挛咒，巨石粉碎成一堆沙砾。鬸鼸被炸向后方，皮毛都引燃起来。它扔下叉子，高声咒骂着跳上碎石坡爬了上去。

法奎尔大吼一声："你去追——我从边上去截它。"

我双手冒着烟，袍子和胡子都在身边呼呼拍打，我借助一块翻倒的石板跃起，跳到临近的崖边，再一块石头一块石头地跳上石坡。我几乎脚不沾地地追，很快就发现了前面的碎石坡上，一团棕色正拼命曲折奔逃。我指间冒出噼啪的闪电，落到地面上，推动我更快向前。

鼩鼱到了坡顶，一时间变成了天际线上一个毛茸茸的轮廓。它在最后一刻低下头，我的爆炸咒差一点就打中它了。

我从背后伸展出羽翼——两侧都是纯白色的羽毛，并且每一侧都像蝴蝶一样分成两片 [1]。翅膀拍打运动起来，我在山坡干燥的顶峰上方翱翔，太阳的温暖辐射到我的灵髓上。我下面的鼩鼱跌跌撞撞，沿着山脊起起伏伏。不多远我就看见了一处简单的扎营地，其中四个帐篷扎在一个小山凹里，周围有储备物品，篝火余烬发黑，一根铁柱上系着三匹无聊的骆驼，还有其他许多足迹和散落的东西。

扎营地的主人是三个男人（可能是伊多姆的魔法师，不过老实说我看这一带所有的部落都一样），穿着棕色或深褐色的袍子，手里拿着拐棍，脚上穿着满是尘土的凉鞋。他们站在帐篷的阴影中，直直的像是雕塑，用一种冷静观察的姿势，眺望我们对面的山脊，那里靠近另一条蜿蜒的沙漠之路。

鼩鼱的叫声引起了他们的警觉，他们转身看见鼩鼱跌跌撞撞地奔来，远处的我从天上毫不留情地呼啸而来。

几个人大喊着分散开来。其中一个呼喊着魔灵的名字。后面的山谷里传来低沉又强烈的应答声。

现在事情变得越来越有趣了。

我从上空猛冲下去，把被奴役的怒火全都发泄出来。我指尖发出一连串猛烈的炸弹向地面扫射。石头粉碎，沙尘遮天蔽日。鼩鼱终于被击中有皮毛的背部，爆裂成上千个可怜的光点。

两个巨大的影子从后面的峡谷升起。两个都像我一样有着亚述风格的两片式翅膀，也都像我一样变成人类的形体。但不像我的地方是，他们选择了很奇异的脑袋，很容易给路上的受害人带去恐怖。

---

[1] 样子有一点儿现代，这是那个世纪里，尼姆鲁德的最新样式。白色的羽毛在战斗中是个累赘——一点儿都不禁脏——不过却可以让你的样子很飘逸、惊人、美丽、冷酷、疏远。出去追捕人类的时候特别有用，他们经常只顾着看你而忘了逃跑。

最近的那个乌图库长着一张狮子的脸，扛着一根血迹斑斑的矛 [2]。他的同伙，脑袋像是长着讨厌的宽下巴、皮肤松弛的巨蜥，他拿着弯刀，恐怖地叫喊着，羽翼在空中拍打，他们高速向我飞来。

如果有必要，我会杀了他们，不过我还是更愿意杀掉他们的主人 [3]。

伊多姆魔法师分别按自己的本能行动。第一个很是惊恐，在路上乱转，在被自己拖尾的长袍绊倒之后终于倒进了最近的一个帐篷里。他还没来得及站起来，我的爆炸咒就把他爆成了一个火球。第二个人站在地上，从火焰旁的包里抽出一个细长的玻璃管。在我向他冲过去的时候，他在岩石上敲碎玻璃管，用碎的那头指着我。一个油腻腻黑乎乎的带状物冒出来，懒洋洋地向后摆动，然后向渔民投竿一样投向我的方向。我扔出一张黑网，把冒烟的带状物网在中间，随着一声粗鲁的吮吸声，黑网向内一拉，中间的东西就消失了。带状物之后是玻璃管和拿着玻璃管的魔法师，一眨眼的工夫他们就一起被吸进网内，迅速被网吞掉，然后就这么消失了。

这个伊多姆人死后，也就是他消失在网中之后没过一会儿 [4]，狮子头的乌图库发出一声喜悦的叫喊，变成一缕松脂香气，飘散在风中。蜥蜴头的乌图库，他明显是第三个魔法师的仆人，所以还在。他挥舞弯刀，一连串猛刺猛砍打乱了我的飞行路径，我挣扎着躲开。

"你怎么就不能把我那个也杀了？"乌图库说着向我的腹部猛砍过来。

我飞快地躲到边上，在半空又绕回来："我尽力了。同时你能不能不要想着把我给戳穿？"

乌图库躲开我的抽搐咒，又用弯刀劈来："没用的。"

---

[2] 那只鮈鱼，不管有多少过错，很明显它至少没撒谎。有其他旅行者正在下面被拦截。

[3] 这是一般法则。如果突然被迫和另外一个魔灵打一场，你就没有办法评估他们的个性。他们可能让人憎恨，或是和蔼友善，或是介于两者之间。唯一确定的事实是他们如果不是被命令也不会跟你打，所以除掉主人并解放傀儡是比较有道理的。对于乌图库来说，安全的做法是假设他们集两种性格于一身，但即使这样，这条法则也一样生效。

[4] 这种情况之下总会发生奇妙的时间延迟。我有时候会想，在那些飞逝的时间里，受害人的意识在独自无限接近虚无时，不知道看见了什么或是经历了什么。

"我知道。"

我以几寸之差避开下次攻击，我向左倾斜靠近地面，攻击两个帐篷之间，然后又升高，在山脊上搜寻第三个魔法师，正好瞥见一个棕色和深褐色的影子匆匆下到山谷之中。

我怀着杀意，把乌图库甩在身后，跟着伊多姆人越过山崖，像鹰或是其他猛禽跟踪老鼠一样滑翔。

找到他了，他正沿着石头往下边滑边爬，他的袍子扯到膝盖以上，凉鞋也扯破了。脸朝下看，牢牢地盯住山坡，一次也没回头看，他知道有着明亮雪白翅膀的死神正紧紧跟着他。

在他身下以及远处的路上，我又瞥见了其他几件事：健壮的法奎尔正和第三个乌图库（这个的头是长角山羊）摔跤，另外两个死掉的躺在他身边，周围横尸遍野——骆驼和人类像破布一样被乱扔在焦黑的地上。

空中一阵袭击，我扭身躲开，但是太迟了，一阵剧痛，乌图库的弯刀砍到我的翅尖，削掉了几根初级飞羽，把我的对称性给彻底破坏了。我失去了平衡，飞行的劲头也没了。我跌倒在下面的石坡上，很不优雅地后背着地，滚落山坡。

乌图库快速赶来，准备给我致命一击。为了拖延他（快速滚落的时候这可不容易——如果不相信你可以自己试试）我向后射出了一个萎靡咒，直接打中了他，消耗掉了他的能量，让他行动黏腻迟缓。他扔下弯刀，翅膀耷拉下来，四肢无力，落在地上，跟在我身后翻滚起来。

我们和一堆石头一起滚下山坡。

我们挤在一起落在沙地上。

我们挣扎着坐起来。

我们看着对方，都举起一只手。我抢先一步，用一个爆炸咒把他炸飞。

他的灵髓碎片落到地上，像新雨一般飞溅到极为干燥的岩石沙砾上。我在路中间挣扎着站起来，拂掉肿包和擦伤的伤口上面的尘土，收回翅膀，战斗欲也降了下来。

法奎尔和我正相反，他慢慢地、艰难地终于解决掉了长着羊头的对手，自己腹部一道深口子中灵髓闪闪发光，不过他似乎没事。

还不坏。我们两个对付了五个乌图库和三个伊多姆魔法师中的两个[5]。所罗门道路上的强盗帮瞬间就被果断镇压下去了。

这倒是提醒我了。那第三个魔法师……到哪儿去了？

一个高亢而专横的声音在旁边响起："恶魔，不许擅自行动说话，想活命就拜倒在圣地希米耶尔太阳神大祭司的脚下。我是女王的代表，带表她和全体希米耶尔发言，我要求你们说出名字、身份和种类，违令者处以极刑。"

是在对我说话吗，加上一句简单的"你好"不行吗？

---

[5] 还有鲍鲭。但我不知道能不能算上他。

BARTIMAEUS

巴谛魔

所罗门之戒

CHAPTER 16

并不是我没有注意到我们还有个客人。只是我不在乎。在打斗的时候，你得坚守底线，也就是说在尽力杀掉敌人的同时不让他扯掉你的胳膊，打得你团团转。如果你还有剩余的力气，也用来念咒了。在观察没什么参与度的陌生人之前你就已经累瘫了。特别是他们还是你救的。

于是我就不慌不忙，掸掸四肢上的沙土，检查一下边角部位的灵髓，然后再转身去看是谁在说话。

不到十二英寸远，那张脸上的表情让我觉得混合了傲慢、嘲笑还有获得粮草的希望。是一头骆驼。它的脖子之上，我发现了一套红黄丝绸装饰的轿椅安装在鞍子上。下面垂着流苏，上方的横杆折断跌落，错位的罩棚也不幸烧焦撕破了。

轿椅上坐着一个年轻女人，差不多还是小姑娘。她黑色的头发梳到后面，几乎被丝织头巾完全遮盖起来，但眉毛优雅又带点儿嘲弄，眼睛像缟玛瑙那么黑。她脸部细长，五官优美，肤色很深。人类的话可能会说她美丽。我老练的眼睛也侦察到了倔强、聪慧和坚定决心的迹象，不过这些品质对于她的美貌来说是加分还是减分我就不说了。

女孩后背挺直地坐在骆驼轿椅上，一只手放在金合欢木制成的前鞍上，另一只手松松挽住缰绳。她穿一件麻木骑乘斗篷，被沙漠风暴给染成了褐色，有几处被乌图库的火烧焦了一些，里面穿着一件羊毛长袍，以黄色和红色织成几何图案。衣服紧紧地裹在她的身躯上，腿部则比较宽松。她侧坐在鞍子上，脚上整齐地套着一双小皮鞋。裸露的手腕上戴着几个青铜手镯，脖子上挂着一个银坠子，形状像太阳。

她的头发稍微有点乱——几缕垂在脸上——一只眼睛下面有一道刚划的小伤口，不然的话，几乎看不出经历过严峻的考验。

都描述出来要比我观察花的时间长多了。我盯着她看了一会儿。"谁在说话，"我问，"你还是骆驼？"

女孩皱眉："是我。"

"哦，那你用的是骆驼的礼貌。"我转过脸，"我们刚刚杀了正在袭击你的乌图库。正确的话，你应该跪下感谢我们的救命之恩。你说是不是，法奎尔？"

我的伙伴终于走上前来，试探地戳了戳胸前裂开的伤口。"那只山羊！"他抱怨道，"两只角顶住我，一只角捅我。我跟你说，三对一！有些巨灵连最起码的礼貌意识都没有……"他这才注意到那个女孩，"这是谁？"

我耸耸肩："一个幸存者。"

"还有其他人吗？"

我们搜寻了山谷中四散的骆驼队残迹。一片寂静，一动不动，只有一两只没人骑的骆驼在远处游荡，还有几只懒洋洋盘旋的秃鹫。没有其他幸存者进入我们的视线中。

另外就是那个逃跑的伊多姆魔法师我也没有找到。我突然想到把他活捉对耶路撒冷会很有用。所罗门会有兴趣听有关强盗活动原因的第一手信息……

那个女孩（还没有向我们道谢）坐在轿椅上，用黑色的大眼睛打量法奎尔和我。我简慢地向她问道："我正在找一个袭击你们的强盗。从这面的岩石上跳下来的。你肯定看见他了。介意告诉我他往哪边去了吗——如果不太麻烦的话？"

女孩做了个没精打采的手势，指了指路对面一块花岗岩巨石。这块巨石向路面探出几英尺。我跑过去，发现那个伊多姆人躺在那里，一把银刃的匕首整齐地从他额头中央突出来。银的光环让我讨厌，不过，我还是着急地晃了晃他，以免他只是晕过去。这可不好，我希望带回去见所罗门的活口没了。

我双手叉腰看着那女孩："是你干的？"

"我是神圣的希米耶尔太阳神庙的女祭司。那个人的魔鬼摧毁了我同行的人。我干吗要让他活着？"

"那个，让他稍微活长一点儿会好些。所罗门会想要见见他。"我虽然恼怒，不过还是带着点儿不情愿的敬意看着这姑娘。管她是不是太阳神的女祭司，不下骆驼就能投中移动的目标，可真不赖，虽然我不打算承认。

法奎尔也在打量这姑娘，很是深思熟虑。他向女孩的方向点点头："她说她从哪儿来的？"

女孩听到了，装腔作势地说："我再说一遍，恶魔，我是太阳神的女祭司，代表——"

"她从希米耶尔来。"

"那是在哪儿？"

"阿拉伯的某处。"

"——伟大的希米耶尔王室！我为女王和全体人民说话，我要求——"

"我明白了。"法奎尔把我招到边上。我们移动了一点距离，"我在想，"他轻声说，"如果她不是以色列人，那她也不受保护条款的保护，对吧 [1]？"我揉揉长胡子的下巴，"没错……"

---

[1] 按所罗门的吩咐，耶路撒冷的所有召唤，不论施行的魔法师是谁，都要包括一定的严格条款禁止我们伤害当地人民。这倒不是什么新规则——所有美索不达米亚的古老城邦都有类似的命令——但他们对市民的出身做了限制，所以总有机会吃一个来访的商人、奴隶或是秘密战俘。而所罗门凭借他的智慧，把条款范围扩大到置身城墙之内的所有人，制定这条是为了巧妙地控制市容环境，也控制了一大堆乖戾、饥饿的巨灵。

"而且她人也不在耶路撒冷。"

"不在。"

"再说她很年轻，鲜嫩——"

"恶魔！我要答复！"

"非常鲜嫩。"我同意，"她长了一副好肺。"

"所以啊，巴谛魔，既然我们辛苦工作的时候有些劳累——"

"恶魔！听我说！"

"既然只有我们俩，那我就直说了，我有点儿饿了——"

"恶魔——"

"等会儿，法奎尔……"我转过去对着那个阿拉伯姑娘，"你能不能不用那个词儿？"我叫道，"'恶魔'是个极其轻蔑的称呼[2]。这冒犯我了。对我们的正确称谓应该说成'尊敬的巨灵'或'威严的魔灵'。行吗？谢谢你。"

姑娘睁大了眼睛，但她什么也没说，这让人松了口气。

"抱歉，法奎尔，我们说到哪儿了？"

"我们都有点饿了，巴谛魔。所以，你怎么说？没人会知道，对不对？然后我们可以飞回主人那里炫耀咱们的功劳。等到傍晚的时候我们都可以回到圣殿山，舒服地围坐在火边。同时哈巴也可以重新获得所罗门的宠爱，他会把影子叫走，省得你皮肉受苦。这你觉得怎么样？"

听起来不错，特别是关于影子那一点。"好吧。"我说，"我要她的腰腿肉。"

"那好像不太公平。今天谁杀乌图库多？"

"剩下的你还有得可挑呢。我把骆驼也送给你。"

我们一边开心地争吵，一边转过身对着女孩，发现她高高在上轻蔑地看我们的表情十分吓人，就连法奎尔都畏缩了。她已经把披肩从头上摘掉了，头发松松

---

[2] 恶魔：这种情况下正确的称呼其实是古阿卡德语词"拉－比苏"，本意是"超自然存在"的意思。至于希腊语中的恶魔（未来还用了几百年），这个经常用于骂人的滥俗词，更可能指的是长满了脓包的妖精，而非温文尔雅、风流倜傥的巨灵。

地落在细瘦的颈后。她的脸平静得可怕。瘦弱的胳膊紧紧交叠在一起，手指在袖子上使劲敲打。她虽然身材纤细，衣服烧焦，头发蓬乱，坐在一匹无疑是很丑的骆驼之上，变形的罩棚之下，但仍然气力充沛，这让我们两个都愣住了。

"高贵的魔灵，"她声音坚硬如铁，"我感激你们两位在这场灾祸中出手相助。没有你们的及时援助我很可能已经死了，和那些跟我结伴而行的商人一样。他们都是爱好和平的人，愿他们的灵魂尽快上升到太阳神的国度！但现在听我说。我是希米耶尔女王的使者及专属代表，紧急前往耶路撒冷，要与以色列的所罗门会谈。我的任务非常重要，成功与否牵涉甚广。我因此——我请求你们协助我，让我尽快完成这趟旅途。如果你们帮我，那我会到你们的主人面前，不论他们是谁，我会求他们把你们从现在的奴役中解放出来，送你们回到你们出身的大深渊 [3] 去。"她冲天举起一只手，"在太阳神和对我母亲神圣的回忆之前，我以此立誓。"

一片寂静，只有她的回声。法奎尔搓搓手。"好了，"他说，"我们把她吃了吧。"

我犹豫了："等等——你听见她说要给我们赢回自由吗？"

"一个字儿也别信，巴谛魔。她是个人类，她说谎。"

"她的确是人类没错……不过她不太一样，你觉得呢？让我觉得有点像娜芙蒂蒂 [4]。"

"我没见过她。"法奎尔嗤之以鼻，"我那时候在迈锡尼，如果你还记得。再说了，谁管她呀？我饿了。"

"哦，我觉得咱们应该等等。"我说，"她可以跟哈巴说情——"

"他不会听她的，对吧？"

"或者所罗门，也许……"

---

[3] 大深渊：虽然并不是我听过的有关异世界的最正确或最谄媚的说法，不过也是一种非常普遍的错误印象。其实我们的故乡一点儿也不像深渊，并没有"深度"可言（也没有其他的范围），也不是完全黑暗。只不过是人类以他们想象的恐怖景象强加给我们的，实际上真正的恐怖都在你们的世界里。

[4] 娜芙蒂蒂：公元前14世纪40年代法老阿肯那顿的大王后。她从抚养孩子开始，最后统治了帝国。她头发编梳起来的样子真是好看死了。假定你没有把她和别人搞混。

"哦，好吧，就跟她能在他身边得宠似的。"

这些可能都是实话，不过我还是对法奎尔今天下午早些时候的评论有点儿生气，所以我顽固到底。"还有一件，"我说，"她是我们战斗的目击证人。"

法奎尔顿了顿，不过还是摇头："我们不需要目击证人。我们有那些尸体。"

"她管我们叫'高贵的魔灵'……"

"那能有什么区别！"法奎尔不耐烦地吼了一声，向那女孩的方向跨出一步，但我稍微动了动挡住了他的去路。他突然停住，双眼突出，咬牙切齿。"这就是你一直以来的毛病！"他咆哮道，"对个人类就心慈手软，只因为她有长脖子和无情的眼睛！"

"我？心慈手软？我一眨眼就能吃掉她！但她可能对咱们有帮助，我是这么想的。你的问题是控制不了自己的胃口，法奎尔！你会把所有能动的东西都吃掉——女孩、臭螨虫、尸妖，还有好多。"

"我从来没吃过尸妖 [5]。"

"我打赌你吃过。"

法奎尔深吸了一口气："你让不让我把她杀了？"

"不让。"

他厌恶地甩甩双手："你应该以自己为耻！我们是奴隶，记住——和这个姑娘一样的人类的奴隶。他们会给我们什么回报吗？没有！工地和战场 [6]——他们只要我们干这些，甚至从乌尔开始就这样了。而且永远不会结束，巴谛魔，你知道的，对不对？这是我们和他们之间的战争——我指的是他们所有人，不只是魔法师。所有呆头呆脑的农民，他们抱着的老婆，他们流着鼻涕、号啕大哭的孩

---

[5] 尸妖：个子小小、矮胖、白皮肤的魔灵，被埃及的祭司们用来帮他们把大人物和好人的尸体木乃伊化。特别是在过程中所有恶心的工序，比如移走脑子，装进瓷罐里。他们尝起来是防腐液的可怕味道。我是这么听说的。

[6] 工地和战场：有时候是更甚，一声令下我们就被迫从一个地方跳到另一个地方，这可能很麻烦。有一次在乌鲁克的城门口爆发一场小型冲突，我单枪匹马和三个鬼灵打斗。他们手持带刺的狼牙棒、火焰矛和双头银战斧。而我呢？我有一把泥刀。

子——他们都和哈巴还有其他人一样坏。这女孩也没有区别！要不是他们总有建不完的城墙、挖不完的坑，和杀不完的愚蠢人类，他们会想都不想就高兴地把我们送进凄凉之焰里！”

"这些我都不否认。"我叫道，"但我们面对到来的机会要灵活些。而这就是一次机会。你比我更不想回采石场去，而这个女孩有这种可能性没准儿可以——哦，你现在着急着是要去哪儿？"

法奎尔像个急躁的学步儿童 [7]，转身大步走开了。"你那么喜欢她，"他叫道，"你和她待在一起吧，你保护她的安全。我去叫哈巴来，我们看看她是不是有魔力可以让我们自由。没准儿证明你是对的，巴谛魔。或者你可能会后悔在能吃她的时候没能好好享受一顿！"他一边说着，一边展开像猩红色的火焰一样的翅膀冲向蓝天，随后施了个咒，在这个荒凉的山谷里弄了一场小型山崩，然后直冲太阳去了。

我转过身盯着沉默的女孩。

"噢，"我说，"现在只剩你和我了。"

---

[7] 就是大些、肌肉发达些、身上血迹多些。

ASMIRA

阿丝米拉

✴

所罗门之戒

CHAPTER 17

　　"噢，"恶魔说，"现在只剩你和我了。"

　　阿丝米拉僵硬地坐在鞍子上，感觉后颈上的汗直往下淌。心脏在胸腔之内跳得太厉害了，她觉得那恶魔肯定都看见了，至少也注意到她双手的颤抖了，正因为如此她把手放在了大腿上。永远不要让他们看见你的恐惧——这是护卫妈妈们教她的——让敌人认为你沉着、坚决，不可能被吓倒或被威胁。她尽力让自己面无表情，也尽可能稳住呼吸。她冷冷地把头转开，眼睛却瞄着那家伙的一举一动。她的指尖放在袍子下面的匕首上。

　　在它用一阵爆炸的火焰把另一个同类摧毁的时候，她就已经见识了它的实力，而且她知道，如果它愿意，可以很轻易地杀掉她。它像刚刚在山谷中袭击她的怪物一样，比她训练的时候召唤的那些或是山地部落的卑鄙恶魔要危险太多了。可能是个火灵之类的，甚至是魔王。银现在是她最好的防御了，反抗可能会激怒它，但不会有什么用。

这恶魔说不定已经被激怒了。它抬头看了一眼天空，它的同伴已经变成了天际线上的一个小火球，它轻声骂了一句，穿着凉鞋的脚把一块石头远远地踢过山谷。

阿丝米拉非常清楚高级魔灵可以选择使用任何的形态，用以更好地欺骗或控制周围的人。她也知道以它们的外貌来判断它们有多愚蠢。但这一次她还是停顿了一下。不像袭击商队的那些那么恐怖，也不像它自己的同伴——似乎以流露出神气活现的凶猛为乐——这个魔灵用一种舒适的外表隐藏住了它的邪恶。

它一开始跌入视线里的时候，是个长胡子的旅行者，身上全是战斗留下的痕迹。从某个时刻开始（她没注意到到底是什么时候开始发生变化的）它已经慢慢变成了一个五官柔和的年轻人，脸颊上有酒窝，眼睛也带着笑。黑色卷发垂到眉毛上，四肢精壮。它脸部和皮肤的某些特点让阿丝米拉想起了拜访示巴宫廷的巴比伦人，只不过它衣服的式样要比他们简单——只是朴素的及膝裹裙，赤裸的胸膛上挂着几串紫水晶项链。它背后一对白色翅膀，整齐地叠起，非常壮观。最大的羽毛比她的前臂还要长。左手边的翅膀边缘有块柔软的胶状物质垂挂着未经处理，冷冷地反射着下午的光线。除了这点之外，它的伪装可算是非常美丽。

阿丝米拉观察着有翅膀的年轻人，心脏怦怦直跳。它突然转过头，和她目光相对。她别开眼睛，但马上又对自己这么做而暴怒。

"我希望你能履行自己的承诺，希米耶尔的女祭司啊。"年轻人说，"我的灵髓就全押在你身上了。"

阿丝米拉并不明白那两个恶魔在吵什么，他们只有一部分用的是阿拉伯语，另外一部分是她不知道的语言。她强迫自己对向那漆黑而凉爽的目光，把声音保持和之前一样专横。"它去哪儿了？"她问，"另外一个恶魔？还有我的问话呢？"

年轻人抬起一边没精打采的眉毛："老天，又是那个讨厌的词。"

它突然向骆驼走来。一瞬间阿丝米拉的银刃匕首就出鞘横在了手中。

　　年轻人突然停下来："又一把刀？你带了多少把？"

　　阿丝米拉在混战中丢了一把匕首，有一把留给了伊东人。皮包里还有两把。她傲慢地说："这与你无关，恶魔。我问你——"

　　"我也问了，"那家伙说，"你能不能不对我说恶言恶语，也不要那么粗野地从衬裤里拔匕首。"它把一只黝黑的手放在骆驼的侧腹，轻轻拍了拍。"把这东西收起来如何？我在这里就能感觉到银的寒气，尤其是这只翅膀。这只翅膀刚刚受伤了，"它特意补充道，"为了保护你。"

　　阿丝米拉犹豫了，迟疑不决，惊恐在她胃里翻滚。她僵硬地掀开斗篷，把匕首插回皮带里。

　　"这样好多了。"恶魔说，"哦，你脖子上还挂了银块……你介意把它也收起来吗？"

　　阿丝米拉照做了。有翅膀的年轻人不再多说。最后拍了一下骆驼，走出几步，然后站着打量山谷。一会儿之后它开始用口哨吹出几句有节奏的苦行僧歌曲。

　　阿丝米拉对自己的顺从和恶魔兴高采烈地无视她的问题而生气，几乎令她再度拔出匕首向它后背扔去。不过她保持表情平静，压下怒火。这个家伙是和所罗门一伙的，可能对她有用。任何能够快速到达耶路撒冷的机会都不能放过。

　　另外，它说的也没错——它刚才是来帮她的。

　　"你得原谅我的小心，魔灵啊。"她叫道，"我要是不抵抗我就死了，请理解我一直把它们带在身边。"

　　年轻人回头瞥了一眼，锐利的黑眼睛评估着她："用来防御乌图库，是吗？我好奇你是怎么活下来的。"

　　"对，"她说，"匕首救了我。一只蜥蜴恶——一只蜥蜴魔灵，我是说——朝我跳过来，不过我用匕首砍它，而且银出乎意料地吓住了它，它跳回去，正准备再度袭击我，然后突然就分心，之后就消失了。"

　　有翅膀的年轻人轻笑："啊，对，正好是我到了。没准儿你看见它脸上吓呆的样子了吧？"在阿丝米拉的经验中恶魔并不太聪明。而这一只扬扬得意的样子简直太明显了，她可以利用一下。"我真看见了！"她马上说，"我抱歉没有在你刚到的时候就感谢你。我还没从袭击中缓过神来，没意识到我在和一个空中的大人物说话。我对你的光辉视而不见，让太阳神责骂我吧！不过我现在理解了。我再说一遍，你让我最体面地远离死亡，我永远欠你的情！我从卑微的心底恭顺地感谢你。"

年轻人盯着她，抬起一边眉毛，一副讽刺的样子："在希米耶尔人们都这么说话吗？"

"我们通常都没什么感情，使用更为正式的复杂句式。"

"真的？那么，我也用复杂的吧，这样我才能听懂你刚才说的。不过我警告你，这附近的人除了你卑微的底部那点之外就领会不了多少了。"

阿丝米拉眨眨眼："我卑微的心。"

"我觉得，一样。现在呢，回答你的问题，你不用太担心。法奎尔去找我们的主人了，他绝对会按你的要求护送你去耶路撒冷。如果，作为回报，你可以和他替我们的自由说说情，那我们感激不尽。最近我们被所罗门奴役得越来越狠了。"

阿丝米拉心跳加速："所罗门是你们的主人吗？"

"严格地说不是，但实际上就是。"年轻人一脸不悦，"这很复杂，总之，魔法师很快就会到这儿。也许你可以为了我花点儿时间练上几句动情的赞美。"

恶魔吹着口哨，慢慢在散落的残骸和驼队之间移动。阿丝米拉看着它，苦苦思索。

虽然战斗引起的兴奋已经退去，但她还是得努力控制自己和周围的环境。一开始，震惊让她脑子发蒙——对伏击的震惊，对和她同路那么多天的旅人一朝毁灭的震惊，对丑陋无比的蜥蜴恶魔及抵抗她咒语的能力的震惊。而同时她还得用目光压倒所罗门的魔灵，隐藏对它们的恐惧。这不容易，但她成功了。她活下来了。而现在，她一边观察着这个恶魔，突然感觉到希望汹涌而来。她还活着，任务就在眼前！不仅是灾难得以幸免，而且所罗门的仆人还会把她直接带到他面前！只剩两个晚上的时间，对示巴的攻击就要来了。而这样的速度会让一切都大不一样。

恶魔在一段距离之外来回踱着步，看着天空。它似乎还是挺爱说话的，就是有点儿骄傲又爱讽刺人，或许她可以和它再多谈谈。作为所罗门的奴隶它应该知道不少国王的事情，他的性格，他的宫殿还有——可能的话——那戒指。

她快速一拉缰绳，骆驼前腿弯曲，向前倾斜，跪在了沙子上，然后再屈起后腿，坐在了地上。阿丝米拉下了轿椅，轻轻落地。她大致检查了一下烧焦的骑乘斗篷，把它抚平，然后手拿皮包，向恶魔走去。

有翅膀的年轻人陷入了沉思中。阳光在它亮白色的翅膀上闪耀。一瞬间阿丝米拉察觉到它一动不动，安静的脸上一副犹豫的表情。她不知道它眼中看见了什么。但她恼怒地发现自己四肢都在颤抖。

她靠近的时候，它瞥了一眼："希望你已经给我想到了什么好词。我觉得，'凶猛''热情'和'让人敬畏'都挺好听的。"

"我过来和你谈谈。"阿丝米拉说。

黑色的眉毛拧成一个角："谈谈？为什么？"

"嗯。"她说，"我不是经常有机会和你这样高贵的魔灵说话，尤其还是救过我命的。我经常听说有能一夜之间盖起一座塔或给干涸的土地带来雨水这种伟大的魔灵存在。但从没想到自己真的可以和这么一个尊贵又和蔼的——"她停了下来，那年轻人在对她笑。"怎么了？"她问。

"这个'高贵的魔灵'认为你有所要求，是什么？"

"我希望你的智慧——"

"打住。"恶魔说，它的黑眼睛闪着光，"你现在可不是和一只弱智的妖精说话。我是巨灵，而且在巨灵中颇为知名。此外，还是为吉尔伽美什建造乌尔卡城墙，为拉美西斯建过卡纳克城墙以及为很多早已被遗忘的主人建造城墙的巨灵。伟大的所罗门只是在众多崇高君王中新近倚重我们服务的一个。简而言之，远方希米耶尔的女祭司啊，"有翅膀的年轻人继续说道，"我对自己已有极高的自知之明，不需要你再来多余的奉承了。"

阿丝米拉感觉双颊发热，身边的拳头紧紧握住。

"别绕圈子了，行吗？"巨灵说，她对它眨眨眼，漫不经心地背靠在一块大石头上，"说吧，你想要怎样？"

阿丝米拉打量着它："跟我说说那戒指的事。"她说。

巨灵吓了一跳。它的胳膊肘从石头上滑了下去，手忙脚乱了一阵才免于摔倒。它竖起许多羽毛来调整翅膀，然后盯着她："什么？"

"我从来没去过耶路撒冷，你知道的。"阿丝米拉拙劣地说，"我听过很多伟大的所罗门王的故事！我刚刚在想既然你那么知名那么有经验，而所罗门还那么倚重你，你可能能多告诉我一些。"

巨灵摇摇头。"又奉承上了！我直跟你说……"它犹豫了一下，"还是说这是讽刺？"

"不是，不是，当然不是。"

"噢，管它是哪个。"年轻人吼道，"都省省吧，不然，谁知道呢，我可能会听从法奎尔的小建议。"

阿丝米拉顿了顿："为什么，法奎尔的小建议是什么？"

"你不会想知道的。至于你所指的那个物件，我知道你只是一个来自阿拉伯南方的单纯姑娘，但就算在那里你肯定也听过——"它小心地上下扫视着山谷，"重点就是，在以色列最好不要公开讨论那个东西，甚至完全不讨论。"

阿丝米拉笑起来："你看上去很害怕。"

"完全不是，这是谨慎。"带翅膀的年轻人现在似乎心情不佳，瞪着深蓝色的天空："哈巴到哪里去了？他早就应该到了。白痴法奎尔肯定迷路了什么的吧。"

"如果另外一个巨灵叫法奎尔，"阿丝米拉轻轻地说，"那你的名字——"

"抱歉，"巨灵坚决地举起一只手，"我不能告诉你。姓名是有力量的，要好好保存以免失去。不应该随意传播，不论是魔灵或人类都一样，因为那是我们隐藏最深、最秘密的东西。很久之前我凭借名字被创造出来——而知道我名字的人就有了奴役我的钥匙。某些魔法师为了这类知识而大冒风险——他们研究古代文献，破译苏美尔的楔形文字，在魔法圈里冒着生命危险控制我这样的魔灵。那些知道我名字的人把我囚禁起来，强迫我做残忍的事，就这么过了两千年。所以你可能能够理解，阿拉伯的少女啊，我为什么小心确保名字的安全，不被偶然遇到的人所知。别再问我了，这是禁忌，神圣不可侵犯。"

"这么说不是'巴谛魔'喽？"阿丝米拉问。

一片沉默。巨灵清清嗓子。

"什么？"

"巴谛魔。你朋友法奎尔一直这么叫你。"

一阵小声咒骂："我觉得'朋友'真是太看得起他了，那个白痴。他非要当众吵架……"

"那个，你也一直在用他的名字。"阿丝米拉说，"另外，如果我要跟你的主人说情，也需要知道你的名字，对吧？"

巨灵做了个鬼脸。"我想是吧。好了，现在让我来问个问题。"它说，"那你呢？你叫什么名字？"

"我叫赛蕾妮。"阿丝米拉说。

"赛蕾妮……"巨灵看起来半信半疑，"我知道了。"

"我是希米耶尔的女祭司。"

"你说了好多遍了。好吧，'赛蕾妮'，干吗对危险的东西那么感兴趣呢，我们就不能聊聊小金首饰什么的吗？而且你到耶路撒冷来的'大事'到底是什么呢？"

阿丝米拉摇摇头："我不能说，我的女王禁止我和除了所罗门以外的人讨论，而且我也立过神圣的誓言。"

"不能灵活一点儿吗，就一下子？"恶魔说。它不满地看了她一会儿。"你们女王派这么一个小姑娘孤身执行这么重要的任务可真奇怪……不过又说回来了，那就是你所谓的女王。她们自有主张。你应该听过娜芙蒂蒂发脾气的时候吧。说起来……"它继续漫无目的地说，"希米耶尔，我自己从来没去过，是个好地方吗？"

阿丝米拉也从来没去过希米耶尔，对那里一无所知："是呀，非常好。"

"我想，有高山吧？"

"对。"

"河流沙漠之类的呢？"

"很多。"

"城市呢？"

"哦，几座吧。"

"也包括岩石之城扎法尔吧，那座在悬崖上挖凿出来的城市？"恶魔说，"是在希米耶尔，对吧？还是我记错了？"

阿丝米拉犹豫了。她感觉到一个陷阱，但不知道如何回答才能避免。"我从来没有和外人谈论我们国家的特点。"她说，"我国人民的传统之一就是含蓄。不过我可以谈论以色列，而且也很乐意谈。我猜，你很了解所罗门王和他的宫殿吧？"

有翅膀的年轻人盯着她："宫殿嘛，是的……所罗门，不是。他有太多的仆人了。"

"但他召唤你的时候——"

"是他的魔法师召唤的我们，我想我说过了。我们遵从他们的意志，而他们为所罗门服务。"

"而他们乐于为他服务就因为——"这回阿丝米拉没有说出那个词。巴谛魔的某种不安也影响了她。

巨灵简单地说："对。"

"所以你们都被它所束缚？"

"我和数不尽的其他人。"

"那你为什么不毁掉它？或者偷了它？"

巨灵大大跳了起来。"嘘！"它叫道，"你能小点儿声吗？"它匆匆探出脖子来回张望山谷。阿丝米拉被它带动得也看了起来，一时间她以为岩石蓝色的阴影似乎比之前暗了。

"不要这么说那个东西。"巨灵一脸怒容，"不要在这里，不要在以色列的任何地方，当然绝对不能在耶路撒冷，那里街头巷尾的猫都无时无刻不是伟大国王的间谍。"它向上翻了个白眼，然后继续快速地说，"你指的那个东西，"它说，"无法被偷，因为他戴着永远不摘下来。而且如果有人想要试试这种事情，那么戴着的那位只要转转手指上的东西——砰！——他的敌人就会像可怜的阿祖勒、欧达利斯或着斐洛克里特以及其他人一样。因为这样心智正常的人没有胆敢忤逆所罗门王的。因为这样他才能那么骄傲自大、无忧无虑坐在王座上。因为这样，如果你希望活着办成你所指的'大事'，可千万别松了嘴，要克制住你的好奇心。"它深吸了一口气，"你和我在一起还好，希米耶尔的赛蕾妮祭司，因为我鄙视奴役我的人，而且绝对不会警告他们，就算有什么事——或什么人——"说到这里它直直地看着她，又抬起了眉毛——"引起了我深深的怀疑。但恐怕你会发现其他人可没有我那么良好的道德品质。"它指指北方，"尤其是那一群，"它说，"而且，说句废话，你会发现人类是最坏的。"

阿丝米拉看向巴谛魔指的方向。远处一群斑点快速接近，黑压压地映衬着傍晚的天空。

ASMIRA

阿丝米拉

✺

所罗门之戒

CHAPTER 18

要不是巨灵提醒阿丝米拉，她可能一开始会把天空中的物体当作一群鸟。不过就算这样，她的错误也不会持续很久。一开始他们不过就是些黑点——七个，其中一个比另外的稍微大些——在沙丘上方高空以紧凑的队形飞行。然后这些黑点迅速长大，很快她就看见几缕彩光沿着他们冲过的地方舞动，他们引起的气流中夹杂着高温的烟尘。

瞬间他们就已下降，冲着山谷而来，她现在知道那几缕彩光是飞驰中的火焰，让每个飞行的物体在暮色的光线下都闪着金光——中间最大的那个除外，仍然是炭黑色。他们继续靠近，阿丝米拉现在能看出他们翅膀的动作，听到远处传来他们发出的嗡嗡声，这种声音很快就灌入她的耳朵。她曾经还是个小孩时，在宫里的屋顶上见过一群蝗虫降落到马力卜城墙下面的水草地上。她现在听见的吼声就像是远处的虫灾，而且带来了类似的担忧。

队形落到山崖之下，沿路向她过来了。他们移动的速度非常快，随着他们的通过，风沙滚滚，冲向山坡，席卷后面的山谷。现在阿丝米拉看出其中六个是巫魔，有翅膀，但却人的形态。第七个是恶魔，扛着毯子，上面坐着一个男人。

阿丝米拉盯着那个人和他的随从，盯着他们随意展现出来的汹涌力量。"肯定，"她低声说，"那就是所罗门本人……"

她旁边的巨灵巴谛魔哼了一声："不是，再猜。这只是所罗门十七个主要的魔法师之一，虽然可能是这其中最难对付的一个吧。他名叫哈巴，我再说一遍，小心他。"

沙石飞舞，狂风怒吼，巨大的彩色翅膀减慢拍打的速度，六只恶魔停在空中，短暂地盘旋一下，轻轻降到地面。第七只恶魔把毯子从肩膀上捧到伸展开的巨大胳膊上，深弯腰，它自己却后退，让毯子悬空在距地面几英寸高的地方。

阿丝米拉盯着那一排沉默的恶魔。它们伪装的人都有七到八英尺高 [xvii]。除了那个叫法奎尔的（还是矮而粗壮，脖子粗粗，腰腹肥胖，一看到她就怒目而视）之外，其他都是肌肉发达、身材健壮、深色皮肤。它们行动优雅、灵巧，对自己的超自然力量极具信心，像次级神灵降临地面。他们的面容优美，金色的眼睛在微暗的山谷中闪着光。

"别太紧张。"巴谛魔说，"他们中大多数都是笨蛋。"

毯子上的人一动不动地坐着，后背直挺，盘着腿，双手冷静地交叠在膝盖上。他穿着一件带兜帽的斗篷，紧裹在身上以抵御高空的艰苦条件。他的脸被阴影遮盖，腿上盖着一块黑色厚皮毛。长而苍白的手是他身体唯一暴露在外的地方。他松开双手，打了个响指，在兜帽的阴影里说了个词，地毯就落在了地上。男人把皮毛拿开，动作简单流畅地跳了起来。他走下毯子，向阿丝米拉快速走来，把一群沉默的恶魔留在身后。

苍白的双手把兜帽拉下来，一张嘴欢迎似的张开。

对阿丝米拉来说，这个魔法师的外貌比他手下的奴隶还让人不安。就好像在梦中见到的两只湿润的大眼睛，苍白的脸上有深深的锯齿状疤痕，微笑的薄唇和肠线琴弦一样紧。

"女祭司，"魔法师轻声说，"我是哈巴，所罗门的仆人。再也不会有痛苦和恐怖来侵扰你了，你已经在我的照管之下。"他向她低下光头。

阿丝米拉也照样鞠了一躬。她说："我是赛蕾妮，希米耶尔太阳神的女祭司。"

"我的奴隶已经告诉我了。"他没有回头看那一排巨灵。阿丝米拉发现那只魁梧的巨灵交叉手臂，怀疑地看着她。"很抱歉让你久等了。"魔法师继续说，"不过我路途遥远。当然，我更抱歉的是没能阻止这场……对你的残暴袭击。"他一只手向周围的残迹挥了挥。

哈巴站得离阿丝米拉非常近，让她不喜欢。他身上的奇怪气味让她想起死神的殿堂，那是女祭司焚香缅怀所有母亲的地方。这是一种香甜辛辣的味道，对身心并不是完全有益。她说："我还是要感激你，你的仆人救了我的命。很快等我回到希米耶尔，我保证让我的女王感谢奖赏你。"

"我很惭愧不熟悉你的国度。"魔法师说。他脸上的笑容没有变，大眼睛直盯她的眼睛。

"在阿拉伯，红海的东面。"

"这么说……离示巴不远喽？我好奇的是那附近的土地似乎都是女性统治的！"魔法师对这种奇特的概念轻笑一声。"我的出生地埃及，偶尔也会出现这类情况，"他说，"少有成功的例子。不过，女祭司，其实我不会因为救了你而邀功。是我的国王，伟大的所罗门亲自要求我们清除这一地区的不法之徒。如果你要感谢的话，就谢他吧。"

阿丝米拉作出一个她希望是妩媚的微笑："如果可以的话，我希望能当面向他致谢。其实，我到耶路撒冷去是为了我的女王，恳求能谒见所罗门。"

"这样我就明白了。"

"或许你可以帮助我？"

他的笑容仍然固定，双眼也还盯着她，阿丝米拉都没见他眨过眼。"很多人希望谒见国王。"魔法师说，"但很多人都失望了。不过我以为你的情况再加上——如果允许我这么说——你非常可爱，会引起他的注意。"他花哨地转身，回头看着奴隶们，笑容消失了，"尼姆西克！听我说！"

其中一个大块头跳出来，面目扭曲。

"你负责其他的奴隶，"哈巴说，"除了之前抬着我的霍斯劳。我们要护送这位小姐去耶路撒冷。尼姆西克，你的任务如下：清理路上的尸体和残迹。掩埋死者，烧掉骆驼。如果还有其他幸存者，你要给他们治伤，把他们带到王宫的人民之门——也带上其他没有损伤的的物品和动物。明白了吗？"

巨人犹豫了："主人，所罗门禁止——"

"笨蛋！强盗团伙已经摧毁，他会允许你们回去。等完事之后，在我的塔楼下面等我，我再分派新任务。要是有任何一点让我失望，我就扒了你的皮。快去！"

魔法师转向阿丝米拉，笑得比之前更开了："赛蕾妮女祭司，你得原谅我这些奴隶的愚蠢。可悲的是魔法师必须要和这类东西合作，这你可能知道。"

"我以为，某些长老女祭司偶尔会和魔灵说话。"阿丝米拉谦虚地说，"我什么也不懂。"

"啊，我希望还是不要懂了吧，像你这么漂亮纤细……"就在一个心跳的时间里，那双柔和的大眼睛上下打量阿丝米拉。"不过别怕我这些家伙，"哈巴说，"我已经用力量彻底控制住他们，用结实的魔法锁链绑住了他们，我最和善的言辞都能让他们害怕。现在，是不是——"

他停下来，皱起眉。附近什么地方传来叮当一声铃铛响。一阵风携带着一股尖锐的臭气，吹动阿丝米拉的头巾，让她咳嗽。

哈巴做了个客气的姿势："女祭司，我很抱歉，失陪一会儿。"

他说了一个词，等了三个心跳的时间。一朵略带紫色的云像一朵花一样盛开在他们上方的空中。一个绿皮肤的小恶魔倚在云朵上，双腿随意交叉，双手交叉在脑后。"晚上好，主人。"它说，"我只是以为——"它注意到了阿丝米拉，假装作出一个极其惊讶的表情，"哦哦哦，你有伴儿呀，好，嗯，别让我打扰了你。"他回到云朵里去了。

"你要干吗，格则里？"哈巴说。

"别介意我，没急事。你们继续聊。"

魔法师的微笑还在，但声音变得危险："格则里……"

"哦，很好。"小恶魔奋力抓胳肢窝的痒，"就是想说一切都好。那老姑娘终于绷不住了，她开始收拾东西，而且——"

"够了！"哈巴喝道，"不要再用这种无聊的事情来烦我们的客人！我等会儿再跟你说。马上回我的塔楼去！"

恶魔转转眼睛："可以吗？真的吗？哦，太好了。"它说着拍拍手就消失了。

哈巴碰到阿丝米拉的前臂："女祭司，原谅我。如果你愿意和我一起到毯子上去，由我照顾你，让这段到耶路撒冷去的短途飞行感觉舒适。"

"谢谢，你真好。"

"啊咳。"阿丝米拉左边传来一小声咳嗽。巨灵巴谛魔就在不远处不被人注意地等着，他用一只手挡着，清了清嗓子。

"奴隶，"哈巴装腔作势地说，"你可以和其他人一起，服从尼姆西克，热情工作！赛蕾妮女祭司，请……"

巴谛魔莫名其妙地作出一连串动作，又眨眼又微笑。他上下晃动，又做手势，更大声地咳嗽，直勾勾看着阿丝米拉的方向。

"你怎么还在这儿？！"哈巴把斗篷推向一边，碰到挂在腰带上的长鞭柄上。

直到这时阿丝米拉才被恶魔的到来吓了一跳，她盼望到达耶路撒冷的兴奋，早让她把先前作出的承诺给扔到脑后去了。不过现在，被巨灵明显拼命的动作所提醒，又因为对站在她身边的魔法师突然一阵厌恶，她想起了自己的誓言——而且发现自己必须要行动了。毕竟，那是她以太阳神和对自己母亲的回忆发誓的。

"伟大的哈巴啊，"她说，"请稍等片刻！这个巨灵，还有另外一个和他一起的，之前为我提供了高尚的服务，他们救了我的命。我真的希望，而且我也恳请你解放对他们的枷锁，以此来回报他们。"

她令人振奋地笑笑。那一队恶魔中，肥胖的巨灵犹豫地向前走了几步。巴谛魔站在原地一动不动，眼睛半祈求地在她到魔法师之间来回眨巴。

哈巴的笑容头一回变了，他一只手放在鞭子上："解放？亲爱的女祭司，你真是太天真了！奴隶提供这样的服务本来就是应该的。他们不能也不该每次取得微小成功就希望自由。对待恶魔就应该下重手。"

"但这些巨灵——"阿丝米拉说。

"相信我，他们会得到应有的奖励！"

"奖励肯定是——"

"女祭司。"微薄的笑容又回来了，而且比之前咧得还要更大些——"亲爱的女祭司，现在的时间和地点都不合适。我们之后再讨论这种事情吧，等我们到宫里有闲暇时间时。我保证到时会听你说的。这样你满意吗？"

阿丝米拉点点头："谢谢你，我很感激。"

"好，那就来吧！你的交通工具正在等候……"

哈巴用长而苍白的胳膊示意，阿丝米拉扛着皮包和他一起向等候的毯子走去，沉默的恶魔们退后，让他们过去。直到毯子升入空中，她都没有回头看巴谛魔，没错，她一时间已经把他彻底忘记了。

到耶路撒冷的距离有四十英里，要是跟着驼队走的话就又要一天，而阿丝米拉和魔法师穿越这段距离还不到一个小时。

阿丝米拉看不见在毯子下面运送他们的恶魔，不过能听见它的翅膀嘎吱作响的声音，间或，还有低声的咒骂。在黑暗的大地上空，它飞行平稳，一两次在飞跃山脊的时候遇到向下的气流，它笨拙地下落。遇到这种情况，魔法师就用鞭子在毯子边缘挥出响声，升腾起黄色的光带，刺激奴隶更加努力。

某种看不见的保护壳包在毯子外面，因为四周有风在黑暗中嘶吼，却没有完全压向他们，而毯子中间的部分也没冰覆盖，而后面的流苏就覆上了冰晶。即使这样，也还是很冷。阿丝米拉坐着，包放在膝盖上，把魔法师的斗篷披在肩上，仍然感觉单薄的衣服下面身体在剧烈地抖动，她尽力不把下坠想象成是恶魔要甩掉他们。魔法师坐在她旁边，上身赤裸，但平静自若，盘着腿，盯着前方。让她松了口气的是他没有看她，也没有再进一步交谈——不过这也不可能，还多亏了怒吼的风声。

这段时间里夜晚降临了。阿丝米拉在遥远的西方还能看见太阳红色的余光染红了地平线，但下面的大地已经漆黑，笼罩在星星之下了。远处她所不知道的居住地闪烁着光芒，似乎伸出一只手就能轻易捧起那些灯火再掐灭似的。

终于，耶路撒冷就在眼前了，就像一只变色的蝴蝶粘在黑暗的茎秆上一样附在山丘上。营火在外墙的雉堞带上燃烧，塔楼里绿色妖异的光悬挂在城墙四周。城墙之内散布上千个平民家庭和市场货摊的灯火，而在山顶掌控一切的，是所罗门王光芒闪耀的宏伟宫殿——就如所有的故事中说的那样，巨大、壮丽、无懈可击。阿丝米拉感觉嘴里发干，在斗篷下藏着取暖的手指碰到了皮带上的匕首。

他们大幅度下降，片刻之后，皮质的翅膀突然拍打了一下，黑暗之中一个东西就在他们身边。火焰从多口的喉咙中冒出，一个刺耳的声音大声盘问。阿丝米拉直起鸡皮疙瘩。哈巴几乎没有抬头看一眼，只是做了某种信号，于是守卫满意了，退回到夜色中。

阿丝米拉更加瑟缩在斗篷中，不理会斗篷上沾染的让人难受的香甜丧葬气息。传说一点儿都没错，伟大国王的城池防卫森严——即使在空中，即使是晚上。巴尔绮思女王在这一点上和其他事一样说得非常正确。军队根本进不了耶路撒冷，连一个敌方的魔法师都打不过。

但她，阿丝米拉，恰恰就要这么做。太阳神仍然在看着她。因为它的仁慈和庇佑，她会活得长一点，去做必须要做的事。

她的胃突然一沉，头发都飘了起来。毯子向王宫转去。穿越城墙的时候，一阵号角声从宫墙内传出，耶路撒冷到了夜晚紧闭城门的时候，四周传来雷鸣般的撞击声。

CHAPTER 19

"我怎么跟你说的，巴谛魔？"法奎尔说，"她连头都不回就走了。"

"我知道，我知道。"

"跳到哈巴身边，一眨眼间，他们就一起走了。我们自由了吗？"法奎尔又挖苦地补充道，"看看你周围。"

"她试过了。"我说。

"嗯，但没有很努力，对吧？"

"没有。"

"最多就是草草了事，对吧？"

"没错。"

"那么，你现在希望我们把她吃掉了？"

"是啊！"我叫道，"好吧，我希望！就现在，我说了，你现在高兴了？很好！别再提了。"

当然，叫他帮这点儿小忙都已经太迟了。法奎尔已经提了几个小时了。整个清理工作中，他一直不断跟我唠叨，就算在我们挖坑埋葬的时候，就算在我们把骆驼堆起来尝试点燃的时候，他都一直没停过。已经把我的整个下午都毁了。

"你知道，人类都团结友爱。"法奎尔说，"以前一直都是这样，以后也还会是这样。如果他们都能团结友爱，那就是说我们也得这样。绝对别相信任何人类。能吃的时候就吃。对不对，伙计们？"塔顶传来咒骂和欢呼的声音。法奎尔点点头："他们都明白我在说什么，巴谛魔，看在宙斯的份上，你怎么就不懂呢？"

他慵懒地躺在石雕上，转着鱼叉一样的尾巴。"她瘦的那种样子也算是好看。"他补充说，"我在想，巴谛魔，你是不是真受外貌影响了。不是我说，对一个能变形的巨灵来说可真是令人遗憾的错误。"

周围传来刺耳的声音，表示另外六只妖精同意他的看法。我们现在都变成妖精的样子，部分是因为哈巴的塔楼楼顶太挤，容不下大个子的形体，但主要还是因为外形能反映出我们弥漫在外的情绪。高兴的时候就把自己变成一只高贵的狮子、威武的战士或是个胖嘟嘟微笑的孩子；而另外的时候——如果你累了、烦躁了或是满鼻子都是烧骆驼的气味——那就只能是满面怒容，屁股生疮的妖精样子了。

"你就尽管笑吧。"我吼道，"我还是觉得值得一试。"

虽然很奇怪，虽然法奎尔说的所有事都完全正确，但我的确是这么认为的。对，她只为我们作出了微弱的努力；对，她头也不回地就和我们讨厌的主人迅速走掉了。但我并不完全后悔救了这个阿拉伯姑娘。她的某些事情在我脑中挥之不去。

不管法奎尔怎么说，我并不是对她的长相着迷。让我印象更深的是她的沉着冷静，和我说话时镇定直率的气场。她听我说话时也一样，平静、警惕、理解一切。她很明显对所罗门和戒指感兴趣。她对希米耶尔的地理含混不清 [1]。而且（这是最重要的）她怎么从山谷的伏击当中活下来的也让人好奇。整个驼队没有其他人幸存，而他们还有巨灵防护符和其他一切东西 [2]。

那姑娘说用匕首防住了乌图库，在几个关键的时刻撑了下来，但其实不止这样。从一开始，她就用另一把匕首正中伊多姆魔法师的脑袋，毫无疑问证明她下手非常准。然后我在路上发现了第三把匕首，深深地插进松软的砂岩中。投掷的力气非常大，但真正让我感兴趣的是周围的岩石上留下大片灵髓的痕迹。没错，是很微弱又模糊，但我那双有洞察力的眼睛还是能分辨出胳膊和腿、脚和翅膀四散摊开来的影子——甚至是因为惊讶而略微张开的嘴。

那可能不是乌图库，但肯定是某种巨灵，而这姑娘干脆利索地就把它给干掉了。

她眼中还隐藏着很多。

我对女祭司还是有所了解的。我早年曾经为乌尔的一个残暴的老女祭司效力过，帮她在神庙里做仪式，（不情愿地）参与祭献狗和仆人，最后把她埋进衬铅的墓穴里 [3]，我曾经亲自并且近距离地看过女祭司。她们不论是穿着考究的巴比伦人，还是在希腊灌木丛中跳跃尖叫的酒神女祭司，一般来说都是令人畏惧的一群人——法力高强，因为某些微不足道的不慎言行，比如不小心弄塌了巴比伦金字塔或是嘲笑她们的大腿之类，就会迅速用灵髓把巨灵给炸掉。

但她们有一件事还不为人知，那就是在战场上个个勇猛非凡。

当然，阿拉伯南部的女祭司可能不一样。我不是这一领域的专家，说不好。但无论如何，可以说这位据称是远方的希米耶尔王国来的女祭司赛蕾妮，比到耶

---

[1] 扎法尔城是在希米耶尔，我知道得很清楚，我为各位法老收集大鹏蛋的时候从上空飞过几次。但那不是"岩石之城"，只是一座普通的地方城镇，这姑娘本来绝对应该知道的。

[2] 这真是讽刺。巨灵防护符并不好用，事实是，它不过就是在用羊肠线编织的框架上贴上几片银。沙漠中的人们一发现有邪灵侵袭就挥舞这个来抵抗，我估计特别虚弱的魔灵可能会受影响而放弃。至于抵抗真正的巨灵，作用就和一把巧克力牙刷差不多。你只要躲开银的部分，用石头之类砸护符主人的脑袋就行了。

[3] 就算她抗议，我也得这么说。

路撒冷来的普通旅行者让人好奇得多，我不知怎么很高兴救了她。

不过，正如法奎尔（以没完没了的长度）所指出的那样，我的态度没有给我们带来一丁点儿好处。什么都没有变。她走了，我们还是奴隶，头顶上的北极星仍然冷冷地闪着光[4]。

月亮越升越高，下面街道上的说话声慢慢静下去了。城门已经关闭很久了，夜市现在也关门了，耶路撒冷的人们都回家去休息、复原，重构生命的形式。油灯在窗前闪烁，所罗门的妖精灯在每个角落里发着光，炉火中飘来羊肉、大蒜和炸小扁豆的气味，穿过了房顶的马赛克，闻起来比烧骆驼好多了。

哈巴高塔上的一圈妖精已经结束了咳嗽、嘲弄和向我这边甩尾巴，正考虑转而讨论宗教对地中海东岸区域政治的影响，这时候我们中间冒出一声奇怪的尖叫。

"尼姆西克，你是不是又弄腌螨虫了？"

"没有！不是我！"

他的话很快就被屋顶中央向上冒出来的沉重石板给证实了。从下面探出一对发光的眼睛，一只像没熟的茄子一样的鼻子，以及魔精格则里讨厌的上半身，他邪恶地眯眼看着周围。

"巴谛魔和法奎尔！"他喊，"快点儿！有人找你们。"

我们两个都没有动分毫。"在哪儿？"我问，"谁找？"

"哦，当然是伟大的所罗门王陛下。"魔精说，他把瘦骨嶙峋的胳膊肘随意地靠在房顶上，"他希望你们到他的私人套房去，以便单独感谢你们今天的优秀工作。"

法奎尔和我立刻变成很积极的样子："真的？"

"不不不，当然不是，你们这两个笨蛋！"魔精叫道，"所罗门管你们干什么？是我们的主人，残忍的哈巴要找你们。不然还能有谁？而且，"他继续高兴地说，"他没让你们去召唤室，而是去塔下的地下室。所以看起来对你们两个都

---

[4] 苍穹中数不胜数的繁星对应着异世界的无限广阔。晴朗的晚上很多魔灵经常坐在陡峭的山峰或是宫殿的房顶上，凝视天空。有些魔灵在高空高速飞行，俯冲盘旋，这样翻滚时的光芒就像是我们家乡的流动景观……在乌尔的时候，我曾经也这么做过，但我很快就被忧伤所感染。现在，我更经常转移开视线。

不太好，是不是？"他不怀好意地一瞥，"到那儿去的可很少有很快上来的。"

屋顶上一阵让人不舒服的沉默。法奎尔和我互相看了一眼。其他巨灵要么害怕受到牵连，要么因为不是他们而大松了一口气，他们或是仔细盯着自己的爪子，或是研究星星，或是开始勤劳地拉扯石板中间的地衣。他们谁都不想看我们的眼睛。

"喂，你们还在等什么？"格则里喊道，"快走吧，你们两个！"

法奎尔和我站起来，僵硬地钻到石板下面，带着两个罪犯向绞刑架慢慢移动的热情，开始下楼梯。我们身后，格则里把石板放下，我们陷入了黑暗中。

哈巴的塔楼是耶路撒冷最高的塔楼之一，有很多层。外墙粉刷成白色，大部分的白天里闪着白光，楼内反映出主人的个性，毫无光彩。到目前为止，我唯一亲眼见过的就是上面楼层中的魔法师召唤室——我们盘旋下楼的时候几乎立刻就路过了，我是头一个，接着是法奎尔，格则里的大扁脚啪嗒啪嗒走在后面的石阶上。其他的门一个接一个，接着一道估计是通往地下楼层入口的宽阔过道，我们仍然在往下走。

法奎尔和我路上没说什么。我们的思绪都停留在我们见过的哈巴的球里那个受折磨的魔灵上了，这个被毁掉的家伙就保存在塔的地下室里。

现在，没准儿我们就要和它一起了。

我假装热心地回头说："不用担心，法奎尔！我们今天对付强盗多棒呀——就算是哈巴肯定也看到了！"

"什么时候我和你凑在一起，我就担心。"法奎尔吼道，"就这样，没了。"

沿着螺旋楼梯继续向下、向下、向下，尽管我是好意，但我的欢乐并没有起作用。可能是酸腐的空气，可能是黑暗阴沉，可能是间或钉在墙上的木乃伊手中抓着的蜡烛在闪烁，可能是我的想象——但我越走就越感觉到明显的担忧。楼梯突然终止在一扇敞开的黑花岗岩大门前，门里稳定地散发出微弱的蓝绿色光脉冲，中间夹杂着某些声响。法奎尔和我突然停下，我们的灵髓都瑟缩起来。

"在里面，"格则里说，"他在等着。"

没办法了。两只妖精耸着嶙峋的肩膀，向前踏进哈巴的地下室。

要是我们有时间有兴趣，这个恐怖的地方无疑有很多奇珍值得一看。魔法师很明显在这里花了很多时间，而且尽了最大努力把这里弄得让自己感觉像在家。地面、墙壁和天花板上都有宽阔的埃及式石雕，支撑天花板的柱子球状的柱础上也有石雕。每根柱子最上方的柱头上也雕刻着纸莎草花，上面还沾有熏香和泡碱的气味。我们简直像是在卡纳克神庙底下的墓穴里，而非耶路撒冷繁华的山丘下面某处。

哈巴在他的工作间里配备了大量的工具和魔法辅助用品，也有从已经消失的文明中掠夺来的巨大堆的卷轴和写字板。但我们进来的时候最吸引眼球的不是华丽的装饰，也不是所有这些个人用品，而是这个人私人爱好的藏品。

他对死亡感兴趣。

这里有众多的骨堆。

这里有一柜子的骷髅。

这里有一架子的木乃伊——有些很明显是古代的，有些则非常新。

这里有一张长桌，上有锋利的金属工具、装着各种糊状物和油膏的瓶瓶罐罐，还有一块沾上很多血的布。

这里有一个木乃伊化用的坑，新近才填上沙子。

还有，等他摆弄完死人，想换一种消遣的时候，这里还有灵髓笼。它们整齐地摆成一排放在地下室一头的角落里。有的近似方形，另外一些是环形或球状，在低级界层里它们似乎是用铁丝网制成的，这已然够糟糕的了 [5]。但在高级界层里更显示出十足的恶意，每个笼子都附加上有坚固的灵髓碎屑制成的力线，让他们在里面极度痛苦。那些声响就是从这里发出的——低低的叽喳声、祈求声，偶尔还有微弱的哭声，说话者自己都不知道在说什么的只言片语。

法奎尔和我站得直挺挺的，仔细思考着格则里的话。

---

[5] 铁和银一样，也让所有的魔灵厌恶，如果碰到就会烫伤我们的灵髓。大多数埃及魔法师都在脖子上戴着铁安卡 xviii 作为基础防护。不过哈巴没有。他有其他的东西。

到那儿去的可很少有很快上来的。

房间深处传来一个声音，一个沙土一样的声音："奴隶，听我说。"

两只妖精极其痛苦不情愿地跟跟跄跄往前走，这种样子会让你以为我们的缠腰带里有尖锐的石头乱跑 [6]。

地下室中央，四根柱子中间，地板上有个高起的魔法圈。这个圈子有一个青金石砌成的浅粉色的边缘，周围有埃及象形文字拼写出的五条文字精准的束缚咒。圈子里有一个用黑色缟玛瑙铺的五芒星。在里面一点的地方，有个小圆圈，中间有个象牙制的小讲台，后面像秃鹫般站在大餐旁边的就是魔法师了。

他等着我们靠近。五支蜡烛竖立在高起的魔法圈边缘周围，燃烧着黑色的火焰。

哈巴湿润的眼睛反射着邪恶的光芒。他脚边的影子团成一团，像个没特定形状的东西。

法奎尔和我赶紧停下。我们大胆地抬起头。

主人说话了："迈锡尼的法奎尔？乌鲁克的巴谛魔？"

我们点头。

"我不得不放你们自由。"

两只妖精眨眨眼。我们盯着魔法师。

他灰色的长手指抚摸着讲台，卷曲的指甲敲打着象牙："我也不希望，你们这些臭奴隶。你们今天是按照我的命令单独执行任务，所以不该得到奖赏。但是，你们救的旅行者——这个女孩个性柔和天真，不懂得你们的卑鄙本质——"发光的眼睛轮番盯着我们两个，柱子后面灵髓笼里的俘虏叹息低吟——"这个笨女孩要我解除你们的劳役。她真是顽固。"哈巴把两片薄唇抿在一起，"最后我同意了她的请求，既然她是我的客人，而且我已经在伟大的拉神面前发誓，那就是神圣的誓约。所以，尽管非常有违我良好的判断，我还是要给你们合理的奖

---

[6] 顺便提一句，东非的显族人就真的用这种方式来惩罚堕落的领袖和假冒的祭司。把他们的衣服都填满，强迫他们蹲在一个桶里，从山坡上快速滚下去，还伴随着喧闹的葫芦和鼓声。我很喜欢和显祖人合作，他们的生活丰富充实。

赏。"

法奎尔和我花了一会儿时间才通过语句中的细微和微妙的差别理解这里的复杂性，我们继续用一脸警惕怀疑的表情看着魔法师 [7]。

哈巴嗓子里发出一个干巴巴的声音："干吗那么犹豫，奴隶？巨灵法奎尔将会是第一个结束为我服务的。如果你愿意，走上前来。"

他做了一个夸张的姿势指向魔法圈。两只妖精又考虑了一下，在所有的界层里也没发现什么明显的陷阱。"似乎是诚心的。"我嘟囔着。

法奎尔耸耸肩："很快就会明白了。所以，巴谛魔，不管怎么说，都是要再见了。愿我们过上一千年再相见！"

"那两千年怎么样？"我说，"不过首先，在你走之前，我想让你承认一件事。我是对的，是不是？"

"那个女孩吗？"法奎尔鼓起腮帮子，"好吧……可能你是对的，但这改变不了我的观点。人生来就是用来吃的，而你太软弱了。"

我咧嘴一笑："你就是嫉妒我高超的智慧让我们自由了。我只要看一眼，就清楚地知道赛蕾妮——"

"赛蕾妮？你们的关系已经到了只叫名字的地步了？"法奎尔摇摇球茎一样的脑袋，"你最终会害死我，巴谛魔，真的会！从前，你向众多国王和平民之类散播毁灭和悲苦。你是恐怖而传奇的巨灵。这些天，你就只会和娘儿们聊天——我觉得这是奇耻大辱。别否认了。你知道是真的。"他说着蹿上了五芒星，引得蜡烛黑色的火焰摇摆颤抖。"好了，"他对魔法师说，"我准备好了，再见，巴谛魔。想想我说的话。"

然后他就走了。他一就位，魔法师就清清嗓子，说出了遣散咒。他说的是在精练的苏美尔原文基础上的埃及变体，所以就我的喜好而言有点长而花哨，但我使劲听也没听出什么意外的地方。法奎尔的反应也是一切都没什么过分的地方。

---

[7] 我们都是老手了，你知道我们很清楚即使最殷勤最让人安心的句子也可能存在潜在的歧义。遣散我们听起来自然是很好，但这需要解释，至于我们得到"合理的奖赏"……从哈巴这样的人嘴里说出来，几乎就是公开的威胁。

等话语终结，枷锁断裂，圈子里的妖精高兴地喊了一声，向上高高跳起，就从这个世界里消失了 [8]。灵髓笼里传来一声微弱的回响和一声呻吟，然后就安静了。

法奎尔走了。法奎尔自由了。

我不用再看了。妖精充满活力地跳进圈子里。只停顿了一下向格则里的方向做了个侮辱的手势，他立刻在阴影中怒目而视。我给自己拍拍灰尘，把羽冠弄成扬扬得意的角度，然后转而面对魔法师。

"好了。"我喊道，"我准备好了。"

哈巴正查询讲台上的一张纸莎草。他似乎分神了："啊，对，巴谛魔……等一会儿。"

我以更加随意的姿势坐下，腿撇得大大的，爪子好好地压在大腿下面，头向后仰，下巴向前突出。我等着。

"好了就说一声。"我说。

魔法师都没有抬头："好了，好了……"

我又换了个姿势，叠起胳膊作出坚决的样子。我正想把腿分得更开些，但决定不这么做。"别动。"我说。

哈巴猛一抬头，他的眼睛在昏暗的蓝绿色光下像巨型蜘蛛一样闪着光。"用词正确，"他说，语气中带着干巴巴的满足，"过程应该成功……"

我礼貌地咳嗽一下。"我很高兴，"我说，"如果你能现在就遣散我，你就能回去工作……随便做什么……"声音有点飘忽，我不喜欢那一对闪着光的苍白大眼。

他薄唇作出微笑的样子，身体前倾，指甲抓紧讲台，简直像要把象牙给切断。"乌鲁克的巴谛魔，"他轻声说，"你可能无法想象没完没了地给我惹麻烦之后会怎么样，你让所罗门王亲自处置我，把我贬到沙漠里；在采石场殴打可怜的格则里；无休止地啰唆不服从还放肆——你可能想象不到，在所有这些之后，

---

[8] 就在那一刻，他的灵髓脱离了地球的限制，变得敏感于异世界的无限可能性，各个界层里能看见七个法奎尔，每个之间都略有距离。这景象看起来非常神奇，但我没有太仔细看。一个法奎尔已经足够了。

我却想要简单地放走你。"

话说到这份上，我估计会有一点意外出现。"但是那些强盗，"我说，"还多亏了我——"

"要不是你，"魔法师说，"我根本不用去考虑他们。"

这倒是无可否认。"好吧，"我说，"但女祭司怎么办？你刚刚说——"

"啊，对，迷人的赛蕾妮，"哈巴微笑道，"她天真地相信从蛮荒落后地方来的一个头脑简单的女孩能直接和所罗门对话。今晚她会在我的陪伴下参加一场宴会，陶醉于王宫的神奇；明天，或许，如果所罗门很忙，没有空闲时间，我可能会劝她和我一起散步。或许她会到这里来，或许她会忘记外交任务。谁知道呢？啊，对，奴隶，我答应她不再让你再给我效力，这没错。但为了补偿你以前给我的伤害，你要最后帮我一个忙作为回报。"

他一只手在袍子里翻找，抽出一个闪亮的白色东西，举起来给我看。是个瓶子。一个短小的圆瓶，可能和孩子的拳头差不多大。是用无色厚水晶制成的，明亮、闪耀，有很多个刻面，上面稍微装饰着些玻璃花。

"喜欢这个吗？"魔法师说，"埃及无色水晶。我在一个墓穴里发现的。"

我想了想说："这些花有点儿俗气。"

"嗯，第三王朝的式样还有些简单。"哈巴同意道，"不过，你就别担心了，巴谛魔。你不用去看，因为你要到里头去。这个瓶子，"他说着转转瓶子，让刻面闪着光，"将会是你的家。"

我的灵髓畏缩了。瓶子的小圆口黑洞洞地张着嘴，像一座打开的坟墓。我艰难地清清嗓子："这有点小……"

"无期囚禁咒，"哈巴说，"步骤让我非常感兴趣。而你无疑会知道，巴谛魔，它实际上就是驱散咒，只不过这个是强制恶魔进入某个物质的牢狱，而非允许它返回自己的维度。这里的这些笼子，"——他指指身后的柱子外面成堆的发光怪东西——"都装着过去我以这种方式'遣散'的仆人。我对你也会一样，不过这个瓶子更有用些。等我把你封进去，我就把你作为礼物献给所罗门王，作为我忠心的一个象征，给他收藏的奇珍再添上个小东西。我觉得，我会叫它'强大的俘虏',或是类似的无聊标题。这会对他质朴的口味。没准儿他烦了玩杂耍的,会偶尔透过玻璃瞥一眼你扭曲的样子;没准儿他只是把这个和其他小玩意儿放在一起就再也不会拿起来了。"魔法师耸耸肩,"不过我觉得可能过个一百多年有人会把它打碎放你出来。无论如何还有很久呢,而你的灵髓会慢慢溃烂,你会后悔对我捣蛋无礼。"

我怒不可遏,在圈子里踱了一步。

"来吧,来吧。"哈巴说,"召唤你的条款禁止你伤害我。就算你能,也不明智,小巨灵。你恐怕知道,我可不是没有保护的。"

他打个响指。灵髓笼里的声音突然都安静下来。

哈巴身后的影子从地上移开了,它像一个卷起的卷轴一样慢慢展开,升高,升高,变成了一个比魔法师还高,没有任何面貌的薄薄一片黑影。它一直升到扁片脑袋碰到天花板上的石头,而魔法师就像是阴影之下的一个娃娃。现在它展开扁平的胳膊,变宽,变宽,变得和地下室一样宽,然后弯起手把我围住。

BARTIMAEUS

巴谛魔

❋

所罗门之戒

CHAPTER 20

"不出声了，巴谛魔？"哈巴说，"这可不像你。"

这是真的。我没多说什么，就忙着看我四周，冷静地评估我的境遇。不利，肯定的，非常不利。我在一名邪恶魔法师大本营的深地下室里，被他巨大的影子努力探寻的手指逼到了绝路。要不了多久我就会被压缩进一个非常俗气的瓶子里，变成一个廉价的玩意儿，可能永远都出不来。全都是不利因素，至于有利因素……

呃，我啥也看不到。

不过有一件事情是肯定的。如果我要面对可怕的命运，我才不会用这种圆滚滚蹲着的妖精造型。我挺直身子，变形，长大，变成了一个高挑俊美的年轻人，背后长着闪亮的翅膀。我看上去和在多个世纪之前的苏美尔给吉尔伽美什做持矛人时一模一样，就连细瘦的手腕下青灰色的血管都一样。

这肯定让我感觉好些。但也仅限于此了。

"嗯，真好看。"哈巴说，"这样你被压进瓶子小口的时候就更好玩了。可惜我要离开，看不到了。阿美特……"

哈巴没有回头看他身后巨大的黑柱，他举起水晶瓶子。马上，一只指尖停在我颈边的瘦弱胳膊缩了回去，像芦苇茎一样弯曲，随后，灵巧地探出，从魔法师手中取过瓶子，高举到空中。

"无期囚禁咒，"哈巴说着轻敲讲台上的纸莎草条，"又长又费力，我现在没时间施行了。不过阿美特可以在这里代我念出。"他抬头看了一眼，一个和他自己的脑袋一样形状的影子脑袋低下来，对着他。"亲爱的阿美特，宴会的时间就快到了，我因为要到上面进宫去，去见一个讨人喜欢的年轻女性，所以不能再耽搁了。你在这里，按我们讨论的那样帮我了结此事。我已经组织好了准确的用词，你会发现很适合这种水平的巨灵。等一切都完事，巴谛魔进去之后，用熔化的铅封住瓶子，再用常用的如尼文做上标记。等冷却之后，拿来给我。格则里和我会在魔法师大厅。"

哈巴说完——再没说其他话，也没回头看——踏出圈子，从柱子中间走出去了。那只魔精开心地向我的方向挥挥手，啪嗒啪嗒跟他走了。影子还留在原处。有一段时间影子细长的腿还和魔法师的后跟连在一起，在地面拖得很长很长。最终，好像极不情愿似的，随着微弱黏腻的撕裂声，他们终于分开了。魔法师继续走。两个细长条像是午夜的溪流，穿过石头汇集到一起，流回影子的腿中，然后被吸收了。

一阵低沉的回声响起，花岗岩大门关上了。哈巴走了，地下室中他的影子沉默地站着，看着我。

随后——影子没有动，所有界层里也没有变化——一道强大的力量如狂风般向我袭来，穿过圈子把我刮倒。我倒下，把翅膀压在身下，气流没有变弱也没有放缓，把我冲击得不停旋转。

我略有些艰难地挣扎回坐姿，努力让头脑清醒，也试探地戳了戳灵髓。一切还都正常，也就是说这个可怕的冲击并不是攻击。但真相，如果这也算的话，则更让人害怕。影子和魔法师粘在一起时，无论用了什么障眼法，现在也已经直接揭开了。我周身的界层随着它周身的力量而颤抖。它的力量像冰冷的火焰一样吹打着我。

这告诉我一件我已经知道的事情：我面对的这个存在非常强大。

我艰难、缓慢地站起来，那影子仍然在看着我。

它虽然现在已经不用咒语隐藏自己了，但也没有用其他的伪装。它还是忠心地用着哈巴的形态，只不过比魔法师本人大很多。我看它的时候，它叠起胳膊，一条腿松松地搭在另一条上。它四肢弯曲的地方就完全看不到，因为它没有厚度。它虽然很黑，却像薄纱一样能看透，像某种用黑线编织起来的东西。在低级界层里它几乎和密室里自然的昏暗融为一体，高等界层里它逐渐变得具体，到第七界层里轮廓就又分明又清晰了。

头——一个黑暗光滑的顶点——稍微偏向一边。虽然没有五官，却有种态度热切的样子。身体有点小摇摆，就像是催眠师的蛇从篮子中升起。它的腿现在和魔法师分开了，收窄成了两个尖顶，完全没有脚。

"你是什么？"我问。

它没有耳朵，但能听；没有嘴，但能说。

"我是阿美特。"声音轻柔，如墓穴中的尘土一般飘忽，"我是个魔王。"

原来如此。魔王！噢——这可能更糟[1]。

持矛人咽口唾沫，而且尴尬的是这痛苦的吞咽声在地下室里反复回响，每次反弹回来后还变得更响。影子在等着。柱子之外的灵髓笼也都无声无息，默默地看着。

我等一切都平静下来时笑容可能有点勉强，但无论如何我笑了，然后深深鞠了一躬。"阿美特大人，"我说，"很荣幸见到你。我曾经在远处惊讶地观察过

---

[1] 其实，不可能再糟了。比魔王更强大的存在确实存在，偶尔也会出现在地球上散布混乱和悲痛，但他们都是被一群野心过大或是彻底疯狂的魔法师所召唤。像哈巴（野心和疯狂倒是毋庸置疑）这样孤独的个人不可能有这样的仆人，不过火灵，倒是可以做到的，大概。实际情况是，除了阿美特之外，哈巴还掌控八个巨灵和几个像格则里这样奇怪的讨厌鬼，说明他有多大威力。所罗门如果没有戒指，可能会受到严重的威胁。

你，而且很高兴最后能和你单独谈话。我们有很多可以探讨的。"

影子什么也没说，它显然在参照纸莎草。一条薄纱似的胳膊慢慢向前移动，把水晶瓶子放在圈子中间我脚边的地方。

我稍微移开一点，清清嗓子："如我所说，在仓促做事之前，我们有很多可以讨论的。首先，让我来摆正自己的位置。我承认你是一位强大的魔灵，我被你的力量所折服。我无论如何也比不上你 [2]。"

这些，当然正是今天下午早些时候我批评过那姑娘的庸俗奉承，但我现在没心情吹毛求疵了。想到被困在水晶瓶中几十年就实在是讨厌至极，如果能够拯救我的皮囊我可以给影子做香氛按摩。

但希望不要到那种地步。我以为自己看到了一条可能出去的路。

"但是，伟大如你，却和我一样卑微，"我继续说道，"从一个方面来说我们是类似的，对吗？因为我们都是这个卑鄙的哈巴的奴隶，就算以魔法师的标准来说，他也够堕落的了。看看你周围！看看他用自己的力量对魔灵做了些什么样邪恶的事情。听听这间不幸的地下室里满满的叹息和呻吟！这些灵髓笼让人深恶痛绝！"

我做激昂的演讲时，影子尖刻地看着我。我顿了顿，让它有机会能附和我一下，但它只是像蛇一样从一边摇摆到另一边，什么都没说。

"当然现在你必须服从哈巴的命令，"我说，"这我理解。你和我一样现在都受到奴役。但在你把我封进瓶子里之前，考虑一件事。我未来的命运的确悲惨——但你的真就会好些吗？对，我被抓住了，但你也会的，等魔法师回来，你

---

[2] 这种马屁虽然让人恶心——但不幸却是真的。这就是你作为一个中等级别（第四级，既然你问了）的巨灵的立场。你尽可以随你喜欢去恃强凌弱或态度傲慢；你可以相对随意地和其他巨灵打架（更别提魔精和妖精了），用你记得的咒语去炸他们，他们逃跑的时候还可以用炼狱咒烧他们的屁股；必要的时候，也可以挑战火灵，加入你可以用作为招牌的聪明才智去迷惑他们，诱导他们轰隆隆地掉进陷阱。但魔王呢？噢，不。他们跟你不是一个等级的。他们的灵髓太过巨大，他们的力量太过强大。你不论向他们扔多少爆炸咒、抽搐咒还是旋涡咒，他们都不怎么费事就把这些全都吸收了。而且同时他们还会做些不公平的事，比如说，他们会膨胀成巨人，在把你整个吞掉之前，像农民捆胡萝卜一样把你和其他巨灵伙伴的脖子捆住，我见过这种情况一次。所以你可以理解我现在可没有和阿美特打的愚望，除非是真的要做最后一搏。

又会滑到他的脚下，被迫拖在他身后的泥土当中。哈巴每天边走边践踏你！这种待遇对妖精来说都够丢脸的，更别说是荣耀的魔王了。想想格则里，"我继续说，更加起劲了，"一个丑陋又肮脏的魔精，却无耻地在他自己的云里享受，而你却在他身下被拖在石头中间！这不对劲，阿美特朋友。这种情况太反常了，所有人都能看出来，而我们得一起加以纠正。"

像它这样顽固的家伙在分析一件事情的时候通常不会有面部表情，影子确实像是进入了深思熟虑中。我的信心增强了，悄悄向黑曜石圈的边缘走去，朝着影子，远离水晶瓶子。

"所以，我们开诚布公地谈谈共同面临的困境吧。"我真诚地作出结论，"或许，如果我们探索出你所承受的准确措辞，我们就有可能找到某种方法克服咒语的力量。幸运的话，我会得救，你也会自由，我们就可以让我们的主人倒台！"

我在这里歇了口气，并不是因为我喘不上气（我不呼吸），也不是因为我的油腔滑调已经用完（这种东西我无限量供应），而是因为我被影子持续的沉默搞得困惑又泄气。我说的话似乎怎么看都不过分，但这个强大的东西却仍旧高深莫测，只是来回摇摆。

年轻人英俊的脸靠近影子的脸。我要作出"热情又亲密的样子"，再配些"理想主义的热烈"。"我的伙伴法奎尔有个座右铭，"我喊道，"'我们魔灵只有联合起来才能打败人类的恶毒'！我们来证明一下这句话是真的吧，好阿美特。我们一起在你的召唤语中找出可能能破解的漏洞。然后，在今天结束之前，我们就能把敌人杀了，碾碎他的骨头，慢悠悠喝他的骨髓[3]！"

我的声音在柱子之间回响，让妖精灯一闪一闪。影子还是什么都没说，但它的纹理变得更黑了，好像有种强烈但未表达的表情。这可能是好事……或者，老实说，也可能是坏事。

---

[3] 我正在诠释一首古代苏美尔巨灵的战场号子，我们推攻城机越过平原的时候曾经反复地喊这种号子。可惜的是这些古代优秀歌曲已经过时了。当然了，我并不是真心支持任何可怕野蛮的事情。不过，这么说吧，人类的骨髓是很有营养的。说实话，它真的会给你的灵髓增添活力。特别是如果你有新鲜的，稍微烤一下，用盐和欧芹调味，再——不过我得言归正传了。

我稍微退回一些。"可能你不太喜欢骨髓，"我赶紧说，"但你肯定有同感。来吧，阿美特，我的朋友和奴隶同伴，你怎么说？"

而现在，终于，影子有动作了。它从讲台后面晃过来，慢慢向前飘。

"对……"它低声说，"对，我是个奴隶……"

虽然努力不表现出来，但一直以来提心吊胆的英俊年轻人，终于喘了口气："好！那就对了！太棒了。我们现在——"

"我是个爱主人的奴隶。"

然后是停顿，"抱歉，"我说，"你的声音刚才对我来说有点儿太凶了，我没听懂。无论如何，我以为你说的——"

"我爱我的主人。"

这会轮到我沉默了。我小心翼翼地后退，一步一步，而影子向我压下来。

"我们是在说同一个主人吗？"我开始犹豫，"哈巴？秃头，埃及人，丑八怪？眼睛像脏布沾上了水？肯定不是。哦，是呀。"

黑色带子一样的胳膊突然间伸长了，尖细的手指抓住我的脖子，让我喘不过气来，而且悬在半空中。它没费什么劲就把我的脖子像荷花茎一样捏断了，于是这个英俊年轻人的眼睛鼓出来了，我脑袋膨胀，脚也像气球一样胀大。

现在影子把胳膊高高抬起，把我举得高高的，靠近它剪影般的头。它对哈巴的模仿仍然完美——身形、角度，一切。

"小巨灵。"影子低声说，"我来告诉你点有关我的事吧。"

"好，"我哑着嗓子说，"拜托一定告诉我。"

"你应该知道，"阿美特说，"我服侍亲爱的哈巴已经有很多年了，从他还是在卡纳克神庙地下室里工作的苍白瘦弱的年轻人时就开始了。我是他召唤的一个大魔灵，他无视祭司的神圣规则 [4]，安静且秘密地召唤了我。他增长权力、打磨力量的时候我都和他在一起，他在圣坛边掐死大祭司温涅格并拿走他现在还戴着的水晶占卜石时我就站在他身旁。等他长大以后，我主人在埃及的影响力已经

---

[4] 即便在最好的情况下，也会弄出很大的噪音。胡夫时代，祭司学徒如果在神圣的区域内弄出太大的声响，是会被送去喂圣鳄鱼的。理论上说，如果这个男孩弄出很难听的声音，那他被用作其他目的的时候也能发出这种难听的声音。而那些鳄鱼需要一个月喂一次。

很大了，而且还有很大的发展空间。用不了多久，他就会让所有的法老都听命于他。"

"这可真是太有意思了。"我肿着嘴唇说，"不过在一半灵髓都挤进脑袋里的时候很难听见你说话。你能不能稍微松开我一点儿？"

"但是埃及的荣耀早已一去不复返。"影子说，而它的掌控，如果有变化的话，也是掐脖子掐得更紧了，"而耶路撒冷，因为有所罗门和戒指，现在兴起了。所以我的主人到这里来，到御前侍奉——有一天，很快，他就会作出超越侍奉之事。而这些年静静等待的日子，我也一直在他身边陪伴他。"

魔王的光环连续重击我的灵髓。我眼前偶尔闪出金光。轻柔的声音似乎变响，变轻，然后又变响。而它的桎梏仍然很紧。

"对，巴谛魔，如你所说，我一直都是他的奴隶。但我一直心甘情愿，因为哈巴的野心就是我的野心，他的快乐就是我的快乐。哈巴早年就学有所成，是因为我在他的私人密室里帮他做实验，也一起摆弄他带来的俘虏。我们天性一致，他和我……抱歉，你叫了？"

我可能是叫了。我现在有失去意识的危险，几乎已经听不明白它说的话。

影子随便一甩，放开了我，把我旋转着摔在圈子中间。我面朝下摔在冰冷的缟玛瑙上，滑了一段，就直挺挺地躺着了。

"总之，"那声音继续说，"别想用你那套卑鄙的想法加到我身上。哈巴信任我。我也信任他。其实你说不定会很有兴趣知道，他召唤我的时候，是不用残酷的言语束缚我的，而是抬举我，让我作为朋友和顾问走在他身后，在世界上一切有生命的东西当中，我是他唯一的同伴。"声音中有骄傲，有无法估量的满足。"他给我一定的自由，"魔王说，"只要合他胃口。而且，有时候我可以自己行动。你还记得我们在沙漠里的短暂相遇吧？我是凭自己的意愿跟着你的，因为你对我亲爱的主人的伤害让我满怀愤怒。要不是法奎尔到来，我肯定马上就把你吞掉了，而且我现在也愿意这么做。不过可爱的哈巴已经给你判定了一条不同的命运，那就必须按他的要求来。坐起来，然后，"影子命令道，"让我执行我的朋友交付给我的任务。好好吸一口这个地下室的空气吧，因为会有很多年你都再也体验不到了。"

阿美特又一次思考纸莎草上的操作指示，发出沙沙的声音。圈子中间的我用颤抖的胳膊艰难地撑起自己，慢慢站起来，俯下身，等灵髓的伤口复原。

我站直，抬起头。头发松松地垂在脸上，纠结蓬乱的头发后面，我的眼睛在幽暗的房间里发出黄色的光。

"你知道，"我哑着嗓子说，"我对自己的要求标准很低。而且有时候我都还做不到这些。但是折磨其他的魔灵？囚禁他们？这太新鲜了。我以前从来没有听说过。"我举起一只手，擦掉从鼻子里冒出来的灵髓斑点。"更神奇的是，"我继续说，"这还不是最坏的。这不是你真正的罪恶。"我把一缕头发轻弹回英俊的耳朵后面，然后把双手放在身侧准备好，"你爱你的主人。你爱你的主人。魔灵怎么能堕落到这种程度？"

我说着，举起双手，用最大的力量穿过影子向后面的柱子射出一个爆炸咒。

阿美特叫了一声，他的身体立刻碎裂成许多碎片，层层叠叠在一起，就像是一层层的带子，没有厚度。之后他又恢复了原状，和以前一模一样。

颤抖的手指又爆发出两个猩红色的痉挛咒。一个飞向高处，一个飞向低处，两个都扫过魔法圈的表面，打碎了上面的石雕，碎片如雨般四处飞溅开来。

年轻人却消失了。我拍打翅膀，从柱子之间穿过去。

"爱你的主人？"我回头喊道，"那是疯了。"

我身后传来一声怒吼："你逃不了的，巴谛魔！地下室是封住的。"

"哦，谁说我要逃的？"

说实话，我知道自己难逃一劫。无论怎样我都逃不脱。魔王太强大了，我打不过；动作也太快，我躲不了。就算有奇迹发生我能躲过他逃出地下室，就算我逃到黎巴嫩山的峰顶，哈巴仍然是我的主人，我还是在他控制之下的仆人，会像拴着绳的瑟瑟小狗一样被他随便叫回去。如果他愿意，就可以用监禁咒来控制我，避无可避。担心一点用处都没有。

但在不可避免之事发生之前，我有一件事想要去做。

"他爱他的主人……"我在柱子之间低低穿梭，尽情发泄我的厌恶。我弯曲的双手中砰砰砰地射出一堆堆猛烈急速的箭簇，亚述人就是这么进攻的，打击目标的时候也烧灼了空气。桌子粉碎，刀和钳着火起泡，木乃伊在沙石和火焰中爆炸。"爱他的主人……"我咆哮着毁掉了一柜子的骨头，把数不清的楔形文字刻字板化成尘土 [5]，"我问你，有没有任何一个魔灵会这样？"

"巴谛魔——你胆敢这么做！我要让你痛不欲生……"愤怒的低吟在柱子迷宫中回荡。某个红光一闪。哗哗响的痉挛咒从天花板弹下来，在柱子间穿梭移动，然后从侧面滑过我的上腹，我颤抖地跌落在地，闪光的灵髓如雨般落下。飞弹还在继续，打进墙里，点燃了一个木乃伊的架子。

"真可惜。"我喊道，吃力地爬起来，"那看上去几乎完整的一套。是他从历代王朝中找来的。"

影子恢复了原状，什么都没说。我扶住一根柱子，收起翅膀，等待着。

寂静。没有进一步的攻击。阿美特很明显决定要尽可能控制损失。

我等着。过了一会儿我窥视柱子四周，地下室的光线微弱。几盏蓝绿色的妖精灯在天花板上忽明忽暗，有些已经被我们互相打击的魔法火焰毁坏了。地面上的裂缝冒着烟。墙上的洞里涌出大量燃烧的残渣——大块、小块，红色小火花纷纷落下，变小、闪烁然后熄灭。

我等着。

随后，我看见烟雾后面黑色薄薄的形体爬过柱子之间，像浅滩中的一只鲨鱼，圆脑袋迅速从一边移动到另一边。

一旦他靠近，一切都将结束。

我抬起小拇指，向高处射出一道微弱的脉动，接近天花板，穿透烟雾，落到地下室的对面，叮当一声击中了一张石凳。

---

[5] 一般来说我不烧书，这是历史上所有最差劲的统治者喜欢的消遣。但魔法师囤积的知识（刻字板、卷轴，之后还有羊皮纸和书本）是特例，因为那上面包含上千魔灵的名字，准备让后世召唤的。如果把这些都消除，接道理来说，对我们的奴役就会立刻被消除。这当然是白日梦——但是毁掉哈巴的参考书让我感觉良好。虽然没什么用。

影子头一歪，一瞬间，它就向声音发出的地方奔去。几乎在同时，我箭一样飞向相反方向，靠近墙壁。

这里，灵髓笼就在我眼前，一打一打摞在一起，上面的力线在幽暗中发出病态的白绿色光线，像腐烂的树木上的真菌。如果我有时间会一个接一个打碎它们，为了让里面那些脆弱的家伙少承受一点伤害。但我没有时间了，也不会再有另外一次机会。于是我发出两个抽搐咒，白色和黄色的火球扩展成火旋风，它卷起笼子，把它们转得高高的，扯断力线，打碎铁栏杆。

我收回魔法，笼子掉落到地上。有些彻底粉碎了，有些像蛋壳一样有了裂纹。一个挨着一个倒在黑暗中，翻滚燃烧，但其中并没有什么东西出来。

一个东西在我身后出现。细带手指握紧我的脖子。

"啊，巴谛魔，"影子低声说，"你做了什么？"

"你来晚了。"我喘息着，"太晚了。"

他的确是晚了。笼子当中微光一闪，出现了一点动静。每道裂缝中都发出苍白的光，比力线要微弱，但悦目且纯净。每一道光中都有动作，俘虏们摆脱了变态刑具，摆脱了地球上的痛苦。他们从每个笼子中逃出，闪亮的灵髓或成环状，或丝丝缕缕，盘旋上升，向外，短暂地展开之后就消失了。

最后一个也消失了，希望的光芒熄灭了，黑暗又降临在笼子上，影子上，我身上。

我站在黑暗中，微笑着。

我得说没过多久，影子号叫一声，抓住了我，然后是连续击打、反复撞击、无休无止，撕裂混乱的痛苦让我的感觉很快就麻木了，我的意识也有些从世界上剥离了。所以我几乎听不见最终念出的咒语；几乎感觉不到压迫我所剩无几的灵髓的力道；几乎感知不到紧压着我的水晶牢狱的界限；甚至几乎理解不了，就在热铅封住上方的小口，残酷的咒语绑定瓶子四周，哈巴对我的诅咒已经完成，而我可怕的坟墓命运现在才刚开始。

卷三
PART

03

BARTIMAEUS
THE RING OF SOLOMON

阿丝米拉

ASMIRA

✴

所罗门之戒

CHAPTER 21

阿丝米拉站在格板门的旁边，听着仆人轻柔的脚步声渐渐远去。等一切都安静下来，她试了一下门，发现并没有上锁，她稍微打开一点，盯着外面的过道。油灯在壁龛里闪烁，鲜艳的挂毯挂在墙上，地面上抛光的大理石砖闪闪发亮。附近没有人，至少，在她能看见的范围内一个人也没有。

她又关上门，背靠着门打量安排给她的客房。粗略估计一下，这里有她在马力卜卫士配楼里的小卧室的五到六倍大。地面和过道里一样也是由大理石砖细细铺成的。靠着一边墙有一把柔软的奢华长躺椅，足可与巴尔绮思女王房间的那把相媲美。油灯在木柜上温暖地发着光。两道帷幔之后有个水盆在轻轻冒出热气。窗子下面安放着一座男孩弹奏里拉琴的塑像，是用经过锤打的细长青铜制成的，从塑像的怪异风格和明显很易碎的样子来看，她知道这东西一定非常古老了。

阿丝米拉把包放在躺椅上，走到窗边，拉开窗帘，爬到窗台上。外面星光闪烁，寒冷而晴朗，一面薄纱垂在宫墙上，遮挡住耶路撒冷山坡东麓上的石块岩石。她探出脖子，想看看旁边有没有窗台或是窗户以便在需要的时候移动过去，但什么也没看见。

阿丝米拉缩回脑袋，突然间发觉自己有多虚弱。她从早上开始就再没吃过东西了。与此同时，她感觉到的是一种残酷的得意：离给示巴的最后期限还有两天，而她就在所罗门的王宫里，很接近邪恶之王的某个地方。

幸运的话她可能几个小时之内就会被带到他面前。

无论怎么样，她都得准备好。她甩掉疲倦，从窗台上跳下来，走到躺椅旁打开皮包。她没管堆在底下的蜡烛和布料，只拿出最后两把匕首，插到本来就在皮带上的那把的旁边。三把比较保险，虽然可能不太必要。一把匕首就应该足够完成任务了。

她把袍子向前扯，盖住武器，再把头发向后梳光滑，然后去洗脸。她现在必须把自己弄得看起来更像那么回事：从希米耶尔来的可爱又天真的女祭司，前来求助于睿智的所罗门王。

如果他和讨厌的哈巴有点儿类似的话，那这种计策也能骗过他。

最终在王宫着陆之前，魔法师的毯子要在两道紧闭的大门前停下。大门有二十英尺 ^{xiv} 高，用整块的黑色火山玻璃制成，没有装饰、光滑又闪亮。六副巨型铜合页把大门固定在墙上。两把铜门环形如衔着尾巴的扭曲巨蛇，挂在比人所能够到的稍高一些的位置上，每一个门环都比阿丝米拉的胳膊还要长。大门之上和周围都有带雉堞的关口，门廊上装饰着有浮雕的青釉砖，上面描绘着狮子、鹤、大象和可怕的巨灵。

"很抱歉我只能带你走这道小侧门。"魔法师哈巴说，"正门是为所罗门王而设的，偶尔在被保护国的国王来访时使用。但我保证你会受到所有应得的礼遇。"

就在这时他拍拍手，发出轻微但尖利的声音。大门立刻就向内打开了，上了油的合页移动迅速而且悄无声息。后面宽阔的接待大厅里，稍微能看出有两队变了形的小妖精在努力拉动滑轮绳索。两队之间有几排分站在左右两边的持灯妖精，它们的长角在链子的辅助支撑下，架着长长的木火把。明亮的黄色火焰在火把顶上摇曳。它们低了一下头表示欢迎然后就让开了路。毯子缓慢前移，随后降落在大理石地面上。

让阿丝米拉恼火的是，她没有马上被带到所罗门的座前。声音轻柔的仆人在阴影中催促，她和哈巴被领到了一间高挑有立柱的房间，里面有柔软的坐垫，有眼睛明亮的男孩——阿丝米拉怀疑他们只是外表像人类——微笑着奉上一杯杯冰镇葡萄酒。

接下来的半个小时对阿丝米拉来说简直和在山谷里遇袭一样让人讨厌：魔法师一直和她亲密对话，不断敬酒，变得越来越殷勤。他那双柔和的大眼睛盯着她的眼睛，那双皮肤蜡黄的手慢慢在垫子上靠近，面对这些她只能让自己不躲开。哈巴依旧纡尊降贵礼貌过度，但却对她立刻要面见国王的要求避而不谈，而且也不说什么时候能安排会面。阿丝米拉咬紧牙关，继续装样子，用让人喘不过气的方式感激取悦他，用软语讨好他。

"所罗门王一定是真的很强大，"她喘口气说，"才能让你这样伟大的人物为他服务！"她侧过头，假装从杯中喝了口酒。

哈巴哼了一声，一瞬间他的热情消退了："对，对，他是很强大。"

"哦，我是多么渴望能和他说话呀！"

"你要小心，女祭司。"哈巴说，"他并不是一直那么善良的，即便是对你这样的美丽少女。有人曾经说过，"——他本能地看看了立柱房间的四周——"有人说有一次他的一个妃子，一个漂亮的腓尼基姑娘，不停灌他酒，直到把所有人都灌倒。等国王睡着的时候，她想要取下戒指。就在把戒指取到第二个指关节的时候，所罗门被窗外的鸟叫吵醒。你可能知道，他会和鸟说话。打那儿之后，腓尼基姑娘就出没于汲沦谷的松树中，成了一只长着狂野的眼睛，用叫声预告王室成员之死的白色猫头鹰。"哈巴抿了一口酒，"你看，所罗门也可以很可怕。"

阿丝米拉的脸上扔挂着适当的急切，但心里却在想这个腓尼基姑娘有多蠢，想要弄走戒指，拿刀一击必杀就够了。她说："我想国王都会无情地保护自己所拥有的东西吧。不过你就既善良又温和，是不是，伟大的哈巴？说起来，我之前的请求不知如何了？你是不是把那两个救我命的恶魔放了？"

魔法师一只嶙峋的手在空中挥了挥，眼睛一转："赛蕾妮女祭司，你可真是无休无止！不会有人能拒绝你！好了，对，你不用再说了。我今晚就解除这两个仆人的劳役！"

阿丝米拉假意赞美地扇动睫毛："你发誓吗，哈巴呀？"

"好的好的，我向伟大的拉神和翁布斯 xx 的众神发誓——如果，"他说着倾身凑近一点儿，盯着她闪亮的眼睛，"作为报答请让我在今晚宫里的晚宴时再和您交谈。当然，其他显贵人物也会在，还有我的魔法师同僚们——"

"还有所罗门王吗？"此时，阿丝米拉的渴望终于是真心的了。

"可能吧，可能——这并非不能知道。你看——这里有仆人在等了，客房也已经为你准备好了。不过现在……再来一杯酒吧？不要吗？"阿丝米拉已经站起来了。"啊，你累了，当然，我理解。不过我们晚餐的时候会再见，"哈巴说着鞠了一躬，"而且——我相信——我们到时候会更加了解……"

房间门上传来敲门声。阿丝米拉立刻警觉起来。她轻轻抚平长袍，确定看不见衣服下的刀柄之后，走过房间，开了门。

过道昏暗的光线里站着一个男人，笼罩在一个星形的光晕下，而光源却看不到。他穿着高级官员的朴素白袍，身材矮小瘦弱，肤色非常深。阿丝米拉猜他可能来自库施，或是尼罗河两岸的某处。他肩上站着一只白老鼠，发光的眼睛绿如翡翠。它歪着头看着她。

"赛蕾妮女祭司，"那人说，"我是海勒姆，所罗门的大臣。我欢迎你来到他的家。如果你能跟我来，我给你奉上茶点。"

"谢谢你。真是太让我欣慰了。不过，我急切地求见所罗门王。不知道能不能——"

小个子男人阴郁地一笑。他抬起一只手，"不急，一切都有可能。至于现在，魔法师大厅很快就要开席了，你也受邀出席。请……"他向门做了个手势。

阿丝米拉踏出一步，白老鼠立刻就尖叫警告，后腿站起，在魔法师耳边大声鸣叫。

大臣前额沟壑纵横，眼皮下垂的眼睛盯着阿丝米拉。"请原谅，女祭司，"他缓慢地说，"我的奴隶，这里的提尔伯特说你身上受银的污染非常严重。"他肩上的老鼠用爪子使劲揉搓胡须，"提尔伯特说让他想打喷嚏。"

阿丝米拉能感觉到抵着大腿的银匕首。她笑了，"可能他指的是这个，"她从上衣里拉出银项链，"这是伟大的太阳神的象征，它守护我生命的始终。我从出生脖子上就戴着这个了。"

大臣皱眉："你能摘下来吗？它可能会让提尔伯特这类魔灵不高兴，而宫里有很多这样的魔灵。它们对这些东西都很敏感。"

阿丝米拉微笑道："哎呀，这样会减少我生来的好运，还会招致太阳神对我的怒火。耶路撒冷没有这样的习俗吗？"

魔法师耸耸肩："我不是专家，不过我认为以色列人崇拜另外的神明。噢，我们都得尽可能遵从自己的信仰。别，提尔伯特——住嘴！"老鼠刚刚一直在他耳边尖叫，"她是客人，我们得体谅她的古怪之处。赛蕾妮女祭司——请跟我来……"

他离开门口，踏过凉爽而昏暗的大理石砖，整个人笼罩在移动的星星发出的光中。阿丝米拉在他身后紧跟着。绿眼睛的老鼠蹲在魔法师肩头，继续敏锐地上下打量她。

他们在宫里走着，魔法师长白袍底下的脚稍微有点跛，而阿丝米拉则大步走在他身后。他们沿着火把照亮的过道，走下大理石台阶，穿过能眺望花园里黑暗树丛的窗户，通过壮观的画廊，那里空荡荡地只存放一尊尊有底座支撑的古代雕塑碎片。阿丝米拉边走边看。她辨认出埃及的作品，还有些是阿拉伯北部的某些风格，但其他就不知道了。雕塑内容有战士、妇女、兽首魔灵、战斗、队列、在田间劳作的人们……

大臣注意到她的视线，"所罗门是个收藏家。"他说，"这是他最大的爱好。他研究过去文明的遗迹。看那儿——看见那个大头了吗？那是法老图特摩斯三世，是从他在迦南的一座巨大雕像上取下来的，离这里不远。所罗门发现有埋在地里的残片，就让我们带到耶路撒冷来。"魔法师的眼睛在他神奇的光照下闪烁，"你觉得这座王宫怎么样，女祭司？宏伟壮观，对吗？"

"太大了，比希米耶尔女王的宫殿大，甚至可能更美。"

大臣大笑："你们女王的宫殿会像这一座一样是在一夜之间建成的吗？所罗门希望他的居所超过古巴比伦的壮丽。他做了什么？他召唤了戒灵！戒灵命令九千个巨灵出现。每个巨灵都带着桶和铲，靠蝴蝶一样的翅膀飞行，这样他们劳动的声音就不会吵醒山坡下面后宫里的妃嫔们。破晓时分，最后一块砖已经就位，水开始在花园的喷泉里涌动。所罗门就在从东方移来的橙树下用早膳。从一开始这就是一座奇迹的宫殿，世上从来没有过的！"

阿丝米拉想起了马力卜脆弱的泥砖塔，数百年来人们细心照料修补，现在却被这枚戒指所威胁。她咬紧牙关，但还是装出真心惊叹的语气。"一夜之间！"她说，"一枚小小的戒指真的能做到吗？"

那双沉重的眼皮瞥了她一眼："正是如此。"

"它是从哪里来的呢？"

"谁知道？要问所罗门。"

"难道是他造的？"

绿眼睛的老鼠欢乐地鸣叫起来。"我觉得不是！"大臣说，"所罗门小时候是个能力薄弱的魔法师，还不是这世上的伟人。但他如同胸中燃着一团火一样酷爱过去的神秘之物，他热爱很久很久以前，刚开始有魔法，第一批恶魔刚从深渊中被召唤来的那段时期。所罗门收集那些早期文明的工艺品，后来又到东方广泛游历。传说有一天他走丢了，到了一处古代的废墟，那个地方消失在人类或魔灵的视野之外不知道有多少年了，而他偶然发现了戒指……"大臣阴郁地一笑，"我不知道真相到底是怎样，不过我确实知道一件事。从他捡起戒指那时起，比起任何活着的人，命运更加眷顾他。"

阿丝米拉发出一声少女般的叹息:"我多希望和他说上话呀!"

"毫无疑问。但不幸的并非是你一个人。其他陈情人也肩负着和你类似的任务来到耶路撒冷。这里!这是魔法师大厅上的观景廊。如果你愿意,可以在我们下去之前看看。"

走廊的一边上,有一个石头壁龛,壁龛中间是打开的。外面是一片广阔的空间,发着微光。从这里能听见一片嘈杂的声音。

阿丝米拉走到壁龛前,双手放在冰冷的大理石上,略微倾身。

她的心提到了嗓子眼。

她看着下面巨大的大厅,大厅以漂浮球照明。房顶是用深色昂贵的木材制成的,每根房梁都用的是整棵大树。雕刻着魔法记号的墙壁立柱,已经刷上了石灰,上面绘制着动物和魔灵跳舞的美妙画面。大厅中摆着几排支起的桌子,坐着不少男男女女,用金盘子吃喝。他们身前有大浅盘,里面堆满了各种食物。长着白色翅膀的巨灵,变成金发年轻人的外形,拿着酒壶在桌子上方飞来飞去,只要举手下令,年轻人就会飞下来,为等待者的杯中斟入闪亮的红色琼浆。

坐在桌边的人们比阿丝米拉在埃拉特见过的种族更加繁多。有些她从来没见过:有奇怪的苍白皮肤,长着红胡子,穿着野蛮的皮毛衣服的男人;也有穿着以玉片缀成裙子的优雅女性。一大群人坐在那里吃吃喝喝,互相聊天,同时在高处的石灰墙中间,两只跳跃的巨灵中间,画着一位国王在俯视下方。他坐在王座上,眼睛是黑色的,面容美丽而强壮,他身上发出微光。他冷静地直视前方,庄严肃穆,手指上戴着一枚戒指。

"那些代表团,"大臣在她身边干巴巴地说,"都和你一样,是来寻求所罗门的帮助的。都像你一样,有很重要的事需要讨论。所以你会明白要让所有人都满意是很难的。不过,在他们等待接见的时候,我们会给所有人提供餐饮。大多数人都很满意,有些甚至忘记了他们来这里的缘由。"他轻笑一声,"来吧,你可以和他们一起。我们已经为你安排好了座位。"

他转过身。阿丝米拉跟着他,眼睛发烫,嘴巴发干。

阿丝米拉

所罗门之戒

CHAPTER 22

至少，吃的还不错，阿丝米拉在短时间内只想着烤肉、葡萄、蜂蜜蛋糕和红葡萄酒了。大厅里喧闹的声音吞没了她，她感觉像被茧给包了起来，包裹在辉煌之中。等到她肚子胀疼而且脑子又发热发蒙的时候，就靠后坐着四下观望。大臣说得对。在这种地方任何人都容易忘记到这里来的目的。她眯起眼睛看着墙壁上画的伟大的帝王形象，恐怕没错，这就是所罗门故意安排的。

"你是新来的？"坐在她旁边的男人问。他用刀从菜盘中切下一小块油光锃亮的肉放进自己的盘子里。"欢迎！尝尝跳鼠！"他说的是阿拉伯语，不过带着奇怪的腔调。

"谢谢你，"阿丝米拉说，"我已经饱了。你也是来求见所罗门的？"

"是呀。我们村子上游需要建一座水坝。春天时候水是够多了，但全都跑没了。夏天时候又干旱。摸一下戒指应该就能解决了。只需要几个火灵或是一两个魔王就行了。”他咬了一口吃的，嚼了起来，“你呢？”

“类似的事情吧。”

“我们的山谷里需要挖梯田。”坐在对面的女人说，她的头发极其鲜艳，几乎刺眼，“太陡了，你明白的。但他的奴隶做起来就很容易了。对他来说不难，对吧？”

“我明白。”阿丝米拉说，“你等了多久了？”

“五个星期，不过我已经差不多等到了！下次朝会我就能幸运地赶上了！”

“他们两个星期前就这么告诉我了。”另外一个男人阴郁地说。

“我是一个月——不对，两个月！”她旁边的男人边嚼边说，“不过，这里招待得那么大方，我还有什么好抱怨的呢？”

“对有些人来说是还好，”阴郁的男人说，“但我等不起。赫梯的土地上马上就会发生饥荒，我们现在就需要帮助。他为什么就不能立刻派恶魔帮我们却宁肯在这儿闲待着呢？我永远不会知道了。我估计，他在这里贪图享乐过头了吧。”

“老婆们。”第一个男人说。

“他迟早会见我们的。”女人说，她明亮的眼睛闪着光，“我等不及见他了。”

“你都没见过所罗门吗？”阿丝米拉叫道，“整整五周都没见过？”

“哦，没有，他从来不到这里来。他在花园那头的私人套房里。不过下次朝会的日子我就能见到他了，肯定的。人家告诉我说，你会站在他面前，不过他高高坐在王座上，当然了，是在几级台阶之上，所以没有那么近，但就算这样……”

“有多少级台阶？”阿丝米拉说。她可以在四十英尺 ˣˣⁱ 的距离上精准扔出匕首。

“我肯定是说不出来。你很快就会看到了，亲爱的。一两个月之后吧。”

阿丝米拉不再参与对话，脸上虽然小心地挂着微笑，但惊恐的钝刀已戳进她肚子里。她可没有两个月时间，她连一个月也没有。她只有两天时间接近国王。对，她是在宫里了，但如果她只能和这群傻子一起坐在这里，等着，什么意义也没有。她看着他们，摇摇头，而他们仍旧忙着谈论他们的希望和需求。他们也太盲目了！只牵挂他们那点儿小目的！所罗门的恶毒对他们来说都视而不见。

她怒视拥挤的大厅。很明显国王并不完全依靠恐怖来维持统治，而是加入了怀柔政策，让人们传播他的美名。很好，但结果对她来说就是，他遥不可及。而且这还不算。即便，有奇迹出现，下次朝会她能见到他，似乎她也完全不可能被允许靠近国王。这可不太好。她得靠近他，让他和他手下的魔鬼都来不及反应。不然的话，她成功的希望就很渺茫。

她需要再找一条路。

周围用餐人的声音依旧嘈杂，他们的手在盘子之间挥舞。

阿丝米拉皮肤刺痒，感觉到有什么东西在她背后。

灰色的手指拂过她的袖子，酒气喷在她颈部。

"你，"魔法师哈巴说，"坐在这里干什么呢？"

他穿一件优雅的黑灰色束腰外衣，外套一件灰色短斗篷，脸因为喝酒而变红。他向阿丝米拉伸出一只手的时候，阿丝米拉才注意到他的指甲有多长。

阿丝米拉努力挤出微笑："大臣海勒姆说我应该——"

"那大臣就是一个笨蛋，应该吊死。我在贵宾席那边等了你至少有半个小时！起来吧，赛蕾妮！不用，把杯子放下——你还会有的。你现在应该和魔法师坐在一起，而不是和这群乡巴佬在一起。"

周围的人都盯着她。"有人在高层里有朋友。"一个女人说。

阿丝米拉站起来，挥手再见，然后跟着魔法师穿过几排桌子到了一个台子上。这里，一张大理石桌子上堆满了佳肴，上空悬停着几个巨灵，桌旁坐着不少外表华丽的男男女女，他们都茫然地盯着她。每个人都有种随力量而来的冷淡的自信，一两个人肩上还坐着小动物。桌子的尽头坐着海勒姆，他和哈巴还有多数的魔法师一样，都已经喝掉了大量的美酒。

"这是十七子，"哈巴说，"或者说剩下的十七子。以西结已经死了。这里，坐我旁边，我们再多聊聊，深入了解对方。"

海勒姆睁大眼睛，透过杯子边缘看着阿丝米拉，绿眼的老鼠也厌恶地皱皱鼻子。"怎么回事，哈巴？怎么回事？"

一个五官鲜明，编着长辫子的女人皱起眉头："这是雷本的位置！"

"可怜的雷本正发沼泽热呢。"哈巴说，"他在自己的塔里，赌咒说他要死了。"

"他死了损失也不大。"一个圆脸小个子男人哼了一声，"他从来不好好干活儿。那个，哈巴，这个姑娘是谁？"

"她名叫……"哈巴说着拿起自己的酒杯，又给阿丝米拉倒了一杯，"赛蕾妮。她是个女祭司……哪里，我想不起来确切的地点了。今天我在沙漠路上救了她。"

"啊，对。我听说了。"另外一个魔法师说，"这么说你又重得所罗门的欢心了？没用多长时间嘛。"

哈巴点点头："你怀疑吗，塞普蒂默斯？我已经按照要求把强盗帮毁灭了。等他下次允许觐见的时候我会做正式的陈述。"

阿丝米拉说："等你觐见国王的时候能带我一起去吗？我正苦恼着会延误呢。"

另外几个魔法师嗤之以鼻。哈巴微笑着看了他们一圈："你们知道年轻的赛蕾妮有多热切——我几乎都管不住她！亲爱的女祭司，一个人是不可以自己跑到所罗门御前去的。我会尽可能为你加快速度，但你必须要耐心。明天到我的塔来，我们可以进一步讨论。"

阿丝米拉微微低头："谢谢你。"

"哈巴！"桌子另一头的小个子大臣一脸不悦，手指霸道地敲打着木头。"你似乎极度自信地认为所罗门会再次欢迎你，"他说，"对，你可能杀了些强盗，那当然不错，但你在圣殿山上的玩忽职守让他很是伤心，而且随着年纪增长他越来越暴躁了。你可别以为他能那么好相处。"

阿丝米拉看着哈巴，发现那双柔和的眼睛深处有什么东西在翻滚，有什么让她的灵魂不由得一缩的东西突然显露出来，随后就消失了，然后他大笑："海勒姆啊，海勒姆，你真的怀疑我的判断吗？"

所有魔法师突然沉默下来。海勒姆和哈巴对视，他把一颗橄榄核吐在桌子上："我确实怀疑。"

"事实是，"哈巴继续说，"我和你一样了解国王。他喜欢小玩意儿，对吧？那我就用一个小礼物，为他的收藏增加一个小东西，来打通道路。我现在就带来了。一个挺漂亮的东西，你们觉得呢？"

他把一个东西放在桌子上，是一个透明的水晶小圆瓶，上面装饰着花朵。顶部用铅封死了，而水晶立面后面有微弱的彩色光芒和痕迹在盘旋。

离他最近的一个魔法师拿起来，仔细检查，然后传给其他人："已经失去了形体，我明白了。这正常吗？"

"它可能没有意识，不过在抵抗监禁咒。"

长发女子把瓶子在手中翻来倒去："是液体吗？还是气体？多么卑鄙、不自然的东西啊！想想它们居然可以沦落成这样。"

等传到大臣手里，绿眼睛的老鼠避开了，还拿爪子遮住了脸。"还真是漂亮的小物件。"海勒姆不情愿地说，"看那光线一亮一灭的，从来都不重样。"

瓶子沿桌子转了一圈又回到哈巴那里，放到他面前。阿丝米拉很是着迷，她伸出手碰了一下水晶，让她惊讶的是，冰冷的表面居然在她的触摸下振动了一下。"这是什么？"她问。

"这个，亲爱的，"哈巴大笑着说，"里面装的是一个四级巨灵，所罗门想囚禁它多长时间都可以。"

"重点是，"长发女子问，"是哪一个？"

"乌鲁克的巴谛魔。"

阿丝米拉吃了一惊，张开嘴想要说话，然后意识到哈巴不知道她已经知道了巨灵的名字。要么就是喝多了已经不在乎了。

显然其他人都认出了这个名字。大家齐声赞同。

"好！以西结的灵魂会欣慰的。"

"那只河马？你做得对，哈巴——所罗门肯定会喜欢这件礼物！"

阿丝米拉盯着哈巴："你把一个魔灵关在这里？这不会太残忍吗？"

桌子周围的所有魔法师——男女老幼——爆发出一阵哄堂大笑。哈巴笑得比其他人更大声。他看着阿丝米拉的双眼，醉眼蒙眬，布满血丝，显示出轻蔑："残忍？对一个恶魔？这也太自相矛盾了！你那颗漂亮的小脑袋就不要担心这个了。他是个极其讨厌的魔灵，而且对谁也没多大损失。再说了，他最终还是会自由的——过个几百年吧。"

谈话转到了其他方面：魔法师雷本的病，清理以西结的塔楼，所罗门王越来越深居简出。似乎是说——除了在花园大厅的常规朝会——他似乎越来越少在官里出现，甚至他的大臣海勒姆都只有在每天特定的时间才能接近他。他的主要兴趣都在正在建设中的神庙上，除此之外他都漠不关心。他除了在朝会上的日常命令之外，对手下的魔法师不怎么关注，而他们也只能愤恨地服从。

"你的沙漠之行不算什么，哈巴！明天我得去大马士革，派我的巨灵重建倒塌的城墙。"

"我要去佩特拉，帮忙建谷仓——"

"我得去灌溉几个可怜的迦南小村子——"

"那戒指！所罗门觉得他能像对待奴隶那样对待我们！我只希望——"

阿丝米拉不怎么关注他们的抱怨。她拿起瓶子，在手指间慢慢转动。好轻呀！里面的东西好奇特呀！水晶壳子内，彩色的斑点旋转发光，慢慢移动，像是掉落的花瓣在湖面上漂流。她想起了那个巨灵，眼睛严肃又沉默，在被抢劫的山谷里站在她身后……

大厅对面，很多所罗门王的客人已经离席向楼梯走去，还有一些仍旧坐着，用残羹冷炙把自己填饱。而她身边，魔法师都深深地坐进椅子里，越说越大声，越喝越高……

她又看着手中的瓶子。

"对，一定要好好看看！"哈巴晃过来，摇摇摆摆地看着她，"你很喜欢陌生又神奇的东西，是不是？哈，我还有很多这样的东西藏在塔楼里！那些东西都很让人高兴！你明天可以看看！"

　　阿丝米拉尽了最大努力才没有因为他呼出的酒气而退缩。她微笑着说："你的杯子空了，请让我再给你倒点儿酒吧。"

BARTIMAEUS

巴谛魔

✦

所罗门之戒

CHAPTER 23

你被禁闭在一个瓶子里的时候，经过的岁月是多么缓慢多么痛苦啊！我不会向任何人推荐这种经历 [1]。

灵髓的影响是最糟糕的。每次我们被召唤到地球上，我们的灵髓都会消失一点，不过如果我们不是待太久，而且有许多次架可打、有追逐、有讽刺的文字游戏玩，我们还可以不受疼痛影响，等回家再康复。这在持续时间很长的监禁咒中就不可能了。当你被限制在一两个平方英尺之内的时候，打架和追逐的机会就稍微有点儿限制了。而且讽刺是个多人在一起才能好好享受的活动，那你就只好无所事事了，只能漂浮着，思考、倾听你的灵髓逐渐枯萎的轻柔声音，凄惨地一缕

---

[1] 人类不经常忍受这种侮辱，我知道，但这确实发生过。我曾经为之工作过的一个魔法师有一次在地震中被困在自己的塔楼里，要我救他。不幸的是，他的原话说的是："保护 xxii 我！"一个软木塞，一个大瓶子，一缸子腌料，然后——嘿！工作完成。

接一缕。让事情变得更糟的是，监禁咒本身有把囚禁的过程变成无限长的功能，所以你连求死的尊严都不能。哈巴早就给我选择好了：这是最适合仇敌的惩罚。

我被水晶球和外界彻底阻断了。不知道时间，也没有声音传进来。有时候光影沿着牢狱的边界移动，但融入水晶中的强力禁锢咒语模糊了我的视线，我不太能分得清形状 [2]。

更让我不舒服的是，这个古代的瓶子本来里面就有一种油腻腻的东西，可能是某个死去很久的埃及姑娘用的头油。里面不仅残留有微弱的香味（我觉得是红木味，还带有一点青柠味），而且还滑得要命。由于多种原因，我累的时候会变成圣甲虫或其他小昆虫，跗爪就不停在身下打滑。

因此，大多数时候，我都保持本质的形态，安静地浮着、漂动，思考着高贵和稍微有些忧郁的想法，偶尔在玻璃内壁胡乱涂鸦。有时候我的思绪会转到过去的点滴。我想到法奎尔和他对我力量的轻蔑评价。我想起了那个姑娘，赛蕾妮，她几乎争取到我的自由了。我想到了邪恶的哈巴——现在，随着时间无情地流逝，可能已经变成了一堆白骨——而他讨厌的助手阿美特，可能仍然在这个倒霉的世界上的什么地方为恶。当然，我最经常想到的是远方平静又美丽的家，以及对什么时候才能回去的疑问。

然后，在过了不知多少个年头之后，在我已经彻底放弃希望的时候……

瓶子碎了。

一开始和往常一样，我那小小的圆顶监狱紧紧地封着。接着，瓶壁碎裂成无数水晶碎片落到我身上，旋转、发光，随之带来一阵潮水般的声音和空气。

随着瓶子的破裂，阿美特的咒语也不存在了。先断裂，再爆裂成碎片。

我感觉自己被遣散了。

一阵轻微的颤动拂过我的灵髓。随着轰然而来的喜悦，立刻忘记了所有的疼痛和折磨。我完全没有停留。像云雀一般飞离地球，越来越快，穿越已经敞开接

---

[2] 用瓶子装妖精不需要那么强力的束缚，而且装他们的玻璃瓶一般都是透明的。可悲的是他们天生下流，于是总是弄出数不清的丑样子吓退过路人。不必说我自然不会屈尊做这种事。如果看不到反应就一点都好玩了。

纳我的元素墙，一头扎进家中那甜蜜的无限世界中。

异世界包围住我。我被它拥抱着，让我融入其中，再次合成一体。我的灵髓为自己的自由和舒展而振动，唱着歌，跨越无边无际。我开始无休无止地旋转舞蹈……

然后定住了。

瞬间，我的喜悦向前冲，而我突然被向相反的方向拉。我就悬在那里，毫无动作。我才来得及警觉起来……

然后我被扭转过来，从无限中剥离，拖回时间走廊上，回到离开的时间点。这发生得太快了，我几乎和自己撞个满怀。

我像是黄金雨一样从一堵无休止的墙上纷纷掉落。

我向内漏进一个点，然后着地。

我环视四周。这个点是在画在黑中带红布料上的一个五芒星中。附近，在漆黑的阴影中，柔软的窗帘像蜘蛛网一般垂挂着，压在房间四周。空气中有浓厚的燃烧乳香的味道。中间是大理石地面，对面的淡红色烛光像是记忆中的一滴血。

我回到地球上了。

我回到地球上了！困惑、对迷失的震惊混合着又重新开始的疼痛。我愤怒地号叫一声，在圈子中间站起来，变成了一个红皮肤的魔鬼，修长、灵活、渴望复仇。我的眼睛是金色炽热的球体，细长带刺的瞳孔来回扫射。在当鼻子用的一团卷曲的软骨下面，是一张咧开怒吼、獠牙密布的嘴 [3]。

恶魔弯下腰，四下探寻。它扫视自己站着的那块布，看见几块把布料压在地上的玉雕。它看见一盏闪烁的油灯、几支白色的蜡烛、放在远处瓦片上的烧乳香的壶。它看见一个红棕色的皮包，敞开放在柔软的躺椅上。它看见一个翻倒的底座、一个破碎的瓶子，看见散落一地的水晶碎片……

它在另外一块布上看见了第二个五芒星。在五芒星里站着——

"乌鲁克的巴谛魔，"阿拉伯女孩吟咏道，"我以纳卡拉 xxiii 的绳索和马力

---

[3] 其实我用的是一个牛头人的的鲜活化身，这是乌图库之中一个不怎么文明的亚种，在某些古苏美尔城市里用来充当刽子手、守墓人和临时保姆，等等。

卜的镣铐这两种最痛苦和可怕之物将你绑定，从今开始听从我的命令，否则立刻遭受痛苦、被烈焰毁灭。固定站在你应站的位置上直到我让你离开，然后快速并真心实意出发去执行任务，不可偏差或延误，并按照我指定的精确时间和地点回来……"

她又说了很多，全都是古式的用法，啰唆冗长不说，而且还是用阿拉伯南部别别扭扭的方言说的，很难听懂。不过我也算是阅历丰富，明白了其中的要点。

我承认我很震惊，也承认我很迷惑。但我就在五芒星里，而且那些个古老的规则立刻就生效了。不管是谁召唤我，不管之前做过些什么，都冒了很大的风险。这个姑娘现在也不安全。

她说绑定用语的时候有点恍惚，站得非常僵硬，随着努力召唤稍微有点儿晃悠。她的小拳头紧握，胳膊一动不动，像是被拴在了身边。她闭着眼睛，有节奏且精准地背诵着很快就能束缚住我的封印用词和锁定用语。

红皮肤的恶魔慢慢向圈子前方移动，爪子挠着脚下的布。我金色的眼睛在蜡烛的烟雾中闪闪发光。我等待着有错误或是犹豫，我可以像咬断芹菜一样咬断束缚，然后任意处置她的身体。

"差不多了。"我提醒道，"现在可别把事情搞砸了。稳住……这里有点儿难。而你非常、非常累了……太累了，我就快能尝到你了。"我在黑暗中猛地一咬牙。

她脸色苍白，比山上的雪还要白。但她没有犯错，也没有犹豫 [4]。

我很快就感觉到束缚变强了。我已涌上的饥饿感松懈下来，一下子坐在圈子里。

女孩说完了。她用袍袖擦擦脸上的汗。

她看着我。

房间里一片沉默。

"你觉得，"我说，"自己在做什么？"

---

[4] 不过快了。你立刻就能看出来她并不熟练。她每一个音节都很准确，仿佛在参加演讲比赛。最后我感觉像拿了一块上面写着"6"的打分牌。相比而言，顶尖魔法师很随意就进行多次召唤，一边剪指甲或吃早餐，也不会发错音。

"我刚刚救了你。"她还是有点气喘吁吁,声音微弱。她朝地上的水晶碎片点点头,"我把你弄出来的。"

红皮肤恶魔缓缓点头:"是你救的。是你救的……但只有这样你才能几秒钟之内就再度奴役我!"乌青色的火焰从我脚下的布上迸发出来,向上包裹住我愤怒的形体。"你不记得,"我吼道,"很久之前我是怎么救了你可怜的小命吗?"

"很久之——什么?"

我眼中冒出火来,烧着的硫黄碎屑在我闪亮的皮肤上摇曳。"你能想象我忍受的疼痛和折磨吗?"我叫道,"陷在那个小小的令人窒息的牢狱里无穷无尽的年月,在太阳和月亮的循环里缓慢轮回?而现在,我才放出来你就又召唤我,甚至还没有……"我犹豫,才注意到那姑娘正用一只精致的小脚在她站的布上轻踏着,"话说回来,我被困在里面多久?"

"几个小时。现在才过午夜。我昨天下午还跟你说过话。"

红皮肤的恶魔瞪着眼,火焰熄灭了:"昨天下午?才过一天?"

"噢,你以为有多少天?是啊,昨天才刚过。看看我。我还穿着一样的衣服。"

"对……"我清清嗓子,"在那里头想跟上节奏有点儿难——唉,我说过的,太残忍了。"我的声音再度提高,"我不在乎又被人召唤——你还是任何人!如果你知道什么对你有好处,就让我走。"

"那我做不到。"

"你最好做到,"我吼道,"总之你是留不了我多长时间的。你明显就是个新手。"

这姑娘眼睛冒光,虽然没有火冒出来,不过也差不多了。

"要知道,乌尔卡的巴谛魔。"她喊道,"在我那里我是马力卜神庙第十八位成就最高的新人。要知道是我召唤了恶魔祖法拉,用绳索抽打她,迫使她一夜之间在哈马挖成了水库!也要知道我曾经随心控制十二打恶魔,还把其中九打打入深坑!"她把一缕头发拨回额后,然后冷酷地一笑,"最后你需要知道的是,我现在是你的主人。"

红皮肤的恶魔欢快得嘎嘎直笑。"不错,"我说,"这三项都没用。第一点,'马力卜神庙第十八名'对我来说一点意义都没有。我只知道意思是你有刷厕所的资格。"女孩愤怒地尖叫,但我无视。"第二点,"我继续说,"是你的语气。你想要让人敬畏、害怕是吗?抱歉。听起来就像是吓坏了又便秘。第三点,明显就是胡说八道!你不过是没打磕巴完成了初令[5]。你那么犹豫,我以为你会立刻把自己给束缚起来呢。面对现实吧,全都是吹牛。"

女孩的鼻子发白,皱了起来:"不是的!"

"就是。"

"不是!"

"声音再高一点,你就会把那边那个不错的花瓶给震碎了。"我抱着有鳞的胳膊,凶猛地瞪着她,"还有,顺便说一句,你刚刚又一次证明了我的观点。你以为会有多少真正的魔法师会这么蛮横地吵嘴架?他们会用恶咒打我,而且现在已经打完了。"

女孩盯着我,脸色发青。

"你都不知道什么是恶咒吧?"我边说边咧嘴笑。

她使劲喘气:"不知道,不过我倒是知道这个。"她握住脖子上挂的太阳形银片,低声说了一句话。她这次也只是勉强完成,这种抵御咒[6]是篱笆女巫用来训诫淘气的妖精的。虽说如此,一个黑色的物质在空中汹涌而来,呼啸着向我的圈子冲来。

我抬起一只手挡开攻击,同时叫出她的名字:"赛蕾妮[7]!"

黑色尖锐的力量直接穿透我抬起的手,像是呼啸的别针风暴一样冲刷我的灵

---

[5] 初令:最迟从埃里都的时代开始,所有的召唤都使用传统说法。通常说的是:"以圈子、五芒星的顶点和符号链为约束,知晓我是你的主人。你要服从我的意愿。"

[6] 抵御咒:一种简短的咒语,可以把魔灵本身的力量反弹回去。受过训练的魔法师使用的高阶抵御咒,包括彻底陷落咒和刺激界限咒这种野蛮的咒语。这些会对巨灵造成真正的损害。低阶的咒语,比如这姑娘知道的这些,差不多只相当于在屁股上快速打一巴掌,复杂程度也差不多。

[7] 知道某人出生时的名字可以让你抵消很多魔法攻击。这里就不细说了。

髓。

然后消失了。我厌恶地打量着身上的孔洞："赛蕾妮不是你的真名，对吗？"

"对。谁会傻到那么容易就交出真名啊——巴谛魔？"

还算不错。"就算这样。"我说，"作为惩罚，这也太差劲了吧。你也就是刚刚能说对的程度。继续，再来一个，我谅你不敢。"

"不用了。"女孩拉开外袍，露出大腿上的三把银匕首。"再惹我生气，"她说，"我就用这个把你穿起来。"

她可能真的会做。我困在圈子里，知道能躲过的机会有限。但我还是耸耸肩。"我最终证明，"我说，"你是某个刺客，完全不是魔法师。而如果你打算跟我共事，就得当魔法师。"我的牙齿在阴影中闪着光，"我杀了上一任主人，你知道吧。"

"什么——哈巴？把你困在瓶子里的那个吗？"女孩粗鲁地哼了一声，"我把他醉醺醺地扔在楼下的时候他似乎活得好好的呢。"

"好吧。"我吼道，"我上一任主人不是说他。不过没什么区别。统计一下的话，其中百分之四十六都死了——"我突然停住，"等等。魔法师哈巴在楼下？我们到底在哪里？"

"所罗门王的宫里。你没认出来吗？我以为你很熟悉这座王宫呢，所以我才放你出来。"

"噢，我不可能认识每一间卧室吧？"就在此时红皮肤的恶魔突然不动了，感觉到一种不愉快的惊恐，毛骨悚然，和现在的情形一样让人讨厌，而且很快就会变得更糟。

我冷冷地、坚定地瞪着她。她也瞪回来，目光和我一样冷。"我就礼貌地说一遍。"我说，"谢谢你把我放出牢狱。你欠我的账抵销了。现在——说遣散咒，让我走。"

"我有没有绑定你，巴谛魔？"

"暂时是有。"我用脚趾上的爪子戳着布料，"但我会找到漏洞的。用不了多久。"

"好吧，那你找的同时，"女孩说，"你就同意是在为我服务。也就是说按我说的做，不然就要承受凄凉之焰。你会发现，那也用不了多久。"

"哦，当然，你知道那条咒语么。"

"你试试啊。"

而现在，我显然是处于两难境地，因为我拿不准。她有可能不知道那条咒语——这是所有魔法师最后的安全防线——但同样她也可能知道。要是她知道，而我又违背她，那我可真的要好好小心了。

我换了话题："哈巴为什么要把瓶子给你？"

"他没给。"她说，"我偷的。"

这就是了。按我的预测，事情已经变糟了。主要（一想到魔法师的地下室我就一哆嗦）是这个女孩要糟了。

"你真傻。"我说，"偷他的东西可真不是什么好主意。"

"哈巴无关紧要。"她脸色仍然苍白，但已经回归镇静，而她眼中的光彩我一点儿也不喜欢。她眼睛发着光，而且，是一种狂热分子的光芒 [8]。"哈巴什么都不是，"她说，"别管他。你和我要关注更大的事情。"

而现在，我的不安变成了由恐惧打成的冰冷、坚硬的结，因为我回想起了在山谷里和这个女孩的对话，和她所有关于禁忌事情的问题。"听我说，"我说，"在你说出让我们俩都后悔的事情之前，想想你在哪里。我们周围的界层里有不少大魔灵光环的扰动。虽然你感觉不到，但我能感觉到他们，他们发出的回音震耳欲聋。如果你想要召唤一个，那就去吧，但要找一个遥远的地方，我们还有机会能活得长一点儿。偷魔法师的东西已经让人皱眉了，而且你还私下召唤。这些

---

[8] 狂热分子：狂暴的人对世上的工作有一种无可救药的确信——当世界格格不入时，这种确信就会导致暴力。所罗门之后几百年，我个人最喜欢的是高柱修士，他们是困苦的禁欲主义者，很多年就坐在沙漠里的柱子顶上。除了气味难闻之外，却完全不暴力。他们召唤巨灵来诱惑自己，以消磨时间，还能更好地证明他们的禁欲和信仰。个人来说我没有诱惑他们。我挠他们的痒，直到他们掉下去。

事情正好是最不该在所罗门家和他家附近做的 [9]。"

"巴谛魔，"女孩一边说一边把一只手放在皮带上的其中一把匕首上，"别说了。"

我住嘴，等待。等待最坏的事。

"今晚，"女孩继续说，"你要帮我完成一项我从千里之外公正的示巴国园林中带来的任务。"

"示巴？等等，你的意思是说希米耶尔什么的也不是真的？老实说，你可真是爱撒谎。"

"今晚，你要帮我拯救我的国家，不成功，我们两个就都得死。"

于是我的最后一丝希望，希望她要我做的是把卧室的颜色变得和谐这种事情，也砰的一声消失了。真是可怜。我本来可以用些绸缎做出神奇的效果来。

"今晚，你要帮我做两件事。"

"两件事……"我说，"很好，是什么？"

她是有多疯啊？她到底是在哪里掉进了疯狂的泥潭？

"杀了所罗门王，"女孩欢快地说，"拿走戒指。"她对我微笑。她明亮的眼睛闪着光。

最后，就死在这里吧。

---

[9] 宫里的其他禁忌活动包括：打架、吃掉仆人、在走廊里跑、诅咒、在后宫墙上画粗俗的小人、导致讨厌的气味进入厨房以及往内饰上吐口水。这些都是我被要求遵守的，除此之外可能还有其他的。

ASMIRA

阿丝米拉

✳

所罗门之戒

CHAPTER 24

阿丝米拉泄露秘密之后，本来以为这巨灵会说点儿什么——到目前为止他一直都不缺评论。但这次他深深地沉默，他逐渐变小的身体轮廓外的小火苗突然就熄灭了。

他还是像块石头一样站着，和另一个人一样沉默——但他的沉默反映来的却是完全的狂暴。房间里像是充满了毒云，那么强烈地压在她身上，她的膝盖都开始打弯了。她无意识地在自己所站的布上退了一步。

她闭上眼睛，慢慢深吸一口气。冷静。她必须保持冷静。巴谛魔虽然又威胁又抗议，但现在已经属于她了。他无可选择只能服从。

只有冷静、几乎想都不想地迅速行动，在前半小时里才让阿丝米拉活了下来。如果她住手转而评估自己正在做的事——从一位强大的魔法师手里抢东西，头一次尝试召唤比自己强很多的恶魔——她就会被恐惧压倒，她就会畏缩且难逃一死。但凭借本能的聪明才智，她极其专心地完成了每一个步骤，着重实践，不想可能的后果。

最艰难的部分，其实早就预见到了，就在宴会桌上无穷无尽地等待时以及和哈巴还有其他高级魔法师喝到不省人事时就知道了。表面上阿丝米拉微笑地坐着，为他们说的笑话开怀大笑，还抿着酒。内心里她处在极端焦灼的状态下，无时无刻不想逃离，或是把水晶瓶子放到埃及人拿不到的地方去。她微笑的背后其实渴望尖叫。但终于，哈巴的脑袋耷拉下来了，眼皮也闭上了，她立刻准备就绪。从他眼前拿过瓶子，在飞行的巨灵士兵底下走出大厅，匆匆回到自己的房间。然后她从包里拿出布料和蜡烛，有条不紊地准备，打碎瓶子，进行召唤。所有这些她都没有一丝犹豫。

符咒本身就差点儿要了她的命。阿丝米拉从前召唤过小巨灵，用的是同样的方法，但她没想到巴谛魔有多大力量。在努力完成符咒时，就算闭上眼睛，都能感觉到他的力量挤压着她的魔法圈，她知道一个简单的错误就会迅速榨干她的力气。但示巴的命运就依靠她的生命，而且她的这种认知依旧非常强。虽然疲倦，虽然她已经几个月没有进行过召唤，虽然巨灵的怒火把她压倒，但阿丝米拉把恐惧从脑中赶出，把他绑定为自己服务。

而现在就剩下把咒语说出来了。

她清清嗓子，把目光盯在恶魔的身形之上。和昨天那个可爱的伪装差别也太大了！但一样吓人，它可能习惯这样吧。

"巴谛魔，"她哑着嗓子说，"我命令你现在和我一起出发，不得犹豫或耽搁，把我安全带到所罗门王面前，让我结束他的生命并拿走他的戒指（为了避免歧义，这里指的是那个具有无与伦比力量的护身符，而非他的其他不太重要的戒指），然后协助我带着戒指逃到一个安全的地方。都说清楚了吗？"

那家伙什么都没说。他周身笼罩着一层烟雾，黑暗、冰冷。

阿丝米拉哆嗦了一下，一阵冷风似乎吹过她的脖子，她回头看了一眼房门，但一切如常。

"我还命令，"她继续说，"如果杀不了所罗门，或者我被捕，或和你分开，你首先必须偷走并毁掉戒指，如果这样不可能实现，那就把它永远藏起来，不被所有人看见且不被所有人知道。"她深吸一口气，"我再说一遍，清楚了吗？"

巨灵没有动，虽然他黄色眼睛中的火焰似乎逐渐熄灭了。

"巴谛魔，清楚了吗？"

瘦长的身体略微动了一下："自取灭亡。不可能完成。"

"你是经验丰富的古老魔灵。你是这么告诉我的。"

"偷戒指？"声音非常柔和，"杀所罗门？不行，这是自杀。我可能会大骂哈巴或是在银水里洗个澡。我可能会先把自己的脚吃掉，或者把脑袋放在一头蹲着的大象屁股底下。至少这些个项目还可以娱乐观众。而你让我去送死。"

"我自己也冒险啊。"

"啊，对。最糟的就是这点。"红皮肤的恶魔终于动了。他似乎缩小了一点，鲜艳的颜色也消退了。他半转过身，好像感觉到冷一样抱着自己。"你不在乎死。"他说，"而且，你几乎是想死。如果你对自己都是这种感觉，那你的奴隶也没什么指望了，是不是？"

"我们没有时间辩论了，巴谛魔。有比你和我的生命更重要的事情需要去冒险。"

"更重要的事情？"恶魔虚伪地轻笑，"哦，我想知道是什么。你知道吗，"他打断正要说话的阿丝米拉，自己继续说，"普通的魔法师除了财富和腰围就再不关心其他事情了。但他们确实有很强的自我保护意识：他们比我还不喜欢想到死。所以他们派我去执行任务，也很少有自杀式的。危险，没错——但总要预计风险。因为他们知道一旦我失败了，可能会有意想不到的结果影响到他们身上。可你呢？"恶魔重重地叹了口气，"不，我知道迟早有一天我会遇见你这种人。我知道而且还害怕。因为你是个狂热分子，对吗？你年轻漂亮但没有头脑，而且你不在乎。"

阿丝米拉眼前闪过一幅画面：近两周之前，马力卜正在燃烧的塔。人链取水。尸体被带到街上。愤怒的泪水模糊了她的视线。"你这个肮脏、自私、恶毒的小……妖精！"她咆哮道，"你根本不知道我有多在乎！你根本不知道我为什么要这么做！"

"你觉得我不知道？"恶魔伸出三只骨节突出有爪子的手指，灵活地盘算着，"三个猜测。你的王。你的国家。你的信仰。至少有两个，没准儿三个都占。嗯？跟我说我错了。"

阿丝米拉知道巨灵是故意在挑衅她，也知道自己应该无视。但愤怒和疲倦让她敏感。"我在这里是出于对我们女王的爱，"她说，"还有对示巴的爱，那是太阳底下最公正的国家。这是至高无上的荣誉——像你这种没有灵魂的家伙根本不会明白。"

恶魔咧嘴一笑，露出弯曲、交叉、尖锐的白牙。"那好吧，"他说，"我肯定是没有灵魂，因为你说的这些废话让我发冷。"他的身形突然变了，连续变化成了头发蓬乱的大眼睛年轻人、高个的、矮个的、英俊的、普通的，肤色也是各国不同的肤色。最后变成了她记忆中山谷里的黑发、俊美的样子，但这回没有翅膀，面容冷峻。"你不需要巨灵来做这项工作。"年轻人说，"年轻人最适合为了空洞的概念而献身。回示巴去找找你自己的同类吧。"

"我说的不是空洞的概念，恶魔！"阿丝米拉叫道，"所罗门王是我不共戴天的仇人！你知道什么？你从来没有在示巴的园林中走过，那里茉莉、肉桂和决明子的芳香直达天际。你从来没见过示巴波澜起伏的蓝色香料树林，还有马力卜雪花石膏的城墙，在鲜艳的绿色田园中闪耀。除非我行动，不然这些都难逃一劫！如果不能阻止所罗门，很快他就会转动该死的戒指，叫出很多和你一样卑鄙的恶魔。他们会飞过沙漠降落在我的国家。他们会把城市夷为平地，毁掉庄稼，把哭号的人们赶进沙漠。我不能让这种事发生！"

年轻人耸耸肩。"我明白你的痛苦，我真的明白。"他说，"但痛苦什么也改变不了。这么说示巴有不少漂亮的植物和建筑，对吗？哦，乌鲁克也有，而乌鲁克被巴比伦人一念之间就毁灭了。孩子玩耍的喷泉被砸碎，水流进地里。城墙断裂，塔楼倒塌，花园被烧，遗迹被沙子给淹没。五十年，遗址就消失了。就是这样，这些都发生在你们这个不愉快的小世界里。现在轮到示巴了，迟早有一天也会轮到耶路撒冷的。眼光放长远一点儿，像我一样，知足吧。不然，你就去送死吧，只是别把我卷进去。这种争端跟我无关。"

"但是，"阿丝米拉恶毒地说，"现在我已经召唤了你。"

"那就召唤别人！"巨灵的声音变得急促起来，"为什么选我？根本就连一个好理由都没有。"

"你说得对。没有一个，但有很多。你认识所罗门的王宫，知道平面图和路径，知道守卫的名字和性格。你是个强大的魔灵，而且你在几个小时之前蠢得告诉了我名字。这些如何？"

"哦，真是简明。"巨灵吼道，眼睛中杏仁形的裂缝冒出火焰，"尤其是名字那条。原来你和哈巴争取要放我走……你早就计划好了，是不是？你知道了我的名字，而且要我自由为你所用！"

阿丝米拉摇摇头："不是的。"

"不是？法奎尔说得对。你就是个骗子。有机会的时候我就该杀了你。"

"我本打算自己完成任务的，"阿丝米拉叫道，"但我没有时间了。我接近不了所罗门。除了朝会，谁也见不到他。还有两天示巴就要毁灭了！我需要帮助，巴谛魔，我现在就需要。那个臭魔法师给我看他怎么对付你之后，我就抓住了机会。是我放了你，别忘了！我已经帮了你一个忙！你就给我服务一次，然后我就放你走。"

"哦，就这一次？这次不可能完成的小任务？杀所罗门？偷戒指？你没听说过斐洛克里特——"

"听说过。"

"阿祖勒——"

"见过。"

"或者其他想要杀掉国王的笨蛋魔灵？"年轻人真诚地说，"听我说：哈巴有个魔王做奴隶——顺便提一下，就是他的影子——下次他折磨你的时候要小心这个魔王。几个小时之前我反抗过这个魔灵，我连一次机会都没有。他会拿我擦地板。如果他着凉了，会拿我当手绢。这才是一个魔王。而他跟戒指比，根本就什么都不是！"

"所以，"阿丝米拉说，"我们今晚要杀所罗门。现在——别再多说了。时间很短，我们有很多事要做。"

巨灵盯着她："你说完了？"

"是的，快行动。"

"很好。"几乎是瞬间年轻人走出了自己的圈外，踏进阿丝米拉的圈子。他突然就站在了她的身边。阿丝米拉叫着摸索自己的皮带，但巨灵更快，抓住了她在匕首附近的手。用力不大，指尖的触感微凉。但她挣脱不了。

年轻人低头靠近她。烛光在他看似和人类一样的皮肤上晃动，青柠和红木的芬芳气味在他身上停留。黑色的卷发之下，金色的眼睛冒着火光。他嘴唇微笑。"不用担心，"他说，"你知道如果我愿意，早就把你杀了。"

阿丝米拉徒劳无功地想要挣脱："离我远点儿。"

"哦，如果我要保你活命就得靠那么近。现在别害怕。给我看看你的手背。"

他举起她的手腕，简短地检查了一下皮肤，阿丝米拉愤怒地扭动。"你在做什么？"她问。

"就是找找有没有十字线条。过去几年有个杀手团体总惹麻烦。十字是他们的标记。不过我看你不是他们的人。"年轻人放开她的手，看她走开，大大地笑开了，"现在挥匕首有点儿晚了，是不是？我以为你很赶时间呢。"

阿丝米拉的声音很厚重："够了！带我去找所罗门。"

"我们都知道你迟早会出错，"巨灵说，"而且我们也都知道我会等着。"他转身，快速越过她走到门口，"而同时，我们前面有可爱的一小段路在等着。我们现在在哪儿？宾客区？"

"我觉得是。"

"哦，国王套房在宫对面。也就是说要穿过花园。花园里并没有太多守卫。"

"好。"阿丝米拉说。

"由于所有的火灵和瘟灵，牛头人和蝎人，持鞭人和窃皮人，火焰和大地的卫士以及吓人的死神，以及给所罗门王看家护院的所有种类的超自然奴隶都在寻找我们这样的傻瓜然后杀掉。"巴谛魔说，"所以，要到他的套房就要对那套房本身感兴趣。"他打开门，瞥了一眼过道中的阴影，"当然，之后，好戏才真正开始……噢，那套房附近十码之内不会有人能杀我们。这种激动不会持续很久，相信我，所以尽可能享受吧。"

他头也不回地走了出去。阿丝米拉跟着他。他们一起走进黑暗中。

BARTIMAEUS

巴谛魔

✦

所罗门之戒

CHAPTER 25

　　有一件事情。那示巴姑娘虽然疯狂，但有一点却是对的。我确实非常清楚在王宫里要怎么走。

　　举例来说，我比大多数人都熟悉通道里妖精灯的位置和花园里怪石的位置；我知道仙客来和柏树中间悬浮的魔法发光体高度变化的轨迹；我知道到哪里去找人类卫士；我知道每晚巡查的路线；我知道他们什么时候警觉，什么时候玩狗和豺的游戏 [1] 还偷尝大麦啤酒；我还知道到哪里去找躲在过道角落高处和石板裂缝阴影里埋伏的间谍和监视魔灵。我能从墙上帷幔的震动中，从地毯的微妙旋转

---

[1] 狗和豺：一种桌面游戏，通常用象牙小块玩，不过有时候底比斯的法老们会玩大规模的，让巨灵变成犬类的模样，在庭院大小的桌面上跳跃。落到地上的时候你得和对手扭打成一团，而且都是在一天中最热的时候进行，所以每个人都很快变得又黏又臭，而项圈还会弄得很痒。我所知道的并不一定都是真的，因为我绝对不参与这种丢脸的运动，这才是重点。

中，从风刮过瓦片的声音中侦测到他们。

所有这些危险，我可能都能预测到并躲过。

但杀掉所罗门并拿走戒指？啊，不。我连头绪都没有。

我面前只有两种简单的选择，而两个选项的结果都是相似的痛苦。如果我违背这女孩，凄凉之焰就等着我。这是必然的，我在她眼中看见了。虽然我万般小心，斟酌着争辩——就像是让一个强硬的军阀用弯刀来缝纫——她眼中的东西是那种呆滞僵化的人在自诩高尚的缘由和他们自己的性格（虽然价值不大）一起渐渐消失之后留下的。作为一个不论外在形象如何，性格始终那么迷人的存在，我总是发现这类事情很烦人：不知怎么着，一切都颠倒了。不过还是总结如下：这个女孩决定要牺牲自己——和更重要的我——什么都劝阻不了她。

也就是说，除非她哪里出毛病了，不然我就得努力执行她的命令，并且偷到戒指。

而这样下去，按我告诉她的，意味着我们会死得很惨，阿祖勒、斐洛克里特和其他人的例子已经证明得非常充分了。他们是比我难对付得多的魔灵，最后每个人都落了个可悲的下场，而所罗门还和从前一样扬扬得意、昂首阔步。他们失败而我成功的机会可不大。

不过，嘿，我还是乌鲁克的巴谛魔，我脚指甲里的足智多谋、奸诈狡猾 [2] 比那些一脑袋糨糊的火灵加起来都强。我才不会那么快就投降呢。

再说了，就算你要凄惨地死去，那也要死得有型有款。

夜晚的这个时间里，宾客区的走廊人迹罕至，除了一两个流窜的守卫妖精偶尔在楼层之间出现。我很容易就能吞掉他们，不过眼下还是悄悄行动比较好。只要我听到皮质翅膀拍打着靠近，就给那姑娘和我编一条微妙的隐藏咒网。我们一动不动地站在网线后面，等妖精们甩着吓人的角，一边争论魔法一边飘过去，等一切都平静之后，我撤销咒语，我们继续蹑手蹑脚前进。

我们轻轻沿着弯曲的走廊，走过无数道门……开始阶段这姑娘最好的地方就

[2] 更不用说还有没心没肺的乐观精神了。

是很安静，而我的意思是她什么也没说。她像很多受过训练的杀手一样，天生脚步很轻，动作利索，不过到现在为止她和困在树上的蠢驴一样羞涩又孤僻。思路清晰让她激动且喋喋不休，而现在我们正在做让她很高兴的事情，她在我身边倒有几分感激的沉默。我也很感激。能让我有片刻安静，想清楚我在干吗。

到所罗门的套房去我要面对的第一项工作就是躲过所有的陷阱和看守，大多数老练的旁观者会认为这不可能。我得承认自己也发现这很费劲。大约走了三层楼，两段台阶和一个拱形附属建筑那么远的距离，我才构思出一个计划 [3]。

我把那姑娘拉到一个拱门的阴影里，简单地说："好了，危险现在开始了。一旦过了这里我们就到了宫里的主要部分，什么事都有可能发生。这里晃荡的魔灵和我们刚刚遇到的那些微不足道的妖精大不相同——这里的更大更饥饿。为了防止事故，这里的魔灵是不允许进入宾客区的，你知道我的意思吧。所以，我们从现在开始要加倍小心。等我跟你说的时候要完全按我说的做，别问问题。相信我，你不会有时间的。"

女孩抿紧嘴唇："如果你觉得我会突然相信你，巴谛魔——"

"哦，你无论做什么，都别相信我。相信你的召唤：这会儿我负责保护你的安全，对吗？"我眯眼朝阴影里探头，"好了，我们要走一条快捷安静的近道去花园。之后——我们再看吧。跟紧我。"

我偷偷向前，轻若游丝，走过拱门，下了一段楼梯到了一座很长的大殿边上。所罗门在他的"巴比伦时期"建了这座大殿，墙壁是用有蓝釉的砖砌成，装饰着狮子和盘旋的龙。两边每隔一段距离就有一座凌空的基座，上面放着掠夺来的古代文明雕塑。照明来源于头顶上镶嵌的巨大金属火盆。我检查了一下各个界层——目前还什么都没有。

我蹑手蹑脚地沿着大殿走，瞪大眼睛在阴影里快速游移。我能听见女孩在我耳边的呼吸声，她脚下一丁点儿声音也没发出。

---

[3] 你能把"计划"定义为"由恐慌、迟疑和无知把明显不充分的观察和推测松散地串联在一起"吗？如果是这样，那可是个非常好的计划。

我短暂停顿了一下，身后立刻就被人撞上了。

"嗷！小心点！"

"你说'跟紧我'的。"

"什么，你是个搞笑的农民吗？你应该是刺客。"

"我不是刺客。我是世袭护卫。"

"世袭的傻瓜还差不多。躲到这个后面，我感觉什么东西来了。"

我们躲到最近的基座后面，紧缩在阴影中。女孩皱眉，她什么也没感觉到，但我感觉到了界层之间的回响。

界层之间抖得厉害。有东西进入了大殿另一头。

就在同一时间，无知的丫头还想要说话。我赶紧用一只手捂住她的嘴，使劲做手势让她安静。我们靠着石头缩成一团。

几个痛苦的心跳之后什么也没发生。女孩烦躁起来，她在我沉重的手下扭动起来。我没有说话，指指花砖墙，那上面有个巨大的影子慢慢过来，是个庞大的球形，四肢摇摆，尾部拖着一条细线一样的东西在颤动……然后女孩就安静了——甚至是僵硬。我像靠在墙上的扫帚一样支撑着她。我们一动不动地等着来客过去。它终于走了，四下一点儿声音也没有。

"那是什么？"我放开她的时候她压低声音说。

"根据界层弯曲的形式，"我说，"我猜是个魔王。哈巴的仆人就是这一类的。一般挺少见的，不过有所罗门的戒指存在的地方就是这样，就连更高级的存在都变得不值一钱 [4]。你庆幸我刚刚没让你说话吗？"

女孩哆嗦了一下："我只是庆幸没有直接看到这东西。"

"哦，如果你看见了，"我说，"你也会以为就是个可爱的蓝眼睛奴隶小男孩溜达过大殿。等它的长矛尾巴戳穿了你的喉咙，你还会为了他的卷发和胖乎乎的脸蛋而笑呢。好了，没时间做欢乐的白日梦了。我们最好——等等……"

---

[4] 一点儿没错，那个时候耶路撒冷的魔灵奴隶都严重贬值。在一般地区巨灵就差不多到头了，所有人都给予适当的敬畏和尊敬。但多亏了戒指，把顶级的魔法师都吸引到它的范围之内了，这样你随便向后扔块石头就肯定能打到一个火灵的膝盖。结果就是像我这样老实的存在就被推到了排序的底层，和魔精、妖精以及其他讨厌的东西放在一起。

在大殿中部的侧拱门里，有一点灯火在飘荡。一个穿白袍的小小身影走了进来，稍微有点儿跛。肩头还悬着一朵没什么形状的云。

"回去！"我把我们两人又推回基座后面。

"又怎么了？"女孩低声说，"我以为这是一条安静的近路呢。"

"一般情况下是的。但今晚就像是底比斯的集市。这是所罗门的大臣。"

"海勒姆？"她皱眉，"他有只老鼠——"

"在高级界层里那可不是老鼠，你要相信我。有那东西蹲在身上，怪不得他有点儿瘸呢。别动。"

海勒姆不像魔王，脚步声大得完全能听见，一开始他们的出现就明显与礼貌规矩相距甚远。然后，我同时听到了老鼠警戒的叫声和脚步声。那脚步声轻柔、湿乎乎的，一会儿之后，一股臭鸡蛋味飘扬在大殿上。

我知道那是怎么回事。是魔精格则里。

"嗯？"海勒姆的声音很清楚，他离我们站的地方肯定只有二十步远，"你要怎样，奴才？"

"就小聊一下，伟大的海勒姆啊，"格则里说，而他的腔调完全和语句中的尊敬相反，"我的主人，高贵的哈巴，刚刚有点儿不舒服。"

"晚饭的时候我看见他了。"海勒姆的厌恶非常明显，"他喝醉了。"

"对，嗯，他现在醒过来了，他丢了东西，那个小瓶子，不知道放哪里了，找不到了。可能掉到桌子底下去了，可能和其他垃圾一起被清走了。我们已经找了一圈，但都找不到。非常诡异。"

海勒姆哼了一声："他给所罗门的礼物？跟我没关系。我以为，作为他的奴隶，你或者那个讨厌的影子会盯好它呢。"

"哦，不，我们在他的塔里清理烂垃圾——哦，这不重要。听我说，"——格则里漠不关心地说，我能想象他坐在云里，用一只爪子随意晃动着尾巴的样子——"您没有看见那个阿拉伯姑娘吧？"

"赛蕾妮女祭司？她应该已经回房间了。"

"对。那您不介意告诉我是哪间房间吧？您看，哈巴想知道——"

"其实，我真的介意。"海勒姆的脚步声突然间又响起来了，他现在从格则里身边走开了，一边回头一边说话，"让哈巴早上再整理自己的烂摊子吧。他现在不能去打扰任何一位客人。"

"但是您看，我们想——"随后是魔法师小声咕哝的一个词，老鼠胜利的叫声和格则里的尖叫咒骂声。"嗷！"他叫道，"快弄走！好了，好了，我走！"然后就是绝对不会错认的紫云爆炸声。魔法师啪啪的脚步声慢慢沿着大殿走远了。

我怒视女孩："那用不了多长时间。哈巴很快就会追来。我们得赶紧，在他发现你在哪儿之前被其他东西杀掉。"

让我松口气的是再没有其他恶魔杂碎到这座巴比伦大殿来闲逛了，我们顺利走到了大殿尽头。之后就简单了，低头穿过赫梯屋，转弯穿过苏美尔配殿，在凯尔特橱 [5] 旁边向左转，过一个小拱门，穿过花园南侧的走廊，之后就是蜿蜒曲折的埃及大殿。

"好。"我喘了口气，"我们现在暂停，侦察一下。这里你看见什么了？"

走廊之外的夜色深沉、漆黑，很有隐蔽性。空气清透，微风继续带来东边沙漠的温暖。我扫视了一遍星星：根据大角星的亮度和奥西里斯的盈亏，到黎明之前我们还有四五个小时。

花园从我们这里向南北两面延伸。漆黑一片，只有从宫殿的窗户中射出的长方形光线歪歪斜斜地投在灌木、雕塑、喷泉、棕榈树和夹竹桃花上。北边看不见多远距离外，竖立着国王塔楼的黑色墙壁，旁边就是后宫，但独立于王宫的主区域之外。南边有很多公共大厅，包括觐见室、所罗门的人类仆人居住和工作的地方，还有——离其他建筑稍微有点距离——他的金库，全都是金子。

女孩已经全部看了一遍："这就是花园？看起来相当平静。"

"这显示出你知道多少。"我说，"你们人类真没用，对不？一切都摆在眼

---

[5] 凯尔特橱：是一个小柜子，里面存放着从不列颠群岛带回来的几罐子干蓟蓝和一根已经磨损的草质琴弦。所罗门的巨灵在世界上的各个角落中行走，搜寻能刺激他胃口的文化奇珍。有些旅途带来的收益就比其他线路要好。

前呢。看见那座被杜鹃盖住的雕塑了吗？那是个火灵。要是你能分辨出高点的界层，就能看见了——哦，你可能也看不出他是干什么的。他是个值夜班的队长。官里这部分的哨兵都会定时向他报告，其他哨兵也互相观察对方，以防有什么意外。我能看见五——不，六个——巨灵藏在灌木丛里或是飘在树木中间，还有像小萤火虫一样的东西，我不喜欢这种样子。中央那条走道的中间有一道绊脚线，能引发某些讨厌的东西，而上空有一个巨大穹顶在第五界层里笼罩花园，有任何的魔灵飞越就会触发警报。所以，好好记着，官里的这个地方是被封锁的。"

"我会记住你的话的。"女孩说，"我们要怎么过去？"

"我们不过去。"我说，"还没到时候。我们得把他们引开。我估计能做到，不过首先，我有个问题问你：为什么？"

"什么为什么？"

"我们为什么要做这些？我们为什么必须要去死？"

女孩面露怒容。再想想吧！这有多让她操心。"我跟你说过了。所罗门威胁示巴。"

"具体是什么方式？"

"他要我们的乳香！非常巨额的岁贡！如果我们不给，他就要毁灭我们！他是这么告诉我们的女王的。"

"他亲自说的，是吗？"

"不是，他派了信使。这有区别吗？"

"可能没有。那就付岁贡呗。"

就好像我让她去亲吻僵尸一样。愤怒、怀疑和厌恶争相出现在她呆呆的脸上。"我的女王绝对不会这么做这种事情的。"她低声说，"这是损害她荣誉的罪行！"

"是——啊。"我说，"于是我们就要去死。"

有那么一瞬间你能感觉到气氛的紧张，随后她的表情变得坚硬而空白，"我服待我的女王，母亲如此，外祖母也是，还有在她们之前的祖先们。如此而已。我们现在在浪费时间。我们走。"

"你别走，"我简单地说，"你还得在这里躲一会儿，我离开的时候不要跟任何奇怪的妖精说话。抱歉——没得争！"她激愤地想要问问题或是下命令，"我们越磨蹭，哈巴就会越快抓住我们。他的魔王阿美特可能已经开始追踪你的光环了。我们需要给你找个合适的藏身地……啊哈！"

"啊哈"是因为我注意到了走廊窗户外的一个浓密的玫瑰丛。枝繁叶茂，几朵稍微有点儿蔫的粉红花朵，还有大团多刺的花茎。总之，我觉得这里完全符合我们的目的。姑娘快速一抓、一吊再一荡，扑通落在最浓密、刺最多的地方。

我满怀希望地听着……连短促的叫声也没有。她训练得可真好。

把她安全解决掉之后，我变成一只毫不起眼的棕色小蟋蟀，沿着花园边缘飞，保持在花丛中低飞。

你可能已经注意我之前发火丧气之后，平常的热情已经恢复不少了。事实是，我已经被一种古怪的、天生注定的愉悦心情给占领。我现在正在尝试的这件极其重大又极其愚蠢的事正开始发挥其感染力。好吧，虽然还是注定要死，但那倒不是很重要了，考虑到我在这方面没得选择，所以我发现自己还是宁可挑战一下夜间的工作。智取满王宫的魔灵？毁灭最有名的魔法师之后活下来？偷最强力的物品？这些比起耗费时间在用大网兜扛当地的洋蓟或是在讨厌的埃及人面前卑躬屈膝，都更值得传说中乌鲁克的巴谛魔一做。我很想知道如果法奎尔现在看见我会说什么。

说到主人，那阿拉伯女孩可能固执、单纯也没什么幽默感，不过我除了在召唤的时候对她的无礼感到愤怒之外，并没有完全看不起她。她个人的勇气无须证明，而且，她还准备连我和她一起牺牲掉。

毫不起眼的蟋蟀沿着花园边朝南去了，这是国王套房的相反方向。我一边走，一边把我能发现的所有哨兵一一定位，记住他们的大小、种类和光环的震动[6]。多数都是中等能力的巨灵，虽然比花园北部要少，但数量还是够多的。

不过我感觉还是有可以把他们弄少点儿的余地。

---

[6] 因为我们大多数都能转换各种不同的外形，所以快速评估我们亲戚力量最可靠的办法就是通过我们的光环，光环的盈亏（主要是亏）伴随我们在地球上的始终。

　　我对所罗门的金库旁边不远处一块隔离出来的小花园特别感兴趣：你能看见金库的房顶正好在树木后面高出来。没过多久我挑中了一个站着的巨灵，他独自一个人站在所罗门的一件古董旁边，那是一个固定在草地上的大块石料。

　　更让我高兴的是我认出了这个候选的巨灵。不是别人，正是巴斯克，几个星期前，就是这个斤斤计较的傲慢家伙骂我带着洋蓟"迟到"了。他瘦弱的胳膊抱在一起，腆着圆滚滚的肚子，阴沉的脸上一副讨厌的空白表情。

　　还有什么比从这个地方开始更好呢？

　　蟋蟀的翅膀更快速地拍打，节奏更加凶险。我谨慎地横竖加转圈走了好几遍，确保周围没有其他人，然后落在巴斯克后面的石头上，用前腿拍拍他的肩膀。

　　巴斯克惊讶地哼了一声，回头看。

　　随着这个动作，这个城市的大屠杀之夜开始了。

CHAPTER 26

不过一开始是非常安静的大屠杀，我不想打扰任何人。

处理掉巴斯克大约用了十五秒，比我预想的稍微长了一点儿。他有一对棘手的长牙。

接下来的四分钟里我去花园里这个区域的其他哨兵那里看了看。每次邂逅都差不多，短暂、尖锐，还有点儿疼——至少对来说我是的 [1]。

总之呢，我又变成蟋蟀——暂时吃得太饱有点儿迟钝——向那姑娘的方向飘去。不过我没有去找她，我对站在杜鹃丛旁边的夜班队长更感兴趣。我在安全距离内尽可能靠近他，然后落在一个不怎么常见的所罗门塑像上，从大腿拐弯处的

---

[2] 这里我就不详细说了，以免让脆弱的读者过于敏感，不过简单地说，那些吓人的场面因为我的幽默讽刺而变得生动起来，再加上非常聪明的变形，就很有娱乐效果——嗯，你会看到的。

下面爬过去观察事情发展。

没多久就来了。

火灵在第一界层里把自己伪装成一座雕塑——一个忸怩的挤奶妇之类虚构的形象。在其他界层里他就是一个膝盖有节的发怒灰色巨妖，戴着青铜臂环，穿着鸵鸟羽毛做的缠腰布。换句话说，他正是那种我和女孩经过花园时我最不想见到站岗魔灵。他腰带上挂着象牙和青铜制的巨大号角。

现在，事情才开始。一只瘦高又丑陋的猿猴从灌木丛中惊慌地跳出来，嘴巴是亮粉色的，头发是浓密的橙色。他滑着在火灵面前停下来，用后退站住，简单敬了个礼："扎泽尔，我请求说话！"

"什么，奇比特？"

"我在花园南部巡逻。巴斯克不在岗位上。"

火灵皱眉："巴斯克？金库底下那个吗？他去玫瑰丛空地和东边凉亭巡逻了。你肯定能在那里找到他。"

"我找遍了每一根嫩枝每一片叶子。"猿猴回答，"哪儿都找不到巴斯克。"

巨妖指着花园上方高处闪亮的穹顶："外围的保护并没有被破坏。也没有从外面来的攻击。巴斯克到处闲逛，等回来的时候肯定要受到点刻咒惩罚。回你的岗位上去，奇比特，等到日出的时候再向我报告。"

猿猴离开了。蟋蟀的藏身地安全，它满意地轻轻鸣叫起来。

在一个基座上站几个小时在我来说一点儿也不好玩，但巨妖扎泽尔似乎很乐意。之后的一两分钟他悠闲地摆动脚跟，弯了一两下膝盖，嘴里发出好几种满意的清脆响声。如果有机会，他可能整晚都这么度过吧。

可惜没机会了。猿猴又从灌木丛里冲出来，满身叶子，四脚着地。样子比上次更加凌乱，牙齿露出来，眼睛也鼓出来。

"扎泽尔！我来报告，又有怪事。"

"还是不见巴斯克？"

"巴斯克还是没找到,长官。但现在苏苏和崔姆贝尔也不见了。"

巨妖突然停下来:"什么?他们在哪里站岗?"

"在金库附近的城垛上。下面的花园里发现了苏苏的矛,从花圃里伸出来。崔姆贝尔的鳞片散落在各处,但各个界层里都没发现这两个巨灵的踪迹。"

"外围的保护还是完好无损?"

"是的,长官。"

扎泽尔一只肥厚的拳头打进一棵棕榈树里:"那就不是从外面进来的!如果这里有敌对的魔灵出现,肯定是宫里的什么人招来的。我们得找援兵到现场。"这时巨妖抓起挂在身边的号角,刚要放到嘴边,突然间闪过一道光,另一只小魔灵在半空中出现。

是一个坐在牡蛎壳上的侏儒。"我有消息,主人!"它尖叫着,"哨兵西奎斯被发现塞进一个集雨桶里,他有点儿被压扁了,不用说也湿透了——不过还活着。他说他遭到攻击——"

火灵骂了一声:"被谁[3]?"

"他只看见了一眼,不过……是巴斯克!他认出了巴斯克的肚子和口鼻!"

巨妖惊得差点从基座上掉下来。他刚要说话,第三个小恶魔满身泥土地从草皮下面钻出来,这一个长了一副瞪羚柔软又忧愁的脸。"主人,哨兵巴拉马被推进粪堆里,还在顶上压上了一座沉重的雕塑!我隐约听见他的叫声,用了一根长竿子让他抓住一头才把他拖出来。可怜的巴拉马——他有很长一段时间都闻不到硫黄味了。他一能话说就马上说出了残忍的攻击者——是巨灵崔姆贝尔!"

"扎泽尔。"——这是第一个报信的奇比特——"很明显崔姆贝尔和巴斯克疯了!我们得全速找到他们。"

巨妖坚定地点头:"我注意到一个模式。袭击都发生在金库周围地区,而国王的黄金和其他珍稀宝贝都存在这里。很明显这些巨灵——或是作为他们主人的魔法师——意在抢劫,或是实行其他恶劣行径。我们必须快速行动。奇比特和你们其他人,赶快到金库区。我去招人帮忙,和你们在那儿碰头。等我们会合之后

---

[3] 扎泽尔是品质优秀的火灵之一,就算在如此压力之下,他的语法还是一丝不苟。

我就通知大臣。由海勒姆决定是否需要打扰国王的安眠。"

瞪羚妖精又钻进了土里；侏儒合上牡蛎壳转身进了半空中；橙色的猿猴双脚跳起，哼了一声，蜷成一团橙色的火星，飘出了视线之外。

火灵扎泽尔呢？把号角举到嘴边吹了起来。

号角声在所罗门王宫整个花园里怒吼起来，花园振动，扎泽尔的属下全都被招到了他身边。明亮的火光突然在亭台和玫瑰棚等地亮起，灌木和盆栽蕨类中有眼睛眨动。雕塑动了起来，从底座上跳将下来；看上去简单的藤蔓弯曲盘卷；长椅上的闪光突然就消失了。整个北边花园里隐藏的哨兵全都忙碌起来：他们来了——长角的，有爪的，红眼起泡的，有卷曲的骨头尾巴的，有纤维翅膀的，悬着肚子的，冒泥的和装煤的，有腿的和没腿的，飞奔的小东西和鬼灵，鬼火和妖精样子的，魔精和巨灵，所有的都静静地从花园的草地和树梢上冲出来聚集到扎泽尔身边。

火灵下了几个简单的命令，又拍拍手。空气变得寒冷，冰出现在基座上，也在杜鹃叶子上闪着光。巨妖不见了，基座上升起汹涌的烟柱和凶猛的卷须，中间两只凶恶的黄眼睛极其凶残地向下张望 [4]。

烟柱像喷泉一样向上喷入空中，消失在灌木丛上方。跟着是一次爆炸式的移动，扎泽尔一群人开始飞向空中，或者说是出发，沿着地面疾驰。短短几秒整群恐怖的队伍都轰隆隆向南往金库方向去了——那正是我不在，而且也不想去的地方。

而花园的北边，无声又平静。

外国雕塑上的蟋蟀淘气地欢呼雀跃了一小下。目前为止，得分如下：乌鲁克的巴谛魔1分，所罗门的魔灵联军0分。以二十分钟的工作来说，成绩不错，我想你会同意的。不过我没有耽误在庆祝上。不用说扎泽尔和同盟军很快就会回来的。

---

[4] 都加起来的话，效果不赖。我改天也用一用，假如我还活着的话。

为了和这种紧迫感相匹配，我用了双倍速度把女孩从玫瑰花丛里猛拉出来，让她跟在我身边向北跑过草地。我们一边走，我一边谦虚地简要说了一下我的成功——不加渲染、简明扼要，按我的习惯，把和历史比较限制到最少，而且只用了三首押韵的自我赞美诗做总结。等我说完，我满怀期望地等着，但女孩什么都没说，仍旧忙着从内衣里挑花刺。

她终于挑完了。"好，"她说，"干得不错。"

我盯着她。"干得不错？你就这么说？"我指指周围空空如也的树木和木质凉亭，"你看——所有的界层里什么都不剩了！我把到所罗门门口的路都清干净了。就连魔王在这点儿时间里也做不到更好了。干得不错？"我怒目而视，"这算是什么反应？"

"这是感谢你，"她说，"你其他的主人还说过什么更好的吗？"

"没有。"

"那不就得了。"

"只不过我以为你的眼光会稍有不同。"我徒劳地说，"你知道，因为你自己就是个奴隶。"

然后是一片寂静，我们前方的树木中间，已经能看见国王的套房了，一个黑暗的拱顶陡峭地直插入银河的光辉中。

女孩跳过一道小水沟，也就是说到水景花园了。她说："我不是奴隶。"

"当然不是。"我又变成人类的外形，那个苏美尔帅小伙，像只狼一样迈着大步，轻松跳着往前走，"我记得，你是个'世袭护卫'。不错，总之不一样。顺便问一句，那个'世袭'——是什么意思？"

"不是很清楚吗，巴谛魔？我延续我的母亲、我的外祖母的工作，这么多年一直下来。我和她们一样，担负保护我们女王生命的神圣职责。再没有比这更高贵的职业了。现在走哪儿？"

"湖左边——有座人行桥。那你从出生就开始准备了？"

"嗯，从小的时候。再小就连刀都握不住了。"

我朝她看了一眼："这是笑话吗，还是就是字面上的痛苦含义？我猜是后面那个吧。"

女孩干脆地说："别找机会羞辱我，恶魔。我有崇高的地位。太阳神神庙里有一个特殊的祭坛是献给卫士的。每个节日女祭司都会一个个祝福我们。女王会一个个称呼我们的名字。"

"真让你激动啊。"我说，"等等，小心桥——第二界层里有一条绊脚线——会触发警报。等你到桥顶，像我一样跳一下。就这样，你过去了……现在，我有个问题，你能不能，不管什么时间，选择自己做什么？除了卫士之外还能做其他的吗？"

"不能。而且我也不想做别的。我就追随母亲。"

"没有选择。"我说，"从出生就注定了。为了一个残酷又毫无感情的主人，就注定要牺牲自己。你就是个奴隶。"

"女王不是没有感情。"女孩叫道，"她真的哭了，在送我——"

"到这儿来送死。"我给她说完，"你连明摆在眼前的事都不明白吗？插一句，这里又有一道线悬浮在树中间。深弯腰，像这样，很好很低。就这样，你过去了。听我说，"等我们继续前进，我接着说，"你的头衔很高贵，武器装备也不错，但你就和脖子上有锁链一样被奴役。我可怜你。"

女孩现在已经忍无可忍："住嘴！"

"抱歉，真不能住嘴。你我之间的唯一区别就是我有自知之明。我知道自己是奴隶，这一直让我生气。我的自由几乎就是浮云。而你不明白。你的女王私底下肯定在大笑，你那么渴望服从她每次的突发奇想。"

星光下什么东西一闪，她手中已经多了一把匕首。"永远别敢侮辱女王，恶魔！"女孩喊道，"你无法想象她承担的职责。她对我绝对有信心，我对她也一样。我永远不会质疑她的命令。"

"显然不会。"我干脆地说，"好了，这里要小心：我们要小跳三次，一个接一个，你尽可能高地跳。就这里。现在四肢着地……向前扭动……请把屁股放低点儿……再低点儿……好了，现在可以起来了。"

女孩惊奇地盯着我走过草坪上的空地："这里到底藏了多少绊脚线？"

我漫步走到她身边，咧嘴一笑："一个也没有。只不过是稍微演示一下你的女王是怎么对你的——观赏起来娱乐性也很高。你当然对什么都不会质疑，对吧？'对非善意的盲目服从'——这可以当你的座右铭了。"

女孩愤怒地喘了口气，手中的刀突然间精准地平衡在指缝和拇指之间："就为这我就应该杀了你。"

"对，对，但你不会。"我从她身边走开，开始探测前方矗立的建筑物中的大石块，"为什么？因为那就帮不了你的宝贝女王了。另外，我现在也不在圈子里。圈子外我完全可以躲开，哪怕现在我正看着相反的方向。不过如果你愿意，当然可以一试。"

有一会儿工夫后面什么声音也没有，然后我听到草地上有脚步声。女孩走到了我旁边，刀也收回腰带里去了。

她瞪着大块的石雕。花园北部最后一点延伸出来的部分被一棵雕塑的茉莉树阻断。苍白的花朵在白天的光线下可能非常漂亮，但在幽暗的星光下让我觉得像一堆发光的白骨。

"就是那个了？"女孩问。

我点头："对，从各种意义上来说都是。这是所罗门的塔楼。上面某个地方有个屋顶阳台，我估计我们要去的就是那里。不过在进去之前，我有最后一个问题。"

"嗯？"

"你母亲怎么想？对你到这儿来，而且就一个人。她和你一样高兴吗？"

这个问题和我其他刨根问底的问题不一样，女孩似乎觉得很好回答。"我母亲在为上任女王服役过程中去世了。"她简单地说，"她在太阳神的国度里看着我。我肯定她为我所做的一切而骄傲。"

"我明白了。"我就说了这么多。而我确实明白了。

要是在正常条件下，我会想要变作一只大鹏、凤凰或是其他漂亮的鸟，用脚把女孩抓住，不雅地把她提到阳台上。可悲的是，我做不了了，上空有新的危险了：沿墙壁有多道明亮的绿色脉动在不同高度飘移。移动得不快，但分布得很稠密，而且运动不规则，有时候无缘无故加速。任何飞行物都会不可避免与其相碰，结局凄惨。

那些东西都在第一界层，所以女孩也能看见："我们现在怎么办？"

"我们需要，"我说，"一种合适的伪装……什么东西是黏在墙上的？"

"蜘蛛，"她说，"或者鼻涕虫。"

"不想变成蜘蛛，要控制那么多条腿，我会搞晕。我可以变成鼻涕虫，但可能整晚的时间都耗在上面了，而且，我要怎么带上你？"我打了个响指，"我知道了！一只漂亮的大蜥蜴。"

说着英俊的年轻人就消失了，在他的位置上站着一只不那么好看的巨型壁虎，身上被带刺的连锁鳞片所覆盖，张开脚趾，脚上很多吸盘，黏糊糊的身体两侧各瞪着一只球形的眼睛，他咧开嘴笑着。"你好，"它说着伸出口水滴答的舌头，"我们拥抱一下吧。"

女孩的尖叫声可能是一个示巴世袭卫士所能叫出的最尖利的了，只不过立刻被我长而有力的尾巴卷起来给隔绝了，我卷起她，把她抬离地面。蜥蜴往上走，用伸开的脚上黏糊糊的脚板贴在石头上。我一只眼睛一直盯着上方的墙壁，另外一只从我满是鳞的肩头扭过大约九十度，不断仔细观察飘浮的脉动，以免和哪个离得太近。可惜我没有另外一只眼睛查看一下吊着的姑娘，不过她心里肯定有多种阿拉伯脏话骂我。

我的进度很快，路上也没有太多的障碍。只有一次一道脉动不知从哪里冒出来靠近我们，而我设法斜着移动躲了过去——它从我脑袋边的石雕上弹起的时候，我觉得空气都立刻变冷了。

总的来说，事情进展不错，不过这时候，我听见女孩在底下叫着什么。

"怎么了？"我边说边把一只发酸的眼睛扭向她的方向，"我跟你说过了，我做不了蜘蛛那种都是腿的东西。我没变鼻涕虫你就庆幸吧。"

可能因为这一路，她脸色刷白，但还是指着上面和侧面。"不是，"她哑着嗓子说，"蜘蛛——那里。"

蜥蜴用上两只眼睛，正好看到一只肥硕的蜘蛛巨灵从墙上的一道裂缝里挤出来。它长着狼蛛的身体，肿得和泡过水的牛尸一样大，每一条腿都很坚硬，和竹子一样有节，末端还有一根尖刺。但它的脸却是人类的，留着整齐的小胡子，戴一顶锥形帽。显然是所罗门塔楼的卫士，但不在扎泽尔指挥之下，要么就是个聋子。无论是哪个，它现在的反应都够快速的。一团黄色的网从它膨胀的腹部射出，全力向我袭来，打破了我对墙壁的掌控。我落下几码远，拼命挣扎一只手才抓住，就被网兜住，在深渊之上来回摇摆。

我听见女孩在下面某处喊叫，但我没时间听她的了。蜘蛛的一只脚抬了起来，准备像花园高处发射火焰咒，很快所罗门的所有奴隶就会看到，然后聚到这里来。

不过蜥蜴行动了。我用一只自由的脚发出一个遮蔽咒盖住蜘蛛。我的咒语闪着微光发出的时候刚好对方的火焰咒也发出了，能量被包裹进了遮蔽咒里，反弹回蜘蛛气球一样的肚子上。与此同时，蜥蜴前爪一挥就砍断了束缚。

蜘蛛快速说出抵抗的咒语打破遮蔽咒，它被火焰咒打到的地方冒着热气，屈腿沿墙径直跳向我。我闪到一边，躲过它的冲击，还用一条短粗的后腿套住它，用我最大的力量把它转啊转啊，然后尽可能把它甩出去，直接甩到三十英尺开外的一道漂浮的脉冲上。

一道闪光，一大片黑黄色带状的光把巨灵吞没，变得越来越紧——然后把它压得什么都不剩了。

可惜的是魔法喷涌而出，而且可能从南边都能发现，但现在的环境下也派不上什么用场。蜥蜴低头看看悬着的女孩，冲她大大眨眨眼。"喜欢抛接球吗？"我咧嘴笑，"我是跟蒙古游牧民族学的这种古怪的抛接[5]。平静的晚上我们——哦！不！你在干吗？"

她又把银匕首拿在手里了，她胳膊后拉，双眼目不转睛但充满狂野。

"别！"我叫道，"你会害死我们的！你会——"

匕首呼啸着脱手而出，闪过我的口鼻，嵌在什么东西上，发出湿润又坚定的

---

[5]平静的晚上我们到贝加尔湖去，每人带上一筐肥肥的家伙，用它们打水漂玩。我的记录是八次弹起，七声尖叫。

一声轻响。

蜥蜴的眼睛又转了一圈，只看见第二只又大又肥的蜘蛛巨灵震惊地盯着嵌进它腹部的银匕首。它的腿，本来已经举到了我的头顶，现在又回去虚弱地挠着中毒的伤口。它的灵髓已经变成棕色且麻木，就像是老了的马勃 xxiv 到了生命终结的时候，散发出灰色的细腻粉末。 蜘蛛从墙上翻下去，像块石头一样掉下来消失了。

夜又一次平静下来。

我低头看看仍然挂在我卷曲尾巴中的姑娘。"好，"我最后说，"干得不错。"

"干得不错？"可能因为是星光，可能因为是她的角度，但我可以发誓她脸上出现了一个略微有点得意的笑，"干得不错？这算是什么反应？"

"好吧，"我吼道，"谢谢你。"

"看吧？"她说，"很难，是不是？"

蜥蜴没有回答，继续向上爬，只不过尾巴愤怒地轻弹了一下。一会儿之后我们到达了阳台。

A S M I R A
阿丝米拉

✳

所罗门之戒

CHAPTER 27

　　对阿丝米拉来说，墙壁高度就是麻烦。她已经晕得不行了——她严重怀疑巨灵在无可避免的晃动之外更加用力地把尾巴甩来甩去——但她更加讨厌这种极端无助的感觉。被卷在尾巴里，悬在高空，眼睁睁看着蜥蜴和第一个讨厌的蜘蛛卫士拼命打架，她头一次意识到自己是多么依赖这个奴隶。就算她否认，这种依赖性也毫无变化。没有巴谛魔，她根本走不了那么远，没有巴谛魔丝毫没有完成目标的希望。

　　当然了，是她思维敏捷、胆大心强才能命令这个巨灵为她服务——她最大限度地利用了遇到的机会。但也就这样了，事实是——一次幸运的机会。要是她一个人在宫里，她的技能和这么多年的训练什么用也没有，女王对她的信任也会被证明是信错了。要是她一个人的话，她已经失败了。

对自己的局限和弱点的了解，突然包裹住了阿丝米拉，而且还是那么的尖锐。在她脑中又出现母亲站在车辇上，王座的旁边，而杀手从各个方向向她进攻。她看见刀锋在阳光下闪着光。而她再一次感觉到了对自己无力的恐惧——六岁的她无能为力——太慢、太没力气、根本帮不上忙。

比起被裹在尾巴里摇晃，这种感觉更让她心里恶心，不过等第二个守卫从洞里冒出来，而她从腰带中费力地取下一把匕首，还把卫士打倒时，就真的松了一口气。她行云流水般的行动也和往常一样赢得了片刻喘息——对自己技术的满意舒缓了她心里的不安。刀刺过去的那一瞬间，她对母亲的回忆暂时消失了，然后，阿丝米拉的注意力又重新集中在眼前的任务上。虽然最后一段攀登的路程，那巨灵似乎比之前把她甩得还厉害，但也没有降低她的情绪，等最终被放在阳台上的时候她的精神比刚才还要好。

她站在一个有立柱的通道上，这里敞开，可以看见星星。柱子之间，有阴影中黑乎乎的雕塑轮廓矗立在基座上，这里还散布着桌椅。上面离得很近的地方，塔楼的拱顶直冲夜空。有一条有顶的过道从阳台通向嵌进拱顶的底座里的一道漆黑的拱门。

阿丝米拉回头看看来时的路。远远的下方，花园沐浴在银色的星光下，向王宫的南部延伸而去，那里能看见一些有颜色的点点，来回飞奔。

一只小沙漠猫站在栏杆上，看着那些光点的移动。它长着有斑点的长耳朵，身体匀称，毛茸茸的条纹尾巴蜷在一只前爪边。

"还在围着金库捕风捉影呢。"猫评价道，"他们还真是一群蠢货。"它同情地摇摇头，用浅紫色的大眼睛看了看阿丝米拉，"只是在想，你说不定就召唤了他们中间的一个。你有我很幸运吧？"

阿丝米拉从脸上拨开一缕头发，气恼巨灵说出了自己脑中的想法。"你才幸运，"她顽固地说，"我把你从瓶子里放出来，刚刚还杀了那个蜘蛛似的东西。"她检查了一下皮带，还剩两把刀，应该是够了。

"我得说我们能活到现在都够幸运的。"沙漠猫说，它无声地跳到地上，"看看我们的幸运能支撑我们走多远吧。"

猫在柱子之间整理一下自己，尾巴抬起，胡须伸出，在阴影里蹿进蹿出。"没有明显的施法痕迹，没有绊脚线，没有悬空的卷须……"它嘟囔着，"过道畅通。所罗门肯定一直相信之前那些东西了。不过，这个拱门……没有门，只有沉重的帷幕。有点儿太轻易了，有人可能会想……有人可能是对的，因为第七界层里有防护网。"猫扭过毛茸茸的肩膀回头看着走过来的阿丝米拉，"告诉你，对面挂着一张像蜘蛛网一样的东西发出珍珠色的光泽，真是很漂亮，就是要当心。"

阿丝米拉皱眉："我们要怎么办？"

"你，还和之前一样，除了站在这里看着对面，什么也做不了。另一方面，我就有的选了。现在，先安静一会儿，我得专心研究这个……"

猫安静地走出去，它坐到敞开的拱门前，仔细打量着。不久它发出极微弱的咝咝声。有一两次它还抬起前爪挥来挥去，但其他时候就什么都不做。阿丝米拉有点儿沮丧地看着，对自己盲目依靠奴隶又有点儿恼火。他是个奴隶——这点毫无疑问。不论巴谛魔之前说过什么，他们两个完全不能相提并论。完全不能。召唤时她说出的咒语已经明明白白地束缚住了他。这和她按自己的意愿顺从女王是完全不同的。

她想起了在马力卜等待的巴尔绮思女王——希望、祈祷她的王家卫士成功。距最后期限只剩最后一天了！但现在，她们可能都认为她失败了，已经开始采取措施准备抵抗攻击了。阿丝米拉心想，女祭司们的魔法或许能围住城墙，最后她们不知会召唤什么恶魔，不顾一切拼命抵抗……

她绷紧嘴唇，现在已经非常接近了，她不会失败的。

猫突然轻笑一声，满意地扭扭尾巴："好了！看看多美！听话气息咒就是干脆对吧？每次都起作用。"

阿丝米拉盯着拱门："我没看出有什么区别。"

"噢，你当然看不出。你是个人类，所以根据不可改变的自然规律，你毫无指望。我已经用气息咒推开了防护网，看看，再放上一个封印就能一直打开了。中间这里有个不错的洞。不太大——不能冒险让任何一条线碰上。所以我们得跳过这个洞。是，我知道你看不见，就按我的做法做。"

沙漠猫用力地一跳，穿过了拱门中间，轻轻落在悬挂的帷幕前。阿丝米拉没有犹豫，她在脑中修正了一下猫跳跃的弧线，退后两步，助跑，一个紧凑的跟头翻过空中。跳到最高处，她感觉周围冷冷的，但没碰到什么就过去了。她一个前滚翻，刚好落在沙漠猫身边，借助冲劲，感觉头先冲过了帷幕。

她四肢着地停下来，半趴在后面的房间里。

这个房间陈设富丽堂皇，宽敞高挑，粉刷的墙壁四角伸出白色的柱子。每根柱子之间——

阿丝米拉打了个喷嚏。

小猫爪子抓住她的肩膀，把她拖回帷幕后面。阿丝米拉又打了个喷嚏。这里的空气温暖而密闭，弥漫的呛人花香味让她的鼻子受不了。她把脸埋进袖子里。

等她恢复回来的时候，沙漠猫正看着她。它也用一只爪子捂着鼻子。"对香水过敏？"它低声说，"我也是。这是国王的香水味。"

阿丝米拉擦擦眼睛："太熏人了！他肯定才刚刚走过！"

"不是，可能都有几个小时了呢。只能说所罗门喜欢须后水。不过对我们来说还好他刚才不在，不然你那像愤怒的大象似的喇叭声音就泄底了。我们是要来暗杀这个人的，还记得吗？从这儿开始，得小心细致一点儿。"猫说着向前溜走，消失在帷幔当中了。阿丝米拉强压住怒火，站起身，深吸一口气，踏进所罗门王的私人房间。

和她刚刚看的那一眼一样，这个房间天花板很高，面积非常大。有粉色纹理的大理石地面上，铺着华丽的地毯，上面满是神秘的符号。房间中央有一个圆形的嵌入式水池，注满了冒着热气的水。周围有一圈椅子、躺椅和带流苏的靠垫。几盆盆栽棕榈树中间有一张缟玛瑙桌子，上面放着一个很大的水晶球；几张细长的金台子上放着银色托盘，盛着水果、肉类、成堆的海鲜、糕点、几壶葡萄酒，还有几个抛光玻璃杯。

阿丝米拉对着所有随意又壮观的一切张大了嘴。她的眼睛轻快地从一件扫到另一件。立刻，任务的紧迫性就降低了。她渴望占有这华丽的一切——坐在躺椅上，没准儿再尝几口葡萄酒，或是把脚放进温热的水池中舒缓一下疲劳。

她慢慢向前走了一步……

"换我就不会。"沙漠猫说着警告地把爪子放到她膝盖上。

"这些都太好了……"

"那是因为他在上面施了诱惑咒，很容易骗粗心的人上当。吃一口东西，看一眼水晶球，小拇指沾一点儿水，你就会被困在这里直到天亮，所罗门就能从容找到你。最好一眼也别看。"

阿丝米拉咬着嘴唇："但这些都太好了……"

"如果我是你，"猫继续说，"我就查看一下墙上的壁画。看，那是战车上的拉美西斯和多层休闲花园里的汉谟拉比；那个吉尔伽美什画得不太像——我想知道，他那断掉的鼻子哪儿去了？啊，对，"沙漠猫说，"所有的伟人都在这儿。典型专制君主的典型住所，时时都想着比前人更大更好。这就是所罗门坐着计划征服像示巴这样国家的地方，我要赶紧离开。"

阿丝米拉仍然盯着水池上轻柔飘起的芳香雾霭，不过巨灵的话让她一惊，手指握紧了匕首。她拖着自己离开这个让人着迷的地点，红着迷离的眼睛盯着猫。

"这样好些。"巴谛魔说，"以下是我的建议，这里有座拱门，两个在右边，两个在左边。看起来都一样，我建议咱们一个一个试。我先走，你跟着。随时都要看着我，没别的，就是注意，不然诱惑咒又要对你起作用了。想想你能不能应付，还是我再说一遍？"

阿丝米拉不悦："我当然能应付，我又不是傻子。"

"其实，在很多方面，你就是。"说着猫就出发了，在躺椅和金色的桌子之间曲折前进。阿丝米拉骂了一句，也赶紧跟上。余光中有什么东西发出魅惑的光芒，梦幻般精美闪耀，但她忽略过去，眼睛紧紧盯着——

"能不能拜托把尾巴放低一点儿？"她低声说。

"这是为了让你的意识摆脱诱惑咒，行不行？"猫说，"别抱怨了。好了，这是第一座拱门。我先看一眼……哦！"它缩成一团，尾巴蓬松地伸到外面。

"他在这儿！"他低声说，"看一眼——但一定要小心。"

阿丝米拉的心脏在胸口怦怦直跳，她从拱门旁的一根柱子后面看了一眼。外面是个圆形的房间，空空如也，没有装饰，墙里竖着大理石柱。房间中央有一座高起的平台，高高的上方有一个玻璃拱顶，透过拱顶，闪耀的星座历历在目。

有一个男人站在平台上。

他背对着拱门，看不见脸，但阿丝米拉在魔法师大厅的壁画上看见过他。他穿着一件拖地的丝袍，上面饰以黄金编织的螺旋图案，黑发披散在肩头。他抬起头，默默凝视星空，双手在后背松松扣在一起。

一根手指上有一枚戒指。

阿丝米拉屏住了呼吸，她没有把眼睛从沉默的国王身上移开，一边从皮带上拔出了匕首。距离有十五码 ^{xxv} 远，肯定不会再多了。时机到了，她会一击命中心脏，示巴就会得救了。示巴就会得救了。一滴汗从她额前滴落，沿鼻子往下淌。

她抛起匕首，刀尖朝下接住。

她胳膊向后拉。

国王仍然平静地注视着无穷无尽的星星。

有什么东西在扯她的袍子。她低头一看。是沙漠猫，急切地向另外的房间示意。她摇摇头，举起匕首。

猫还在拉扯她，力气很大，让她无法瞄准。阿丝米拉用嘴型作出了一个恼怒的尖叫，沿拱门角落退出，回到外屋。她弯下腰，瞪着猫。

"怎么了？"她无声问道。

"有哪里不对劲。"

"'不对劲'是什么意思？那不是所罗门？"

"我……不知道。如果是个幻象，也不是我能看穿的那种。只是……"

"只是什么？"

"我不知道，没办法准确说清。"

阿丝米拉瞪着猫。她直起身："我继续。"

"不，等等。"

"嘘——他会听见的！我不会放过这次机会。能别再拽了吗？"

"我跟你说——住手！这太轻易了。这太……"

阿丝米拉一甩头。她看见巴尔绮思安静恳求的脸，忧郁的女祭司们在院子里站成一排；她想象马力卜的塔楼在燃烧；她看见母亲倒下，头发如水般倾斜在老女王的膝头。

"放开我。"她压低声音说。猫仍旧抓着她的胳膊。"能放开我吗？我能做到！我现在就让一切结束——"

"这是个陷阱，我肯定。只有我——啊！"

她挥出银匕首，并不是想伤害他，只是想把巨灵赶开。猫放开她的袖子，跳开了，毛竖起。

阿丝米拉又蹲在拱门底下。国王还和之前一样站着。

阿丝米拉没有停顿，举起手与肩齐平，猛地一甩手腕，全力扔出了匕首。匕首刺中所罗门的心脏而且深深没入。他一声不响就倒下了。

就在此时她听见猫的声音喊道："我知道了！那戒指——不够亮！光环本应该亮到让我看不见的！别——哦，太晚了。你已经干了。"

所罗门王的身体倒在地上，却没有留在那里，直接穿透了坚固的平台表面，像是扔进水里的石头。身体刹那间就消失了，只有匕首柄还在，从大理石中间突出来。

一切发生得太快了，阿丝米拉仍旧一动不动站着，伸着扔匕首的手，这时平台突然碎裂，一只大恶魔从下面猛地冒出来，三张长着长牙的嘴嘶吼着。它升到和拱顶一般高，长着一堆纠结的发光带状物和手臂，每个上面都有一只半透明的眼睛。所有的眼睛都转向她，触手剥离开来并颤动着朝她而来。

阿丝米拉背靠在墙上，头脑和四肢都吓得动不了了。她听见旁边的沙漠猫在叫，但她没办法回应，也没有力气去拔皮带上的最后一把匕首。她只能发出一声刺耳的喊声，感觉自己的腿支撑不住，慢慢沿墙往下滑——而恶魔已经到了她上方，碰到了她的喉咙。

BARTIMAEUS

巴谛魔

✳

所罗门之戒

CHAPTER 28

任何一个老实的巨灵都有很多次得站出来打架，有很多次你得面对敌人。这个时候，不管胜算有多少，不管即将到来的危险有多大，你只能往手上吐口唾沫，挺直膀子，往后捋捋头发，再（可能还得在唇边挂一个讽刺的微笑）走出来，张开双臂欢迎危险。

很明显现在并不是这种时候。

面对房间里冒出来的那种可怕的东西，什么行动都是无效的——而且那东西还那么脏 [1]。傻子才会去试呢。当然某处于契约之下的角色也会。如果我被一个有能力的主人强迫上前，那我只能坚守职责，不然即刻就会被凄凉之焰所毁灭。

---

[1] 我没在那里留很久，也没有好好看它，但它的大小和等级，更别说还有黏糊糊的水母一样的齿片在周围旋转了，这些都告诉我它是从异世界的深处来的。这种东西很少豢养在家里，绝大多数脾气都很坏。

但我的主人没有能力，她的召唤就已经证明了这一点——那么，至少在侥幸逃脱了那么长时间之后，她即将自食其果。

"把我安全带到所罗门王面前"，这是阿拉伯姑娘给我交代任务时候的原话。而且（乌鲁克的巴谛魔一直是严格按照字句完成任务的魔灵）我已经精准地完成了。没错，那房间里的人是不是真的所罗门还存在某些疑点，不过既然体型像他，外貌像他，气味像他，而且的的确确出现在他的房间里，我觉得这些就足够了。那姑娘深信不疑，所以她扔了飞刀。按照契约来说，我已经做到了分内之事。不必再保护她的安全了。

黏糊糊的怪兽一声喊，正好是我需要的时机。

沙漠猫跑了。

我竖起毛，夹起蓬松的尾巴，跑出有拱顶的房间，穿过刚才走过的有柱子的大厅。我听到身后有一声高音尖叫——短暂、犹豫，很快就结束了，好像嘴里含了水。好。哦，当然对那女孩不好，但要说起来的话，对我好。这要取决于在解决掉她之前那东西要把这个来访的玩具摆弄多久，我希望是越快越好。

与此同时，我也要确定自己脱离了危险。猫飞速穿过大厅，直接越过水池，斜斜划过大理石地面，一个快速的侧手翻，消失在第二道拱门之外。

安全了！我独一无二的敏捷思维和矫健身手综合起来又救了这副珍贵的皮囊一命。

只不过这里是个死胡同。

非常有意思的死胡同，不但走不通，还可能潜藏着致命危险。这间房间明显是所罗门用来存放珍宝的地方——小小的储藏室，没有窗户，用油灯照明，四面八方都堆满了架子和匣子。

没时间探索了。猫转过尾巴，向拱门走去——但被外面传来的另外一个毛骨悚然的吼叫声给吓住了。可以肯定的是，那可怕的大家伙原来这么大声，就算他是个令人失望的慢工匠，我也希望现在已经把那姑娘给吞掉了。但也可能只是咬断一条腿什么的，他说不定会先留着慢慢享用。他可能会来追我。很明显我需要一个安全的地方藏身。

我转回身环视储藏室。

看见什么了？大堆的珠宝、偶像、面具、剑、舵、卷轴、刻字版，还有与其他魔法相关的制品，另外还有一些奇怪的东西，比如一副鳄鱼皮手套、用贝壳做眼睛的骷髅头，还有一个披着人皮的粗笨稻草人娃娃 [2]。我还看到了一个老朋友——就是我从埃里都偷来的黄金巨蛇。但我真正想要的——就是一个出口——却完全没有。

猫扇动着出汗的脚爪，左顾右看，来回扫视架子。这小房间里几乎所有的东西都有魔法——光环在各个界层中间交错，让我沐浴在彩虹的光芒之下。如果那个东西真的出现在我身后，这里有没有什么东西我最后能用来拼死抵抗的？

没有，除非我把那个娃娃扔给他。麻烦的是，我不知道这里任何一件魔法用品的作用 [3]。但随后我注意到，后面成堆的宝贝之间，半埋着一个大铜壶。底部很窄，颈部变得和人的肩膀一边宽，顶上有个圆盖子，盖子上已经落了一层土，也就是说包括所罗门在内，没人检查过里面。

猫立刻变成一缕轻雾，从地面翻滚到盖子上，很快就把盖子推到了一边。我像一阵风一样冲进去（仍然保持气态），再把盖子弹会原位。四周一片黑暗，盘旋的轻雾静静地等待着。

我动作够及时吗？

我想象着那东西慢慢流进拱门；想象它的几根眼柄往房间里探索，从一边到另一边搜索宝藏；想象它伸出一只触手，轻敲铜壶表面……

---

[2] 你能看出来是真的，因为扎人的腋毛像黑菜花一样从皱巴巴的头皮顶上冒出来。我得说，你喜欢的话可以再加上磨光的扣子眼睛和做作的棉布嘴，但如果你是个孩子，给你一个这样的娃娃让你晚上抱着睡，我觉得有点儿太扯了。

[3] 我从前的多位主人会告诉你，绝对不要尝试使用一件未知的魔法物品。多年来成百上千的魔法师曾经冒险尝试，但只有一两个人活下来，悔恨终生。对我这么古老的巨灵来说，最出名的是乌尔的老女祭司，她希望长生不老。几十年来她对死神用了几十种魔法，强迫他们造了一个美丽的银环，以授予她永恒的生命。他们最终完成了，这个老女人耀武扬威地把银环戴在了头上。但关在银环中的东西没有准确念出他们给出的伟大咒语。老女祭司还活着，没错，但不是以她曾经设想的那种愉悦的方式。

盘旋的轻雾紧张地缩在一起，默默地上下浮动。

什么也没发生。壶还是平静地待着。

时间过去了。

过了一会儿之后我开始放松了。那东西肯定是走了，希望赶紧把那女孩吞掉。我正在挣扎着到底是要把盖子推开踮脚看看呢，还是再谨慎地盖着盖子多待一阵，这时，我渐渐感觉到自己被人观察着。

我环视周围。壶里面空空的。原先装着的东西已经没了，现在除了不会说话的尘埃之外什么都没有。但这里的气氛有种古怪，污浊的古老空气中有一种难以言喻的颤动，让我的灵髓暗暗感觉刺痛。

我等着——立刻从很近但又无限远的某处，传来一个很小的声音，是一种回声的回声，一种含着幽怨记忆的说话声。

"巴谛魔……"

说我过于谨慎也好，不过这种壶里的奇怪声音总是让我警惕。卷曲的轻雾立刻变成了一只白色的小蛾子，在壶里漆黑的广阔空间里小心地扑扇着。我来回放出快速的脉动，检查所有界层。但这里什么也没有，只有灰尘和阴影。

"巴谛魔……"

然后，我突然猜着了。我想起了那三个敢公然反抗所罗门的著名火灵。我想起了传说中他们的命运。其中一个——至少火炉边流传的悄悄话是这么说的——被国王的异想天开和戒指的力量给贬成了壶中一道悲哀的回声。是哪个来着？

蛾子的触须哆嗦了一下。我清清嗓子，小心地说："斐洛克里特？"

那声音如猫头鹰飞翔一般安静：**"曾经用这个名字的我就快消失了。我现在是最后一点痕迹，空气中的一个印记。你拍动翅膀，空气流动，那我最后一点痕迹肯定要消失了。你在找戒指？"**

蛾子有礼貌地把翅膀的扇动降到最慢。我感觉到那声音中除了悲哀还有恶意，于是小心地说："没有，没有。"

"啊，真聪明。我找过戒指……"

"是吗？呃……后来怎么样了？"

"你觉得我怎么样了？我现在就是个破壶里的声音。"

"好吧。"

那声音含着深深的懊悔和渴望悲叹一声。**"要不是我只剩下极少的灵魄，"** 它嘟囔着，**"我就把你这个小巨灵一口整个儿给吞下去。哎呀，我做不到！所罗门惩罚我，我现在什么都不是了。"**

"太糟糕了，"我充满感情地说，"多可惜呀。嗯，跟你聊聊真好，不过外面似乎安静了，所以我恐怕最好还是去——"

"要是我也能离开这座牢狱，" 那声音低声说，**"那我就能把所罗门打入永恒的黑暗中！啊，对。我现在拥有他的秘密，我能拿走戒指。只可惜我知道得太晚了！我只有一次机会。但我浪费了，而我就得在这里永远待下去，一声虚弱的低语，一个孩子的叹息——"**

"我想，"我说，我顿了顿，再度留神起来，"你不会是想把这个偷戒指的必胜方法传给别人吧？当然我对这个不感兴趣，不过其他人有可能能给你报仇……"

"我在乎什么报仇？" 那声音微弱到蛾子在死寂的空气中每扇动一下翅膀，都能把声音打成碎片，**"我就是一声无法言说的悲吟——"**

"你能帮其他魔灵完成伟业……"

"我一点儿也不在乎别人的命运。我希望两个世界所有有能量并且还活着的东西都死去。"

"高贵的观点，无可否认。"蛾子干脆地说，像壶口而去，"不过，我的观点仍旧是所罗门不可战胜。所有人都知道戒指是不可能被偷走的。"

那声音犹豫了。**"怎么回事？你不相信我？"**

"当然不相信了。不过，嘿有什么关系呢？你继续自己给自己回音吧，如果这样能让你高兴。我还找国王有事，不能待在这里闲聊。再见。"

"你这个笨蛋！" 那声音虽然模糊脆弱，但阴暗的感情却让我的翅膀哆嗦。我深深地感激斐洛克里特被剥夺了所有的力量，无法对我造成伤害。**"你真是瞎了眼，回去当奴隶。"** 回声低声说，**"你一会儿就能掌控所罗门，夺走戒指！"**

"好像你知道似的。"我冷笑。

"我真的知道！"

"是吗？谁说的？"

"我说的！"

"被锁在这里？你就吹牛吧。"

"啊，但我并不是一直都在这间偏房里。" 那声音喊道，**"一开始该死的国王把我放在他的房间里，还展示给所有的老婆看。所以我听到他说话，还给仆人下命令。总之，我听见他对戒指控制的那个恐怖的存在说话。我知道他的弱点！我知道他把这个弱点隐藏起来，不让世人看见！告诉我，巨灵，现在是晚上还是白天？"**

"我们现在刚好在深夜。"

"啊！那如果你在他的房间里游荡过了，看见国王了吗？"

这个时候需要装一点儿傻。"我看见他在观星台上，站着看星星。"

"你这个笨蛋，被表面现象给骗了！那不是所罗门！"

"那是什么呢？"

"戒灵的魔法。在一个黏土人偶上施咒，人偶就变成了国王，而国王就回到私密房间里去休息。这是个很强大的幻象，也是对敌人的陷阱。我攻击假人的时候，以为所罗门毫无防备，而真正的国王警觉了，立刻把我抓住了。啊，我要是当时不理它，就不会落到这个地步！"

我犹豫了："你是怎么被抓的呢？"

"另外一个幻象。他是制造幻象的大师。那巨大的东西好像是从地下升起来的一个极其强大的存在，我被吓呆了。等我努力和它打斗，一个接一个往它扭曲的触手上发射爆炸咒的时候，所罗门从我后面出现，转动了戒指。于是，我就在这儿了。"

蛾子考虑了一下这些意料之外的信息。此时此刻，也就是我还在地球上的原因。那姑娘被捕了，但没有被吞掉。这让我不舒服，特别是所罗门很可能想见见把她带到这里来的奴隶。我得做点什么，要快，但现在首先要从斐洛克里特身上再多知道一点儿。

"好吧。"我轻快地说，"就算你当时不理会幻象，到了真正的所罗门面前，他还是有戒指。你永远也不可能把戒指从他身上拿下来。"

从某个地方立刻传来凶猛但又非常微弱的吼声，就像是远方海上传来的雷声。空气难得飘浮流转起来，吹得蛾子前后轻轻摇摆。"**最低级又废渣脑袋的巴谛魔啊，我是多渴望能把你的翅膀给撕碎呀！所罗门并非不可战胜！他睡觉的时候，是摘掉戒指的！**"

此时我的声音才变得有一点点怀疑："他为什么要这么做？所有的故事都说他从来不摘掉。他的一个老婆曾经——"

"**故事都是错的！那都是给国王量身定做的，所以他才传播这些故事。在午夜到鸡鸣之间，国王一定睡觉。而他睡觉一定摘掉戒指！**"

"但他就是不会做这种事啊。"我说，"对他来说太冒险了。他所有的力量——"

恐怖的水声，尤其是像被恶意堵住的水声，在我周围回响。斐洛克里特大笑。"**对，对，那力量就是问题！戒指的力量太强大。它的能力会把所有戴戒指的人都烧伤！在白天，所罗门还能忍受，虽然他必须掩饰痛苦不让外界看见。但到晚上，一个人的时候，他必须让自己放松。戒指就放在他卧榻旁边的银盘子里——当然，非常近，他能够到。啊，不过他很脆弱！**"

"把他烧伤，"我嘟囔着，"我想可能的确是如此。我以前是知道这种事情的 [4]。"

"**戒指的缺点不止这一个。**那声音继续说。**你以为所罗门为什么那么少使用？你以为他为什么那么依赖像狗一样簇拥在他脚下谄媚的魔法师。**"

蛾子耸耸肩 [5]："我只以为他很懒。"

"**不是这样！戒指每次被使用，都会从佩戴者身上吸取生命，他或她就会因此而变虚弱。如果接触得太久，异世界的能力对人类的身体有害。所罗门自己，**"

---

[4] 例如，嵌在乌尔的老女祭司额前的害人之环。她戴上的时候是多么欢呼雀跃！但已经太迟了。

[5] 好吧，并不是实际上耸肩。我没有肩膀。不过我确实让翅膀做了一个非常好的不表态的抖动。

因为完成了那么多伟大的功绩，已经比他自己的年纪老了很多。"

蛾子皱眉 [6]："我看他还好呀。"

"仔细看。戒指在一点一点杀死他，巴谛魔。换作别人到现在早就放弃抵抗了，但那个傻子有很强的责任感。他怕没他贤德的人找到并使用戒指。结果就是这样……"

蛾子点点头 [7]，"也够可怕的……"这可真是个告密的壶呀。当然了，斐洛克里特可能只是疯了，他说的某些事情和那个女孩告诉我的并不相符。比如，得不到大堆的乳香就威胁毁掉示巴的人能是多贤德？话又说回来了，所罗门是人类。这就意味着他有瑕疵 [8]。

不过呢，不亲眼看看怎么知道真假。

"谢谢，斐洛克里特。"我说，"我必须承认听起来似乎你是对的。所罗门确实有弱点。他是很脆弱。"

"啊对，但他也很安全……因为除了我没人知道这些事。"

"呃，现在还有我。"我欢快地说，"我马上就去看看。说不定有机会还能偷走戒指。跟你说吧——你想到我在找机会报仇，得到永恒的荣耀，而你却留在这个无聊的旧瓶子里腐烂。如果你对我客气一点儿，我可能，我可能就把这个壶打破，这样你的苦恼就终结了，但你没有，所以我也不会。如果我还记得，没准儿过一两千年再找时间来看你。到时候再见吧。"

说着蛾子就往壶口去了，这时传来一阵遥远的号叫，我的翅膀都吓得起了波动。一点点空气击打着我，把我吹离了路径。我随后修正路线，到了壶口，一会儿之后，挤出了尘埃和黑暗，回到了鲜活的世界。

我又变成了猫，站在阴影中。我回头看看壶。是不是听见有遥远的声音在尖

---

[6] 好了，好了。对皱眉的解读是"复眼倾斜一点，触须疑问地下垂一点"。解剖学更精确，但太不灵活，你觉得呢？我希望你现在满意了。

[7] 别问了。

[8] 去吧，去看看镜子里的你自己。好好看久一点，看你能不能受得了。明白了吗？瑕疵只是说得好听一点，对不对？

叫、咒骂、喊着我的名字？我仔细听。

没有，什么也没有。

我转回来，从储藏室里瞥着外面的中央大厅。一切都很平静，诱惑咒如金色的烟尘一般挂在沉默的水池和躺椅之上。没有来袭击的怪兽，也没有阿拉伯女孩。不过随后我侦察到，对面的拱门后头的一面墙上，有一盏油灯微弱的光芒，然后又听到两个声音在激烈辩论。一个声音高，很熟悉；另外一个声音低。

猫淡紫色的眼睛闪着光，急速向前，从大厅里消失了，邪恶的计划像拖在它身后的斗篷。

ASMIRA

阿丝米拉

✳

所罗门之戒

CHAPTER 29

　　阿丝米拉醒来的时候非常安静。她躺在地上盯着天花板——盯着灰泥上一条细长的裂缝一直延伸到天花板和交会墙壁的角落里。裂缝并没有什么特殊，但让她迷惑，因为她以前从来没有注意到。她自己的小房间有很多裂缝，好多处旧泥砖已经都快穿透了，还有在她之前的无名卫士刻上的名字褪色的痕迹——阿丝米拉以为自己全都知道呢。但这一道是新的。

　　她又盯着裂缝看了一会儿，张开嘴，放松四肢，然后突然间明白过来，发现天花板上的灰泥被刷白了，这可远超出她所知的实际情况。而且墙的方向也不对。光线太奇怪。床也很柔软。这不是她的房间。她已经不在马力卜了。

　　记忆如洪水般闪回。她叫了一声，在床上猛坐起来，摸索身上的皮带。

　　房间对面有个男人坐在椅子上看着她。

"如果你在找这个，"他说，"恐怕我已经给拿走了。"他简单挥动一下银
匕首，然后放回到自己的膝盖上。

阿丝米拉身体颤抖，心脏怦怦直跳。她眼睛发直，手指紧抓紧凉爽的白色床
单。"那恶魔——"她喘息着说。

"已经按我的命令下去了。"男人微笑着说，"我从它的爪下救了你。我得
说你恢复得相当迅速。我知道有些闯入者心都停跳了。"

惊恐攫住了她，她突然把脚甩到床边，想要站起来——但那男人的一个手势
让她定住了。

"如果你愿意，可以坐着。"他平静地说，"但是不要想站起来。我会认为
那是挑衅的行为。"

他的声音非常柔和轻缓，甚至悦耳，但坚硬的语气不容置疑。阿丝米拉保持
现在的姿势待了一会儿，然后慢慢、慢慢，继续转身，让双脚着地，膝盖放在床
边上。她现在面对那个男人。

"你是谁？"男人问。

他瘦高，穿一件把四肢都遮住的白袍。脸也是细长，有强健的下巴和略有
凹槽的鼻子，灵活的黑眼睛闪着光，灯光下他打量她的眼睛如宝石一般。他很英
俊——或者说曾经英俊过，但他身上沉重地挂满了疲惫的灰影，皮肤上也纵横交
错着细细的线条，尤其是眼睛和嘴的周围。很难说清他的年纪。瘦弱的手腕和手
上的线条、皱纹，已经彻底沾染上灰色的黑长发——这些都是衰老的痕迹，但他
的脸部灵活，动作年轻，双眼也很明亮。

"告诉我你的名字，姑娘。"见她不回答，又说，"你迟早得说。你知道
的。"

阿丝米拉紧闭嘴唇，深呼吸，想要平复心跳。她所在的这个房间，虽然不算
小，但比起她见过的宫里其他区域要逊色多了。而且，这里只有最简单的陈设，
感觉更加私密。地面上有华丽的地毯，不过地面本身不是大理石的，而是深色的
雪松木。墙壁只是刷白，毫无装饰。其中一面墙上有一扇简单的长方形窗户可以

看见夜空。窗边的几个木头架子上堆放着古代卷轴。另一边的一张写字台上有羊皮纸、针笔和各种颜色的墨水瓶。这让阿丝米拉想起了在训练大厅上方她第一次练习召唤的房间。

另外再加上床、男人坐的椅子，还有两张粗制的桌子就是全部的家具了。两张桌子放在椅子两边，方便伸手拿东西。

男人身后的墙上有一座拱门，但从阿丝米拉的角度看不到通向哪里。

"我在等着。"男人说，他用舌头发出咔嗒一声，"或许你是饿了？想吃东西吗？"

阿丝米拉摇摇头。

"你应该吃点儿。你刚刚受惊了。至少喝点儿葡萄酒吧。"

他指着右边的桌子。上面放着几个陶碗，一个装着水果，一个装着面包，一个高高堆着海鲜——熏鱼、牡蛎和鱿鱼圈。

"我的客人们跟我说这个鱿鱼特别好。"男人说，一边说，一边倒了一杯酒，"不过，先喝吧……"他倾身递过杯子，"这个是安全的。这上面我没有施诱惑咒。"

阿丝米拉困惑地盯着他——然后她震惊又恐惧地睁大眼睛。

黑色的眼睛闪着光。"对，没错。"他说，"我就是他。可能不太像你见过的画像吧。来吧，拿着。在你还能享受的时候尽可能享受吧。你大概活不到喝下一杯了。"

阿丝米拉麻木地伸出手接过杯子。他的手指修长，指甲修整抛光过。小拇指第二指节下有一圈亮红色的痕迹。

阿丝米拉盯着他的手指："戒指……"

"在这儿。"他说，随意指了指左边的桌子。桌子中间有一个银浅盘，浅盘上放着一枚金戒指，上面镶着一块黑色的小石头。阿丝米拉看看戒指，又看看国王，再看看戒指。

"你费了那么大工夫就为了这么一个小东西。"所罗门王边说边微笑，但这微笑疲倦而僵硬，"你比大多数人都走得远，但结果还是一样的。现在，听我说。我要再问你一个问题，而你要张开这两片倔强的嘴唇，热情并且好好回答问题，不然我就戴上戒指，然后——嗯，你觉得会发生什么？最终结果你怎么都要说的，不会有什么区别，不过你就没有现在这么漂亮诱人了。这么说我自己也很痛苦，但天已经晚了，我累了，坦率地说在我房间里发现你让我有点儿惊讶。所以，好好喝杯酒，集中精神。你是来杀我并偷戒指的——这显而易见。我想要知道其他的。首先，你叫什么名字？"

阿丝米拉计算了一下从床到椅子的距离。她要是站着，可能就容易跳那么远；她可以在他够到戒指之前打到他的左胳膊，抢过匕首把他刺穿。但坐着就比较难了。她可能可以快速阻止他的手，但可能性不大。

"你叫什么名字？"

她不情愿地看着他："赛蕾妮。"

"你从哪里来？"

"希米耶尔。"

"希米耶尔？那么小又那么远？"国王皱眉，"但我跟那片土地没有任何关系。你到底为谁效力？"

阿丝米拉垂下眼睛。她没有答案。她那个假身份又不是为了被捕被审问时候准备的。这种情况下，她没想自己能活着。

"最后一次机会。"所罗门王说。

她耸耸肩，别开眼睛。

所罗门王不耐烦地敲打椅子扶手。他够到戒指，套在手指上，转了一下。房间变暗了。砰的一声，空气似乎固化了，把她扑过床，撞到墙上。

等她睁开眼睛，一个东西站在国王身边，比阴影还黑。从它身上散发出力量和恐惧，就像是一团火散发出热量。黑暗中的什么地方，她听见卷轴和羊皮纸在台面上扇动的声音。

"回答我！"国王的声音雷鸣般响起，"你是谁？你为谁效力？快说！我的耐心就要用完了！"

那个东西向她移动过来。阿丝米拉怕极了，喊出了声。她缩在床上发抖："我叫阿丝米拉！我来自示巴！我为我的女王效力！"

那个身影立刻就消失了。阿丝米拉的耳朵嗡嗡作响，鼻子里流出细细的血丝。房间周围的油灯又恢复了正常的亮度。所罗门王带着疲惫和愤怒，把戒指从手指上取下来，又扔回银盘中。

"巴尔绮思女王？"他说着把手滑过脸际，"巴尔绮思？年轻的小姐，如果你敢对我撒谎……"

"我不撒谎。"阿丝米拉慢慢挣扎着回到坐姿，眼中含着泪。她感觉到压倒一切的恐惧已经跟着戒灵一起消失了，现在她为自己的背叛而羞愧，不知所措。她只是憎恨地盯着国王。

所罗门在椅子上轻击手指。"巴尔绮思？"他又想了想，"不！为什么会这样？"

"我说的是事实。"阿丝米拉争辩道，"不过既然我说什么你都会杀了我，那又有什么关系呢。"

"你惊讶吗？"国王似乎很难过，"亲爱的年轻女士，并不是我潜入这里往别人背上插一把刀。只是因为你并不是普通类型的恶魔或是刺客我才和你说话。相信我，他们中的大多数都乏味到明显不用解释。不过你……我在观星台上发现一个漂亮姑娘，晕了过去，皮带上一把银匕首，地上还嵌了一把，而且没有明显的迹象表明她是怎么躲过我宫里的哨兵还爬到这里来的——我得说我很困惑且好奇。所以如果你有一点点常识，就利用我这点兴趣，把难看的眼泪擦掉，赶紧好好说话，并且向你崇拜的随便哪个神祈祷我的兴趣保持得长一点。因为当我厌倦的时候，"所罗门王说，"我就要转动戒指了。那么，按你所说，巴尔绮思女王派你来的，为什么会这样？"

他一边说话的时候，阿丝米拉一边用脏袖子使劲擦了擦脸，而且同时也在床上向前移动了一点。她现在只有最后一次孤注一掷的希望了。不过她可能还能再靠近一点点……

她放下胳膊："为什么？你怎么能问我这个问题？"

国王的脸沉了下来。手又伸了出去——

"你的威胁!"阿丝米拉惊慌地叫出来,"你残忍的要求!我为什么要跟你说这些?示巴承受不了你的权力,这你知道得很清楚,所以我的女王为了挽救她的荣誉做了她能做的!如果我成功,我的国家就得救了!相信我,我为自己的失败而诅咒自己!"

所罗门并没有拿起戒指,不过手指就放在戒指上方。他面容平静,但呼吸深沉,好像在承受痛苦。"这似乎——对某个提出婚约的人采取这样的行动是很反常的。"他缓慢地说,"拒绝我可以接受。行刺就有点极端了。你不这么觉得吗,阿丝米拉?"

听见他叫自己的名字,她怒目而视:"我不是在说求婚的事。你威胁要入侵!你要乳香!你发誓说新月的时候要毁掉我国!"

"的确是可怕的威胁。"

"对。"

"但我没有说过。"他深深坐进椅子里,细瘦的指尖碰在一起,盯着她。

阿丝米拉眨眨眼:"但你确实说过。"

"不是这样的。"

"我们女王是这么说的。你肯定——"

"又说到这里了。"所罗门王说着从身边的碗里拿了一个无花果,"我得赶紧教育你一下国王的做事方式。可能,在外交事务上,有时候某些特定王室用词的含义是有弹性的,或者某些特定的事情是心照不宣的,但是当一个国王看着你的眼睛告诉你是什么样的时候,就是什么样的。他不说谎。即便是暗示也和去死没什么区别。你明白了吗?看着我。"

阿丝米拉勉强慢慢看着他的眼睛,和魔法师大厅那张壁画相比,她只能辨认出他那毁灭性的性格。那双眼中满是无法辩驳的权威。她不由自主,尽管很愤怒,但她还是不高兴地说:"是,我明白了。"

"好。那现在你就左右为难了。"

她犹豫了："我的女王……"

"再告诉你点儿别的。我们其中一个在说谎——或者说是弄错了。"

他的语气很温和，而且说话的时候还带点微笑，但阿丝米拉还是一缩，好像受到了攻击。这是以安静的方式，对她所珍视的一切事物的直接攻击——就和烧掉马力卜的塔一样暴力。她整个生命的意义——还有她母亲的——就是保卫女王和示巴。女王的意志不能受到质疑。她做的任何事都是对的；她说的任何话都是对的。不然就动摇到了阿丝米拉清醒时所做的每件事的基础。所罗门的话让她感觉头晕。她站在悬崖边上，就要掉下去了。

她又往床边稍微移动了一点儿，说："我的女王不会说谎。"

"那么，她可能会弄错了？"

"不会。"

"噢，我猜一个奴隶也没有什么思维能力。"所罗门从果盘中拿起一颗葡萄，一边嚼一边想，"我得说我对巴尔绮思很失望。我听说她聪明又优雅，但这事做得太差劲了。不过凤头麦鸡知道什么呢？它们还告诉我她很美，我估计它们也错了吧。根本信不过一只候鸟。"

阿丝米拉生气地说："她是很美。"

他哼了一声："那么，现在婚姻还有点儿小机会。她是怎么听说我那个邪恶的计划的？她说过吗？"

"从你的恶魔信使那里。"

"那可能是任何人派出的。老实说，一个孩子都可能会想到要确认一下。阿丝米拉——我看见你正向我这个方向慢慢移动臀部。拜托，住手吧，不然戒灵就会代替我和你说话了。你已经见过了，他没有我那么好脾气。"所罗门王叹了口气，"我们已经确定，"他继续说，"你是因为误会而被派到这里来的。你接受的命令具体是什么？"

"杀你。拿走戒指。如能我能做到的话。"

"如果你被捕了会怎样？通常都会这样。"

阿丝米拉耸耸肩："那我就把刀转向自己。"

"这是你女王的命令？"

"她……没有这么说。是女祭司说的。"

所罗门王点点头："但是巴尔绮思没有反对。她对你打算赴死感到满意。我必须得说，"他补充道，"这个女人拒绝我之前的求婚我感到宽慰。想到后宫之中有这么一位夫人就够让任何一个男人害怕了。我应该谢谢你，阿丝米拉，开阔了我的眼界。"

愤怒像酸侵蚀她的肚子："你发现我的时候怎么不杀了我？"

"我不是那种人。另外，我还有其他问题。谁带你来这儿的？"

"我自己来的。"

"阿丝米拉，你无疑很有决心，而且非常善于使刀，但这两种品质都不足以让你能进入我的房间。任何一个普通的刺客——"

"我不是刺客，我是个世袭卫士。"

"你得原谅我，区别太小了。如果你是普通的'卫士'，"国王继续说，"那就是有魔法能力高强的人协助你。另外一种唯一的可能性，你自己就是个有才能的魔法师，有强大的奴隶听你差遣。"他怀疑地看着她。

阿丝米拉睁大眼睛。自打她醒来，注意力第一次走神。她想起了巴谛魔。他曾经警告她那是陷阱；他曾经想要阻止她。而现在她被捕了，而他……死了或者跑了。

"噢，那就是真的了？"国王追问道，"你是怎么到这儿的？"

"我是……被自己召唤的一个魔灵带上来的。"

"是吗？那它在哪儿？我派出了哨兵但什么都没找到。"

"我想你的恶魔已经毁掉它了。"阿丝米拉说。

优雅的眉毛皱了起来："是哪一种类型？魔王？"

"巨灵。"

"哦，现在我知道你在说谎了。"国王伸手从银盘上拿起戒指，"区区一个巨灵躲不过我下面所有的奴隶。你不是魔法师。但肯定有一个魔法师帮你……"

他眯起眼睛，变得严厉还带着怀疑，"那么是谁？我手下人之中的一个？"

阿丝米拉困惑地皱眉："什么？"

"海勒姆？尼索奇？哈巴？快说，你在保护某个人。"他朝窗子挥挥手，"十七子在下面他们的小塔楼里越来越没耐心了。他们接近权力的核心，但没有他们希望的那么靠近！谁知道呢，没准他们秘密和你的女王串通。没准，像她一样，找一个年轻好骗的，头脑发热，被热血冲昏了头脑的——一个自己就能反对我的！"阿丝米拉想要说话，但国王的声音变大了，他在椅子上向前倾身，"没准你就直接给他们工作！告诉我，阿丝米拉，如果你潜到这里来完成你的自杀任务，他们给你什么？爱情？丝绸？财富？快说，戒指已经在我手指上了！说！在戒指转动之前告诉我真相！"

一时间愤怒和困惑让阿丝米拉目瞪口呆。然后她大笑起来，她把没碰过的酒小心放在地上，然后慢慢站起来。"我已经把真相告诉你了。"她说，"转戒指啊，一切都结束了。"

所罗门王面目狰狞："坐下。我警告你——坐下！"

"不。"她向他走去。

"那你就让我别无选择了。"所罗门抬起左手，用右手的拇指和食指转动左手小指上的金环。

阿丝米拉站住脚。她闭上眼睛，血涌上脑袋……

什么都没发生。她听见国王在什么地方，好像隔了一层似的，低声咒骂了一句。

阿丝米拉睁开一只眼睛。所罗门还像刚才那样坐着，绕着手指上的戒指。绕啊绕，但没有可怕的存在出现在他们两人中间。

她现在再看的时候，细细的金环变得松软潮湿，有点发灰还有点腥气。它松松套在国王的手指上。所罗门王和阿丝米拉都张大嘴盯着它。

"鱿鱼圈……"阿丝米拉有气无力地说。

所罗门的声音几乎听不到："有人换了……"他才要说。

"啊，对，那就是我。"说到这里，一只有条纹的小沙漠猫从最近的一个卷轴架后面漫步出来，胡须闪耀，眼睛发光，尾巴得意扬扬地高高竖起。它看上去对自己无比满意。它慢慢悠悠走过地毯，到两人中间停了下来。"一个'区区巨灵'为您效劳。"它说着，伶俐地坐下来，把尾巴蜷在爪子旁边，"一个'区区巨灵'——"它在这里停顿一下，戏剧化地对他们眨眨眼睛——"在你们两个像卖鱼妇一样聊得正欢的时候，给自己弄了一个戒指。"

CHAPTER 30

我让事情看起来很简单，是不是？但一切可不是那么容易的。

没错，进入房间并不太难——没有任何的陷阱或哨兵，而且我往门里偷看的时候所罗门是背对着我的，而且我偷溜到窗边的架子后也是轻而易举，因为他和那个女孩都被他们之间那场紧张的"讨论"给吸引住了，很难注意到一只小心飞过的苍蝇 [1]。

不过从这个时候开始，事情就变得棘手了——主要是因为戒指的特性。

它对小偷而言太过明亮了。第一界层里这个房间是由几盏闪烁的油灯提供足

---

[1] 在那时苍蝇其实是个额外加分的选项。他们太全神贯注了，就算我变成一只浮夸的独角兽，单脚旋转进房间，他们都不会注意到我。

够的照明 [2]，但在高级界层里，这一小块金子的光环把所有东西都照得比埃及正午的沙漠还要白亮。太亮了，弄得我都难以使用内眼。从那时起，除了最简单的攫取动作之外，我都只能停留在第一界层里。

实际偷天换日的手法——在鱿鱼圈上施个暂时的幻术，和盘子里的真戒指调换——至少在原则上来说，那也很容易。偷东西是巨灵的第二天性——一般来说都是，主要是因为全都是受命去做的 [3]。于是沙漠猫只是偷偷走到所罗门的椅子后面，等到那姑娘义愤填膺，和国王一样发作起来。很快他们都瞪眼怒吼，于是我就伸出爪子，用比眨眼还快的速度调换过来，然后赶紧向窗户边退去。

这时我才碰到了真正的困难。

那戒指弄得我太疼了。

当然，所罗门存放戒指的银盘对我的灵髓一点好处也没有。如果那上面放的只是普通的东西，我会很不情愿走到那附近的任何地方去的。但为了偷所罗门之戒呢？起点儿泡我还是能应付的。于是我收紧腰间的皮毛，就干了，但就在我离开银器恶毒的寒意时才意识到我轻轻叼在牙齿间的戒指也会导致问题。

并不是像银（或铁，或其他任何让魔灵讨厌的东西）那种冰冷灼伤的感觉。比那要热，而且一开始并没有那么麻烦。一开始只是非常微弱地刺痛我叼住戒指那周围的灵髓。奇怪的是这种感觉有点熟悉——疼，但又舒服——很快就变成了尖锐、持续的拉扯感。此时沙漠猫已经回到卷轴架后面躲着了，我觉得几乎要被拉成两半了。我把戒指吐在地板上，惊诧地观察它（在第一界层）。

斐洛克里特没有撒谎。这个小金环里的异世界能量脉冲太强烈了。这东西本来是作为各个维度之间的快速入口而造的，就算是关闭了，仍有气流从门里漏出来。拉扯感和我在地球上被遣散的时候感觉到的一模一样。那么，它当然欢迎

---

[2] 那些油灯都粗制滥造还有缺口，这些无疑都是所罗门给他谦卑的白粉小卧室特别选的，为了和陶土盘子以及原木家具配套。我敢打赌在经历了一天的奢华之后这里会让他觉得特别贤德特别朴素……而且，非常荒谬的是，相对以往，会觉得比我们大多数人都更有优越感。

[3] 其实，我当年天真幼稚地来到地球上，第一件工作就是从乌尔的爱神圣殿里偷一座保佑多产的塑像。从道德层面上来讲，这就基本铺好了我接下来两千年的基调。

啦，因为我可以对它投降。而且，现在虽然它和我一样被困在地球上，但它一点儿也不疼。可我就拿了戒指那么一小会儿，灵髓就有点失去平衡，被强力拉扯出所在的形体。不敢想如果我真的戴上戒指会发生什么事 [4]。

不必说，所罗门每天都戴着戒指。

我还是没有看见他的脸，不过从背后我也知道他和在建筑工地的时候看起来不太一样。头发灰白是其中一件，而且他的胳膊和手都瘦得很不吉利。我瞬间就理解了他所付出的代价。

我静静地坐着，眼睛怀疑地盯着戒指，并用从刚刚的接触中恢复所需要的时间思考着。与此同时，架子前面的争吵火力全开，女孩和国王都已经勃然大怒。我有部分还是希望所罗门老大会输，然后从什么地方弄出个火灵来，把女孩炸成碎片，这样我就能离开躺在地上的戒指，掉头回家了。但我的希望落空了。他很明显不喜欢在晚上让任何种类的魔灵（或人类）进入他的房间。他依靠幻象——比如很多触手的怪物——还有他可怕的名声不让敌人靠近。

同样的，如果女孩是个真正的刺客，突然凌空一脚，一个花式旋转，在落地之前用大腿扭断他的脖子。那我愿意花大价钱看这一幕。但她只是红了脸，有点大声喊叫而已，而且一怒之下决定结束这一切 [5]。

让所罗门冷酷地转动手指上的戒指。

让他发现一切并不是表面所见。

让我突然出现，而且尽可能随意，而他们都呆住了 [6]。

我的职业生涯中已经经历很多糟糕的时刻了。

"你好，阿丝米拉。"我高兴地说，"你好，所罗门。"我用一只爪子挥挥

[4] 更不说试着使用了。转动戒指就等同于打开了通往异世界的大门，那魔灵的灵髓就完全暴露于异世界的全力牵引之下了。任何一个被困于地球的魔灵尝试此事都肯定很快被撕成两半。像斐洛克里特、阿祖勒和其他数不尽想要戒指的魔灵没有活着找到戒指是多么讽刺啊。

[5] 其实，我对她反抗所罗门时的坏脾气全开的印象很是深刻，只除了刺激对方用"戒指"这一点。不过从旁观的角度来看，绝望之下的背水一战是最好看的。

[6] 呆住了是委婉的说法。两块上面乱画着卡通脸孔的石板都比刚才的所罗门和女孩要来得生动。

胡须，"第一个恢复过来的人有奖。"

女孩发出一声压抑的喘息："我以为你死了。"

"没有。"

"我以为那个巨型恶魔——"

"那不是。那是个幻象。所罗门似乎很擅长此道。"

她对国王怒目而视："你说你从它手上救的我！"

"任何人说的任何话都不能相信，对不对？"我对所罗门眨眨眼，他一点也不明了地盯着我，"我们又见面了，王啊。只不过和上次的环境大不相同。"

一个停顿。噢，也难怪，他以前没有见过我是猫的样子。另外他可能还处于震惊之中。

我轻声大笑："好吧，我的朋友。乌鲁克的巴谛魔为您效劳。"

"谁？"

猫的尾巴尖恼怒地稍微弯了弯，"巴谛魔，乌鲁克的。您肯定记得……哦，高高在上的马杜克大神 xxvi 啊。"猫脑筋迅速一转，变成了一只穿裙子的小河马，短粗的前臂愤愤地插在大腿上，"哎，您可能记得这个？"

阿丝米拉向我眨眨眼睛："这就是你平常的伪装？"

"不是，噢，不经常。你看啊，说来话长了。"

所罗门突然动了一下："我想起你了！你是哈巴的巨灵之一！"他看了女孩一眼，"所以，这么说……是那个埃及人派你来的……"

我同情地摇摇头："差远了！我不是哈巴的奴隶了！乌鲁克的巴谛魔有办法逃出最严苛的奴役。没有魔法师能束缚我很久！我无数次——"

"哈巴把他困在瓶子里。"女孩打断我说，"我把他放出来。他现在是我的奴隶。"

"严格地说 "我怒视，"是这样没错。不过这样也不会很久了。我已经知道了你出生时候的名字，阿丝米拉，这样你就突然处于不利地位了。如果你想活得长久些，我建议你马上把我遣散。"

女孩不理我。她走到所罗门身前，从他膝头抢过银匕首。而国王并没有阻止她。她站在椅子旁边，用武器指着他。

"把戒指给我，巴谛魔。"她突然说，"我们要走了。"

我清清嗓子："等等。你听见我说的话了吗？我知道你的名字。我可以躲开你抛出的任何咒语。"

"你还是得按我说的做，对不对？戒指在哪儿？"

"遣散我，我走的时候就告诉你。"

"什么？你以为我会同意吗！"

以色列的所罗门王就这么坐在椅子里，专心地看着我们。他突然说话了，虽然看起来很是脆弱，但声音里依旧带着不容置疑的意味："乌鲁克的巴谛魔，你完成我交给你的任务了吗？"

"什么任务？"河马瞪眼，"你是说肃清沙漠里的强盗？是啊，我完成了，碰巧，不过现在真不是说这个的时候。听我说，阿丝米拉——"

"告诉我强盗的事。"所罗门坚持说，"他们是谁？他们的领导是谁？"

"呃，他们是伊多姆人的国王派来的，因为你不停追要巨额岁贡把他惹恼了。不过你也同意现在不是时候——"

"岁贡？这是什么岁贡？我从来没有要过！"

"伊多姆人的国王认为你要过。"我说，"就和示巴女王认为你要她的乳香一样。都很费解，是吗？有人在你背后捣鬼。不过原谅我，伟大的所罗门啊，你似乎还不太了解现在的情况。你毫无权势。我偷了你的戒指。"

"纠正一下：是我偷的。"女孩说，"我是他的主人。"

"名义上的。"河马吼道，"但不长了。"

"把戒指给我，巴谛魔！"

"不！我的遣散费怎么办？"

"去吧，巴谛魔。"所罗门突然说，"干吗不把戒指给她？"

女孩和我都犹豫了。我们中断争吵，都盯着他。

所罗门王在椅子上伸个懒腰，拿起一块熏鲭鱼扔进嘴里 [7]。必须得说他对眼前的事件似乎并没有预料的那么不安。"把戒指给她。"他又说，"为什么不呢？为什么要勉强呢？你应该自己问问，示巴的阿丝米拉，你的仆人为什么在这么简单的事情上犹豫。他肯定是希望完成任务，这样你就可以让他走。可能是，"所罗门继续说，他用疲倦的眼睛看着我们，一个接着一个，"这个巨灵知道某些你还没有意识到的事情吗？可能是他想在你找到之前远离这里吗？"

河马顺从地鼓起脸颊。当然，他说得对。我用一只前脚向最近的卷轴架甩了甩。"你要戒指吗？"我叹了口气，"就在架子底下，另外一头。"

女孩冲我皱眉。"看着所罗门。"她说。

她越过我走向架子，蹲下身。她手指探索了一阵，然后发出一声胜利的惊呼。我眯起眼睛，等待着。

一声尖叫，然后是戒指滚落地面的声音。等我看过去的时候，那女孩把手紧紧夹在胳膊底下。

"好烫！"她叫道，"你做了什么，恶魔？"

"我？"

"你在上面放了什么邪恶的魔法！"她用好的那手挥舞着银匕首，"赶快去掉，不然我发誓——"

就在此时所罗门王站了起来，虽然（坦率地说）他穿着睡袍，虽然他体型瘦弱，虽然他的脸没有了幻象的遮掩，布满皱纹很是苍老，但他还是突然散发出极大的权威，于是那女孩和我立刻就安静了。"这巨灵说得没错，"他说，"所罗门之戒让人疼痛。这是它的本性。如果你希望证明，看这里。"他举起手，手指上有一个发青的痕迹。

女孩盯着看。"我——我不明白。"她结结巴巴地说，"不，这是个诡计。我不听你的。"不过尽管她的眼睛还流连在脚边地上的小金块和黑曜石上，但她没有捡起来，也没有做任何要捡的动作。

---

[7] 注意：不是鱿鱼圈，他似乎把鱿鱼圈弄没了。

"这不是诡计。"我说，"它也烫伤了我。"注意我已经从穿裙子的河马变成了黑发的年轻苏美尔男孩，没有诱人的曲线可以反映此刻的重力。我感觉有什么重要的事很快就要发生，而我不知道会如何发展。

"但是为什么会发烫？"女孩悲哀地问，"那我的女王会——我以为这戒指——"

所罗门平静地说："让我告诉你我对戒指的了解吧，阿丝米拉。之后你可以随意处置它——和我。"

她犹豫了，看看门，又看看脚边的东西。她盯着所罗门，匕首握在手中，隐约咒骂了一句："那就快点，别耍花招。"

"我年轻的时候，"所罗门王立刻就说，"对过去的珍宝感兴趣——这种热情现在还在 [8]。我游历远方搜寻它们，到底比斯和巴比伦的市场去交换古代的遗物。我还去过现在已经不知名的古老城市和地方探寻遗迹。有一座遗迹就在底格里斯河边的沙漠中。现在已经什么都不是了，只有成堆的沙丘和泥土覆盖在上面。经过多少世纪，毫无疑问多数秘密宝藏都被抢光了，但其中最伟大——也是最恐怖的——仍然未受打扰。"

他顿了顿，表面上咳嗽起来，但可能（考虑到他表演得太过火了）是为了建立一种紧张气氛。我注意到他站着的样子，灯火在头上投射出一圈精美绝伦的金色光环。所罗门，就算手中没有权力，也是个好演员。

我也看着那姑娘。她皱着眉（一如往常），但触摸戒指带来的震惊还在影响着她，她似乎愿意等等，听听故事。

"等我到达遗迹的时候，"所罗门继续说，"不久前一次地震让其中一处的表面上裂开了一个小口。泥土塌了下去，露出了一截泥砖墙，一座半倒塌的拱门，还有——后面——通向地下的一截楼梯。你完全可以想象我的好奇心有多炽热！我点了盏灯，爬下去，不知道往下走了多深，到了一扇破旧的门前。有些古代的岩石落下来已经把门砸裂了，不论那上面有什么魔法，也早就不起作用了。

---

[8] 换句话说，他是典型的魔法师，想要老旧的玩意儿来增强他的力量。

我挤进黑暗中——"

"你也太——太——幸运了！"我叫道，"苏美尔的好房间是以陷阱出名的！通常那里会有大量的魔法和其他东西。"

"我是不是幸运，"所罗门王急躁地说，"就留给你们去判断。别再打断我。按我说的，我挤进去，发现自己身处一个小房间。房间中央，"——他再次想起那种恐怖的时候，耸了耸肩——"房间中央有一把铁椅子，而椅子上，用古代的绳索，捆着一个木乃伊化的尸体——我不知道是男是女，我已经被巨大的恐惧所控制，只想逃跑。我转身的时候，看见木乃伊纸一样干瘪的手指上金光一闪。我贪婪地抓住了它，那手指断了，戒指在我手里。我戴上了。"——他举起手，手指上的红痕鲜亮红肿——"那种疼痛立刻就向我袭来，我倒下去，什么都不知道了。"

所罗门喝了口酒。我们沉默地站着。这次连我都没想要插嘴[9]。

"我在那个可怕地方的黑暗中醒来，"国王继续说，"伴随着烧伤的疼痛。我的第一个念头就是摘掉戒指。我笨拙地摘戒指的时候，它在手指上扭了一下，立刻一个柔和的声音在我肩头问我的愿望是什么。你肯定知道我希望什么，我想就算是要死，最后一口气也要回家。片刻之后，我头晕目眩——等我醒来的时候，我已经在耶路撒冷的家里了，太阳温暖地照着我。"

"你瞬间就被转移过来了？"且不说那个满脸动容、充满惊奇的姑娘，就连这一辈子已经有一些见识的英俊苏美尔年轻人，也不情愿地被震惊了[10]。

"正是如此。"所罗门说，"嗯，我简单一点好了，你们都能猜到其余的事了。我很快就知道了关于戒指的两件事。首先，它戴在我手指上，我就有梦寐以求的力量。戒灵非常伟大，他可以提供数不尽的奴隶供我差遣。只要碰一下这

---

[9] 我在想那具不知名的尸体，那人被绑在椅子上，戒指还在手上，然后又被小心地活埋。所有的力量（和疼痛）都在指尖，却被迫忍受无助的死亡！这结局太可怕。另外很明显的是，古代的行刑者是多么渴望摆脱这枚有着神奇名头的戒指呀。

[10] 自发地转移是非常、非常艰难的，我做不到。我认识的人里没有能做到的。魔灵唯一能瞬间从一地转移到另一地的时候是被召唤的时候，而且我们是由灵髓构成的。照这样移动一个肥胖沉重的人类（比如你）就更难了。

块石头，就能召唤它们；而转动戒指，戒灵自己就出现了。因此我立刻就能实现心里的愿望。而第二点，就不那么让人高兴了。"——他眼睛闭上了一会儿——"就是戒指施加的疼痛，而且从来不会放松。不仅如此，我每次用它，我自己的力量就减少了。早些年，我还年轻的时候，我每天都用——我建造了这座王宫，建立了王国，强迫周边的国王放下武器求和。我开始用戒指帮助危难之中的人们。最近……"——他叹了口气——"变得……越来越难了。就连最轻度的使用都让我疲惫，我必须休息很长时间才能恢复。这太遗憾了，因为每天都有成百上千的人到我门前请求我的帮助！我只能越来越多地依靠争吵不休的魔法师来帮我工作。"他停下来，又开始咳嗽。

"但你的确是明白的，"我说，语气很是同情，因为所罗门的故事让我很是赞同 [11]，"你手下有些魔法师可不像你那么……正直，甚至是彻底的坏人，比如，哈巴——"

"我知道。"所罗门说，"出于本能，十七子之中不少人既邪恶又强大。我把他们留在身边，用戒指威胁他们让他们紧张。这是个很好的策略。总比放他们在远处阴谋反对我强。而同时，我又在利用他们的力量。"

"对，好吧，但我觉得你知道的并不完全——"女孩突然站在我们中间，用匕首指着国王的喉咙。"巴谛魔，"她低声说，"别像结了盟一样跟他说话！拿起戒指，我们得走了。"

"阿丝米拉，"所罗门王说，他并没有因为匕首的刀锋而退缩，"你已经听过了我的故事。现在看看我的脸。难道你想让你的女王也变成这样？"

她摇摇头："她不会的。她不会像你一样戴着戒指。"

"啊，但她会的。她肯定会。不然就会被偷！世界上没有什么，"所罗门王说，"能像这个戒指一样那么受人渴望。她会被迫戴上，你连碰一下都会疼，而她会发疯。阿丝米拉，什么都比不了戴上之后的感觉。试试，戴到手指上，亲眼看看。"

阿丝米拉握着匕首的手没有收回，但她也没有回答。

---

[11] 我对身不由己和长期忍痛也有所了解。

"不要？"所罗门说，"我不惊讶。我已经不再想要戒指了。"他突然坐下，就是一个缩皱的老人，"嗯，你可以选择。如果必要就杀了我，带戒指去示巴。然后几十个魔法师会为之争夺打仗，世界就会起战争。不然就放下，然后走人。让我继续背负重担，我会保证戒指的安全，尽可能用它做好事。我不会阻拦你们离开，我发誓。"

我不像自己似的安静了一会儿，让所罗门安静地说话，不过现在试探性地向前迈出一步。"在我听来不错。"我说，"把戒指还给他，阿丝米拉，我们走——嗷！"

她把匕首挥动一圈，指向了我，光环刺痛了我的灵髓。我叫着向后跳。她还是没说话，沉着脸，目不转睛，似乎没看我也没看所罗门，而是远处的什么东西。

我再次尝试。"听我说，"我说，"把戒指扔了吧，我带你回家。怎么样？虽然，我没有哈巴那么好的大地毯，不过我肯定能给你找一条毛巾、餐巾之类的。你能看出来所罗门说得对吧？那戒指就是个麻烦。就连古人都不用，他们把它封在墓穴里。"

女孩还是什么都没说。国王还是安静坐在椅子里，一副听天由命的态度，但我知道他正仔细观察她，等她发话。

她抬起眼，最后定在我身上。

"巴谛魔……"

"是，阿丝米拉。"

想必在听了故事又亲眼见识过了之后她能懂道理了。想必在亲身感受到戒指的力量之后，她会知道该做什么。

"巴谛魔，"她说，"给我把戒指拿起来。"

"给所罗门？"

"带去示巴。"她面容僵硬，毫无表情。她转身，看也不看国王，把匕首收进皮带里，向门口走去。

BARTIMAEUS

巴谛魔

✳

所罗门之戒

CHAPTER 31

运送像所罗门之戒这种力量强的的物体，实在是个困难的任务，尤其是你还在极力避免自己被烤焦。

理想的情况是，我把它放进一个衬铅的盒子里，把盒子放进麻袋里，再用一条一英里长的链子拖着麻袋走，这样我的灵髓还有视线都不用忍受戒指的光芒。而我现在只能用从所罗门的写字台上找来的羊皮纸随便把戒指包起来 [1]。这种办法还算是比较好地挡住了戒指的高热，但就算是几层粗糙厚重的羊皮纸也挡不住那让人不舒服的光环。我还是感觉手指刺痛。

女孩已经走了。我像个不情愿的奴隶一样小心翼翼拿着纸包，跟着她。到门口的时候我停顿了一下，回头看了一眼。国王还坐在椅子里，下巴都快垂到胸口

---

[1] 大略看了一眼，纸上似乎是他在写的什么歌。我没有细看，不像是什么好东西。

了。他似乎更老了，比之前背更驼，也更抽缩了。他没有看我，也没有阻止我的盗窃行为。他知道我不会把戒指还给他，虽然我很想还。

没什么可说的，我慢慢沿着过道走出去，只留下所罗门王静静坐在刷白的小房间里。

走到外面的大屋，过了水池，过了通向观星台的门和储藏室，过了施了诱惑咒的金色桌子，穿过门帘、防护网和拱门，又回到了阳台上。上空，星星依旧发出壮丽凄冷的光辉；下方，王宫的灯火在花园之外闪烁。

女孩在扶手那里等着，看着南方。她胳膊交叉，微风轻拂她黑色的长发。

她没有看我就问："你拿到戒指了？"

"哦，我拿到了。"

"带我和戒指去示巴。我不在乎怎么去，变成鸟、蝙蝠或随便什么你喜欢的怪兽都行。尽快把我送到那儿，等到了我就把你遣散。"对某个刚刚完成了不可能的任务的人来说，她似乎一点儿也不轻松——说实话的话，更加因为愤怒而绷紧。

而她不是唯一一个。

我说："我们一会儿就去。我想先问你点儿事。"

她指着下面的南部花园，那里有几盏灯火仍然像黄蜂群一样窜来窜去："没时间说话了，要是所罗门通知警卫怎么办？"

"我们现在有这个。"我握着羊皮纸包，冷冷地说，"这个会给我们足够的时间。如果他们发现我们，你可以就这么戴上戒指，对不对？那就能把他们全都赶走。"

她摇摇头，还因那一碰的记忆而发抖："别傻了，我不会那么干的。"

"不干？那你还希望你那宝贝女王去做？以为她能受得了那种疼吗？"

"巴尔绮思女王，"女孩声音平板地说，"会知道要怎么做。"

"但她会吗？"我现在靠近一些，"可能你不明白所罗门告诉你的过去的事。"我说，"他没说谎。你已经亲身感受到了戒指的力量，阿丝米拉。你也已经听到是怎么回事。你真的想要把这种力量释放到世界上？"

她的怒气突然爆发出来，但只有一点点："所罗门已经释放了那种力量！什么都不会变的。"

"哦好吧，我不是说支持所罗门，"我说，"但我得说他已经尽力不去释放了。他把戒指封闭在这里，而且尽可能少用。"

女孩发出一声很不女人的响亮嘲笑声："错了！他威胁示巴！"

"哦，算了吧！"不过我的嘲笑声更大，"你不会还真的相信吧？我和你都听见了。他为什么要推卸责任？他那时候可是抓住你了——他没必要撒谎。只要有一半脑子的人都能看出有人在捣鬼，那——"

"那不相关！"女孩叫道，"我都不在乎。我的女王给了我任务，我就执行。就这样。我必须服从她！"

"你说话就像个奴隶。"我冷笑，"你不是非要服从她不可，这才是正道。据我所知，巴尔绮思一般情况下是道德典范，但她在这里犯了错。所罗门在你拿着匕首偷溜进他的卧室之前都不是敌人。就算是现在我认为如果你把戒指放回去他也放你走而且——哦，随你到处乱逛，年轻的女士，但这样也改变不了明显的事实！"

女孩愤怒地叫着转身，沿阳台大步走来——但要我说，她像是在跳某种简单的阿拉伯舞蹈，她又转了个身，用手指指着我。"我不像没有忠心的恶魔，做什么事都要强迫，我有神圣的使命，"她说，"我在心里坚守责任。我忠心为我的女王服务。"

"那也阻止不了你们把事情搞糟。"我说，"巴尔绮思到底多大？三十？四十？最多四十了吧？那么，听着，我已经有两千年来积累的智慧了，连我有时候还会弄错事情。比如说，我在山谷里遇到你的时候，以为你有点不同，聪明、头脑灵活……哈！我错得有多离谱啊？"

"这不是聪明不聪明的问题。"女孩怒吼，更加精准地指着我，"这是信任的问题。我相信我的女王，服从她的一切。"

"一切？"

"对。"

"这么说的话。"——这有个很好的例子,我一直没说呢——"你为什么没有杀所罗门?"

一片沉默。我把羊皮纸包放在扶手上,以一种坚决、冷静又带有优越感的方式抱着胳膊。女孩犹豫了,双手有点不确定地颤抖:"那个,没有必要。他没有戒指就什么力量也没有了。"

"但你受命要杀他。而且我想起来,这是最优先的任务,戒指倒在其次。"

"没有戒指,他很快就会死。"那女孩说,"其他魔法师一发现就会结果了他——"

"还是没有回答我的问题。你为什么没有杀他?你有匕首。或者你也可以让我来做。我以前杀过国王,而且还不少 [2]。但你没有,我们就这么走了,没下杀手,连刑罚都没有。我再问一次:你为什么没有杀他?"

"我做不到!"女孩突然叫出来,"行了吗?我做不到,他就那么坐着。我拿着刀过去的时候想下手,但他毫无保护。这只能让我——"她咒骂了一声,"下不去手!所罗门有力量的时候抓到我,但他没有杀我不是吗?他本应该杀我,但他没有。而和他一样,我失败了。"

"失败?"我盯着她,"这是一种说法。另外一种说法可能就是——"

"不过没关系。"她说,"我会带着戒指回示巴。"她的脸在我看来像一颗猛烈发光的白色星星,在黑暗中闪着光,"在这上面我没有失败。"

我挺起身。现在到了直指痛处的时候了。她的自信,虽然表现得淋漓尽致,但还是会让她失败,而且可能已经失败了。要是我弄得好,我就能在此止步,省了一趟带着烫人的戒指去示巴的痛苦旅程。谁知道呢,没准儿也救了这个姑娘。"我大胆猜一下哈。"我说,还好我这次用的是苏美尔持矛人的样子,而不是更

---

[2] 其实是四个:其中三个是死于冷静策划的政治暗杀,另外一个不幸死于一场小事故,一条疯狗、一个孩子的玩具战车、一条光滑的走廊、一道短陡坡,还有一窝沸腾的肥牛肉。不见到根本不会相信。

特殊的伪装。忠言本就逆耳，要是再用突眼妖精、有翅膀的巨蛇、一股毒烟瘴气或是四面恶魔 [3]，就更难被大多数人接受了。"你杀不了所罗门，"我说，"因为，在你心里，你知道他告诉你的有关示巴和戒指的事是事实。不——先闭会儿嘴，听我说。而这，反过来说，对你来说意味着你的宝贝女王是错的，而且你冒的险都毫无意义。你不喜欢这样，因为，如果你的女王并非不会犯错，那你对浪费自己可怜的一生按她所说的去做，为她牺牲自己的全部意义就会生出质疑。是不是？哦对，可能对你母亲的牺牲也会产生质疑。"

女孩一怔，声音非常微弱："你对我的母亲一无所知。"

"我知道你告诉过我的那些。她为她的女王而死。"

女孩闭上了眼睛："对。而且我是看着她死的。"

"就像你本来以为会为这次任务而死一样。有一部分的你可能还希望如此。"女孩的脸上有点挂不住了。我等着，向后退了一点。"说起来，那是什么时候？"我问，"最近吗？"

"很久以前。"女孩看着我，愤怒依旧停留在她身上，但现在已经碎裂了，她眼中含着泪，"我那时六岁。山地部落的人对税收不满，他们想要杀掉女王。"

"嗯，"我若有所思地说，"刺客袭击一国首脑。听着熟悉吗？"

女孩似乎没有听见。"我母亲阻止了他们。"她说，"而他们——"她把视线转移到花园里。那里还是很安静，没有什么麻烦的迹象。我心念突然一转，把羊皮纸包从栏杆上拿下来。我突然想到它隐约的光环在远处也可能会被看见。

阿丝米拉向后倚着石头，双手放在身侧。在我们的合作中她第一次真正安静下来。当然，我之前也见过她不动的样子，但都是动作转换之间的间歇。而现在，不论是因为我的话，还是她的回忆，或是其他什么事，她似乎突然慢下来了，泄气了，不确定该怎么做了。

---

[3] 四面恶魔：在古代美索不达米亚偶尔会用这种伪装来守卫重要的十字路口。四面分别是鹰头狮身兽、公牛、狮子和眼镜蛇，每一个都比上一个更加吓人。我坐在一根柱子上，态度严肃，无情地盯着各个方向。但当我要站起来去追人的时候问题就来了。我搞不清自己的脚，还会被绊到，弄得路过的淘气鬼大笑。

"如果我不拿戒指，"她声音空洞地说，"那我完成什么了？什么都没有。我还是一样两手空空。"

空空？持矛人挠挠阳刚的下巴。人类和他们的问题，我并不是完全理解。哦当然，我很清楚那女孩这些年来一直想要效仿她母亲，却只发现——在她成功的时候——对自己正在做的并不十分确信。我看得很明白了。但她脸上却突然很悲哀，我也不确定接下来该怎么办了。可能心理分析是一方面 [4]，建设性的建议则更重要。

"现在听我说，"我开始建议，"还有时间把戒指还给所罗门。他不会报复你的。他已经承诺了。另外我觉得他也能放心了。要么，还有一个选择，但你可能不会考虑，就是我们把戒指扔到海里去。永远摆脱它。那就能最大限度地解决问题——再也没有对示巴的威胁，你的女王也不会再有痛苦——再说也省了很多魔灵的大事了。"

女孩对这种明智的建议不置可否。她还是很消沉，耷拉着肩膀，盯着黑暗中。

我再次尝试。"你所谓的'空空'，"我说，"我觉得是你想多了。你的麻烦，阿丝米拉，是你已经获得了某种看法，对你的——"我突然警醒地中断。我英俊的鼻子抽动一下，再抽动一下。我专心地嗅着气味。

这让她清醒了一点。她愤愤不平地说："你说我的味道？伟大的示巴啊，我根本不担心这个。"

"不，不是你。"我眯起眼睛，看着周围的过道、柱子、雕塑和散布的椅子——一切都很安静。但就在附近……呃——哦。"你闻到什么味儿了吗？"我问。

"臭鸡蛋味。"女孩说，"我以为是你。"

"不是我。"

我灵机一动，我悄悄从她身边走开，走到过道中央。停下、嗅着、听着，再

---

[4] 也就是说，在中立的观察上大方地佐以讽刺和人身攻击。接受吧，我可是很擅长这些。

走一点，再嗅。我再踏上一步——

——然后转身，把最近的一座雕塑用爆炸咒炸成碎片。

女孩叫了一声，持矛人跳了起来。雕塑的碎片还在颤动、翻滚、啪啪地散落在塔楼拱顶上的时候，我就落在中间，拨开最后残留的几缕淡紫色的云，从基座后面抓出躲起来的发黑的魔精。我抓紧他肌肉发达的绿色脖子，把他举起来。

"格则里。"我吼道，"果然不出我预料。又来刺探！噢，这次我要结果了你，省得你又有机会——"

魔精向我慢慢伸出舌头，咧嘴一笑。他指着南边。

哦不。

我转身一看。远处的王官屋顶上，一团黑云在夜空中垂直升起，那是夹杂着疾风的火球。一开始还很远，但没过多久，细长的闪电从火球旁边弹射而出，火球爆炸、翻滚，伴随着报复的火焰旋转，从花园上空向塔楼袭来。

CHAPTER 32

黑云的出现对阿丝米拉来说真不是时候，刚好就在她的决心消失殆尽的时候。

她站在阳台上看着火云升起：呼啸的火焰龙卷风，照亮所过之处的树木和草坪，像血一样把它们染红。她听见了空气中的呼啸声，听见那小恶魔的大笑声，听见了巴谛魔边向她跑来边发出紧急的呼喊声……

她全都听见了也看见了，但她没有行动。

阿丝米拉这趟艰难的旅程中，她一直都秉承多年独居生涯中学会的坚强准则。宫中的危险，和所罗门的谈话，甚至被迫和戒灵面对面——这些都没有完全吓倒她。她理解自己所准备付出的牺牲，也理解自己为什么要这么做。她清晰的头脑让目标明确，她明确的目标也让头脑清晰。从一开始她就以一种异常平静的的态度走向很可能的死亡。

但死亡，最后，也没有到来——巴谛魔来了。而且国王突然对她心生慈悲，戒指在她手中，她也还活着。所有的一切可能都是她一直以来渴望的……但现在阿丝米拉突然发现，她再也不确定该怎么做了。

就在她逃出所罗门的房间之前，她还一直在挣扎着要不要为刚才发生的事情而妥协。国王的故事、他的无助、他对罪行的否认、他瘫倒在椅子上的样子……这些都是不曾预料到的，全都与她预想的不一致。然后是戒指本身，大家都认为戒指能让佩戴者成为最幸运的人。但戒指却烫伤他，还让他未老先衰……她想起所罗门那张被损害的脸，还有捡起戒指时感觉到的疼痛。这些都说不通。一切全都颠倒了。

一开始阿丝米拉想要忽略头脑中的冲突，尽可能好地完成任务。但是，因为巴谛魔，她发现自己最深处的怀疑和动机赤裸裸地暴露在星光之下了。

他说的话中大多数她其实一直都知道，甚至从母亲倒在无动于衷、毫不关心的女王膝头时就知道，只不过是秘密地，在内心深处。多年来她一直否认所知，深埋在疯狂的奉献和对自己技艺的满足之下。但现在，伴随着清澈寒冷的夜晚，她发现自己再也不信任过去的自己和自己曾经渴望的事。她的活力和自信消失了，而两周以来积累的疲倦突然压倒她背上。她感觉心里和身上都很沉重——而且空洞，就像个空壳。

火云急促靠近。而阿丝米拉什么都没做。

巨灵手里抓着绿色小恶魔的脖子向她跑来。他另外一只拿着羊皮纸包的手伸出来。"给，"他喊道，"戒指！拿着！戴上！"

"什么？"阿丝米拉呆滞地皱眉，"我——我做不到。"

"你没看见吗？哈巴来了！"巴谛魔现在就她身边，仍然是黑皮肤年轻人的伪装，大眼睛里满是焦虑。他把纸包塞进她手里："快点儿戴上！这是我们唯一的机会。"

就算隔着皱巴巴的纸团阿丝米拉也能感觉到戒指灼人的热度。她笨拙地拿着，差点扔在地上："我？不行……我不行。你怎么不——"

"噢，我做不到呀对不对？"巨灵叫道，"异世界的拉力会把我的灵髓撕成两半！快点儿！用它！我们没什么时间了！"年轻人一跳，跃到了栏杆上，把魔精夹在胳膊底下，在夜空中对着火云发出一连串猩红色的箭头。但没有一个能靠近，都在看不见的障碍前面爆炸了，即将熄灭的魔法高高升入空中，要么就咝咝响着沿弧线落下点燃了柏树。

阿丝米拉犹豫地拿着羊皮纸的边缘。戴上？但这是个王室珍宝，应该是国王和女王戴的。但是谁胆敢用这个？她什么都不是，连个合格的卫士都不是……再说了——她想到了所罗门憔悴的脸——这戒指烫人。

"你想让残酷的哈巴抓住吗？"巴谛魔冲她吼道，"戴上！啊，你是个什么样的主人啊？这回你也该做点儿对的事情吧！"

他胳膊底下的绿色小恶魔发出腻味又粗俗的轻笑。阿丝米拉现在听出来了，那是哈巴的奴才。她曾经在山谷里见过一次。"你拿了个废物，美人儿，"魔精评论道，"毫无用处。是她把这包就这么放在栏杆上？我在一英里外就看见了。"

巨灵没有回答，就说了一个词。魔精嘴巴张开呆住，被一张冒烟的网给吞没了。巴谛魔另外一手仍然在向火云扔箭头，一手抓住魔精一只结实的耳朵，甩得高高的，抡圆了胳膊，把它猛扔进黑暗中。

外面，即将到来的火云之中，一道明亮的蓝色脉动一闪而过。

"阿丝米拉——"巴谛魔说。

蓝色的火光击中栏杆，把拉杆打成粉碎，打得巨灵跟着一团宝蓝色的火焰向后飞起。他飞过过道，穿过最近的雕像，四肢弯曲狼狈摔进塔楼的穹顶中。火舌蔓延到他全身，然后熄灭了。

他的身体沿斜坡慢慢滚下来，一圈又一圈，最后停在散布的碎石中间。

阿丝米拉盯着巨灵滚落的身体，又盯着手里的纸包。她突然咒骂了一句，不再犹豫，扒拉开羊皮纸片，撕开，感觉里面的戒指变得越来越烫，越来越烫……她伸出一只颤抖的手——

闪电划过，风暴云落在阳台上。雕塑倒塌，几段矮墙变形，发出尖利的声音然后向外落入夜空中。风暴在过道上炸开，产生的圆形气团让阿丝米拉摔倒在石头上，上身一扭，羊皮纸包飞了出去，落在矮墙上。一个镶着黑色石头的小金块跳了出来。

一阵大风之后，风暴消失了。魔法师哈巴站在一个宽阔焦黑的石头魔法圈之中，凶恶地看着四周。

在他身后，有个更黑、更高的东西抬起头。它纸片一样薄的双臂紧紧交叠抱住魔法师。细长又尖锐的手指像针一样伸开、弯曲，指着阿丝米拉的方向。

"在那里。"一个柔和的声音说。

阿丝米拉的头刚刚磕在了石头上，矮墙在她眼前晃动。尽管如此，她还是挣扎着坐起来，四下寻找戒指。

在那儿——就在边上，一条大裂缝旁边。阿丝米拉挺直脖子，向前探身，朝戒指爬过去。

身边响起轻轻的脚步声和黑色长袍发出的飒飒声。

阿丝米拉爬得更快，脸上已经能感觉到戒指的热度。她伸手去捡——

一只黑色的凉鞋落下，把她的手指踩到石头上。阿丝米拉喘息着把手扯开。

"不，赛蕾妮。"魔法师说，"那不是你的。"

他抬脚，猛地踢到她的侧脸。她向后一个滚翻，跳着站起。在她还没碰到皮带之前，有个像爪子似的东西抓住了她的腰，把她拽开。有那么一会儿工夫她除了扭曲的星光和旋转的黑暗之外什么也看不见，然后发现自己被草草扔在被毁掉的阳台中间的一块石头上。抓着她的力道并没有放松，她的双臂被牢牢压在身侧。有个东西在她身后。

埃及人仍然站在戒指旁边，狐疑地盯着它。他还穿着几个小时前宴会时候穿的束腰外衣。他面容枯槁，嘴角有些紫色的痕迹，证明他夜间消耗过大，但眼睛却兴奋地发光，说话的时候声音也颤抖。

"这就是。真的是……我不敢相信！"他赶紧弯下腰，只是感觉到戒指散发的气息时又疑惑地顿住了。

阿丝米拉上方有个柔和的声音发出警告："主人！小心！这么远能量都能烫

到我。亲爱的主人，你一定要小心！"

魔法师发出一声半是大笑半是呻吟的声音。"你——你知道我的，亲爱的阿美特。我——我喜欢疼痛。"他把手指插进指环之中。阿丝米拉以为他会叫起来，不由得一缩。

但哈巴只是喘息一声，嘟囔着骂了一声，同时瞪大眼睛，咬紧牙关站着，戒指托在他手掌之上。

"主人！你受伤了吗？"

阿丝米拉抬眼一看，在星星之前有一个影子一样的东西，简直就是哈巴的剪影。她吓得张开了嘴，在那怪物的掌控之中挣扎。

埃及人瞥了她一眼。"把这个姑娘看好了。"他说，"不过——先别伤着她。我要——我要跟她谈谈。啊！"他咆哮一声，"那老头怎么能独吞这个？"

抓在阿丝米拉腰间的力量一紧，让她叫了出来。与此同时她感觉抓着她的东西突然有力地一动，从后面捡了什么东西。

那柔和的声音又响了起来："主人，我也抓到巴谛魔了，他还活着。"

阿丝米拉稍微动了动头，看见英俊的年轻人在她身边，耷拉着四肢，像被抓在一只灰色大拳头里的一团破布。黄色的蒸汽从他身上的多处伤口上冒出。这幅景象让她突然一阵悲哀。

"没死？那更好了。"哈巴拖沓着走过来，右手紧紧抵在胸前，"我们新的灵髓笼有第一个居民了，阿美特。不过首先——这个姑娘……"

他走到阿丝米拉面前停住，站着打量她。他的脸上显出痛苦的样子，牙齿默默地紧咬住上唇。他还没有戴上戒指。

"你是怎么做的？"他问道，"你是什么水平的魔法师？"

阿丝米拉耸耸肩，摇摇头。

"你想让阿美特把你撕成两半吗？"哈巴说，"他正手痒呢。快说！"

"非常简单。"

"所罗门的防御呢？"

"我躲过去了。"

"那戒指，你是怎么从他手上取下来的？趁他睡着的时候？"

"不是。他醒着。"

"那以拉神之名，到底是——"哈巴停住，盯着他紧紧握住的手，一阵疼痛在他身上传过，他似乎走神了，"嗯，等我有空的时候你再详细告诉我，不管你愿不愿意。现在先问一件事：所罗门是怎么死的？"

阿丝米拉想起国王虚弱地坐在椅子上的样子，不知道他现在要怎么办，召集侍卫，或者，从塔楼逃跑。她发现自己希望他有时间逃跑。"巴谛魔把他掐死了。"她说。

"啊，好，好，他也就活该如此。现在，赛蕾妮——不过这肯定不是你的真名，对不对？我在想……"哈巴冲她扭曲地一笑，"噢，我们会知道的是不是，迟早的事。不管你是谁，"他继续说，"我非常感谢你。我渴望自己能这么行动已经很多年了。其他十七子也是如此——我们经常谈起。啊，但我们都害怕！我们不敢行动！戒指的恐怖阴影加在我们身上。但你，就和这个……这个非常普通的巨灵一起，做到了！"哈巴惊诧地摇摇头，"真的是非常出色。我猜是你引起了金库附近的混乱吧？"

"对。"

"真是好计策。我的大多数同僚还在那儿呢。要是交给他们，你早就逃走了。"

"你是怎么发现我们的？"阿丝米拉说，"那绿色的恶魔——"

"自打你抢劫了我之后，格则里、阿美特和我已经找你找了半夜。格则里眼神挺尖，他看见上面的阳台上有光，就去侦察了。我一直在用这个看着他。"魔法师举起挂在脖子上的光滑的石头，"当我们发现是你的时候可以想象我有多惊讶。"

就在此时身后传来一声呻吟。一朵乱七八糟的小小的云从底下慢慢升起，过程颤颤巍巍，一惊一乍。云上摊着绿色的小魔精，一副心烦意乱的样子，头上有个白鹭蛋大小的肿块。"哦哦哦，我的灵髓啊。"它抱怨着，"那个巴谛魔！在把我扔下去之前先用了石化咒！"

哈巴不悦道："安静，格则里！我有重要的工作。"

"我已经完全麻木了。来呀，拧一下我的尾巴。我感觉不到。"

"你要是不安静待着好好看着，就不会再有尾巴了。"

"我们不要太暴躁吧？"魔精说，"不过你最好也要小心，老伙计。这里的爆炸可不是没人注意到，更别提你手里发出的可怕光环了。最好看清楚点儿，他们来了。"

它指着南边远处，许多光点正在快速接近，还伴随着黑色长方形的细长轮廓，像是通往星星的沉默通道。哈巴做了个鬼脸："我的朋友和同事们，过来查看所罗门了。他们猜不到现在是谁拿着戒指呢！"

"很好，"阿丝米拉突然说，"但我发现你还没戴上呢。"

她叫出声，那恶魔报复地捏她的腰。哈巴说："这有点……比我预期的要难以忍受。谁能想到所罗门有那么强的意志力？不过别想批评我，姑娘。我是强大的人。而你什么都不是，只不过是一个无名的小偷。"

阿丝米拉咬紧牙关，勃然大怒。"错了。"她说，"我叫阿丝米拉，我的母亲是示巴女王的首席卫士。我来找戒指是因为我的国家正陷于危难之中，虽然我可能失败了，但至少我的行动比你的目的要高尚多了。"

她说完抬起下巴，眼睛发光，一股满足感汹涌而来。然后是一阵彻底的沉默。

哈巴大笑，音调极高，简直是啸叫之音。抓着她的影子一样的东西也大笑出声，回应他的高音。挂在旁边的，失去意识的巨灵抽搐着，随着噪音而颤抖。

哈巴努力冷静下来。"他们来了，阿美特。"他简短地说，"准备好。我亲爱的阿丝米拉——无可否认，真是个好听的名字，比起赛蕾妮，我更喜欢这个。这么说你是被示巴派来的了？真是好玩。"

他张开手，盯着所罗门之戒。

"快点儿，老大。"魔精说，"那是老海勒姆，他像是疯了。"

阿丝米拉看见魔法师的手指颤抖着在戒指上犹豫不定。"'好玩'是什么意思？"她问。

"因为我知道你为什么来。我知道巴尔绮思为什么派你来。"湿润的大眼睛对她眨眨，眼中充满了欢乐，"而且我知道你毫无理由就杀了所罗门。"

阿丝米拉胃里一拧："但他威胁……"

"那不是所罗门说的。"

"那信使……"

"不是他派的。"哈巴的手指靠近戒指的时候喘了口气，"其余——其余那些十七子和我长久以来一直都打着所罗门的名头，开展着某些个人业务。伊多姆、摩押、叙利亚和其他不少国王都很乐意破财以免虚妄之灾。巴尔绮思只不过是最后一个。她——和其他国王一样——都很富，很容易交钱。对她来说不是什么大损失，却能扩充我们的金库。如果所罗门没有注意，那又有什么坏处呢？这种事情当然连笨蛋都会去做的。你要是有权，没道理不为自己谋点儿福利吧？"

阿丝米拉头顶的影子说："主人……你得快点儿了。"

"哈巴！"一个暴躁的叫声从黑暗中传来，"哈巴——你在做什么？"

魔法师不理那声音："亲爱的阿美特。我知道我说得太多了。我说话是为了舒缓疼痛，我得让自己镇定，再戴上戒指。我用不了太久。"

阿丝米拉盯着埃及人："你们的信使袭击了马力卜。有人死了。是哪个魔法师派他去的？"

汗从哈巴发光的脑袋上流下。他用拇指和食指捏着戒指，向自己的手指上移动。"实际上是我。别怪我一个人。那可能是我们之中的任何一个。而信使就是现在掌握着你的阿美特。真是讽刺，你不觉得，巴尔绮思任性的姿态应该结束了吗？因为她导致了一位不滥用戒指力量国王的死。我可以向你保证，我可没有那么克制。"

"哈巴！"大臣海勒姆穿着华丽的白袍子，向矮墙冲下来，他看着下面的景象，眼中燃烧着怒火。他交叠着胳膊，站在一块由一个巨大的人形恶魔举在空中的小方毯上。那恶魔有垂下的金色长发，白色的羽毛翅膀拍打着，发出如战鼓一般的裂空之声。它面容美丽，但恐怖而冷漠，眼睛却是翡翠绿色。若不是这双眼睛，阿丝米拉不会认出这就是那只小白鼠。

他身后站着其他的魔法师，还有在黑暗中盘旋的其他恶魔。

"哈巴！"大臣又喊，"你在这里做什么？所罗门在哪儿？你拿的是什——什么？"

埃及人没有抬头看。他仍然在让自己镇定，用颤抖的双手拿着戒指。

"至少我的女王——和我一样——行为高尚。"阿丝米拉说，"无论你怎么威胁，她永远不会对你低头！"

哈巴大笑："正相反，她已经低头了。昨天她已经把麻袋装的乳香收来堆在马力卜的庭院里了。你不过是她的策略中不重要的一步，孩子，你的女王很容易就把你抛弃了。因为她现在以为你已经死了，所以在最后还是把东西准备好了。他们都这样。"

阿丝米拉头晕目眩，耳朵嗡嗡直响。

"哈巴！"海勒姆喊道，"把戒指放下！我是十七子里级别最高的！我禁止你戴上戒指。一切我们都要共享。"

哈巴低下头，藏起脸："阿美特，我需要点儿时间。你能不能……"

阿丝米拉抬起头。虽然她泪眼蒙眬，但还是看见影子的嘴弯曲打开，露出几排细长的牙齿——然后她被扔出去又被接住，现在她悬在巴谛魔旁边，紧紧压在影子的胳膊底下。

"哈巴！"海勒姆用雷鸣般的声音喊，"听我的，不然我们就要攻击了！"

影子仍旧压着阿丝米拉和巨灵，但它在阳台上伸展。一只空着的胳膊伸出去，手指又长又弯曲。胳膊向前飞射而出，如鞭子一样挥过。一切、一削。海勒姆的头往一个方向倒，身子往另一个方向倒。两截都静静地从地毯上倒下，坠入黑暗之中。

海勒姆白色翅膀的恶魔欢乐地叫了一声然后消失了。毯子突然无人支撑，盘旋着掉了下去。

花园高处的空中，另外一个魔法师尖叫起来。

影子缩回到阳台上，转而热切地关注它的主人。而哈巴的头更低了，发出长而低沉的叫声。

"亲爱的主人，你受伤了吗？我能做什么？"

哈巴一开始没有回答，他稳住自己，头低到了膝盖上，突然仰起头，慢慢直起身。他脸部扭曲，咧开嘴诡异地笑。

"不用了，亲爱的阿美特。你再也不用做什么了。"

他举起手，手指上金光一闪。

阿丝米拉听见身边的巴谛魔呻吟一声。"哦太棒了。"他说，"我刚好现在醒过来。"

BARTIMAEUS

巴谛魔

✳

所罗门之戒

CHAPTER 33

埃及人把脸扭向夜空。他身前几个魔法师出现在夜空里，僵硬地站在空中的毯子上犹豫着。其中一个人大喊着质疑，但哈巴没有回复。他只是把手举过头顶，用故意的慢动作，转动手指上的戒指。

阿丝米拉和在所罗门的房间时一样，耳朵突突直响，像是掉进了深深的水里。她身边的巴谛魔咬着牙吸气。就连抓着他们的影子都慢慢往后退了一步。

一个存在站在阳台边上的空中，是人形但并不是人，比夜空还要黑。

"你不是所罗门。"

这声音不大，也不愤怒，而是温和而冷静，但似乎稍有些愤恨。听见这声，阿丝米拉猛一转头，就好像被打了似的。她感觉鼻子里有血冒出。

哈巴本可能是想大笑，但却发出痛苦的叫声："不是，奴隶！你现在又有一个主人了。这是我的第一个命令。保护我免受所有的魔法攻击。"

"**完成**。"那个存在说。

"那么……"哈巴使劲吞咽,挺直身子。"是时候告诉世界事情已经变了。"他叫道,"耶路撒冷有了新政权。再也不是所罗门好逸恶劳的时代了!戒指将被使用!"

此时,几个在空中的魔法师行动了:闪亮的魔法箭簇凌空向埃及人袭来。箭簇向矮墙集中过来,但全都成了碎片,变成了飘浮在空中的细碎火星,像草籽一样在风中飞散。

"戒指的奴隶!"哈巴喊道,"我发现同事易贝希和尼索奇攻击的时候移动得特别快。让他们更快受到惩罚!"

两块毯子,两个魔法师都爆发成亮绿色的火球,带着扭曲烟雾的碎片向树木间落去。

"**完成**。"

"戒指的奴隶!"哈巴的声音现在更响亮了,他似乎已经控制住了痛苦,"召集起图特摩斯进军尼姆鲁德时那么多的人!还要更多!把天打开,叫我的军队前来听我调遣!叫他们把这座王宫里敢反抗我的人都毁灭!叫——"他喘息着停住,看着天空。

"**完成**。"那个形象说完就消失了。

阿丝米拉的耳朵又突突响起来,除此之外,她几乎没注意到那个存在消失了。她和哈巴一样,和所有毯子上的魔法师一样,和所有让他们保持悬浮的魔灵一样,都盯着花园东边,宫墙之上的高空。天空中开了一个大洞,一条裂缝像车轮一样旋转着往边上翘起。火焰像辐条一样向中心延伸,燃烧得尤为猛烈,但这炼狱还没降临地球的迹象,恐怖的火光也还没照耀到下面拱顶或是树木上。大洞在那里,又不在那里——很近,又很远,是通往另一个世界的窗户。

现在从大洞里飞出一群黑色的小点,安静、移动迅速。像一群蜜蜂或是苍蝇,像一缕烟雾,变浓、变稀、又变浓,而且一直扭曲盘旋着下降到地面上。他们行进的距离看起来并没有那么远,但对阿丝米拉来说就像走了一年一样远。就在一瞬间，仿佛一道看不见的障碍突然被穿透一样，她听见如海沙倾倒到在地面上的声音奔涌而来，那是恶魔拍打翅膀的声音。

小点变大，星光照在他们的牙齿、爪子、喙，以及他们的尾巴和手中拿着的粗糙的武器上，直到王宫花园上空全都布满盘旋的影子，连星星也被彻底遮蔽了。

军队待命。突然安静下来。

阿丝米拉感觉有人敲她的肩。

她一看——映入眼帘的是在影子的掌控下挂在她身边的英俊年轻人。

"现在看看你做了什么？"他责备地说。

悲痛和羞愧吞噬了她："巴谛魔——我很抱歉。"

"哦，噢，这就能让一切都没事了，是吗？"年轻人说，"把异世界的军团放了出来，死亡、毁灭将如雨般大量降落在大地上的这块地方。残酷的哈巴血腥荣光地登上王座，乌鲁克的巴谛魔即将迎来悲惨结局——不，嘿，至少你道歉了。我还以为今天真是糟透了呢。"

"我很抱歉。"她又说，"求求你，我从来没想到结局会是这样。"她盯着恶魔头顶上那群乱七八糟的东西，"而且……巴谛魔，我害怕。"

"你肯定不会的。你？你是个鲁莽的坏卫士。"

"我从没想过——"

"现在已经没关系了，是不是，还有其他办法吗？哦，看——那疯子在下命令。你觉得谁会是第一个？我猜是魔法师。对，看他们走了。"

哈巴站在破损的矮墙上，伸出细长的胳膊，尖声发布命令。立刻，在遮天蔽日的恶魔层中出现了一个缺口，一圈急促的影子绕着大圈盘旋降下。下方，幽暗的花园里，魔法师的奴隶们也展开了行动。毯子向四面八方移动，向宫墙冲去，努力想逃出空地。但恶魔下来得更快。螺旋断裂了——黑影向左右炸开，向逃跑的人俯冲下去，而逃命的人拼命喊叫，召唤他们的恶魔来抵抗。

"王宫卫士来了。"巴谛魔点评道，"有点儿晚了，我猜他们并不真的想死。"

明亮的魔法闪光——淡紫色、黄色、粉色和蓝色——在花园到处爆炸，宫里抵抗的人聚集在屋顶上和哈巴的大队人马斗争。魔法师尖叫，毯子消失于光球之中；恶魔如燃烧的石头般坠落，撞碎拱顶和屋顶，翻滚着，三三两两扭打在一起，落进汹涌的湖水之中。

哈巴在矮墙之上欢欣鼓舞地喊着："就这样开始！所罗门的事业到头了！毁掉王宫！耶路撒冷就要陷落！很快卡纳克将重新崛起，再度变成世界的中心！"

阿丝米拉上方，那影子的嘴也欢欣地模仿着主人。"是，伟大的哈巴，是！"它喊道，"让这座城燃烧吧！"

阿丝米拉觉得抓在她腰间的力道突然松了很多。影子已经不再关注它所掌控的囚徒。阿丝米拉突然集中精神盯着哈巴的背。他离得有多远？十英尺，可能十二英尺，不会再多了。

她突然冷静下来，慢慢深吸一口气，一条胳膊暗暗向上移动，手摸索着腰带。

"巴谛魔——"她说。

"我希望有爆米花。"巨灵说，"要是你忘记第二波行动就会轮到我们，这场面还真是好看。嘿——不要碰玉塔！那是我费尽心血建的！"

"巴谛魔。"阿丝米拉又说。

"别，不用再说了，还记得吗？你很抱歉。你真的很抱歉。你不能更抱歉了。是我们一手造成的。"

"闭嘴。"她吼道，"我们能弥补。看，看他有多近？我们可以——"

年轻人耸耸肩："唔——嗯。我碰不了哈巴。不能魔法攻击，还记得吗？再说他还有戒指。"

"哦，谁管那些？"她抬起胳膊。紧贴在她手腕上，从影子放松的掌控之中，露出了森森的寒意——她最后一把银匕首。

巨灵瞪大了眼睛。它瞥了一眼影子，影子还在为下面的破坏欢呼呐喊。它看了看阿丝米拉，又看了看哈巴的背。

"从这里？"巴谛魔低声说，"你确定？"

"没问题。"

"我不知道……必须一击成功。"

"会的。闭嘴。你干扰我集中精神。"

她慢慢调整姿势，眼睛盯紧魔法师。缓缓呼吸，和她母亲从前一样，瞄准心脏。别多想，就放松……

巨灵惊呼一声："哦哦哦，他老在动，我受不了了。"

"你能不能安静？"

一块无人的地毯包裹着紫色的火苗歪歪扭扭直接飘到哈巴面前，哈巴跳开，毯子打到了下面塔楼的什么地方，一缕烟在他们眼前直直升起。阿丝米拉默默地骂了一声，集中精神，重新测定她的角度，手腕向后……

现在她瞄准了。

"主人——小心！"魔精格则里驾着云飘到矮墙旁边，四下一瞥，发出一声警告的呼喊。哈巴转身，伸出胳膊，展开手指。阿丝米拉随即调整，扔出匕首。银光一闪，穿透了哈巴移动中的手。血如泉涌，某个像细枝一样的东西掉下来，末尾金光一闪。

漫天的恶魔群一眨眼就消失了。星星闪亮。

手指在石头上弹跳。

哈巴张嘴尖叫。

"去，巴谛魔！"阿丝米拉喊道，"抓住它！扔进海里去！"

她身边的年轻人消失了，一只棕色的小鸟猛冲出去，摆脱了影子的束缚。

哈巴尖叫着抓住手。血从手指间滴落。

影子的尖叫也和主人一模一样。抓着阿丝米拉腰间的力量放开了，她突然被扔到一边。

小鸟冲下去，把那截手指叼在嘴里，然后消失在矮墙边缘。

阿丝米拉后背重重着地。

——一只巨大的火鸟直冲云霄，喙里叼着一小块金子。它转向西，消失在升腾起的烟雾中。

"阿美特！"哈巴号叫道，"杀了它！杀了它！把它拿回来！"

影子向前掠出，从矮墙上跳下去。长长的黑色翅膀从它身侧长出，翅膀上下扇动，发出雷鸣般的声音。它也消失在烟雾中，拍打翅膀的声音也淡去了。所罗门的塔楼上一片静默。

阿丝米拉摇摇晃晃站起来。

用过的魔法产生的烟尘如浓雾般笼罩在矮墙外。王宫和花园都看不见了，各处零星还有彩色的火焰在燃烧。有的地方她可能还能听见微弱的说话声，但都在远处或是很下方，也可能是来自异世界的呼喊。过道上到处都是散乱的碎石和焦黑的木头。

而并不是只有她站在那里。

魔法师也站着，六英尺开外，摇晃着残废的手，盯着黑暗中。阿丝米拉看他脸上的皱纹似乎加深了，皮肤上也多出了很多细微的褶皱。他站着的时候略微有些摇摆。

他非常靠近边缘，只需要一推……

阿丝米拉悄悄向他走去。

气流一吹，一股臭鸡蛋味。阿丝米拉扑倒在地上，魔精格则里挥爪重击刚好擦过她颈边。淡紫色的云拂过她身上的时候，感觉一阵刺痛，随后她又站起来。魔精又驾云转身冲过去，掉转方向，加速冲回来。他的眼睛被仇恨撕裂，嘴巴大张着，尾巴上的倒刺弯曲像一把弯刀。他懒散的姿势和亮红色的脸颊都不见了，张牙舞爪蹲伏着。

阿丝米拉抓紧脖子上的银吊坠，站着准备好。魔精叫着发出一道细细的绿色光矛向她胸口袭来。阿丝米拉跳开，说出一道防护咒弹开攻击，攻击变得毫无力量射入空中。她又发出另外一道防护咒，黄色的光碟如雨般落在淡紫色的云上，云上布满了冒烟的气泡，斜到一边，塌在矮墙上。格则里跳下来，用恐怖的速度掠过石头，直冲阿丝米拉的脸。她猛地向后倒，魔精的牙在空中发出撞击声。阿丝米拉抓住魔精的脖子伸出去，不理它乱咬的嘴、挥舞的爪子和抽打的尾巴，而它的每次击打都打中她的双臂。

格则里徒劳地击打，竭力想要挣脱她的掌控。阿丝米拉觉得自己正在变小，她扯下脖子里的吊坠，全力塞进它张开的嘴里。

魔精眼睛鼓出，发出低沉、嘶哑又含混的声音，一半消失在从它嘴里涌出的水汽中。它全身肿胀，乱动的四肢变得僵硬。阿丝米拉把它扔在地上，而它起泡、抽搐、爆裂，不久就变成了一块发黑的外皮塌陷消失了。

她转向埃及人，但他已经从边缘走开了，血淋淋的手在皮带上摸索着由多条皮子编成的鞭子。他抖了一下鞭子——这个动作虚弱又草率。鞭子末尾爆出微弱的黄色魔法丝，留在石头上，但并未触及阿丝米拉。阿丝米拉已经跳出了鞭子的攻击范围。

魔法师盯着她，眼中的潮气里充满痛苦和仇恨。"随便你怎么跳怎么跑，姑娘。我还有其他仆人，我会叫他们到这里来，等阿美特回来……"他作势又要攻击，但被血如泉涌的伤手搞得心烦意乱。他想用袍子上的布料止血。

阿丝米拉想到那影子追着巴谛魔而去，如果如巴谛魔所说，它是个魔王，那巨灵坚持不了多久。很快，非常快，他就会被抓住杀掉，而戒指会回到哈巴手里。除非……

如果她够快，可能还来得及救巨灵，之后，是耶路撒冷。

不过她所有的刀都没了。她需要帮助。她需要——

那里，她身后，通往国王房间的拱门。

阿丝米拉转身跑了。

"对，跑！愿意跑多远就跑多远！"哈巴喊道，"等我叫来奴隶们就去找你。贝泽尔！霍斯劳！尼姆西克！你们在哪儿？到我身边来！"

外面一片混乱，黑漆漆的还冒着烟，而金色的房间内部温暖、闪耀，让人觉得奇异又不真实。和之前一样，水池冒着蒸汽，碟子里施了诱惑咒的食物闪着光，水晶球的表面沐浴在牛奶般的光辉里。阿丝米拉看都不看有诱惑咒的东西，刚要从边上跑过去，然后她停住了。

一个男人从最里面的房间里看着她。

"我们遇上点儿小麻烦，是不是？"以色列的所罗门王说。

BARTIMAEUS

巴谛魔

✳

所罗门之戒

CHAPTER 34

扔进海里。扔进海里。听着简单是不是？就和所有女孩的命令一样都简单，只少在概念上是简单的。而怎么活着做到是个问题。

从耶路撒冷到海边有四十英里。不远。一般来说一只凤凰二十分钟就能到，还有时间吃个野餐加上分神看风景 [1]。但现在的环境可不一般。完全不一般。王宫着火，因为魔灵大量涌出，界层之间还在颤抖，世界的命运就悬在一线间——而我嘴里叼着所罗门之戒。

准确地说，我叼着哈巴的断指，上面还套着戒指。为了不让读者感觉恶心，我还是不继续说细节了。

---

[1] 这是顺风的情况，气流推进能让凤凰成为最快速的空中伪装。诚然，闪电更快，但难以控制方向。你通常会脑袋插进树上。

就说是像抽着根雪茄吧，一只小小的，稍微有点晃悠的雪茄，靠近点火的那一段有一个金环。这样，可以想象了吧？好。

它还是温的，而且才刚刚不滴答东西了，不过我还是不说了吧。

全面考虑一下，我得说它不是我带过的最好的身体部位 [2]，即便如此，它还是有非常实用的功用。也就是说我不用碰到戒指，所以还没有特别痛苦。

不过还有很多附赠品。阿美特就紧跟在后面。

凤凰从所罗门王宫的废墟中加速飞出，一直沿着能看见大半被哈巴的短暂袭击造成毁坏的地方飞。王宫似乎一半都着火了，剩余的部分也被飘浮着的浓厚魔法烟尘笼罩住了。烟尘是灰色的，但因为有残存的力量痕迹，所以仍旧发着微光。我飞越的时候羽毛刺痛，横飞侧飞，以避免碰上残留的咒语打成的厚结。很多这样的咒语团挂在碎裂的拱顶和角楼上，把建筑扭曲成轻微熔化的幻景，所以有机会的话，也可能对我造成同样的效果。总的来说，迎向上空干净的天空会舒服很多，但我现在却不能这么做。烟尘能提供隐藏的效果，可能还能帮忙遮掩戒指的光环 [3]。

如果我想活得长点，这两项都至关重要。

我还没有看见影子，不过能听见他翅膀的拍打声穿过烟雾而来。我得把他甩掉。凤凰穿过两面倒塌的墙中间，到了一处烟尘最浓厚的地方，侧身低头穿过一座毁坏的窗户，沿着燃烧的画廊疾飞，高悬在屋檐上倾听。

什么也没有，只有房顶木材的嘎吱声。古代的雕塑——英雄、女神、动物和巨灵——都矗立在火焰中，变得焦黑。

凤凰怀有希望地仰起头。可能他已经跟丢我了。幸运的话阿美特在烟尘中错误地向前，向着我可能的路线向西边的海岸去了。也许我离开王宫向北，然后绕

---

[2] 不过也不是最糟的。绝对不是。

[3] 我说可能。我太靠近戒指了，怕刺瞎眼睛，不敢睁开眼睛看更高的界层。但这还不是我唯一的问题。虽然我没碰到戒指，它的力量还是让我难受。我嘴上已经流失了一点灵髓。

过雪松林向西，可能也能到达海上。

我落下来，掠过大厅，尽可能靠近火和烟尘。到画廊尽头我向右进入苏美尔配楼，闪过我曾经知道并服侍过的古代祭祀国王们长而冰冷的石像[4]。这里最后有一扇巨大的方形窗户，我可以穿过窗户向北。凤凰猛地一冲——

——因而勉强躲过了毁掉我身后地板的爆炸咒。一座雕像突然动了，伸展开身体，用幻术隐藏起来的影子像是脱掉了斗篷一样扔掉幻象。他伸出爪子一样的双手趁我在空中扭动的时候扯松了我燃烧的尾羽。我在一团橙色的火焰中一样加速离开大厅，东躲西躲，拼命在丝带一样的手臂之间穿梭。

"巴谛魔！"柔和的声音在后门叫我，"放弃吧！扔下戒指，我就饶你一命！"

我没有回答，这很不礼貌，我知道。不过再说一次，我的嘴是满的。一会儿之后我穿过窗户，向夜空中冲去。

你在遭遇生死追捕的时候怎么办？麻木不知所措？可能脚尖发紧持续惊恐，或是偶尔爆发吓得口齿不清？这些都是合理的反应。我个人用这段时间来思考。这是个好方法。一切都很安静，你就一个人，在你深思重要问题的时候所有其他小问题都帮忙地从视线中消失了。当然，活下去是首要任务，但不是唯一的事。有时候你也得想点其他事情。

所以，我在残夜的最后几分钟里拼命向西，丘陵和山谷在我身下波澜起伏，哈巴的影子紧跟在我身后，我在这种情形之下奔逃。

以下是飞行之中的情况。

阿美特要抓我，而且他很快就要抓住我了。你要是和凤凰一样快，就能一直跟上节奏了。如果你最近被抽搐咒打晕过那就是两倍正确，如果你带着有如此

[4] 有严肃的阿库尔伽尔、严厉的卢伽尔兰达，还有阴郁的舒尔奇、抑郁的瑞穆什、沙尔－卡利－沙瑞（通常称作干瘪心脏的沙尔－卡利沙瑞）和伟大的萨尔贡，也叫愤怒老儿。对，都是世界文明早期我亲爱的老主人们。多么欢乐的日子。

巨大力量的东西而你的嘴就要熔化那就是三倍正确 [5]。而魔王——比我大，魔法也比我强——一开始追我的时候并不占优势，但他现在赶上来了，而我则开始累了。无论我什么时候回头都能看见他那叠加在黑暗之上的影子，参差不齐的一大团，在半边山谷之间来回晃动。

我大胆地猜测还没到海边。

一旦阿美特赶上我，那结果将会很恐怖。首先，也是最重要的，我会死。其次，哈巴又会得到戒指。他之前也就拿到了大约五分钟，所罗门的王宫已然成了废墟，你可以从中看出他未来的统治风格。给他时间和机会，哈巴就会像蛋糕店里的一个愤怒的婴儿，系统地将数不清的毁灭——加诸在地球上的哭号的人们身上。更重要的是，我会死。可能我已经提过了。

凤凰继续飞，阿美特在后面发出魔法攻击的时候偶尔急速向上一闪，照亮了地平线。我侧飞、下沉，表演空中扭转，而痉挛咒和熔解咒一个接一个呼啸穿过，刮倒树木，把小丘炸成碎石。

当然，这些全都是那姑娘的错。要是她听了我的建议，把戒指戴上，什么事情都不会发生，而且还能毁掉阿美特，杀了哈巴，瞬间就到示巴，赶走女王，她自己奢侈华丽地登上王座。她完全可以做到，然后坐下来，在早餐之前看肚皮舞表演。

这些事所有我之前的主人都会做 [6]。但这个女孩没有。

她身上混合着各种古怪。一方面决绝又刚毅，一边锋利的眉毛上含有的勇气比我见过的所有普通魔法师都要强。另一方面，又迷惑、矛盾，对自己一点也不确定，又随时作出错误决定的天赋。她可能把我卷进两千年来最糟糕的一晚，但所罗门之戒不在手里的时候她又和我站在一起。她自己有富余的时间戴上戒指，却丝毫不犹豫地斩下了哈巴的手指。她可能会让我送命，但也道过歉了。一个古

---

[115] 到现在我的嘴真的开始弯曲了，我看上去像一只萎靡不振的金刚鹦鹉。

[116] 除了严厉的卢伽尔兰达。他会略过肚皮舞的部分，转而观看几场处决。

怪的混合体。一个能让人气疯的家伙。

要是正常的话我应该找个方法反抗她的命令,不理会到海里去什么的,把戒指扔给阿美特。然后我就能把那姑娘和她的一切都丢给哈巴去温柔呵护了。要是法奎尔就会在离开王宫之前想出到底怎么办,然后轻笑着完成。但我不能这样。

一部分原因可能是我憎恨敌人。如果可能,我希望能阻止他们。一部分也是因为我固有的洁癖。因为我的技巧和判断让我们拿到了戒指,也是我曾经建议把戒指扔进海里。简而言之,我成功地开启了这件事,而我也想靠我自己来结束它。

还有一部分原因是我想要救那个姑娘。

不过首先,最为重要的,我得先完整地到达海岸,抢在阿美特之前很多完成。如果我把戒指扔进海里的时候他就在我身后,那整个计划都完了。他会毫不犹豫地把东西捞出来,说不定还会用我千疮百孔的尸体当网,然后回到哈巴身边去。所以我怎么都得先处理他。

阿美特是个魔王。找他单挑就是找死。但可能有办法拖住他。

凤凰飞过一座小山坡顶,喙在戒指的光环下轻微冒起泡。身后是有黑色翅膀的影子。远处是一片长满茂密松树的山谷。黎明之前的微光下,林中零星散布着伐木人已经砍掉树木的空地。凤凰眼睛一亮。我突然降到树林中,拖在身后的火焰长尾熄灭了。

影子阿美特一抬身刚好看见我消失。他也降到树冠之下,悬浮在充满松香的黑暗中倾听。

"你在哪儿,巴谛魔?"他低声说,"出来,出来。"

林中一片寂静。

影子在树干之间迂回穿行,慢慢地、慢慢地,像蛇一样蜿蜒行进。

"我闻到你了,巴谛魔!我闻到你的恐惧了[7]!"

没有回答,虽然他可能也预料到了。他在树木间滑翔,沿着山坡向下。

---

[7] 不必说,这是彻头彻尾的瞎话。除了在某些特殊场合偶尔留有硫黄的难闻气味之外,我从来不放出任何气味——尤其是恐惧。

这时，前面某处传来一点小动静：咔、咔、咔。

"我听见你了，巴谛魔。我听见你了！是你的膝盖在敲吗？"

咔、咔、咔。

影子继续向前，只不过稍微快了一点："是你的牙在敲吗？"

其实两者都不是，任何一个在户外待过的魔灵都知道 [8]。是我用一只爪子削切我在伐木工棚边上找到的两根树干的末尾。我正在做两根上好的长尖桩。

"最后一次机会，巴谛魔。把戒指扔出来！我能看见光环在树丛中闪耀。你带着它躲不掉我的。快逃跑吧，我就放你一条生路！"

影子沿着森林慢慢移动，听着声音。一听到有削切的声音，影子就停住。但他能看见所罗门之戒在前方明亮地闪烁。

他现在快速前进，悄无声息，沿着光环追踪来源。

结果是空地尽头的一根树桩。在树桩之上，用一颗松果挑衅般地支撑着哈巴的手指，而戒指还在末端愉快地发出脉动。

现在，任何一个普通的魔灵——比如，那些经常被派到苏美尔神庙里探索的我们——立刻就会感觉不妙。我们对于陷阱再熟悉不过了，绝对会特别提防上面摆着礼物的树桩。但哈巴的叭儿狗阿美特，二十年里可能都没做满一整天的工作，可能早就忘记了特别小心的重要性，如果他知道的话。而且，以他的傲慢和力量做保障，再加上他刚刚说过的最后通牒，自然就以为我已经跑了。所以，他满意地发出咝咝声，向前蹿出，急切地把身体拉长一些去够他的奖品。

他身后一阵骚动——有什么大东西被用力扔来。他还没来得及反应，还没来得及碰到戒指，一棵末尾被削成锋利尖桩的中等大小的树干，从上方的斜坡上斜冲下来，正好击中影子细长的背部中央，把他刺穿并且深深地钉在森林的土壤里。影子被拦腰困住了，发出尖锐而恐怖的喊声。

年轻的苏美尔持矛人从上面跳入视线中，挥舞着第二根尖桩。"早安，阿美特。"我叽叽喳喳地说，"休息会儿吗？我猜这一晚已经累坏了吧。嗯哼，真

---

[8] 既然只有最强大的魔法师才能召唤他们，既然这些魔法师总在作为权力核心的城市，那像阿美特这样的魔王就不会有什么生活经验和民间乡村的知识。那些泥腿子伐木工一年才洗一次澡，他们往往在晚上坐在用粪便点燃的火旁，互相比疙子，大声数剩余的牙齿。是的，魔王们完全不知道这些。

淘气——不是说你。"影子的另一只手仍在够戒指，因为被树桩所伤，另外一只手正慢慢地、努力地勉强向前伸。我跳过来，铲起断指。"我想，我还是要拿走。"我说，"不过别担心，我赞成分享。我会再给你点儿别的东西。"

我说着跳回去，举起第二根木桩，准确无误地向影子的头猛投过去。

阿美特的动作如发疯一般迅速，他把第一根木桩从地上扯断，也不管自己身上已经多出了一个大洞，他挥舞树桩如挥舞大棒，把我打到一边，又把木桩扔进树丛中。

"不坏。"我说，持矛人变化了，又变成凤凰，"不过你身上多了一个洞，在空中能有多快呢？我打赌不会很快。"

我说着又从松树林中腾空而起，一团火向西冲去。

过一会儿之后我回头一看，影子已经从树林中升起，顽固地跟着我。如我所希望的那样，他的伤暂时让他行动不便——他的轮廓比之前更加参差不齐了。他的速度也稍微变慢了，虽然还能保持，但加不了速。这样很好。我已经快到海边了。

麻烦的是——即便这样，到最后也不足以救我。

阿美特仍然能看见我。我一把将戒指扔进海里，他就会急冲过去，潜水捞戒指。我不可能再耍他一次，因为我现在正迅速变弱。这场追逐、我的伤，戒指闪耀的力量不断在我可怜的喙上烫出小洞——这些都让我无法忍受。我的火焰几乎都已经烧完了。虽然我还能听见海浪的声音，但除了湿漉漉地死去，我什么也得不到。

我还能有什么选择呢？我只能继续。为最后的英勇行为绞尽脑汁，耗尽所有力气，凤凰吃力地向开阔的海面冲去。

ASMIRA

阿丝米拉

✳

所罗门之戒

CHAPTER 35

所罗门王穿一件黄金刺绣长外衣，头发上扎了个银环。他笔直不动地站着，脱掉了朴素的白袍之后，他似乎比阿丝米拉之前见他的时候更高更华贵，但脆弱未减。

她羞红了脸。"拜托，"她结结巴巴地说，"我很抱歉。您是对的，那戒指……那戒指已经……"她打起精神，没有时间了，说话是最简单的，"我需要武器。"她说，"现在就需要，用来杀掉哈巴。"

国王盯着她。"我得想想。"他平静地说，"你已经让够多的人被杀了。"

"但你不知道哈巴做了什么！他——"

"我非常清楚他做了什么。"黑眼睛在憔悴的脸上闪动，他指指身边的水晶球，"我的占卜球可不是摆设，也不需要戒指来使用它。世上的战争已经打响，我明白，首先从我的王宫开始。"

水晶球表面旋转着，乳白色渐渐澄清。阿丝米拉瞥了一眼燃烧的王国，人们在花园里来来往往，魔灵们急急忙忙用缸和大桶从湖里舀水，浇在火焰上。她咬住了嘴唇。

她说："大人，我的仆人拿到了戒指。哈巴的恶魔在追他。如果我能摧毁魔法师，巴谛魔就能得救，您的戒指——"

"会被扔进海里。"所罗门眉毛抬起，锐利地盯着她，"我知道，我都听见了，也都看见了。"

他一只手从水晶球上挥过。景象改变了：现在展现的是阳台上的哈巴，周围一片烟雾。他正说着某种咒语，水晶球里传来微弱的声音。他们正听的时候，话语结巴了，魔法师咒骂了一句，喘口气重新开始。

"他已经超出了极限，"所罗门评论道，"和所有的笨蛋一样。戒指根据你的行为来窃取力量。哈巴尝试得太多，已经变弱了，思维也混乱了。他恐怕都记不得转移咒了。啊……不过现在他记起来了。"

阿丝米拉看着她身后的拱门，六道不太明显的闪光接连照亮帷幕。水晶球里，魔法师的身体被黑色的身影给挡住了。"他把恶魔给叫来了！"她喊，"他们来了！拜托！您有随便什么东西可以用来抵抗他们吗？"

"靠我们自己的力量不行。"国王沉默了一会儿，"自上次我自己做事已经过去很久了……不过珍宝室里可能有什么东西。过来，快，穿过大厅。别看诱惑咒。不过你经过左边的桌子时，把中间的抽屉打开。把里面的所有东西都拿出来给我。"

阿丝米拉尽可能快地按他的要求做。她从水晶球里听见哈巴正高声说出命令，并且其他刺耳的声音答应了他。

抽屉里有几条镶着宝石的金项链，其中不少都刻着神秘难懂的符号。她跑回所罗门身边，所罗门默默地接过来，大步流星走向阿丝米拉之前没有进去过的拱门。他一边走，一边僵硬地低头，戴上项链。

"这些有什么力量？"她匆忙跟上，问。

"什么也没有。不过很好看，你觉得呢？就算我要死，"所罗门王说着进了拱门，"我也要与众不同。看，这里就是我的藏品了。"

阿丝米拉审视着储藏室、架子、大箱子和盒子，所有的地方都满满地装着各式各样的人工制品。这让她眼花缭乱。"我该用什么？"她问，"这些东西有什么用？"

"大多数，"所罗门温和地说，"都不知道。这么多年我一直寻找可以和戒指力量相等的东西，但结果和我所耗费的正相反。我的探索自然是徒劳无功，与此同时我的仆人却得到了很多我花费大量时间和精力调查过的东西。这些东西都有魔法，但有些只不过是小玩意儿，另外一些又不太可能搞清楚。"

黄金屋的远处传来巨响。阿丝米拉一缩："噢，什么尖端锋利的东西都行。你有银刀吗？"

"没有。"

"飞镖呢？"

"我不觉得有。"

"好吧，嗯，那我就先拿那把剑吧。"

"要我就不拿。"所罗门打开她伸出的手，"一旦拿起就放不下了。看见柄上粘着的黄色指骨了吗？"

"那盾牌呢？"

"对一般人来说太重了。据说是吉尔伽美什王的。不过，我们可以试试这些。"他递过两个银色的金属蛋，大概和人握紧的拳头差不多大。

"这是什么？"阿丝米拉问。

"有进攻性的东西，希望是。这些怎么样？"他指着三根短木棒，每根上面都有个玻璃球，球里有东西没完没了地动。

阿丝米拉听见拱门后面有什么鬼鬼祟祟的声音。她拿起木棒。"接着找。"她说，"别离开这道门附近。我尽力不让他们靠近。"

她悄悄走到拱门边，背靠着墙，偷偷看着施咒的房间。有六个在山谷时出现过的哈巴的恶魔，分散在桌椅旁边。他们还和以前一样，伪装成人类的身体，但这次头都变成了野兽——一只狼、一只熊、两只鹰、一只咧嘴笑的丑陋猿猴，最恶心的是一只蝗虫，长着灰绿色发光的眼睛，还有颤动的触须。虽然外貌凶残，但他们动作缓慢，带着明显的犹豫。哈巴跟在后面，虚弱无力地拍打灵髓鞭催他们前进。他受伤的手用袍子上撕下的黑布包扎起来，步履蹒跚。阿丝米拉看见他不断满怀期望地向阳台回望。他隐忍着没有发怒——等着首席仆人回来。

阿丝米拉把头靠在墙上，闭上眼，想象巴谛魔独自一人拼命飞行的样子，想象影子恶魔紧跟在他身后，伸出爪子一样的手指吞没他和戒指……

她深吸一口气。

她从拱门边跳开，轻快地喊了一声："这里！"

兽头恶魔们都抬起头来。"就是这个丫头让你们的主人受伤！"哈巴叫道，"把她撕成碎片！谁杀了她就有自由！"

恶魔们同时跳起，踹碎桌子，把椅子甩到墙上，一蹦就跳过水池，向阿丝米拉站着的地方一拥而上。

恶魔大约离她十五英尺 ˣˣᵛⁱⁱ 开外的时候，她把金属蛋和玻璃球木棍以极快的速度一一扔出去。

两个金属蛋砸在两个鹰头恶魔头上，剧烈地爆炸，在他们身子中间炸出很多通透的洞来。他们仰起头惨叫着，变成蒸汽消失了。

两根玻璃球木棍就差一点错过了目标，落在大理石地面上，像蛋壳一样碎裂。绿色的火焰汹涌喷发，让周围的恶魔喊叫着向后翻滚。最后一根木棍戳在蝗虫头恶魔脚上一点。爆发出来的火苗点燃了它的一条腿。它尖叫着扎进水池里，消失在蒸汽云雾中。

阿丝米拉冷静地退回拱门里，所罗门还在忙着翻箱倒柜。"两个倒了。"她说，"一个伤了，您还有什么其他东西？"

国王已经卷起了袖子，灰发散落在脸上："我多少年没整理过这里了……很难说……"

"随便给我点东西。"

"噢，试试这些。"他抛过来一个上面刻着星星的陶柱，还有一个密封的赤陶罐。

阿丝米拉又冲回拱门，金色的房间里满是烟雾。四个巨大的身影穿过烟雾向前行进。

她把陶柱使劲扔向最近那个，打中了，碎成尘土，但什么用也没起。

她又扔出罐子，碎的时候只放出一声轻柔而悲哀的叹息，然后是一阵刺耳的大笑。恶魔们疑惑地向后跳，继而又加速前进。

它们身后的埃及人嘶哑地咒骂一声："你们这群笨蛋！一个小鬼就都对付你们！用魔法从远距离打她！"

阿丝米拉又退回到房间里，正好躲开外面汽化的地面。几个爆炸咒打到墙上，砖块混着灰泥落进储藏室。尘土落到她头发上。

国王有条不紊地扫视着架子。"有什么好消息吗？"他问。

"这次没有。"

"给。"所罗门掀开一个橡木匣的盖子，里面整齐地叠放着六个玻璃球。

正当他把匣子交给阿丝米拉的时候，一个魔法炸弹穿过拱门，越过她头顶，把储藏室的屋顶炸碎了。石块熔化，碎木瓦砾掉落。所罗门叫了一声跌倒在地。

阿丝米拉蹲在他身边："您受伤了吗？"

他脸色发灰："没有……没有。别担心我。那些恶魔——"

"是。"阿丝米拉站起来，穿过落下的石块雨，向被毁的拱门外扔出三个玻璃球。玻璃球随后就爆炸了，有绿色的火焰冒出来，然后传来尖锐又愤怒的声音。

她蹲在阴影中，拂开眼前的头发，又把手伸进匣子里。此时有什么东西带着极强的力量击中另一面墙，她被震倒在地，匣子从手中掉落，三个玻璃球滚了出来，轻轻在地上弹跳。

阿丝米拉呆住了，盯着玻璃球表面出现的小小裂缝。

她扑进房间的同时，拱门就在绿色火焰的打击下垮塌了。

火焰冲了进来，热浪连续击打在跳起向前冲的阿丝米拉身上。她撞上房间中间的柜子，笨拙地栽倒在一堆翻倒的大箱子中间。大堆东西砸到她头上。

等她睁开眼睛，她看见所罗门正低头盯着她。

他缓慢地伸出一只手。阿丝米拉接过，借力站起来。她的四肢都在流血，外衣也烧焦了。所罗门也好不到哪里去，他的外衣也破了，头发上都是泥灰。

阿丝米拉沉默地站了一小会儿，看着他。然后她突然脱口而出："我很抱歉，主人。我为对您做的一切而道歉。"

"道歉？"国王微笑着说，"在某些方面我还得感谢你。"

"我不明白。"她瞥了一眼拱门，绿色的魔焰渐渐熄灭了。

"你把我从梦中惊醒。"所罗门王说，"我被困在这里太多年了，被痛苦所奴役，被保护戒指安全的负担所困扰。而结果呢？我变得越来越虚弱却越来越自满——而且对手下的魔法师的行为视而不见，他们却忙着从我的王国里敲诈财富！对，多亏了你，戒指没有了——但结果却让我感觉比之前更加有活力。我现在已经看透了。而且，就算我要死，我也要靠我自己的力量战斗。"

他伸手到落在地上的宝贝中，捡起了一尊华丽的巨蛇。是黄金打造的，有红宝石做的眼睛，脚上还有几个机关。"这个，"国王说，"明显是个武器，用这里的宝石控制。来吧，我们现在用这个。"

"您在这里等着。"阿丝米拉说，"我来用。"

所罗门不理会她伸出的手："这次不光是你了，来吧。"

拱门下的火焰已经熄灭了。"还有一件事，阿丝米拉。"所罗门边走边说，"我不是你的主人。如果这是我生命的最后一个小时，还是谁也不需要了吧。"

他们走到中央的房间，跨过地上冒着热气的大坑和裂缝，差点和三个恒河猴样子的恶魔撞上，这三个正小心地悄悄往拱门边溜。看到所罗门，猴子们叫着跳过房间。魔法师哈巴正阴郁地靠在水池边一把翻到的躺椅上，也吓得猛地挺直身子。

"恶棍！"所罗门雷鸣般吼道，"在我面前还不跪下！"

哈巴的脸吓得塌了下来。他摇摇晃晃，腿开始打弯。随后他控制住自己，薄唇绷紧。他冲在大厅一角瑟缩的猴子们做手势，一边骂一边跳起来。"这暴君怎么还活着？"他叫道，"他没有戒指！"

所罗门大步向前。他挥动黄金巨蛇："遣散你的奴隶！跪下！"

埃及人并不听劝。"别怕那金玩意儿！"他冲着猴子们，"过来，奴隶，起来杀了他！"

"哈巴啊……"

"恶棍！"所罗门又说，"跪下！"

"他没人保护，你们这些笨蛋！没人保护！杀了他！把他们俩都杀了！"

"哦不……"阿丝米拉轻声说，"看。"

"亲爱的哈巴……"

声音从魔法师身后阳台的方向传来。哈巴听见了，他一呆，转过身。所有的眼睛都跟着他一起看过去。

影子飘浮在入口处，灵髓虚弱，忽明忽暗。它仍然是魔法师的身影，只不过比之前更软、更粗糙，边缘像蜡烛一样融化了。"我翻山跨海。"它微弱的声音说，"非常疲倦。那巨灵带着我兜圈子，不过我最后还是抓住他了。"影子重重叹了口气，"他真能打！五十个巨灵加在一起都比不过他一个。不过都过去了。我是为了你，主人，只有你。"

哈巴的声音因感情而嘶哑："好阿美特！你是最好的奴隶！那么……那么你拿到了吗？"

"看看它把我怎么样了。"影子惆怅地说，"烫伤，烫伤，这回来的一路，那么长、那么黑……是的，主人，它就在我手里。"

它展开五只冒着气的手指，一个金环就在它手掌上。

"那我的第一个行动就是摧毁该死的所罗门！"哈巴说，"阿美特——我来解除你的负担，我准备好了，把它给我。"

"亲爱的哈巴，我会的。"

所罗门叫出声，他举起黄金巨蛇。阿丝米拉跑了起来。但影子谁的话也没有听。它展开细长的手指，戴着戒指一起向前扫去。

BARTIMAEUS

巴谛魔

✳

所罗门之戒

CHAPTER 36

事情是这么结束的。

在西部的森林之外，在北上通往大马士革的古老沿海道路之外，在悬崖上屹立的小村庄之外，以色列就这么终结在大海的岸边 [1]。等凤凰到达海边的时候，我也快要消失了。

我飞过空空荡荡的沙滩时很不稳定，每扇动一次翅膀，都有一两片燃烧的羽毛掉进波涛之中。我高贵的喙多半都熔掉了，只剩下一小点残根还能叼住哈巴的断指。因为疲倦和靠近的戒指，我的眼睛也模糊不清了，但一回头还能看见影

---

[1] 大海：之后（被罗马人）称为地中海。罗马时期这一片水域变成了商业游乐场，波涛之上尽是平底大船色彩明亮的帆，空中的航线密密麻麻挤满了匆匆往返的魔灵。但是，在所罗门时代，就算是技巧娴熟的腓尼基水手也更愿意待在海岸边，大海之上空旷无人，一幅远古混沌的景象。

就个人来说，不管在什么时代，我觉得海都是一样的：广大、寒冷而且潮湿得要命。

子，越来越靠近。

我几乎已经达到极限了。这场追逐几乎到头了。我再向西行进一点儿，更深入海中，最开始的半英里天还没亮，只有一点橙红色的光从我身下跃出，在汹涌的海浪上舞动。随后天空立刻就变成了灰色，我回过头，在影子身后看见远处的沙滩上镶上了一圈粉色，宣告黎明的到来。

好。我不想在黑暗中结束一切。我想要太阳最后一次照在我的灵髓上。

凤凰降低，掠过水面。然后，我猛地一仰头，把手指吐向高空。它升起、升起，反射太阳的第一缕光辉，开始下降——

——然后被一只细瘦的黑手抓个正着。

不远处，急匆匆的影子慢了下来。他停住，用尖锥形的腿悬在浪尖上，看着我。

我瞪回去，又变成有翅膀的苏美尔持矛人，卷发蓬乱，浪花打湿了我光着的脚，黎明的光线让我暗淡的视线变得宽广。在我把手指扔向海里的时候，已经快速把戒指从手指上摘下来。这时我举起一只胳膊。所罗门之戒被我拿在向外伸的手中，随时有掉入海湾的危险。

阿美特和我都静静地站着，下面冰冷的深海牵引着我们的灵髓。

"巴谛魔。"影子终于说，"你带着我兜圈子，又很会打架。五个巨灵加起来也比不上你。但是现在到头了。"

"太对了。"我把胳膊举得更高一些。戒指就在我的拇指和其他手指之间，我的灵髓冒泡，蒸汽轻轻飘进粉红色的晨光之中。"如果你敢离我一个波浪的长度之内，"我说，"它就掉下去了。直接沉到底，掉进黑暗的烂泥之中，还有长着很多条腿的东西会永远守卫它。好好想想吧，阿美特！你的主人不会想永远都失去它吧，对不对？"

影子冷淡地耸耸肩。晨光穿透他胸口参差不齐的大洞。"你吓唬谁啊，巴谛魔。"他低声说，"就算凭你那点儿小聪明也能知道，如果你扔下戒指，我就变成鱼，还没沉下十码之前我就能给捞起来。再说了，它的光环那么亮，就算在深海也能看见。你喂给鲸鱼我都能找到。把戒指扔给我，我以名誉担保，不会报复你对我的伤害，我保证尽快杀掉你。要是再多耽误一会儿，我发誓我做的事——就算让哈巴看到你的尸体都会哭 [2]。"

我静静站在水上。我的脚和影子的尖锥之下，蓝粉色的波浪起起伏伏，轻柔摇摆。太阳从东方升起了，强行拨开了深蓝色的天幕。毕竟，一个烈焰激荡的夜晚刚刚过去，一切，暂时都很平静。我又能好好看清事物了。

阿美特说得对。把戒指扔进海里是没指望了。

"放弃吧。"影子说，"看看它对你造成的伤害！你已经拿着太久了。"

我打量着正在熔化的手。

"把你的幽默也烧没了吗，巴谛魔？"影子越过海面向我而来，"够了，把戒指给我。"

我微笑着作出了决定，没再说话就直接改变了形态。睿智的所罗门就站在这里 [3]。

影子不确定地停顿下来。

"你想什么呢？"我问，"我看起来像吗？我打赌很像。我有稍微带点儿梨形的屁股，还有所有的一切。就连声音都很不错，你说呢？但只有一样没有。"我亮出两只手，手掌朝外，来回挥动。"我们来看看……在哪儿呢？"我稍微有点焦虑地拍遍袍子，然后，像小街上的巫师一样，从耳朵里拉出一个小金环。"嗒嗒！戒指！认出来了吗？"

我举着戒指咧嘴一笑，让戒指反射明亮的晨光。阿美特的轮廓有点下垂，因为焦急变得如薄纱一般。"你在干什么？"他压着嗓子说，"放下它！"

---

[2] 作为新想出来的威胁，这个不错，尤其还在追了这么长距离之后。阿美特很清楚埃及人的诅咒传统，简明而且吓人。相反地（说）那些冗长的苏美尔诅咒没完没了地说着煮沸、疼痛和狂风什么的，而你，牺牲的对象，早就悄悄溜走了。

[3] 我变成了一个彻彻底底的"官方"所罗门——英俊、健康、阴沉、打扮艳俗、珠宝缀满衣服——而非"私下里"那姑娘和我见过的满脸皱纹，穿着白袍的版本。一部分是因为不想照搬他那么多的皱纹（那得花好长时间），另外一部分是因为在这生死攸关的重要时刻，如果我装成穿着睡衣的老头儿，会被吹走的。

"你知道，阿美特。"我说，"我同意你的说法。拿着戒指对我的灵髓真是太糟了。已经这样了，似乎再进一步，我也没什么可以失去的了……"

影子快速向前迈出一步："它会要了你的命。你不敢。"

"哦，是吗？"

我把戒指戴在手指上。

大小正合适。

伴随合适的大小而来的是被同时往两个方向疯狂拉扯的剧痛。我之前可能说过，这戒指是一道门。拿着戒指就像是感觉到门缝吹来的微风，而戴上呢？那门就被风吹开了，狂风呼啸而来，而你被卡在这里，弱小又无助 [4]。就像是一个流动的遣散咒，把我拖回异世界——但我的灵髓却无法服从。我一边沉默地站在波澜不惊的水面上，一边感受着灵髓被撕裂，知道自己没多长时间了。

可能，在最开始我晕乎乎的时候，阿美特本应该行动的。但他被我的鲁莽吓呆了。他悬在我身边，像给清晨抹上一缕油渍。他好像呆住了，没有动。

我控制住疼痛，尽可能提高音量说话。"说起来，阿美特，"我用一种惬意的声音说，"你最近说了好多惩罚呀赔偿之类的话。你在这种问题上很有发言权。我很同意我们应该在细节问题上多考量一下。稍等一会儿。"

"不，巴谛魔！不！我求你——"

这，就是戒指的恐怖之处。这就是它的力量。这就是魔法师们所追寻的，斐洛克里特、阿祖勒和其他人不惜一切都要拿到手的原因。虽然不是很愉快，但我还是要看到最后。

我转动手指上的戒指。疼痛持续扭曲缠绕而来，我的灵髓撕裂了。我对着升起的太阳大声喘息。

七个界层里的我都变形了。黑暗的存在出现在我身边的空中。晨光完全无法照亮它，却透了过来，就像是天空中被切出了一个深深的黑洞。它也没有影子。

说起来，那可怜的老阿美特标志性的黑暗看上去不过就是来者旁边灰色的薄纱。他不知道自己该怎么办，只能暴露在水面上。他有点紧张地左右移动，缩短

---

[4] 而且还光着身子，就是说让人觉得特别冷。

变长，在水面留下旋转拖尾的痕迹。

那个存在和在阳台时候一样，开门见山地说：**"你的愿望是什么？"**

我并没有忘记哈巴召唤他的时候，戒灵看见不是所罗门似乎稍有点急躁。所以我聪明地伪装起来。伪装并不完美——我的声音似乎比过往稍微尖一点，那是因为我无法彻底控制住恐惧和难受，不过我尽力了。我安慰自己说就算是老国王的母亲也看不出区别来。我冷谈地说："问好，伟大的戒灵啊。"

"你可以不要用这种蠢腔调说话了。"那存在说，**"我知道你的名字和类型。"**

"哦。"我吞咽一口，"你知道了？有什么关系吗？"

"我必须服从戒指佩戴者。没有例外……甚至是你。"

"哦，好！这是个好消息。等等……你要去哪里，阿美特？待不住吗？"影子转身，穿过波浪急速离去。我看着他离开，随意微微一笑，然后又对戒灵说话："你是怎么猜到的？"

"除了我能看透所有幻象的能力之外吗？所罗门极少待在空旷的海面上，而且，你忘了香水。"

"两个低级错误！好吧，和你这样伟大的魔灵聊天很高兴，但是——"

"你的愿望是什么？"

简明扼要。这很好，因为我没办法忍受戒指的拉力很长时间。我手指穿过指环的部分，灵髓都破损变弱，变得和线一样细了。我的一部分力量已经被拉走了。

阿美特现在已经很远了，他身后的海面上留下了一道斜斜的模糊航迹线。他已经快到岸边了。

我说："那边有个魔王正在快速撤离。我希望他此刻被抓起来痛打一顿。"

"完成。"

浪中间不知从哪里冒出来一片灰影，把逃命的影子吞没了。可惜我看不太清楚，因为距离太远，而且浪花四溅，不过尖叫声已经足够把几英里内多数海鸟从巢穴里赶出来，在海岸线上下飞舞了。

等到吵闹声结束之后。影子就成了漂浮在水面上的一块可怜的灰色补丁了。

那存在仍然等在我身边："你的愿望？"

我的灵髓早已经被拉扯过了，如果向戒指许愿会严重加剧疼痛。我犹豫了，不知如何是好。

那存在似乎明白了我的迟疑。**"这就是戒指的本性。"**它说，**"会吸走使用者的能量。说实话，你的要求很微小，所以——如果你许愿——你的灵髓还能再承受一次。"**

"这样的话，"我坚定地说，"那请再痛打阿美特一次。"

就在乱哄哄的殴打正在进行的时候，我说："伟大的戒灵啊，我要一个瓶子或类似的东西，不过我手头没有。或许你能帮助我。"

"这里的海很深，"那存在说，**"不过下面深处躺着一艘三百年前在风暴中沉没的埃及船。那上面装载着很多曾经用来装酒的双耳罐。大多数都空了，但还完好，散布在远处的海底。你想要一个吗？"**

"不太大的，拜托。"

我脚下泛起水泡和泡沫，一股绿色的深海冷水涌上来冲破水面，带来一只很大的灰色酒罐，上面覆盖着水草和甲壳动物。

"下面的工作，"我说，"魔灵，这将是我最后的请求了，虽然有你的保证，我还是觉得我再多戴一会儿戒指灵髓就要爆炸了。我希望魔王阿美特被困在这个瓶子里，然后用铅之类你趁手的东西封住瓶盖，瓶盖上要用适当的魔法和如尼文封印，然后连瓶子整个儿放回海底，这样就可以不受打扰地待上几千年，直到阿美特反省他对其他魔灵，最重要的是，对我所犯下的罪。"

"完成。"那存在说，**"这是最合适的惩罚。"**

有那么一会儿酒罐发出彩色的光芒，我感觉各个界层都弯曲了。在这其中，我以为自己听到了影子最后的喊叫，不过也可能是对面水鸟的叫声。酒罐瓶颈的部位熔化的铅闪闪发亮，盐水吱吱蒸发。等瓶颈冷却了，铅塞子上留下来的九个魔法和禁锢的符号还在发光。罐子开始旋转，一开始慢，然后加快，快到让海面出现了一道旋涡，深蓝色的漏斗直通黑暗之中。罐子旋转着沿漏斗下沉，沉到我脚下之后，海面就封闭了。

一朵小浪升起，打湿了我的脚之后消失了，海面又恢复了平静。

"魔灵。"我说，"我感谢你。这就是我最后的愿望了。在我摘掉戒指之前，你希望我把戒指弄成两半，解放你吗？"

"客气地说，"那存在说，**"那超出你的能力范围之外。戒指暂时还无法被破坏。"**

"抱歉，"我说，"听到这个我很难过。"

"我的自由迟早会实现的。"那存在说，**"对我们来说时间又算什么呢？"**

我转头看着太阳："我不知道。有时候感觉就是一小会儿。"

我摘掉戒指。那存在消失了。我一个人站在海浪轻拍的水面上。

ASMIRA

阿丝米拉

✦

所罗门之戒

CHAPTER 37

阿丝米拉动的时候也知道没希望了。她不可能在影子之前碰到哈巴。她怎么也阻止不了哈巴重新拿到戒指。

太慢、太弱小、太没用——这是她之前就感觉到的。但无论如何她跑起来了。或许她能让他们分心，给所罗门使用武器或是逃跑的时间。她跑——这是对的。最后时刻阿丝米拉非常清楚屋里发生的一切：晨光透过帷幕射进来；四个猴子恶魔挤在角落里；魔法师摇摇晃晃向前，嘴巴张开，眼睛发光，完好的那只手贪婪地伸向前……

而影子，哈巴的黑色倒影，加速向他而去。

虽然灵髓千疮百孔，但影子仍然忠实地模仿它的主人。只不过……随着它越来越接近魔法师，阿丝米拉看见剪影变化了。鼻子突然比埃及人长了，而且长出了几个大疣子，两只大象一样的招风耳从头上突出来。

影子和主人碰到一起。哈巴伸出手，影子假装要把戒指掉到他手掌上，但——在最后一刻——又拉了回来。

哈巴猛挥手抓戒指却落了个空。他跳起来，恼怒地尖叫，但影子却把戒指举过头顶，故意来回晃动。

"就快拿到了。"影子说，"哦，跳得挺高，你要是再高一点就好了。"

"你在做什么，奴隶？"哈巴怒吼，"把戒指给我！给我！"

影子用一只手拍打特大的耳朵："抱歉，丑八怪。我有点聋。你说什么？"

"给我！"

"再没有更大的荣幸了。"

同时影子退后，挥拳打到了埃及人方脸的下巴上，打得他离开地面，呼啸穿过空中，摔在一张黄色的桌子上，桌子被他的重量压得粉碎。

残酷的哈巴无意识地躺在一堆水果上，紫色的葡萄汁像血一样在他身边流了一摊。

阿丝米拉瞪大眼。她和其他人的惊呼声在房间里交织。

影子稍微行了一礼："谢谢，谢谢。我的下一个戏法，戒指物归原主，紧接着就是立刻遣散一位著名的巨灵。我可以签名留念。"

"巴谛魔？"阿丝米拉猜测道。

影子鞠了一躬："早。我给你带来点东西。"

"但是怎么——我们以为你肯定已经——"

"我知道，我知道——你们可能希望我能早点回来。噢，我忍不住在处理掉阿美特之前和他聊了一会儿，你明白的。给他严肃地上了一课，让他知道自己的错误。之后，他就一直求饶，还有必不可免的哭喊恳求，你知道那些魔王……"影子头一次发现大厅角落里还有一堆恶魔。"好啊，孩子们。"它欢快地说，"希望你们记住。这才是如何正确击倒主人。"

阿丝米拉的惊讶突然变成了催促："那你真的还——"

影子摊开手。所罗门之戒躺在上面，巨灵的灵髓起泡碎裂，发出炽热的蒸汽。

"我记得我告诉你要把它扔进海里？"阿丝米拉说。

"你是说过，而且我也按你说的话执行了命令。嗯，我让它掉了下去，又立刻就捞了出来。戒指打湿了，这样就行了。你再扮演魔法师的时候得小心措辞断句，阿丝米拉——如果不是在拯救文明危难的时候，这就是我们这种顽皮的巨灵胡闹的把戏。重点是，"影子继续说，"就算这是我的主意吧，我不觉得把戒指丢进海里，让戒灵忍受更长久的束缚命运是最好的办法。我主观上就不想这样。所以，按照你的原话执行，而且老实说，因为太疼了，我现在就还给你。当然，由你决定拿它怎么办吧。接着。"

戒指被抛了出去。阿丝米拉接住了，疼得喘了口气。这次，她没松开手。

她毫不犹豫地转身，跪在国王面前，国王站在房间另一头等着。"威严的所罗门。"她说，"伟大、尊贵无比的——"

她抬眼看他，发现这位伟大的国王像搁浅的鱼一样目瞪口呆地看着她。他脸上和肩上都是黑色的烟灰，头发末端都纠结成团。

"哦，"她惊呼，"您怎么了？"

所罗门眨眨眼："我——也不太清楚。我以为哈巴就要拿到戒指，就用黄金巨蛇对准他，按了一两个键然后——然后就像是世界末日一样。我有点吓到了，然后这东西就对着我的脸冒出一股烟。我希望自己看上去还不太狼狈。"

阿丝米拉小声说："还……不是太糟。"

"至少你还没按第三块宝石。"巨灵说，"那会放出一股很难闻的气味……"他犹豫了一下，嗅了嗅，"哦……你按了。"

"伟大的所罗门。"阿丝米拉匆匆地说，"我特此归还您的物品。"她低下头，双手捧着奉上，两只手都被戒指的力量烫伤，但她咬牙稳住手，"巴谛魔和我非常后悔对您犯下的错误。我们听凭您的智慧和仁慈地发落。"

影子惊叫一声："嘿，不要把我算进去！我都是被迫的。除了刚刚——把戒指带回来。"

阿丝米拉叹了口气。所罗门没有动，她把手举得更高些。"我来负全责，陛下。"她说，"求你宽恕我的仆人所犯下的所有罪责。"她瞪着旁边的影子，"好啦，这样你满意了吗？"

"好吧，我想差不多。"

这时国王动了起来，向他们走去。影子安静下来。角落里的四只猴子焦急地叽叽喳喳起来。就连躺在水果上失去意识的魔法师也呻吟着动了动头。

大厅里一片沉默。

阿丝米拉低着头烫着手等着。她对自己未来的命运不抱任何幻想，而且她知道自己罪有应得。在储藏室的时候，所罗门表达了他的谅解——但那时他们两个都濒临死亡。现在，戒指回到她手里，他又重建权威，那就是另外一码事了。塔楼外面，他的王宫已经化为废墟，人民吓坏了。他手下多数魔法师都死了。论理他理应获得补偿。

她知道得很清楚，但一点也不惊慌，她感觉内心平和冷静。

金色袍子的沙沙声靠近了，阿丝米拉没有抬头看。

"你把戒指和道歉献给我。"所罗门的声音说，"第一件我接受——虽然不情愿，因为那是个可怕的负担。"

阿丝米拉感觉有冰凉的手指拂过她的手，疼痛也随之消失了。等她抬起头的时候，所罗门正把戒指套在手指上。他憔悴的脸上闪过一丝不适，随即消失了。

"站起来。"他说。阿丝米拉站起来了。她眼前的影子一闪，变成了一个黑眼睛的英俊年轻人。她和巴谛魔站在国王面前，等他发话。

"第二件。"所罗门说，"我不能欣然接受。已经造成了太多损失了。等一会儿我们再来判决，不过首先……"他闭上眼睛，碰了碰戒指，静静说了一个词。一阵耀眼的光在他身上闪过又消失了，站在他们面前的国王彻底变样了。他脸上的烟灰没了，密布的皱纹也没了；头发又变得顺滑，乌黑油亮，充满生命力。他又成了宫墙画像上的年轻模样，这一切让阿丝米拉又差点跪下去。

"哦算了。"所罗门说，"你知道这是幻象。"

他面容稍稍扭曲地转动戒指，那个存在立刻出现在他们之间："乌拉泽尔，"他说，"我回来了。"

"我从不怀疑。"

"我们有点儿工作要做。"

"要从哪里开始呢？"

所罗门瞟了一眼地上的魔法师，哈巴还在呻吟，痛苦地扭来扭去。"你可以先把这东西弄走，放到塔下的地牢里去。我一会儿再理他。"

光线一闪，哈巴不见了。

"他那些战战兢兢的奴隶可以遣散了，我对他们并没有不满。"

更加炫目的光线闪过：四只猴子恶魔从他们挤的角落里消失了。

所罗门王点点头："我的王宫，我觉得，需要修缮，我们得坚强面对，乌拉泽尔。调查一下损失，计算所需要的魔灵，再等我的指示。这里我还有点事要处理。"

那存在的出发动摇了空气。阿丝米拉的耳朵直响，她用袖子擦擦鼻血。

现在就剩她和巴谛魔站在国王面前了。

"现在，"所罗门说，"是我的判决。乌鲁克的巴谛魔，你先来。你罪行累累。你导致了我的魔灵大量死亡，给耶路撒冷带来骚乱和灾难。因为你的建议和行动，这个姑娘才能拿到戒指。不仅如此，你还随时随地对我个人的尊严展现出极端的无礼。你的河马伪装——"

"不，不，那纯粹是个巧合！那和你老婆一点儿也不像！"

"——对我圣洁的神庙表现出极其的不敬。这才是我要说的。"

"哦。"

"好像还不够。"国王想了想之后又说，"你似乎曾经怂恿这姑娘把戒指扔进海里……"

"只是为了防止被你的敌人拿到！"巨灵叫道，"丢在深海里比让哈巴或者示巴女王代替你掌权好多了！我是这么想的。如果伟大的所罗门王不能拥有它，我对自己说，那为什么不让沉默的珊瑚来守卫它呢，直到——"

"别胡说八道了，巴谛魔。"所罗门噘起嘴，"所有这些事，你显然应该受到惩罚。不过，你也是个奴隶，被迫执行别人的命令，说实话，虽然我很想，不过我还是不能怪你。"

巨灵大松了一口气。"你不怪我？哎呀，我说这才是英明。"他用胳膊肘使劲捅捅阿丝米拉的肋骨，"说起来，那——轮到你了。"

"示巴的阿丝米拉。"所罗门王说，"你的话就没必要一一列举所作所为了。由你所引起的损失巨大，而要修复这些损失会让我虚弱很久。不仅如此，你还看见了我虚弱的样子，你看见我面具下的真面目。根据所有自然的正义法则，你都应当受到惩罚。你同意吗？"

阿丝米拉点点头，什么都没说。

"但相对的，"国王继续说，"也有如下情形：你没有把我杀死在房间里。我不知道为什么——可能你已经猜到自己的任务考虑不周。随后，因为哈巴的涉入，你的愚蠢行为展露无遗，但你击倒哈巴，让巴谛魔带走戒指。这个行为本身来说阻止了叛徒立刻获得成功，不仅如此，你接下来又在哈巴的最后攻势中保卫我，否则我肯定已然被杀了。现在你又把戒指交还给我。我发现不知道该对你说什么好了。"

"她就是那么古怪。"巴谛魔附和道，"我也有同感。"

"我已经跟你说过，阿丝米拉。"国王特意没理会他的插嘴，"你的行为让我从睡梦中惊醒。我现在明白了，因为被戒指的负担所累，我忽略了很多，还让我的仆人们中饱私囊。从今往后，这种情况将会改变！我会寻找其他保卫戒指的方法，不论发生什么，也都尽量少戴着被诅咒的东西。我的王国，"所罗门说，"由此将会更加强大。"

他走到幸存下来的一张桌子前，从一个石壶中倒出两杯亮红色的葡萄酒。"还有一件事，"他说，"需要考虑。并不是你决定要袭击我，而且我绝对相信你在此事上别无选择。阿丝米拉，你也是按照别人的命令行事。在这点上你和巴谛魔很像。"

巨灵又捅捅阿丝米拉。"跟你说过。"他说。

"所以，"所罗门王说，"责任不在你。乌拉泽尔。"

那存在悬在他身边："**主人**。"

"带示巴女王到这里来。"

身影消失了。巴谛魔吹了声口哨，阿丝米拉胃里一阵翻滚，她刚刚在审判的过程中感觉到的那种冷静的奇怪感觉突然又变得紧张起来了。

所罗门从水果碗里挑了一颗葡萄细细咀嚼。他拿起两杯酒，面无表情地走到附近地毯的中央。

一阵闪光，传来奶油和玫瑰的味道：巴尔绮思女王站在地毯上。她穿着一件镶金边的白色长袍，戴着黄金和象牙的项链，头发用一顶金色小王冠高高盘起，金丝扭成的耳环垂在姣好的颈项边。令她的美貌和优雅稍有折损的是她茫然不知所措的表情和明显发青的肤色。她站在那里略有些摇晃，喘息着眨眨眼，盯着周遭。

苏美尔年轻人靠近阿丝米拉。"瞬间移动让你反胃。"巴谛魔低声说，"不过她忍住了，没有吐出来。肯定是教养优秀的标志。"

"欢迎来到耶路撒冷，小姐。"所罗门递出一杯酒，"要点儿酒吗？"

巴尔绮思没有回答他。她的目光落在阿丝米拉身上，狐疑了片刻，终于认了出来。她轻呼一声。

"小姐——"阿丝米拉正要说。

"坏姑娘！"女王的脸色突然变得煞白，脸颊上冒出红斑，"你背叛了我！"她向阿丝米拉的方向摇摇晃晃地踏出一步，举起一只爪子一样的手。

"完全没有。"所罗门说着平静地插入她们两人之间，"其实，正相反。这是你最忠心的仆人。她执行了你的命令，从我这里偷走了戒指，也摧毁了那些借我之名威胁你的人。要是没有她，以色列的未来——还有示巴，亲爱的巴尔绮思——将会非常严峻。我感激阿丝米拉。"所罗门说，"还有你。"

巴尔绮思女王什么也没说，她的目光仍然停留在阿丝米拉身上，带着严厉、怀疑和冰冷的敌意，她的嘴唇抿成了一条线。阿丝米拉努力回忆两周之前她们谈话时女王看她的眼神。她努力回想起她的微笑和奉承、她的亲昵和自己高涨的自豪感……

不好。记忆已经消逝，再也不能承载力量。

巴尔绮思转向国王。"是您这么说的，大人。"她最终说，"我对这些事仍然有所保留。"

"是吗？"所罗门王客气地一躬身，"这倒不让人惊讶。我们之前对你确实太唐突了。"他递出酒杯，微笑的光芒照亮了女王，这次巴尔绮思接过了酒杯。"那么，我可以请你，"他说，"陪我在我的王宫里走走吗？这里有些重建工作正在进行。我可以给你详细讲讲，而且我们也可以谈谈两国之间的关系——我希望你同意——两国的关系需要大大改善。"

女王的沉着冷静已经略微恢复了一些。她僵硬地鞠躬："很好。"

"与此同时，你的卫士——"

巴尔绮思断然摇头："她不再是我的卫士了。我不知道她给谁效力。"

阿丝米拉感受到一阵剧痛，像刀锋戳进了心里，然后就淡去了，因女王到来而感到的不安也消失了。让她惊讶的是她居然又觉得非常冷静了。

她心如止水地向女王致意。巴尔绮思抿了口酒然后转过脸去。

"这样的话，"所罗门微笑着说，"小姐，那你就不会介意让我提个小小的建议吧。阿丝米拉，"——现在他表面上的所有魅力和诱惑力都转向了她——"我给你个邀请。来给我服务，做我的卫士。我亲眼见识过你的很多优秀的品质，而且我现在也知道——在昨晚的事件之后稍微有点讽刺——我可以把我的性命托付给你。所以，帮我重建我在耶路撒冷的统治。做我更开明的政府中的一员！之后的许多天和许多个星期我需要各种帮助，因为我的仆人不剩多少了，而且如果我的魔法师还活着，他们也需要小心监管。帮我前进吧，阿丝米拉！在耶路撒冷开始新生活！可以肯定的是，"他微笑着说，"我会重重地报答你。"

此时，所罗门王把酒杯放下："现在是时候关注我最重要的客人了。美丽的巴尔绮思，我们慢慢逛一逛，然后到亭子里来杯冰冻果子露，顺便提一句，那冰是从黎巴嫩山的山脊中新鲜采制的。我发誓你从来没尝过更新鲜的。请……"

他伸出一只胳膊，示巴女王接住。他们一起穿过房间而去，步态优美地绕过地上的碎片。他们走到前端的拱门穿了过去。衣袍的沙沙声渐渐变小，聊天的声音也远去了。他们离开了。

　　阿丝米拉和巨灵面面相觑。停顿了一会儿之后。

　　"对，国王和女王都这样。"巴谛魔说。

BARTIMAEUS

巴谛魔

✳

所罗门之戒

CHAPTER 38

伟大的戒灵乌拉泽尔修复王宫的时候绝对不会敷衍了事。塔楼下面，工程正在进行中。战斗中毁坏最严重的花园周边建筑已经都搭上了竹质脚手架，很多巨灵在迷宫一样的梯子上匆忙上上下下，移除碎石，拖走烧坏的木材，擦掉所有残留的魔法污迹。采石场传来疯狂的敲打声，火灵们飞向西边的森林寻找木材。前院，几排木灵 [1] 站在大水泥岗旁，勤奋地用尾巴搅拌，而花园里延伸到天际的大批妖精吃力地翻种焦黑的草坪。

所罗门亲手牵着示巴女王，在其中大步走着。

从我所站的阳台上看去，就连所罗门和巴尔绮思这么自负的人也微不足道，他们不过是金色和白色的两个微小的身影，很难从跟在他们身后的旁观人群中去

---

[1] 木灵：一种极为迟钝的魔灵亚种。想象一个小小、缓慢、浅棕色的——不行，描述他们都能让我烦死。

区分出来 [2]。巴尔绮思动作慢一些，身形坚硬，一副冷淡骄傲的样子。所罗门则更加步态优雅，他时不时夸张地挥舞手臂，无疑是在指点花园里的奇景。其中一只手上，金光微微闪烁。

必须得说，以人类的标准而言，所罗门可以自由支配如此多的力量，他的控制力着实令人敬佩。他的大多数行为都是通常意义上的善行，而且他自己也宽宏大量——正如阿丝米拉和我才发现的那样。不过，总的来说，他内心还是个王者，也就意味着浮华和虚荣。就连他对我们那种偶然一次性的宽宏大量，在某种方式上，比他所有的珠宝都更浮华更虚荣。在这里我就不抱怨了。

至于示巴女王呢……嗯。

站在制高点上的黑眼苏美尔年轻人一副后悔的面孔。他从倚靠的阳台上拉扯着千疮百孔的灵髓进里面去了。

我该走了。

我发现女孩坐在所罗门房间里的一把金色椅子上，风卷残云般地吃掉了大堆蜂蜜蛋糕 [3]。我进来的时候她还没吃完，继续狼吞虎咽。我坐在她对面的椅子上，自打我回来之后这还是第一次细细打量她。

她的胳膊腿都完好无缺，不过外表可是糟糕到家了。她的衣服扯破烧焦，皮肤瘀青，嘴唇有点肿，头发被某次魔法的火焰染上了绿色。这些已经都不能算是什么好样子了，但还远不算完。她喝了一大口所罗门的葡萄酒，然后把黏糊糊的双手故意往他的丝质靠垫上擦。一个旁观者（我）还发现她似乎比我第一次见她的时候更充满生机和活力，她那天在山谷里的时候坐在骆驼上可是够僵硬冰冷的。

昨晚的事件除了把她外表严重损毁以外，我估计她内心的一条锁链也断掉了——而这种断裂并不是坏事。

---

[2] 就是通常的武士、官员、妃嫔和奴隶。很明显除了魔法师之外，王宫里的大多数人都卑躬屈膝，所以毫发无损地活了下来。愤怒的妃嫔们叽叽喳喳如栖息的鸟儿一般评价着示巴女王。在很多方面，事情都恢复正常了。

[3] 房间里的诱惑儿在夜晚的打斗中都被炸飞了，除了几把躺椅、几块地毯和几幅壁画——和所罗门的水晶球之外。那水晶球现在一片空白，看上去就是一片水雾，里面被困的魔灵已经欢快地被释放了。

她拿起几颗葡萄和一个杏仁小面包，"他们还在底下呢？"

"对，忙着观光呢……"我沉思地眯起英俊的双眼，"我和你的好巴尔绮思女王，谁更尖酸古板？"

阿丝米拉扭曲地一笑："我得说她没有……我希望的那么大方。"

"说得真委婉。"

"噢，你还想怎样？"女孩把点心渣从膝头拂下去，"她派我出来是要干净利落地暗杀和偷戒指。现在她发现我被所罗门表扬到天上去了，但戒指还在他手指上，而她自己则像拴在皮带上的笨妖精一样被召唤到了耶路撒冷。"

这个分析倒挺到位。"他会赢得她的支持。"我提醒道，"他总能如此。"

"哦，她会原谅所罗门。"阿丝米拉说，"但她不会原谅我。"

她又继续吃蛋糕了，沉默了一会儿。

"不过你接了一个不错的工作。"我说。

她抬起头，边嚼边问："什么？"

"所罗门的邀请。帮他推动新政府进步什么的，报酬丰厚。我是听得有点糊涂啦。不过，我肯定你会高兴的。"我盯着天花板。

"你似乎不赞成。"女孩说。

我怒目而视："嗯，那只不过是他在对你下咒，对不对？用那种闪闪发光的目光和你对视，露出白牙微笑，还说什么以生命相信之类的话勾引你……这些是都不错，但最后会怎样呢？首先你是个卫士，然后是个'特别顾问'。接下来你知道你就会被充到后宫里去了。我只能说，如果真是这样，可该死的千万不要睡在他那个摩押来的老婆下铺。"

"我不会去他后宫的，巴谛魔。"

"哦，你现在是这么说，但是——"

"我不会接受他的邀请。"她又喝了一大口酒。

"什么？"现在轮到我茫然不知所措了，"你要拒绝他？"

"对。"

"但他是所罗门。而且……除了我刚刚说的之外，他的确讨人喜欢。"

"我知道。"阿丝米拉说，"但就算这样，我也不会加入他的魔下。我不会就这么简单换一个主人。"

我皱眉。她内心的枷锁刚刚已经断了，好吧。"你真的确定吗？"我说，"没错，他是个骄傲自大的独裁者；他痴迷于金屋藏娇也没错。但他作为领导比巴尔绮思好太多了。从一开始，你就不是奴——你就不是世袭卫士。你会有不少自由——也有不少金子，如果这能让你高兴的话。"

"不会的。我不想留在耶路撒冷。"

"为什么呢？多亏了那戒指，这里可是世界的中心。"

"但这里不是示巴，不是我的家。"她眼中突然烧起和我昨夜发现的一样的火焰，还是那么明亮，不过要温和一些，怒火和狂热都消失了。她对我微微一笑，"我昨晚说的——没有骗你。作为一个卫士，我做的那些事——对，我是为女王效力，但我也为示巴效力。我爱它的丘陵和森林，我爱田野之外闪耀的沙漠。在我还很小的时候，巴谛魔，我母亲都曾经指给我看过。一想到再也不回去，不能回到她身边——"她中断了话语，"你不会知道这是什么样的感觉。"

"其实，"我说，"我知道。说起来——"

"当然了，对。"阿丝米拉果断站起来，"到时候了，我明白，我得让你走了。"

这又一次证明她不是真正的魔法师。自乌鲁克的时代的开始，每次受奴役都有和主人以无耻的争吵所告终的传统，我的主人们拒绝放我自由，而我就变成嘎嘎作响的僵尸或爪子上带血的女妖来"劝说"他。不过这个姑娘，在放自己自由的同时，也很高兴地放我自由，而且没有一句废话。我一时间惊讶得说不出话来。

我慢慢站起身。女孩环视大厅："我们需要一个五芒星。"她说。

"对，没准还得两个。这里什么地方肯定有几个。"

我们四下寻找，很快就在一块烧焦的地毯下面发现露出了召唤魔法圈的边缘。我扔开盖在上面的家具，而那姑娘站着，以我在山谷里时就发现的沉着看着我。我突然想到一个问题。

"阿丝米拉。"我边说边把一个翻倒的桌子踢到房间一头，"如果你回到示巴，你打算干什么？再说女王怎么办呢？如果今天那种怨恨不去，她不会高兴看见你在那边晃悠的。"

让我惊讶的是女孩已经有了答案。"我不会在马力卜晃悠的。"她说，"我想和乳香商人合作，在他们穿越阿拉伯的旅程中帮助保卫他们。据我看来，沙漠里的危险还真不少——我的意思是强盗和巨灵。我想我能对付得了。"

我赞许地把一把古董躺椅扔过肩头。这其实是个不错的主意。

"这样也让我有机会旅行。"她继续说，"谁知道呢，没准儿有一天我甚至会去希米耶尔——去看看你提到的岩石城。总之，香料的气味会让我在大多数时间里尽可能远离马力卜。如果女王真的讨厌我……"她的表情变得坚毅，"那我只好再做打算，再处理和她的关系。"

我不是预言家或占卜师，对未来一无所知，不过我在想这些事情对巴尔绮思女王来说是不是不太好的征兆。不过现在还有其他事情要关心。我把最后剩余的家具推开，把昂贵的地毯卷起来扔进下沉的水池——然后满意地站起来。这里嵌在地面上的——而且几乎完好无损的——是两个偏粉红色的大理石五芒星。"有点儿怪。"我评论道，"不过只好这样了。"

"那好，"女孩说，"进来。"

我们最后一次面对面站着。"告诉我，"我说，"你真的知道遣散咒怎么用吗？我讨厌耽误几个月等你现学。"

"我当然知道啦。"女孩说完深吸一口气，"巴谛魔——"

"等一会儿……"我刚刚发现了点东西。这是一幅我之前没见过的壁画，就在画着吉尔伽美什、拉美西斯和其他所有过去的顶尖统治者的墙上——是所罗门自己英俊潇洒、容光焕发的一幅全身肖像。不知什么原因，这幅画竟然在昨晚的大屠杀中神奇地保留了下来。

我从地上捡起一小块烧焦的木头，跳过去，用木炭在上面做了几处活泼的修改。"这里！"我说，"生理上是不太现实，不过却不知怎么很合适，你觉得呢？我在想，他会用多久来发现这个？"

女孩大笑。我们合作以来她第一次这样。

我横了她一眼："要不要我也加上巴尔绮思？这里还有点空地儿。"

"那就加吧。"

"好嘞……"

我悠闲地回到圈子里。那姑娘用和法奎尔一样的眼神看我——有点儿超然娱乐的感觉。我盯着她："怎么了？"

"真有意思。"她说，"你那么讨厌被人奴役，让我差点儿忽略其中很明显的一点。你其实乐在其中。"

我在自己的五芒星里站定，用阴郁鄙夷的表情看着她。"一条友情提示，"我说，"除非你极其强大，否则永远别冒犯一个即将离去的巨灵。尤其是这一个。古巴比伦的伊师塔祭司们禁止所有九级以下的魔法师和我扯上关系，就是因为这个原因 [4]。"

"这也证明了我的观点。"女孩说，"你总是吹嘘过去的成就。快点儿，承认吧。你沉醉其中。就连昨天晚上——我发现一接近戒指你就不抱怨了。"

"对，好吧……"我轻松地拍拍手，"我没办法，对不对？发生太多事了。除此之外，我时时刻刻都很厌恶被奴役。好了，够了。说遣散咒放我自由吧。"

她点点头，闭上眼睛，这个年轻细瘦的姑娘正回想咒语。我看着她的时候几乎都能听见齿轮摩擦的声音。

她睁开眼睛。"巴谛魔，"她唐突地说，"谢谢你做的一切。"

我清清嗓子："不客气。这我很肯定。看看——你真的知道咒语吗？我可不想发现自己再出现在一个腐烂的泥塘里什么的。"

"是的，我知道咒语。"她微笑着说，"改天来示巴吧，你会喜欢的。"

"这又不是我能决定的事。"

"不用花很久。我们都没你那么多的时间。"

然后她说出了遣散咒，当然啦，她确实知道怎么说。差不多吧，只有三次

---

[4] 这是在一系列恶性事故之后的决定。其中我最喜欢的一件是：一个粗野的助祭用剥皮咒折磨我，不过他花粉热很严重，于是我给了他一大束花粉浓郁的羽扇豆，他打喷嚏打出了圈子。

犹豫、两次变调失误和一次较大的磕巴，这些——在这种情况下——我都准备忽视。毕竟她也没那么大块头，身上也没有多少肉。而且，我真的应该走了。

女孩跟我意见相同。在我的束缚解开，自由盘旋在各个界层之间的时候，就看见（从七个不同的角度）她已经离开了圈子。她走开了，毅然决然，沿着所罗门被毁的房间，寻找离开塔楼的楼梯，就这么开始了等待的一天。

译者注

i 蜡筒：当时用来记录的工具，用尖笔在上面刻写文字符号——本书正文中的注释为作者原注，尾注全部为译注。

ii 羊门：耶路撒冷老城的一座城门，16世纪以后改称狮门。下文中的汲沦门等也都是城门。

iii 恩基：苏美尔神话里的神，是埃里都的保护神。

iv 这两个都是古代城市。

v א、ב：这些都是希伯来文字母。

vi 吉尔伽美什：古代苏美尔人的国王，统治时期大约在公元前2600年前后，最古老的史诗《吉尔伽美什》的主角，他统治的乌鲁克正是巴谛魔首次出现之地。

阿肯那顿：即古代埃及法老阿蒙霍特普四世，统治期在公元前14世纪，以推行宗教改革而闻名，娜芙蒂蒂之夫，著名的图坦卡蒙之父。

娜芙蒂蒂：著名的美女，阿肯那顿的正妻，与丈夫一起统治埃及，进行宗教改革。

vii 曾经的上埃及首都底比斯最大的神庙，主要崇拜太阳神阿蒙，现位于卢克索附近。

viii 尼尼微：位于底格里斯河东岸，古亚述帝国首都，曾经是世界最大的城市。

ix 伊斯兰苦行僧，按各自教团的习俗分别称为舞蹈苦行僧、转圈苦行僧和号叫苦行僧。不过所罗门所处的年代，应该还未出现。

x 谢克尔：古以色列和中东地区使用的银币。

xi 汉谟拉比：古巴比伦最伟大的国王之一，统治期在公元前18世纪，以颁布的法典最为著称。

xii 前文里说这个阿祖勒是魔王，后文也有说是火灵的，可能是各种谣传的错误。

xiii 约等于7.62米。

xiv 这里指的应是现在的死海。

xv 卡叠什战役：约公元前1274年，古埃及法老拉美西斯二世和赫梯国王之间的一场战役。

米吉多战役：公元前15世纪，古埃及法老图特摩斯三世与卡叠什国王领导下的迦南同盟之间的战役。它是世界上有可信史料记载的第一场战役。

xvi 乌图库：苏美尔神话里的一种恶魔。

xvii 约等于2.13米到2.44米。

xviii 埃及的一种神秘符号，上面是圆环的十字形饰物，象征生命。

xix 约等于6.096米。

xx 埃及古城，和哈巴以前待过的卡纳克一样都以神庙所著名。

xxi 约等于12.192米。

xxii 原文用的是preserve这个词，既有"保护、维持"的意思，也有"保存、腌制"的意思。

xxiii 是示巴的城市守护神之一。

xxiv 马勃是一种菌类，未成熟时是白色球形，老了变成褐色，之后会散发出粉尘一样的孢子。

xxv 约等于13.716米。

xxvi 巴比伦的主神。

xxvii 约等于4.572米。

出版社／长江文艺出版社
出品／上海最世文化发展有限公司
官方网站／www.zuibook.com
平台支持／最小说 ZUI Factor

巨灵三部曲·前传

所罗门之戒

ZUI Book
CAST

作者　乔纳森·史特劳（英）　徐懿如 译

ZUI Book
CAST

出品人　郭敬明
选题出品　金丽红　黎波
项目统筹　阿亮　痕痕
责任编辑　赵萌
助理编辑　周子琦
特约编辑　卡卡
责任印制　张志杰
策划总监　恒殊
版权引进　恒殊

＊装帧设计 ZUI Factor　www.zuifactor.com
设计师　FredieL
封面插画　StHl
内页设计　毕强

2013年10-11月上海最世文化发展有限公司畅销书排行榜
| TOP25 |

排名	书名	作者
1	小时代1.0折纸时代（修订本）	郭敬明
2	17	落落 主编
3	纯禽史：爱不作会死	叶阐
4	无边世界	hansey
5	巨灵系列	乔纳森·史特劳
6	躁动的，沉寂的	玻璃洋葱
7	幻城（2008年修订版）	郭敬明
8	小时代3.0刺金时代	郭敬明
9	悲伤逆流成河（新版）	郭敬明
10	夏至未至（2010年修订版）	郭敬明
11	小时代2.0虚铜时代	郭敬明
12	这些都是你给我的爱	安东尼 echo
13	临界·爵迹 II	郭敬明
14	临界·爵迹 I	郭敬明
15	爵迹·燃魂书	郭敬明 等
16	西决	笛安
17	告别天堂	笛安
18	下一站·法国南部	郭敬明 等
19	东霓	笛安
20	下一站·伦敦	郭敬明 等
21	南音（上）	笛安
22	剑桥简明金庸武侠史	新垣平
23	天鹅·永夜	恒殊
24	下一站·台北	郭敬明 等
25	下一站·神奈川	郭敬明 等

图书在版编目（CIP）数据

所罗门之戒 /（英）史特劳 著；徐懿如 译. -- 武汉：长江文艺出版社，2013.12
.（巨灵）
ISBN 978-7-5354-6936-6

Ⅰ.①所… Ⅱ.①史…②徐… Ⅲ.①长篇小说 - 英国 - 现代 Ⅳ.① I561.45
中国版本图书馆 CIP 数据核字（2013）第 207923 号

巨灵三部曲·前传

所罗门之戒

BARTIMAEUS : The Ring of Solomon

乔纳森·史特劳〔英〕 著

徐懿如 译

出品人	郭敬明	责任编辑	赵　萌	装帧设计	ZUI Factor	媒体运营	张银铃
选题策划	金丽红　黎　波	助理编辑	周子琦	设 计 师	Fredie.L	责任印制	张志杰
项目统筹	阿　亮　痕　痕	特约编辑	卡　卡	封面插画	SHEL	内页设计	毕　强
策划总监	恒　殊	版权引进	恒　殊				

出版丨长江出版传媒丨长江文艺出版社
电话丨027-87679310　　　　　　　　传真丨027-87679300
地址丨湖北省武汉市雄楚大街 268 号湖北出版文化城 B 座 9-11 楼　　邮编丨430070
发行丨北京长江新世纪文化传媒有限公司
电话丨010-58678881　　　　　　　　传真丨010-58677346
地址丨北京市朝阳区曙光西里甲 6 号时间国际大厦 A 座 1905 室　　邮编丨100028
印刷丨**北京正合鼎业印刷技术有限公司**
开本丨710×1000 毫米　1/16　　　　印张丨20.25
版次丨2013 年 12 月第 1 版　　　　印次丨2014 年 2 月第 2 次印刷
字数丨320 千字
定价丨29.80 元
sina 新浪读书
book.sina.com.cn